suhrkamp taschenbuch 4029

Inmitten von Zwistigkeiten und Intrigen muss sich der Bund des Hirsches neu formieren, denn fünf Sonnenjahre nach seinem Sieg über die feindlichen Truppen hat wieder eine Flotte aus den Alten Ländern an der Küste der Fruchtbaren Länder angelegt. Von allen unentdeckt, geht eine mysteriöse Frau von Bord eines Schiffes – die Schattenfrau, gesandt, um den Samen des Ewigen Hasses zu streuen. Krieger und Zauberer versuchen, ihrem Vorhaben Einhalt zu gebieten, aber es ist vor allem ein junges Mädchen, das voller Unschuld die Pläne der Schattenfrau durchkreuzen könnte.

Die Saga geht weiter – fantastisch, spannend, voller Magie und Weisheit: »*Die Tage des Schattens* übertrifft alle Erwartungen!« *Página/12*

Liliana Bodoc wurde 1958 in Santa Fe, Argentinien, geboren und wuchs in Mendoza auf. Sie studierte und lehrte Moderne Literatur. Heute lebt sie als Autorin in einem kleinen Ort in der argentinischen Provinz San Luis.

Der erste Band der *Grenzländersaga, Die Tage des Hirsches* (st 3979), ist ebenfalls im suhrkamp taschenbuch erschienen. Der dritte und letzte Band, *Die Tage des Feuers*, ist in Planung.

Mehr zur *Grenzländersaga* unter.www.grenzlaendersaga.de

Liliana Bodoc

Die Tage des Schattens

Die Grenzländersaga
Band 2

Roman

Aus dem Spanischen von
Matthias Strobel

Suhrkamp

Die Originalausgabe erschien 2002 unter dem Titel
La saga de los confines. Los días de la sombra
bei Editorial Norma, Buenos Aires.

Abweichungen der vorliegenden Übersetzung von der Originalausgabe
wurden mit der Autorin abgestimmt.

Umschlagillustration: Björn Wirtz

Ich widme diesen Roman
Dolly und Natalia,
meinen beiden Müttern.

www.grenzlaendersaga.de

suhrkamp taschenbuch 4029
Deutsche Erstausgabe
Erste Auflage 2009

Druck: CPI – Ebner & Spiegel, Ulm
Printed in Germany
Umschlag: Göllner, Michels, Zegarzewski
ISBN 978-3-518-46029-0

1 2 3 4 5 6 – 14 13 12 11 10 09

Die Tage des Schattens

Grenzhügel
Die Klauenwüste
Fernrot
Yum
Fischerrot
Kleinrot
Oacaltalesrot
Dreizehnmalsiebentausendvögeltal
Jaguarzähne
Die gespreizten Füße
Mutter-Néen-Wald
Beleram
Zeremonienberge
Gelb Eins
Schwalbengelb
Umag
Sanddünen
Tausendfüßlergelb
Großes Quellenland
Der Zahme Lalafke
Lalafke
Yentru
Land ohne Schatten
Sumpfland
Wüstenschäfer
Der Vergessene Pass
Der Sumpfige
Zarte Wurzeln
Süßkräuterdorf
Maduinasgebirge
Der Neblige
Apfelhainsee
Wilu-Wilu
Korallendorf
Rebhuhndorf
Trommelpass
Schmetterlingssee
N
Pass der Wirbelwinde
W
O
Lewan
S

Die Zeit hat viele Räder. Ein Rad für die Kreaturen mit langsamen und eines für die mit schnellem Herzen. Räder für die, die nach und nach, und Räder für die, die an einem Tag altern.

Ich sage dies, weil manch einer wird wissen wollen, wie viel Zeit vergangen ist, seit die Husihuilke nach dem Krieg gegen die Sideresier in die Grenzländer zurückgekehrt sind, bis zu dem Augenblick, in dem Kuy-Kuyen sich darüber ärgerte, wie ungeschickt Wilkilen den Mais entkörnte.

Wenn man mich fragt, werde ich antworten müssen, dass die Menschen fünf Ernten gezählt haben, so viel Zeit, wie ein Kind braucht, um groß zu werden. Und ich werde hinzufügen müssen, dass die Glühwürmchen Hunderte, ja Aberhunderte Generationen gezählt haben, so viele, dass sich die Zeit in ihrer Erinnerung verliert, während für die Berge kaum ein Augenblick vergangen ist.

Die, die dies erzählt, sagt, dass Misaianes, der Sohn der Todbringenden, über mehr Zeit verfügt als ein Berg.

Ich spreche die Wahrheit. Das Rad des Misaianes dreht sich langsam, so langsam wie der Schlag seines Herzens.

Nachdem die Flotte in See gestochen war, um die Fruchtbaren Länder zu erobern, wollte Misaianes einen Augenblick dösen. Er gähnte einen großen Wind, der den Segeln seiner Schiffe günstig war, und schmiegte sich ins Innere seines Bergs.

Doch kaum war Misaianes eingenickt, bevölkerten böse Vorzeichen, Übelkeit und Warnungen seinen Schlaf und zwangen ihn, die Augen zu öffnen. Vor ihm stand ein Tross aus erschrockenen Vertrauten, die zurückwichen, als sie ihn erwachen sahen. Keiner von ihnen wollte ihm die Niederlage verkünden. Keiner von ihnen wollte ihm die Niederlage gestehen.

Niemand wagte zu sagen, dass Drimus mit seinen Männern

und Hunden in den Fruchtbaren Ländern geblieben war. Und dass Leogros die Rückreise angetreten hatte, um seine Strafe auf sich zu nehmen.

Misaianes musste sie anherrschen, damit sie das Unheil stammelten. Als der Ewige Hass zuhörte und begriff, was geschehen war, wand er sich in seiner Felsnische, bis ihm das Fleisch aufriss.

Unterdessen zogen die Husihuilke wieder Furchen, säten Samen und fuhren ihre Ernte ein, die erste seit Ende des Krieges.

Da brüllte Misaianes. Alle Bewohner seines Reiches bargen schützend den Kopf zwischen den Armen und wurden dennoch von Schmerz übermannt. Während Misaianes auf dem Gipfel eines Berges schrie, sahen die Husihuilke ihre zweite Ernte reifen.

Eines Tages beruhigte sich Misaianes. Er begriff, was er zu tun hatte. Der Sohn der Todbringenden fand seine Ruhe, und im Süden der Erde die dritte Kürbisernte ihre Süße wieder.

Während Misaianes Befehl gab, seine Mutter herbeizurufen, sangen die Menschen der Grenzländer. Die neuen Kürbisse wanderten von Hand zu Hand, Maiskolben häuften sich zu üppigen Stapeln.

Die Mutter folgte dem Ruf des Sohnes. Während die Bewohner des Südens sich darauf vorbereiteten, die fünfte Ernte einzuholen, während die Fledermäuse sich beim Zählen ihrer Zeitalter vertaten, hatte sich der Berg noch immer kaum verändert. Und Kuy-Kuyen ärgerte sich, weil Wilkilen den Mais überall verstreute.

ERSTER TEIL

Kushs letzte Geschichte

Die beiden Schwestern entkörnten Maiskolben, um aus den Körnern Mehl zu mahlen. Die Beine um den Weidenkorb geschlungen, saßen sie da. Zwischen Kuy-Kuyen und ihrem Korb hatte sich ein ausladender Mutterbauch geschoben. Zwischen Wilkilen und dem ihren das Lied von der Lästigen Mücke.

»Es wäre besser, diese Mücke würde weniger summen und du sorgfältiger arbeiten«, ärgerte sich Kuy-Kuyen.

Die Maiskörner, die Wilkilen mit einem Holzmesser vom Strunk trennte, spritzten in alle Richtungen, wenn sie eine Strophe beendet hatte und zu summen begann. Wenn die Lästige Mücke den Sumpf verließ und als Wolke zu den Häusern der Menschen flog, um die schlafenden Kinder anzufallen, schloss Wilkilen die Augen. Sie drehte den Kopf, machte ein teilnahmsvolles Gesicht und summte, als säßen die heulenden Kinder vor ihr. Wenn die Männer Lagerfeuer aus sauren Kräutern entzündeten, damit der Rauch die Lästige Mücke zurück in den Wald scheuchte, schloss Wilkilen noch einmal die Augen, drehte wieder den Kopf, summte erneut, doch diesmal aus Erleichterung. Immer wenn Wilkilen ins Summen versunken und abgelenkt war, vernachlässigte sie ihre Arbeit, und überall lagen Maiskörner verstreut.

Wilkilen zählte schon zwölf Regenzeiten. Bald würde, wie Kush es nannte, der Mond in ihrem Körper aufgehen. Dann würde das spindeldürre Mädchen runde Formen annehmen. Nur ihre Seele schien nicht wachsen zu wollen. Wilkilen lachte und weinte wegen jeder Kleinigkeit. Immer war sie aufgeregt, immer von allem bezaubert, wie schon seit den mittlerweile fernen Kriegszeiten.

»Wenn du so weitermachst, finden wir keinen Bräutigam für

dich«, sagte ihre Schwester. »Kein Mann will eine Frau, die so dünn ist und kein Mehl mahlen kann.«

Keinen Bräutigam zu finden beunruhigte Wilkilen nicht. Sie lachte, als wäre nichts dabei.

»Worüber lachst du nun schon wieder?«

»Über den armen Bräutigam und seine Frau, die so dünn ist, dass sie kein Mehl mahlen kann.«

Kuy-Kuyen war es leid, die Geduldige zu spielen, und ließ ihren Ärger hinaus.

»Du hörst mir überhaupt nicht zu! Du spielst mit Shampalwe, als wärst auch du nur fünf Regenzeiten alt. Du gibst dir bei der Arbeit keine Mühe, du hilfst nicht …«

Oma Kush kam zu ihnen. Kuy-Kuyen senkte den Kopf und verstummte.

»Was ärgert dich so, meine Tochter?«, fragte die alte Frau.

»Schau dir an, wie es hier aussieht!«, antwortete Kuy-Kuyen und zeigte auf die Maiskörner, die überall um ihre jüngere Schwester herum verstreut lagen. »Ich höre ihr zu, ich passe auf sie auf … Und ich versuche, ihr alles beizubringen.«

»Das ist auch gut so. Aber vielleicht würdest du mehr erreichen, wenn deine Worte Wilkilens Nase und nicht ihre Ohren suchen würden. Denk daran, dass der Weg von der Nase direkt zur Seele führt.«

Mühsam nahm die alte Kush zwischen den beiden Platz.

»Wilkilen, du weißt, dass man Nahrung nicht verschwenden darf.«

»Ich habe doch nur gesummt«, antwortete das Mädchen, dessen Augen bereits feucht wurden.

»Ich habe dieses schöne Summen gehört«, sagte ihre Großmutter. »Aber vielleicht kannst du ja beides gleichzeitig tun, ohne jemanden zu verärgern. Sag einmal, Wilkilen, warum singst du ohne Musik? Das begreife ich nicht, wo du doch ein so tolles Instrument in Händen hältst. Gib mal her.«

Kush nahm Wilkilen den halb entkörnten Strunk und das Messer aus der Hand. Dann begann sie das Lied der Lästigen Mücke zu singen und im Rhythmus dazu den Mais zu entkörnen.

»Summen und schaben! Summen und schaben! Du musst im Takt schaben. Summen und schaben und dabei dein Instrument ganz genau angucken. Verstehst du? Immer schön dein Instrument angucken! Dann hast du Musik, und die Körner fallen da rein, wo sie reinfallen sollen.«

Die alte Frau erhob sich, die Sache war bereinigt.

»Räumt jetzt alles zusammen und kommt rein. Bald wird es wieder regnen, und weil die Regenzeit sich dem Ende neigt, will ich heute Abend eine Geschichte aus der Erinnerungsschatulle holen, die letzte in diesem Jahr.«

Tatsächlich ließ der Regen nicht lange auf sich warten. Und mit ihm kam die Nacht. Drinnen im Haus erfüllte das Feuer seine Aufgabe als wärmender und einender Bruder. In der Mitte eines weißlichen Leders stand die mit Erinnerungen gefüllte Schatulle. Die ganze Familie brannte darauf, die letzte Geschichte dieser Regenzeit zu hören.

Cucub und Kuy-Kuyen saßen Rücken an Rücken. Kuy-Kuyen hielt das kleinste ihrer drei Kinder in Armen. Die anderen beiden hatten ihren Kopf an Cucubs Beine gelehnt. Auf der anderen Seite des Lagerfeuers legte Oma Kush letzte Hand an Wilkilens Haar. Und etwas abseits hockte Piukeman an der Wand und sah am Himmel, wie von Westen ein Weibchen mit silbrigem Gefieder auf ihn zuflog.

»Sobald Kush sagt, dass der richtige Moment gekommen ist, werde ich die Schatulle um alle vier Seiten drehen und für das Schicksal vorbereiten«, bot Cucub an.

Die alte Frau dachte lange nach. Schließlich willigte sie ein. Offenbar beunruhigte sie etwas, denn sie hatte es beim Erfüllen ihrer Pflichten noch nie an Schwung fehlen lassen. Und schon gar nicht bei dieser! Nie war ihr so wohl dabei, die Älteste zu sein, wie an den Abenden, an denen sie den erstbesten Gegenstand, den ihre Finger streiften, aus der Schatulle ziehen und einen Teil der Erinnerung erzählen durfte. Sie liebte es und mischte in den Tonfall ihrer Stimme Sinnspruch und Honig, Sehnsucht und gespielten Zweifel. An diesem Abend jedoch war etwas anders als sonst. Eine Schwere machte ihr zu schaffen, eine Schwere, die sie kaum zu überwinden vermochte. Den Deckel der Schatulle hob sie nur so weit an, dass sie gerade hineingreifen konnte. Anfangs tastete Kush nur Luft. Sie streckte die Hand etwas weiter hinein, doch wieder nur Luft. Dann noch etwas weiter. Die Finger flatterten, und da war er endlich, der Gegenstand des Schicksals.

Kush erkannte ihn sofort an seiner Textur aus seidigen, beweglichen Fäden. Nun verstand sie den Grund für ihre Unruhe und Schwere. Ach, Kush! Du musst zeigen, was du gefunden hast, und erzählen, was du erzählen musst, selbst wenn du dich in Tränen erschöpfst. Die alte Frau nahm den Gegenstand und zog ihn langsam heraus. Es war eine grünblaue Feder, die fast so lang war wie Shampalwe groß. Eine Kukulfeder. Alle schauten sie an, nur Piukeman nicht, der einem Balzflug zusah.

Kuy-Kuyen und Cucub hätten ihr gern geholfen, hätten ihr gern gesagt, sie brauche es nicht zu erzählen, sie könne genauso gut eine andere Geschichte wählen: irgendeine, Kush, irgendeine, die du magst. Aber sie wussten, dass sie damit ihrer tiefen Traurigkeit nur Ärger hinzufügen würden, also beschlossen sie, lieber zu schweigen und die alte Frau in die dunklen Winkel zu begleiten, in denen sie wohl gerade stöberte.

»Die Geschichte beginnt an dem Tag, als dieser kleine Mann hier ankam und unbegreifliche Dinge ankündigte.«

Kush zeigte auf Cucub und wollte lächeln. Sie hatte gerade erst zu sprechen begonnen, musste aber schon wieder innehalten, um ihr Herz zu beruhigen. Ihre Brust sank ein, ließ sie kaum atmen. Cucub sah, wie sie blass wurde, und sprang auf, um ihr zu helfen, aber Kush gebot ihm mit einer Geste Einhalt. Sie atmete tief durch, einmal, zweimal, dreimal. Da pochte es dreimal laut an der Tür.

»Kupuka!«, rief Wilkilen und bewegte die Hände, als wollte sie Wasser abschütteln.

Diesmal stand Cucub tatsächlich auf und eilte zur Tür, um den unverhofften Gast zu begrüßen. Seit seiner Rückkehr in die Randmark war der Erdzauberer nicht mehr hier gewesen. Nur auf den Festen im Tal der Vorfahren hatten sie ihn flüchtig gesehen. In den Grenzländern munkelte man, er ziehe unablässig von hier nach da. Mal wurde er auf dem Vulkan gesichtet, mal in den Dörfern des Nordens, mal auf dem Weg zur Luluinsel, mal auf den höchsten Bergpässen.

Cucub ließ den unverhofften Gast eintreten. Kupuka sah aus wie immer. Er hatte denselben Beutel dabei, denselben alten Ast, den er als Stock benutzte, trug denselben Umhang. Seine Mähne hingegen war länger und zerzauster denn je. Dazu verspritzte er Regen in alle Richtungen.

»Ich grüße dich, Bruder Cucub. Und ich bitte um Erlaubnis, in diesem deinem Land bleiben zu dürfen.«

»Ich grüße dich, Bruder Kupuka, und ich gebe dir meine Erlaubnis. Wir sind froh, dich aufrecht zu sehen. Und wir danken dem Weg, der dich hierher geführt hat.«

»Weisheit und Stärke dir und den Deinen.«

»Dein Wunsch gehe um ein Vielfaches an dich zurück.«

Die Zeremonie war beendet, und alle gingen auf Kupuka zu, um ihn zu begrüßen. Der Erdzauberer küsste die Kinder und legte seine schwielige Hand auf Kuy-Kuyens Bauch.

»Es wird erblühen«, segnete er das vierte Kind. Cucub dankte ihm.

Dann wandte sich der Erdzauberer Wilkilen zu, die lächelnd darauf gewartet hatte. Er nahm einen ihrer Zöpfe und zog ihn nach oben. Wilkilen breitete die Arme aus und begann sich zu drehen, als hinge sie an dem Zopf. Kupuka jaulte und jaulte. Wilkilen drehte und drehte sich, bis ihr vor Schwindel die Beine einknickten und sie lachend zu Boden fiel.

Piukeman tastete sich am Himmel entlang, wo ein silbriges Weibchen ihren Lockruf tanzte. Kupuka schnitt ihm den Weg ab und umarmte ihn fest. Das Gesicht in den feuchten alten Mantel gedrückt, erkannte Piukeman den Geruch des Lebens. In weiter Ferne, irgendwo hoch am Himmel, erkannte ihn auch der Patenvogel.

Schließlich musste er nur noch Kush begrüßen.

»Deinetwegen bin ich gekommen«, sagte der Zauberer. »Um dir zuzuhören.«

Kush drückte die willkommenen Hände.

»Wie alt wir sind, mein Bruder!«

»Schon möglich. Nur dass du weißt, wie man sich die Schönheit erhält.«

Schweigend nahm jeder seinen Platz am Feuer ein. Alles war bereit, die Geschichte der Kukulfeder konnte weitergehen. Kupukas Anwesenheit machte Kush Mut, sie traute sich sogar, um Hilfe zu bitten.

»Ich werde anfangen«, sagte die alte Frau. »Aber wenn mir die Worte fehlen, sollen Kupuka und Cucub mir helfen.«

»Denk daran, dass ich nicht hier war, als das geschah, was du erzählen willst«, antwortete Kupuka.

»Trotzdem wirst du mir helfen können.«

»Auch ich werde dir helfen, schöne Großmutter«, sagte Cucub. »Auf! Alles wird seinen Gang gehen.«

Kush war nun ruhiger, hatte genügend Luft, um neu zu beginnen.

»Ich war dabei stehengeblieben, dass die Geschichte an dem Tag begann, als Cucub hier ankam. Er war der Küste des Kontinents gefolgt. Von Beleram, seiner Heimatstadt in der Randmark, bis zu unserem Dorf im Süden der Welt. Eine schwierige Aufgabe führte ihn her, eine Aufgabe, die er gut zu erfüllen wusste. Die Neuigkeiten, die er brachte, nannte er«, sagte Kush stockend, »nannte er …«

»Neuigkeiten, die den Himmel auf den Kopf stellen«, ergänzte Cucub.

»Genau«, erinnerte sich Kush nun wieder. »Auf den Kopf stellen. Alle, die wir heute hier sind, außer denen, die noch nicht geboren waren, müssen lächeln, wenn wir uns daran erinnern, wie wütend Dulkancellin die seltsamen Manieren und das endlose Plappern dessen machte, der damals noch ein Fremder war. Und dann, nachdem Kupuka gekommen war, um uns mitzuteilen, dass Dulkancellin Cucub auf Geheiß der Obersten Astronomen in die Randmark begleiten sollte … Nachdem also alles gesagt und ausgesprochen war, ging Kupuka wieder fort.«

»Ich musste aufbrechen«, verbesserte sie der Zauberer. »Tief unter meinen Füßen begann ich zu spüren, dass in wenigen Sonnen die Erde ins Taumeln geraten würde. Ich eilte zu meinen Zaubererbrüdern, um dem Unglück Hindernisse in den Weg zu legen.«

»War das der Grund, warum du mich meinem elenden Los überlassen hast?«, fragte Cucub.

»Ich glaube ja, zumindest meiner Erinnerung nach. Aber erzähl weiter, alte Frau, erzähl weiter.«

»Jedenfalls bist du aufgebrochen. Vorher hast du noch zu Dulkancellin gesagt, dass er Cucub um eine Kukulfeder bitten solle, das einzige Zeichen, das ihn als den echten Boten ausweisen könne. Du bist so rasch losgegangen, dass du deinen Schatten vergessen hast. Der arme Kerl, der sich im Öllicht an der Wand abzeichnete, schlich dir langsam hinterher. Ich weiß nicht mehr genau, wie viel Zeit verstrich, bis er endgültig verschwunden war. Zeit, die wir den Zauber verblüfft betrachteten. Viel Zeit, die Kume nutzte …«

Sie hatte gewusst, dass ihr beim Namen ihres Enkels die Stimme brechen würde. Wieder wurde ihr die Luft knapp. Auf ein Zeichen Kupukas hin kam Cucub ihr zu Hilfe.

»Kume war noch ein Kind. Er sah in mir den Schuldigen für das Unglück, das über sein Zuhause hereinbrach. Daher nutzte er die Ablenkung und stahl die Kukulfeder. Wenn ich heute darüber nachdenke, muss ich eingestehen, dass ich nachlässig gehandelt habe. Zu leicht war es für Kume, die Feder zu ergreifen.«

Kush sah ihn dankbar an. Der kleine Mann musste überspielen, dass drei geliebte Menschen fehlten. Er tat es mit einer solchen Herzenswärme, dass darin Dulkancellins Mut, Thungürs Standhaftigkeit und Kumes Schönheit aufleuchteten.

»Es geht schon wieder«, sagte Kush. »Kume nahm die Feder und versteckte sie hinter einem Stapel Weidenkörbe. Wie der Zitzahay schwitzte! Wie er stammelte und in seinen Habseligkeiten wühlte, ohne das Zeichen zu finden, das Dulkancellin eingefordert hatte! Denn nur die Kukulfeder konnte ihn als echten Boten ausweisen und bedeutete deshalb den Unterschied zwischen Leben und Tod. Aber sie tauchte nicht auf. Dulkancellin sah sich gezwungen, eine Strafe auszusprechen, die er niemals widerrufen hätte, hätte ich nicht zum ersten Mal das Recht des Regens in Anspruch genommen. Wie gut ich daran tat!«

Kush erzählte weiter, aber der Falke hörte sie nicht mehr. Das Weibchen spielte zwischen den Wolken, und er zog immer engere Kreise um ihr Spiel. Dann streiften sich ihre Flügel. Kush erzählte weiter. Das dunkle Gefieder sträubte sich, das silbrige Gefieder pochte. Als Kush ihre Geschichte für beendet erklärte, sah Piukeman seiner Geliebten direkt in die Augen.

Die Feder wanderte zurück in die Schatulle und die Schatulle zurück in ihre Ecke. Nun war der Moment gekommen, den vergangenen Tag mit einem guten Mahl zu feiern.

»Und eines sage ich dir, du alter Spinner: Du wirst mir nicht noch einmal aufbrechen, ohne von meinem Brot gegessen zu haben!«

Kupuka ließ sein Ziegengelächter hören und versprach, zum Essen zu bleiben. Kuy-Kuyen bat Wilkilen, den Kindern ein Nachtlied zu singen, während sie Kush bei der Arbeit half.

Im Nu füllte sich das Leder auf dem Boden mit Speisen. Das Essen kam in einem dampfenden Gefäß: ein dickflüssiger Eintopf aus Kartoffeln und Kichererbsen, dazu Kushs Brot, das man in die scharfe Flüssigkeit tunken konnte, die nach Maiswasser für die Kehle schrie. Danach gab es rote und schwarze Feigenkakteen mit Honig. Und die wiedergewonnene Freude.

Alle hatten zu Ende gegessen, nur Kupuka nicht, der weiterhin bedächtig seine Kaktusstücke in den Honigtopf tauchte, in eine Brotscheibe wickelte und mit einem Bissen verschlang.

»Sag mal, Kupuka«, fragte Cucub, sobald sein Magen ihm zu sprechen erlaubte, »du bist doch nicht gekommen, nur um eine Geschichte anzuhören?«

»Nicht nur.«

»Warum fürchte ich, dass ich gleich etwas Unangenehmes hören werde?«, sagte Kush.

»Weil es so ist«, antwortete Kupuka. »Ich bin hier, um euch zu sagen, dass ich Piukeman mitnehmen werde.«

»Immer kommst du her, um zu sagen, dass ein anderer gehen wird.«

Kush verfiel wieder in ihre Traurigkeit.

»Es tut mir leid, alte Frau. Aber wenn du es genau betrachtest, wirst du erkennen, dass dies schon nicht mehr Piukemans Zuhause ist. Sein wahres Zuhause wird ein Nest sein, das er sich selbst bauen wird.«

»Ein Nest … ein Nest.« Piukeman breitete die Arme aus, um sich an Kupuka zu klammern.

»Noch nicht, Piukeman«, sagte der Alte. »Du musst noch ein wenig Geduld haben.«

Kush tauschte die Traurigkeit gegen Wut. Scheppernd stapelte sie die Essschalen. Und nachdem sie das Leder abgeräumt hatte, rieb sie es mit einer Handvoll Stroh so heftig, als wollte sie es nicht reinigen, sondern sich an ihm schadlos halten. Während ihres langen Schweigens häufte sie Wort um Wort an. Als sie die Wörter nicht mehr bei sich behalten konnte, brachte sie eines nach dem anderen atemlos hervor.

»Na gut, dann ist dies also das Zuhause derer, die fortgehen. Alle gehen fort, ohne Erklärungen zu geben, aber keiner kehrt wieder. Erst kamst du, kleiner Mann, und hast jemanden abgeholt. Dann kam der Krieg des Misaianes und hat zwei weitere mitgenommen. Und jetzt kommt Kupuka, dieser verrückte, ja hundertmal verrückte Alte, und sagt, dass er Piukeman mitnehmen wird. Na gut, dann bitte ich euch, dieses Zimmer zu verlassen, jetzt gleich! Geht alle raus! Lasst mich allein mit diesem Alten, der nur noch Fingernägel und Mähne ist. Diesem Spinner, der alle paar Jahre hier vorbeikommt mit seinen traurigen Neuigkeiten! Raus hier, habe ich gesagt! Geht alle schlafen, ich will euch bis morgen früh nicht mehr sehen.«

Schweigend gehorchten alle und verließen das Zimmer. Kupuka wartete lächelnd ab, bis der Ärger und die Angst in Kush müde wurden. Die alte Frau verschränkte die Arme vor der Brust und setzte sich. Als sie wieder zu sprechen begann, war ihre Stimme wie ausgetauscht. Und ihr Blick war der sanfteste der Welt.

»Vor Jahren schon habe ich dir gesagt, dass meine Seele müde ist und ich von dieser Erde gehen will. Damals wurdest du wütend. Du hast mich an den Zöpfen gezogen, hast mich als arglistig und anderes mehr beschimpft. Jetzt sage ich es dir noch einmal. Ich bin schon zu lange hier, ich sehe niemanden, der vor mir gehen sollte. Also werde ich gehen, ob mit oder ohne deine Erlaubnis.«

»Heute werde ich nicht wütend, Schwester. Heute gebe ich

dir meine Erlaubnis und meinen Segen. Zu viel hast du leisten müssen.« Kupuka hielt kurz inne. »Glaubst du, dass es bald so weit sein wird?«

»Sehr bald. Mein Herz ist oft müde, und dann denke ich jedes Mal, dass der Moment gekommen ist.«

»Ich gebe dir mein Wort: Ich werde Piukeman erst abholen, wenn jemand mir verkündet hat, dass du gegangen bist.«

»Danke.«

Der Erdzauberer stand auf und suchte seine Sachen zusammen.

»Mir scheint, wir werden uns nicht wiedersehen, Kush«, sagte er, als er schon fast an der Tür war.

»Warte einen Moment.« Die alte Frau ging zu ihm, um sich zu verabschieden. »Kannst du mir sagen, was aus unserer Heimat werden wird?«

»Sie wird trauriger sein ohne deine Brote.«

Die beiden Alten umarmten sich. An die Brust ihres Bruders gedrückt, sagte Kush:

»Ich weiß nichts von dem Ort, an den ich gehen muss, aber ich weiß, dass ich dein Ziegenlachen vermissen werde.«

Kupuka öffnete dir Tür. Draußen unter dem Vordach wartete sein Tier mit Mähne. Kupuka benutzte keinen Sattel. Es regnete in Strömen, der Wind wirbelte die Schatten des Waldes durcheinander.

»Schau dir an, wohin wir reiten müssen«, sagte Kupuka und zeigte auf den Sturm. »Und wir beschweren uns ja auch nicht. Viel Glück, meine Schwester.«

Zauberer mit Zaubertrommel

Kupuka ritt in den Wald hinein. Er würde Kush nie wiedersehen. Trotzdem wandte er den Blick nicht zurück zu dem Haus aus Baumstämmen. Er war ein Zauberer, und als Zauberer wusste er, dass die guten Seelen immer ein Stück voraus waren. Kupuka verstand die alte Frau sehr gut. Auch er war erschöpft, hatte seit Jahren nicht mehr geschlafen. Aber Misaianes war nach wie vor unversehrt.

Los, Zauberer!, sagte sich Kupuka und trieb sein Tier an. Dass du dich wegen deines Schicksals selber bemitleidest, fehlt gerade noch.

Damals lebten in den Grenzländern fünf Erdzauberer: Kupuka, der so alt war, dass kein Lebender ihn auf die Welt hatte kommen sehen; Drei Gesichter, Kind einer Fischefrau und eines Flussfischers; Welenkin mit den goldenen Augen; der Kauer, Herr der Gifte; und in den Bergen, unter die Last der Wolken gebückt, der Passhüter.

Noch waren sie fünf, aber bald würde ein neuer Bruder seine Bahnen am Himmel ziehen: der Falkenzauberer, der früher ein Mensch namens Piukeman gewesen war. Kupuka war aufgebrochen, um den anderen anzukündigen, dass der neue Bruder bald kommen würde, dass sich alle versammeln sollten, um ihn bei sich aufzunehmen und dann sich selbst zu überlassen.

Kupuka rückte seine Trommel zurecht und brachte sie zum Sprechen. Seine Brüder würden ihn schon hören und die Nachricht verbreiten. Wo sie wohl waren? Wahrscheinlich steckten sie in fremden Panzern, schliefen in frischen Bauten, rannten mit den Tieren, tranken mit den Menschen. Wer von ihnen wird mich als Erster hören?

Bestimmt Drei Gesichter, sagte sich Kupuka.

Tage und Nächte zog Kupuka durch die Tiefen des Waldes

und verkündete immer wieder die Nachricht, mit dem immergleichen Schlag der Hände auf das gespannte Leder. Kupuka war so durchnässt vom strömenden Regen, so schmutzig und grässlich anzusehen mit seinen rissigen Augen, dass er von einem Waldgespenst nicht mehr zu unterscheiden war.

Während Kupuka sich vorankämpfte, rief er sich die Zeit in Erinnerung, als Piukeman seine Strafe erhalten hatte. Aus dem Kind war ein Vogel geworden, aus dem Vogel ein Zauberer.

Kupuka sprach die Erinnerung laut aus, denn nur so konnte er sich zu der Einsicht zwingen, dass er immer noch lebte, dass dieser dunkle Wald nicht sein Grab war. Im Regen zu schweigen war gefährlich, das wusste er. Wenn er schwieg, lief er Gefahr, sich in eine Pfütze zu verwandeln. Dann würde die Erde ihn aufsaugen, damit er sich ausruhen konnte. Aber er durfte sich nicht ausruhen, denn noch war Misaianes nicht besiegt.

Um die Gegenwart nicht zu vergessen, erinnerte er sich an die Vergangenheit.

»Piukeman war ein liebes Kind und neugierig wie seine Mutter. Erinnerst du dich an ihn, Wald?«

»Er hatte schon einmal die heiligen Tabus gebrochen«, antwortete die Zypresse. »Damals, als er mit der kleinen Wilkilen das Eulentor durchschritt.«

»Ich war gerade mitten in einem Erkennungsritual, als die beiden Kinder sich dem Verbotenen näherten«, fuhr Kupuka fort.

»Ich erinnere mich daran, dass du ihnen einen furchtbaren Schreck eingejagt hast, damit sie daraus lernen«, sagte eine Wurzel.

»Habe ich ihnen Ameisen oder Spinnen auf die Beine gehetzt? Ich weiß es schon nicht mehr. Du, Käfer?«

Der Käfer kannte die Geschichte gut.

»Trotzdem hat Piukeman nichts daraus gelernt. Kurze Zeit später hat er schon wieder die Verbote missachtet. Nur war diesmal die Strafe endgültig.«

»Ich zog damals rastlos durch die Grenzländer und scharte Krieger um mich, um in die Randmark zu marschieren. Auch das Haus von Kush suchte ich auf, um Dulkancellins Söhne abzuholen. Die ganze Familie kam herbei, um mich zu begrüßen. Alle außer Piukeman. Ich fragte Kush nach ihm. Weißt du noch, wie sie reagiert hat, weißer Pilz? Ich erinnere mich noch ganz genau. Die alte Frau nahm mich bei der Hand und führte mich ins Nebenzimmer. Dort kauerte Piukeman vor dem Feuer und schlug sich heftig auf die Augen. Ich wusste sofort, dass es sich um die Qual des Patenfalken handelte. Es war offensichtlich, dass der Junge dem Falken zum geheimen Treffen gefolgt war. Ob er wohl einen Blick erhascht hat auf die großen Zweikämpfe, bei denen die jungen Männchen sich um die Nachfolge streiten? Ich habe ihn nie gefragt. Du, Minzblatt? Wir wissen nur, dass er entdeckt und bestraft wurde, wie der Pate jeden bestraft, der seine Zeremonie mit eigenen Augen sehen will. Seit diesem Tag ..., ach, Bach, der du mir zuhörst! Seit diesem Tag war der Junge dazu verdammt, das zu sehen, was der Vogel sieht, ob mit offenen oder geschlossenen Augen: die Welt von oben, die Augen des Weibchens, die Eingeweiden der Tauben, die er verschlingt.«

Kupuka hob den Kopf und sperrte den Mund weit auf, um Regenwasser zu trinken.

»Kaum hatte Piukeman mich erkannt, klammerte er sich an meinen alten Leib und bat mich um Hilfe. Bestimmt erinnerst du dich, Schlangenei! Wie weh es mir tat, als ich ihm sagen musste, dass niemand ihm helfen kann. Dass er nur wählen kann zwischen dem baldigen Tod oder der Verwandlung in einen Vogel.«

Während Kupuka den Waldwegen folgte, die Trommel schlug und seine Geschichte erzählte, spielte Drei Gesichter in einem Fluss.

Drei Gesichter, der Zauberer, dessen Element das Wasser

war, ließ sich in einem Wirbel den Bach hinuntertreiben. Wenn er Kummer hatte, spielte er gern. Der Fluss war reißend und hatte ein großes Gefälle. Ein Stück weiter unten erhob sich ein hoher Felsspitz, der die Strömung entzweite. Das Spiel endete stets damit, dass der Zauberer und sein Wirbel sich an dem Stein brachen. Sehr zur Freude von Drei Gesichter geschah, was er gehofft hatte: Der Wirbel, der sich gebildet hatte, um einem Abgrund auszuweichen, schlug gegen den großen Felsen, Wassertropfen und Zauberertropfen spritzten auf, die Wassertropfen fielen ins Wasser zurück, die Zauberertropfen legten sich am Ufer auf den Rücken und lachten.

Das Spiel machte Drei Gesichter Spaß und vertrieb seine Traurigkeit. Aber als er am Ufer lag, wurde ihm wieder gegenwärtig, was sein Herz trübte.

Die Meeresströmungen, die aus dem Norden der Welt kamen, brachten beunruhigende Neuigkeiten. Immer wieder verschwanden Fischefrauen spurlos. Was geschah mit ihnen?, fragte sich Drei Gesichter. Er war der Sohn einer Fischefrau, die sich in einen Flussfischer verliebt hatte. Der Zauberer überlegte, ob sich die Fischefrauen verliebt haben könnten und verschwunden waren, um ihrer Liebe zu folgen.

Drei Gesichter lag noch immer am Ufer, als er Kupukas Trommeln hörte. Er stand auf, horchte so lange, bis er alles verstanden hatte, was der Bruder Kupuka verkündete: Ein neuer Zauberer werde kommen, sie sollten sich versammeln, um ihn zu feiern.

Drei Gesichter nahm die Muschel, die er um den Hals trug, legte sich flach auf den Boden und blies die Neuigkeit, die er gerade gehört hatte, ins Wasser. Das Wasser würde die Botschaft weit tragen. Welcher der Erdzauberer sie wohl hören würde?

»Bestimmt Welenkin«, sagte sich Drei Gesichter.

Welenkins größte Tugend war die Schönheit. Es war aber

nicht seine Schönheit, sondern die der Schöpfung. Welenkin vereinte in sich die Schönheit aller Dinge. Wenn er einen Sonnenaufgang am Meer sah, war danach die Schönheit dieses Sonnenaufgangs in seinem Körper. Er hatte tausend Sonnenaufgänge gesehen.

Den größten Teil seiner Zeit verbrachte Welenkin auf der Insel der Lulus. Er war auch dort, als die Lulus sich am Strand versammelten, um des Massakers in der Wüstenmulde zu gedenken. Der Zauberer hielt sich abseits und verfolgte reglos die Zeremonie.

Die Zeremonie bestand aus einem rituellen Tanz, den das Volk der Lulus nach der Nachricht von dem Massaker zum ersten Mal vollzogen hatte und seither alle drei Mondzyklen wiederholte.

Ein alter Lulu mit weißem Schwanz setzte sich in die Mitte eines in den Sand gezeichneten Kreises. Dort holte er den Weißen Stein hervor, den er in seinem schlaffen Bart verbarg. Damit erinnerte er daran, wie vor vielen Jahren ein anderer alter Lulu den Stein ins Sternenhaus von Beleram hatte bringen wollen. Kaum hatte der Lulu den Weißen Stein auf den Boden gelegt, begannen die Weibchen mit ihren Hufen zu scharren, die dumpfe, eintönige Begleitmusik des Tanzes.

Nun waren die Lulus mit den gelben Schwänzen an der Reihe. Sie sprangen im Zickzack und schlängelten ihre leuchtenden Schwänze durch die Luft, so wie es Dulkancellin in einer weit zurückliegenden Nacht geträumt hatte. Sie begrüßten den Weißen Stein. Dann gingen sie zu den Trinkschalen, die bis an den Rand mit sauberem Wasser gefüllt waren, und tranken sie bis auf den letzten Tropfen aus, um das vergiftete Wasser heraufzubeschwören, an dem ihre Artgenossen gestorben waren.

Schließlich stießen noch die Lulus mit den roten Schwänzen hinzu. Sie waren die Letzten, die um ihre eigenen Schwänze tanzten.

Die alten Lulus blieben sitzen, mit eingezogenen Hinterbeinen, die Bäuche auf den Sand gestützt. Sie hatten langgestreckte Hälse. Ihre dickhäutigen Gesichter wurden noch runzliger als sonst, als die Weißschwänze in ihrer Sprache, pustend und zischend, zu sprechen begannen.

»Unser Heer brach auf, um dem entgegenzutreten, der uns vernichten wollte«, zischten sie, und Welekin verstand. »Unterwegs stießen sie auf zwei, die ebenfalls zum Sternenhaus wollten. Dulkancellin und Cucub waren ihre Namen. Namen, an die wir uns mit Verachtung erinnern.«

Zwei menschliche Umrisse aus Steinen und Muscheln wurden zerstört.

»Unser Heer setzte seinen Marsch fort und hoffte, in den Wüstenschäfern Verbündete zu finden. Aber die Wüstenschäfer – verflucht sollen sie sein bis in die letzte Generation – hatten einen Pakt mit dem Ewigen Hass geschlossen.«

Die Musik der Hufe schwoll an. Die Lulus spannten ihre Schwänze wie Lanzen gen Himmel. Dann zeichneten sie Figuren in die Luft, Figuren, die wie Peitschen knallten und Schluchten zu bilden schienen.

Nur Welenkin, das Meer und der Himmel waren Zeuge dieser Zeremonie des Zorns. Als der Moment des Fluchs gekommen war, scharten sich die Lulus zusammen.

»Die Wüstenschäfer – tausendmal sollen sie ihre Kinder sterben sehen! – gaben den Unseren, die durstig waren, vergiftetes Wasser. Die Besten unseres Volkes landeten in den Tiefen einer kochenden Schlucht …«

Plötzlich übertönte etwas das Pusten der Lulus. Welenkin horchte. Das Meer plätscherte eine Botschaft ans Ufer. Welenkin stand auf und ging los. Aus Respekt vor der Zeremonie vermied er jede ruckartige Bewegung.

Er folgte ein Stück dem Ufer, lauschte den sich brechenden Wellen. Drei Gesichter schickte ihm eine Botschaft. Ein neuer

Zauberer würde kommen, sie sollten sich versammeln, um ihn zu feiern. Welenkin legte sich auf den Sand, um zu schlafen. Über seinen Traum wollte er in den Traum eines Zaubererbruders gelangen und die gute Nachricht an ihn weitergeben. Wer von ihnen würde wohl als Erster träumen? Bestimmt der Kauer.

Der Kauer schlief knurrend, weil ihn Visionen warnten, dass im Norden der Fruchtbaren Länder das Böse an Kraft gewann. Er schlief auf einem felsigen Boden wie auf einem Haufen frischen Heus. Plötzlich erschien Welenkin in seinem Traum.

»Was machst du hier?«, fragte der Kauer. »Warum störst du mich?«

Welenkin kannte die griesgrämige Art des Kauers und wunderte sich nicht.

»Ich störe deinen Schlaf, um dir etwas Wichtiges mitzuteilen.«

»Sag schnell. Und dann pack dir deine ganze Schönheit auf den Buckel und hau ab.«

Welekin erzählte, was er zu erzählen hatte, verließ den Traum des Kauers und kehrte zur Zeremonie der Lulus zurück.

Der Kauer konnte nicht mehr einschlafen. Er riss eine Hand voll Kräuter, die um ihn herum wuchsen, aus dem Boden und stopfte sie sich in den Mund. Er musste dem Passhüter die Nachricht überbringen. Dafür hätte er auf die Wirkung seines giftigen Speichels zurückgreifen können, aber er wollte sich die Gelegenheit nicht entgehen lassen, den Passhüter leibhaftig zu treffen, seines Erachtens nach ein schwacher Zauberer mit wässrigem Blut.

Der Kauer erhob sich, hängte seinen Beutel um und brach zum Maduinasgebirge auf. Er wählte den Speichel aus, mit dem er dem Hüter das Lächeln vermiesen würde.

Der Passhüter saß irgendwo in den Weiten der Berge und knüpfte Harnische. Die Kinder der östlichen Dörfer benutzten sie als Hängematten.

Gelegentlich stieg der Passhüter hinunter in diese Dörfer. Dann scharten sich die Kinder um ihn und bettelten um die Harnische. Sie liebten es, in sie hineinzuschlüpfen und sich von hohen Ästen baumeln zu lassen oder sich im Dach des Waldes zu wiegen.

Eine Ladung blauer Spucke kündigte dem Hüter an, dass der Kauer zu Besuch kam. Schnell beendete er das Harnischknüpfen und flüchtete hinter einen Felsen.

»Willkommen in meinen Bergen, Kauer!«

»Wenn du hinter deinem Felsen hervorkommst, kriegst zu zur Begrüßung eine Ladung Spucke«, antwortete der Kauer. »Was machst du da überhaupt?«

»Ich knüpfe Harnische. Die Kinder der Menschen haben ihren Spaß daran.«

Der Kauer verstand nicht, wie man die Menschenkreaturen so lieben konnte. Er stieß seinen typischen Schrei aus – Shanji! – und rannte auf den Felsen zu, hinter dem sich der Hüter versteckte.

»Warum beschützt du sie? Wie kommst du dazu, dich mit solchen Nichtigkeiten abzugeben, nur damit ihre Kinder etwas zum Spielen haben?«

»Kennst du sonst eine Kreatur, die aus einem Stück Schilfrohr eine Flöte machen kann?«

Der Kauer spuckte, wenn er sich im Recht fühlte. Und wenn er sich nicht im Recht fühlte, spuckte er ebenfalls.

»Shanji! Ich bin nicht in deine Berge hinaufgestiegen, um mit dir über Menschenkreaturen zu reden«, sagte er.

»Worüber dann?«

»Über einen Zauberer, der bald kommen wird.«

Der Kauer neigte sich drohend mal nach links und mal nach rechts. Der Passhüter ließ ihn nicht aus den Augen, denn der Speichel des Kauers konnte vielerlei Folgen haben: von Jucken bis Blindheit, von Schwellungen bis Wahnsinn.

Auf seine grobe Art, der einzigen, die er für sich duldete, erzählte der Kauer, was ihm Welenkin in seinem Traum angekündigt hatte. Er sagte es und wollte gleich wieder los.

»Ich gehe dann mal, damit du weiter Spielzeug basteln kannst.«

Der Passhüter wartete, bis der Kauer ein Stück den Hang hinuntergegangen war, und kam dann hinter seinem Felsen hervor. Da drehte sich der Kauer um, schrie markerschütternd und spuckte in Richtung des Zaubererbruders.

»Shanji! Du musst lernen, nicht so einfältig zu sein.«

Auf dem rechten Arm des Hüters war ein Fleck, der anschwoll.

»Kein Angst, das vergeht wieder«, rief der Kauer. »Dein Arm wird allerdings einige Tage taub sein. Es hat sich also ausgeknüpft. Shanji!«

Der Herr auf seinem Berg

Jenseits des furchterregenden Yentru gewann Misaianes an Stärke. Diejenigen, die eines Tages die Überfahrt gewagt hatten, kamen irgendwann dort an. Sie fanden einen Misainanes vor, der furchtlos über die Zeit herrschte.

Vielleicht war dies der Grund, warum er von Leogros verlangte, dass er ihm fünf Sonnenjahre lang immer wieder dieselbe Geschichte erzählte. Ohne je um Milde zu bitten, erzählte Leogros, der zurückgekehrt war, um sich seiner Strafe zu stellen, erzählte immer wieder in allen Einzelheiten von seiner Niederlage. Nicht einmal um Linderung der Pusteln, die ihn zerfraßen, weil er sich ständig im Feuchten aufhielt, bat er. Da er so dünn war, sah man das Blut in seinem Adern fließen. Er roch wie jemand, der fünf Jahre lang fauliges Wasser getrunken hat. Sein Haar und Bart waren durchsetzt mit weißen Eierchen. Doch seine Stimme war noch immer die gleiche, die, die Misaianes' erste Flotte befehligt hatte.

Der Herr hörte ihm zu, ohne ihn zu unterbrechen. Er hörte ihm an dem einen Tag zu und an dem anderen. Und am nächsten Tag hörte er ihm wieder zu. Und einen Tag später ließ er ihn wieder herbeischaffen.

Eines Tages gefiel es Misaianes, ihm ins Wort zu fallen. Leogros wusste, dass es nun so weit war: Der Herr würde mit ihm sprechen. Sein Stolz war verletzt, und doch überwog die Erleichterung darüber, dass er nun endlich ans Ende gelangen würde.

»Leogros, du warst der Kapitän meiner Flotte, du warst die Nagelspitze von einem meiner Finger. Vor fünf Jahren hast du mir eine Niederlage gebracht, hast gedacht, sie sei das Schlimmste, das du mir bringen konntest. Du hast mich gebeten, dich zu bestrafen. Fünf Jahre sind vergangen, und du hast es immer noch nicht begriffen. Du wirst nicht bestraft werden für das Scheitern deines traurigen Spiels. Bestraft werden wirst du für deine Wahnidee, dass deine Niederlage meine Niederlage war. Dass mein Sieg auch dein Sieg gewesen wäre. Leogros, du warst die Nagelspitze von einem meiner Finger. Nein, du warst weniger. Du warst das Kratzen der Nagelspitze meines Fingers. Denn nach dir wären alle meine Finger an die Küsten dieses Kontinents gelangt. Und nach meinen Fingern meine Hände. Und danach meine Arme, deren Ursprung ich noch nie gesehen habe. Und danach mein Atem. Und danach der Schatten meiner Nasenflügel. Ich werde bis zu diesem Kontinent reichen, ohne jemals meinen Thron zu verlassen. Du hast nicht begriffen, dass es in der Welt deines Herrn keine Toten gibt, nur Besiegte. Du hättest mir tausend Schiffe vollbeladen mit Leichen bringen können, und ich hätte doch weiterhin auf das Wichtigste warten müssen: auf etwas, das ich über Jahrhunderte in meiner geballten Faust bewahren kann; auf etwas, das Fleisch wird, wenn ich meine Faust öffne, und das von meinem Blut lebt.«

»Herr«, sagte Leogros. »Mein Ziel war ein Kontinent. Und du hast ein Maiskorn erwartet.«

Die Schattenmutter

Ihr Sohn verlange nach ihr, hieß es. Nachdem er ihr so lange nur Befehle und Gesuche aus der Ferne geschickt hatte, rief ihr Sohn nun nach ihr.

Die Mutter durcheilte das weite Land, das sie von dem Berg trennte, wo Misaianes wohnte, der, den sie in ihrem Mund ausgetragen hatte.

Der Berg des Misaianes war ein Dotter der Nacht, in dem sich die Herzlosigkeit und ihre Substanzen konzentrierten, das Entsetzen und seine Fauna, der Schmerz und seine Früchte. Vom diesem Berg aus hatte sich sein Reich ausgedehnt, das jetzt schon fast den ganzen Kontinent der Alten Länder umfasste. Die wenigen Rebellen, die noch ausharrten, lebten versteckt an den südlichen Küsten und auf der Großen Halbinsel.

Die Mutter dachte so angestrengt nach, dass sie, ohne es zu merken, murmelte. Der Sohn hatte ein Reich geschaffen, das unaufhörlich weiterwuchs und dennoch seinem Traum, allem, was existierte, seine Ordnung aufzuzwingen, nicht im Geringsten gleichkam.

»Noch sind wir weit davon entfernt, seinen Berg zum einzigen Thron dieser Welt zu machen«, murmelte die Mutter.

Misaianes rief sie, und ergeben eilte sie zu ihm, als Gabe für den Sohn, der aus ihrem Ungehorsam geboren ward. Ihr Sohn, entstanden aus Speichel, der in ihrem Mund gekeimt war, ihr Sohn, den sie liebte.

Die Mutter durchwanderte das Ödland aus rötlichem Staub. Es war zerklüftet, so weit das Auge reichte, und kalt, denn die Sonne weigerte sich, hierherzukommen. Der Nebel löste sich nie auf, verhüllte die einst von Sommervögeln bewohnten Bäume, die einmal Blätter und Früchte getragen hatten und nun vertrocknet waren.

An jedem Baum stand einer, den eine Strafe ereilt hatte, einer, der es gewagt hatte, über die Befehle des Sohnes zu spotten. Ob Verwandte oder Vasallen, alle umarmten nun als Skelette einen Stamm. Bestrafter und Baum sahen aus wie zwei Tote, die sich liebten.

Hier wuchs kein Halm, kein Grün. Kein Leben gedieh, bis auf das Getier, das dann und wann aus den unzähligen Löchern kroch. Unter den Füßen war die Erde ein Knoten aus Höhlen und Gängen, durch die sich leise die Viecher schlichen, um sich gegenseitig zu verschlingen.

Von nah erklang ein Stöhnen. Die Mutter wandte sich der Stelle zu, von der es kam. Sie fand sie mühelos, aber der Nebel zwang sie, ganz nahe hinzugehen, um das Gesicht des Verurteilten zu erkennen. An einen Baum gefesselt, rang Leogros mit dem Tod. Der hochmütige Anführer des Sideresierheers war nun ein nackter, geschundener Mensch, der in diesem Ödland genau wie die anderen als Skelett ohne Rang enden würde. Tiere wagten bereits, zwischen seinen Fußzehen zu brüten. Leogros hob seine Lider etwas an und flehte um Wasser. Die Mutter betrachtete ihn lange.

»Dir war das Glück beschieden, ein Reiben meines Sohnes zu sein. Damit stille deinen Durst«, sagte sie. Dann setzte sie ihren Weg fort.

Von Stolz erfüllt, näherte sie sich dem Berg. Ihr hagerer Körper war verhüllt von einem dunklen Umhang. Dann und wann schauten beim Gehen ihre spitzen Knie hervor. Wo ihre weißen, schmalen Füße hintraten, blieb keine Spur. Ihr langes graues Haar hingegen war voll und hing ihr vorne wie hinten üppig über die Schultern.

Auf ihrem Weg zum Berg traf die Mutter auf eine Kolonne von Männern, die sich aufgemacht hatten, um im Felsen oder in der Erde zu schürfen. Die Bergleute, die auf der Skala der Vasallen die niedrigste Stufe einnahmen, suchten nach dem Eisen für

Waffen und den Schätzen, mit denen der Herr Treue belohnte. Als die Mutter an ihnen vorüberging, verschwanden die Unterschiede zwischen ihnen und dem Züchtiger, der sie anführte. Alle blieben stehen, wurden blass, rangen nach Atem. Die Peitsche in der Hand des Führers wurde bedeutungslos. Die Mutter ging weiter, die Augen starr auf den Berg gerichtet, der höher und dunkler schien als alle anderen.

Viele Vasallen lebten im Umkreis des Berges, arbeiteten am Erhalt des Krieges und dem Prunk, den die Zauberer und die Verwandten forderten. Den Herrn kannten die Vasallen nicht, nur den Umriss des Berges, in dem er schlief; und, wie man sagte, regierte und das Denken eines jeden vorüberziehen sah. Manchmal, wenn der Wind aufbrauste, wehte vom Berg ein schwerer, süßlicher Geruch herbei; manchmal auch ein Pochen, das genügte, damit sie ihn nicht vergaßen.

Die Vasallen des Misaianes waren je nach Aufgabe in umzäunten, voneinander isolierten Siedlungen, den Flecken, gruppiert. Sie besaßen lediglich Arbeitsnamen, hießen Köhler, Jäterinnen, Waffendreher, Schwefelmahler …

In den Flecken arbeiteten die Vasallen, erkrankten in frühem Alter und starben, ohne je gesungen zu haben.

Die Vasallen lebten nicht in Familien. Männer, Frauen und Kindern saßen nie abends zusammen. Im Flecken der Köhler lebten dunkel spuckend die Köhler, im Flecken der Jäterinnen jäteten die Jäterinnen und knirschten die Jäthacken. Dann und wann wurden sie zusammengeführt, um sich fortzupflanzen: die Frauen des einen Fleckens vereinigten sich mit den Männern des anderen für eine Nacht, damit neue Vasallen geboren wurden. Sie erkannten einander nur an den Merkmalen ihres Berufs. Wenn die Frau geschwollene und farbverschmierte Hände hatte, dann war sie eine Färberin. Wenn der Mann gerötete Augen hatte, dann war er ein Heizer. War die Vereinigung vollzogen, wurden sie wieder getrennt, für immer.

Die Mutter ging weiter.

Niemand, weder die Vasallen noch die Verwandten und auch die Zauberer nicht, wohnten weniger als einen Tagesritt vom Berg entfernt. Die Mutter hatte noch einen langen Marsch vor sich, durch eine entstellte Landschaft, die außerhalb der Ordnung des Lebens war. Gewalt lag in der Luft, in der Tausende von ungeheuerlichen Insekten schwirrten. Finsternis herrschte auf der Erde, wo die Schatten der Bäume sich umgekehrt zum Wind schüttelten.

Magier der Bruderschaft des Frieds, Vasallen, die keinen Namen haben durften, Vertraute, die auf ihrem Schloss lebten, alle dem Willen des Misaianes unterworfen.

Der Sohn wollte kein Schloss. Er wünschte keinen anderen Thron als das Loch, in dem sich noch der Geruch der Flüssigkeiten hielt, aus denen er gekeimt war. Eine steile Steintreppe führte zu seinem Thron. Schon stieg die Mutter hinauf.

Die Hitze, die ihr Sohn ausstrahlte, zwang sie, den Umhang abzulegen. Am Eingang des Nests breitete sie ihn aus. Erst kniete sie sich hin, dann setzte sie sich auf ihre Waden. Nun war sie eine kleine nackte Frau, die weniger zu sein wählte als ihr Werk.

Der Sohn verfügte über eine Stimme, die er nach Belieben ändern konnte. Jetzt flüsterte er heiter.

»Ich erwachte, und meine Flotte in der anderen Hälfte der Welt war besiegt. Leogros' Kampf der Waffen war verloren. Und Drimus war dort geblieben mit seinen Hunden. Der Doktrinator hat einige der Befehle ausgeführt, die ihm aufgetragen waren. Aber es ist nicht genug. Ich werde zurückkehren an den Ort, den sie die Fruchtbaren Länder nennen, mit einem Vielfachen an Heeren, Schiffen und Waffen. Aber auch dies wird nicht genügen, wenn nicht jemand das Werk vollendet, das Drimus begonnen hat. Und dieser Jemand wirst du sein, Mutter. Nur dir vertraue ich, nur du kannst unserem Buckligen helfen. Nie werde ich diesen Ländern und seinen Kreaturen meine Ordnung aufzwingen können, wenn nicht ihre Wurzeln ausgerissen werden. Wenn ihr Schmerz nicht von innen kommt, werden wir am Ende nur Tote haben, aber keine Sklaven. Wenn wir ihnen nicht das Blut beschmutzen, werden wir keinen dauerhaften Sieg erringen. Dich begleiten die Habgierigen, Wollüstigen, Jähzornigen … Auf sie wirst du bauen, sie werden die Frucht verabreichen, die du und Drimus zum Faulen gebracht habt. Wenn ihr euer Werk getan habt, kehrt ihr zurück und weckt mich auf. Ich will, dass ihr den Samen der Fruchtbaren Länder mitbringt. Erst dann kann ich mich über die Welt erheben.«

Die Mutter hatte lange auf diese Anerkennung gewartet.

»Komm mit mir«, bat sie. Sie streckte ihre Hände aus und strich mit den glatten Innenflächen über die Haut des Sohns. Dann schmierte sie ihren Körper mit dem öligen Schweiß ein, damit sie ihn immer riechen konnte, wenn sie fort war.

Die Mutter wusste, dass der Moment des Abschieds gekommen war. Sie stieg die Treppe hinunter. Auf der letzten Stufe hüllte sie sich wieder in ihren Mantel.

In Erinnerungen versunken, trat sie den Rückweg an.

Früher, als ihr Sohn nur ein Verbot gewesen war, hatte sie die Kreaturen geholt, die an das Ende der ihnen bestimmten Zeit gelangt waren: Kinder, Heranwachsende und Alte, Bäume und Vögel. Bevor Misaianes existierte, hatte sie die abgelaufenen Leben geerntet.

Dann aber gehorchte sie nicht mehr. In jenem gegen die großen Gesetze geborenen Sohn hatte der Ewige Hass Substanz gefunden. Seither starben viele Kreaturen vor ihrer Zeit. »Frühe Ernte, unbesonnene Ernte«, murmelte die Schattenmutter. Weil sie nicht wusste, wie man mit den Schultern zuckte, vollführte sie eine plumpe Gebärde, um sich ihre Gedanken einzugestehen. Große Zauberer, namenlose Vasallen, Vertraute, die ihm in die Augen schauen durften. Und für mich¿, dachte die Mutter. Welcher Platz im Reich meines Sohnes ist für mich vorgesehen?

Die Schattengalionsfigur

Die neue Flotte, die in den Alten Ländern in See stach, hatte die gleiche Farbe wie die alte. Und den gleichen Gestank, der im Laufe der Tage immer penetranter wurde, als zu der Feuchtigkeit, dem Tiermist und der Kielspur der über Bord geworfenen Abfälle noch der Geruch nach vergärten Kichererbsen, erbrochenem Wein und Männerschweiß kam.

Der dunkle Tross setzte sich im Morgengrauen in Bewegung, bahnte sich seinen Weg durch den Nebel, der im Reich des Misaianes hauste. Die Flotte war wesentlich größer und furchterregender als die, die Leogros in die Niederlage geführt hatte. Geladen hatte sie Waffen, die einen Fluss, einen Wald, ja ein ganzes Volk töten konnten.

Dennoch war diese Flotte dem Misaianes kein Kissen, um sein Haupt darauf zu legen. Der Herr wusste, dass der Weg, der ihn in die Ewigkeit führen sollte, viel gewundener war.

»Geh hin und säe Zwietracht. Löse die Bande der Brüderschaft, vertiefe die Ungerechtigkeiten. Sag denen, die sie begehen, dass sie ein heiliges Recht ausüben. Und sag denen, die sie erleiden, dass wir kommen werden, um sie zu sühnen. Bring die Magie an einen Ort, der den Kreaturen nicht zugänglich ist. Sorge dafür, dass Menschen und Tiere einander als Feinde betrachten. Und dass die Erde ihnen nicht mehr Mutter ist.«

Brutalität allein genügte nicht, um diesen Befehl auszuführen. Vonnöten war ein Geist, der zwischen Willkür und Zielen zu unterscheiden wusste. Eine Intelligenz, die die Grausamkeit mit raffinierten Geboten zu begründen wusste. Und vor allem jemand, der nicht den geringsten Zweifel daran hatte, dass Misaianes eine höhere, unabwendbare Ordnung brachte. Dieser Jemand war Drimus, der einen Teil der Arbeit bereits verrichtet hatte. Nun schickte Misaianes die Henker.

Kaum war die Flotte auf hoher See, setzte sich das Schiff, das auf dieser Reise das Kommando führte, an die Spitze. Es war größer als die anderen und hatte als einziges eine Galionsfigur am Bug, eine Frau, die mit seitlich versetzten Beinen dasaß und die Arme vor der Brust verschränkt hielt. Sie war in einen Umhang gehüllt, aus dem nur ihre spitzen Knie und die Sohlen ihrer dünnen Füße hervorlugten und der ahnen ließ, dass es ihr an Rundungen fehlte. Das einzig Schöne an ihr war ihr dichtes graues Haar, das üppig herabhing.

Für Augen, die nur das Äußere betrachten, sah die reglose Galionsfigur aus wie ein Stein.

Die Galionsfrau hatte ihr Gesicht dem Meer zugewandt, ohne jedoch begierig Ausschau nach der Küste der Fruchtbaren Länder zu halten. Sie hatte sich ganz dem Rhythmus des Meers hingegeben, denn wie die Steine kümmerte sie die Zeit nicht. Während sich die Galionsfrau mit den Wellen hob und senkte, hing sie ihren Gedanken nach. Einige der Gedanken hielten sich länger als andere. Besonders einer. Ein Gedanke kehrte immer häufiger wieder, je näher sie dem Ziel kamen. Die Galionsfrau dachte daran, wie die Menschen der Fruchtbaren Länder sie nannten: »Schwester, die den Schnitt machen muss«. Und wie sie gemeinsam um jeden Toten weinten, aber auch den Kreislauf des Lebens feierten. Denn wer starb, ging nicht fort, sondern kehrte heim, sagten sie. »Die Formen werden müde und spröde. Jede Kreatur muss zur Erde zurückkehren, um eine neue Form zu erhalten, eine neue Kraft.«

Hinter ihrem Rücken ruhten sich die Männer aus. Der Abend war warm und windstill, so dass sie an Deck lagen, um Wein zu trinken und darum zu wetteifern, wer die beste Geschichte erzählen, wer am besten fluchen konnte. Die wenigen Öllampen erleuchteten ihr zahnloses Lächeln. Die einen Hände wetteten, die anderen rafften die Gewinne zusammen. Spiele, bei denen immer einer alles verlor und seine Niederlage nicht bezahlen konnte. Der Unglücksrabe, der in diese Lage geriet, der alles gewettet und alles verloren hatte, selbst seine Ration an Wein und Essen, musste sich dem Willen dessen unterwerfen, der ihn besiegt hatte.

Der Gewinner musterte seinen Schuldner eingehend: ein armer barfüßiger Kerl in schmutzigem Hemd und knielanger Hose. Die anderen Männer bildeten um ihn einen Kreis, der einstimmig atmete in Erwartung des Spaßes, der sich ankündigte. Der Gewinner dachte nach und lächelte. Der Verlierer zitterte und erinnerte sich daran, dass der Letzte, der an seiner Stelle gewesen war, mit seinen Zehennägeln bezahlt hatte. Der Gewinner kniff seine Augen zusammen, ließ seinen Blick von der Galionsfigur zu seinem Opfer und von seinem Opfer zur Galionsfigur schweifen. Er fühle sich wohl in dieser warmen Nacht, war nicht erpicht auf Schmerzensschreie. Lieber wollte er Freuden schenken.

»Siehst du die Galionsfigur?«, fragte er.

Der Schuldner nickte, versuchte seine Strafe zu erahnen.

»Auch wir sehen sie«, sagte der Gewinner mit markiger Stimme, »und uns kommt sie vor wie eine Frau. Du wirst jetzt zu ihr gehen, damit wir herausfinden, ob sie wirklich so dürr ist, wie es scheint.«

Gelächter bewies, dass den Männern die Idee gefiel. Sogar der Unglückliche selbst lachte. Besser, als die Fingernägel herausgerissen zu bekommen, dachte er.

Während er zum Bug ging, zog eine begierige Stille auf. Die Prüfung schien leicht: Er musste sich nur vorstellen, dass es sich um eine Frau handelte …

Der Mann blieb vor einem geschnitzten Rücken und einer in zwei Hälften geteilten Mähne stehen. Es schien leicht. Er legte seine Hände auf die Schultern, führte sie links und rechts des Umhangs abwärts und suchte die Arme. Was er nun tun musste, war harmlos im Vergleich zu dem, was sein Kamerad zur Begleichung der Schuld hätte fordern können. Dennoch ließ ein Schamgefühl ihn innehalten.

Die Männer stachelten ihn an. Die Strafe seines Vorgängers fiel ihm ein, und er beschloss weiterzumachen. Er näherte seine Nase dem Haar, suchte nach einem vertrauten Geruch. Ein Matrose jaulte auf, zu früh, denn die anderen pfiffen ihn nieder. Der Mann versuchte sein Unbehagen abzustreifen. Um das Spektakel, das alle von ihm forderten, schneller herbeizuführen, setzte er sich auf die Reling, der Galionsfigur fast auf die Beine. Er legte die Hand um ihren Nacken und beugte sich nach vorn, wo er das Gesicht und den Bauch einer Frau erwartete.

Niemand erfuhr je, was er sah. Das Gesicht gefror ihm vor Schreck, der Schrei blieb ihm im Halse stecken, war ein schäumendes Gurgeln. An Deck gestreckt, lag er da, in den aufgerissen Augen immer noch das Entsetzen.

Die Männer des Herrn, die Streitsüchtigen, die Wollüstigen, die, die losgezogen waren, um eine Welt zu vernichten, warfen die Leiche ins Meer. Nie wieder auf der langen Reise näherte sich jemand der Galionsfigur am Bug.

Die Jagdbeute

Sieben sideresische Soldaten schliefen an der Küste unter Mangroven, deren Schatten in der stickigen Hitze etwas Erleichterung bot. Drimus wollte nicht schlafen. Er nahm eine Tasche und ein Paar Handschuhe aus grobem Leder und brach auf, um dornige Spitzkletten zu pflücken. Das Spitzklettenfeld lag eine Stunde Fußmarsch entfernt, vom Yentru landeinwärts in Richtung Norden. Drimus liebte diesen Ausflug. Er hätte auch einem seiner Männer befehlen können, die Spitzkletten zu beschaffen, aber er dachte gar nicht daran. Dieses köstliche Gefühl, die Bausteine für sein Spiel selbst auszusuchen, wollte er sich nicht entgehen lassen. Von den großen Spitzkletten so viele, von den mittelgroßen so viele, und so viele von den kleinen Spitzkletten, die am schwersten zu finden und daher am begehrtesten waren. Er brauchte sie für die Feinarbeit.

Seit er bei einem Erkundungsgang das Spitzklettenfeld entdeckt hatte, wählte Drimus persönlich die Pflanzen aus und brachte sie in seine Hütte. Dort verbrachte er seit Jahren ganze Nächte und heiße Tage damit, eine Spitzklette mit der anderen zu verknüpfen. Er benutzte unterschiedlich große Ästchen als Zangen und setzte mit ihrer Hilfe die Spitzkletten mit äußerster Genauigkeit an die gewünschte Stelle. Es war ein Spiel, das Geduld und Meisterschaft erforderte. Heraus kamen perfekt gebaute Burgen mit königlichen Zimmern, Kellern und Brüstungen, mit Schutzwällen, Zinnen und Türmen … Kleinode, die er im Gestrüpp des Mangrovenwalds versteckte.

Mit den Spitzkletten, die er in der Tasche trug, wollte er ein Meisterwerk vollenden, das alle übertreffen sollte, die er bis dahin gebaut hatte. Die Männer wussten, dass sie ihn dabei nicht stören durften. Sogar die Hunde lagen still da und sahen ihm zu.

Als die Nacht hereinbrach, fügte Drimus letzte Kleinigkeiten hinzu wie das Dach eines Türmchens, die Ballustrade eines oberen Stockwerks, die Simse. Kurz vor Morgengrauen war seine vollkommenste Burg fertig. Der Doktrinator ließ sich auf die Rücken seiner Meute fallen. Seine Augen waren gerötet, seine Hände bluteten. Doch war es Blut, das seinen Genuss noch erhöhte.

Lang betrachtete Drimus sein Werk. Schließlich kroch er darauf zu und spähte mit einem Auge hinein, erst durch ein Fenster, dann durch ein weiteres und schließlich durch noch eines. Mal hob er auf der einen, mal auf der anderen Seite der Burg den Kopf und sprach, als lebten darin ein kleines Figürchen.

»Lieber Leogros, bist du da?«, sagte er in verspieltem Ton. »Leogros ... Bist du da? Ich schaue durch ein Fenster, aber ich sehe dich nicht. Ich schaue durch ein anderes, aber ich sehe dich immer noch nicht. Hier bist du nicht, dort bist du auch nicht. Ach, Leogros! Ich spähe in den großen Saal, um dich zu finden ... Aber wieder nichts. Wenn du nicht in der Burg der Sieger bist, wo bist du dann? Armer Leogros! Ich hoffe, dass du nicht leiden musst, dass du nicht erniedrigt wirst. Leogros, bist du da?«

Fünf Sonnenjahre waren vergangen seit dem Tag, an dem die Sideresier vom Kontinent des Hirsches geflohen waren. Übel zugerichtet von einem mutigen Heer aus Zauberern, Menschen und Tieren, endgültig vernichtet durch die Entschlossenheit eines jungen Kriegers.

Die Schiffe der Sideresier waren tagelang in Küstennähe nordwärts geirrt. Tage des Unmuts unter der Besatzung, Tage heftigen Streits zwischen Leogros und Drimus. Die ungeklärte Frage, wer von ihnen den höheren Rang besaß, trieb sie nach der Niederlage in den offenen Zwist.

»Es ist nicht meine Niederlage, sondern deine, Kapitän.«

»Du hast es gerade selbst gesagt: Ich bin der Kapitän.«

»Deiner Schiffe vielleicht. Aber nicht eines Zauberers der Alten Länder.«

Wer sollte die Entscheidungsgewalt haben: der Zauberer oder der Kapitän? Misaianes hatte es nicht klargestellt.

»Ich werde zurückkehren. Ich werde erklären, was passiert ist, und mich zu meiner Schuld bekennen.«

Drimus feierte die Entscheidung des Kapitäns mit einem spöttischen Lächeln.

»Sonst noch was? Wenn wir noch weiter abdriften, wirst du nicht einmal genügend Wasser haben, um überhaupt anzukommen. Deine Mannschaft scheint kurz vor dem Aufruhr zu stehen. Du tust gut daran, auf die Barmherzigkeit deines Herrn zu vertrauen. Ich hingegen werde hierbleiben. Meine Mission ist alles andere als gescheitert. Und beendet ist sie schon gar nicht. Setz mich am Ufer ab und segle zurück. Ich kümmere mich um meinen Teil.«

Zur Überraschung des Buckligen wählte Leogros zwölf Männer aus, die unter seinem Befehl in den Fruchtbaren Ländern bleiben sollten. Nur sieben hatten bis jetzt überlebt, die anderen waren an Bauchleiden gestorben.

Drimus höchstpersönlich suchte im Land der Sonnenherren die Stelle aus, an der er abgesetzt werden wollte. Was von der Sideresierflotte übrig war, kehrte in die Alten Länder zurück. Drimus selbst blieb, um die Aufgabe fortzufühen, die ihm der Herr übertragen hatte.

»Leogros, bist du da?«

Versunken in seinen Erinnerungen, legte sich Drimus zu seinen Hunden und schlief ein. Als die Sonne ihn weckte, lag er in einer Schweißlache. Neben ihm spitzten seine Tiere die Ohren, weil sich zwei Reiter im Galopp näherten.

Drimus ging davon aus, dass es Freunde waren, eilte aber dennoch nach draußen, um alle zur Stille zu mahnen, bis er ein Zeichen geben würde. Die seltsame Familie aus einem Zauberer, einigen Männern und einer schwarzen Hundemeute wartete reglos ab, bis die Besucher in Sicht kamen.

»Wir bringen Geschenke für alle, die in diesen Mangrovenwäldern hausen«, rief eine bekannte Stimme.

Wie Drimus es sich schon gedacht hatte, waren es Molitzmos' Boten, die den Nachschub brachten. Seit fünf Jahren sicherte Molitzmos nun schon das Überleben derjenigen, die ihm im Gegenzug Anleitung gaben, wie der Sonnenherr den Thron zurückerobern konnte.

All die Zeit über hatten sich Drimus und seine Männer in einer einsamen und heißen Küstenregion versteckt. In einem Gebiet, wo es von Mangroven und Insekten wimmelte, wo heiße Dämpfe aufstiegen, die als Regen niedergingen und zähflüssig wieder aufstiegen, wenn die Sonne wieder zum Vorschein kam. Inmitten von Bäumen und Kletterpflanzen, die aus dem Wasser herauswuchsen, hatten sie auf den höchsten Hügeln drei Hütten errichtet. Die eine Hütte war Drimus und seinen Hunden vorbehalten. In der anderen hausten seine Männer. Und die dritte und kleinste diente als Vorratskammer. In dieser Gegend verschaffte nur das nahe Meer Erleichterung. Der Yentru, den Drimus nicht hatte überqueren wollen, als Leogros den Befehl zur Rückkehr in die Alten Länder erteilt hatte.

Kaum hatten sie die vertrauten Stimmen erkannt, liefen die Menschen und Hunde los, um den Nachschub in Empfang zu nehmen. Drimus hinkte hinterher. Er konnte nicht mehr aufrecht gehen, denn sein dünner Körper krümmte sich unter der Last des Buckels.

Die Boten hatten bereits die Satteltaschen vom Rücken ihrer Tiere genommen und stellten alles, was sie mitgebracht hatten, auf den Boden: Lampenöl, Angelhaken, Tabak, Trockenfleisch,

Brot und Krüge bitteren Oacals. Vor Gier spuckten die Männer Speichel. Die Hunde drohten sich auf die Lebensmittel zu stürzen. Aber Drimus gab einen Befehl.

»Erst wird alles verstaut, anschließend verteile ich es«, sagte er. Und an die Boten gewandt: »Ihr werdet mit uns trinken, bevor ihr zurückreitet.«

»Wir danken dir«, antwortete einer von ihnen. »Aber wir müssen gleich wieder los. Niemand darf merken, dass wir weg sind. Hoh-Quiu ist misstrauisch geworden, er wittert überall Verrat. Und noch etwas. Molitzmos lässt dir ausrichten, dass die Falle für die Herrscherfamilie bald zuschnappen wird, deshalb wird er beim nächsten Mal selber kommen, um deine letzten Ratschläge anzuhören.«

Die Boten preschten davon. Beglückt über die guten Neuigkeiten, tollte Drimus mit seinen Hunden. Wenn Molitzmos selber kam, würde die Verschwörung gegen Hoh-Quiu und sein Haus bald Erfolg zeitigen.

Molitzmos auf dem Thron, Molitzmos' Haus wieder Herrscher über das Land der Sonnenherren. Für den Doktrinator bedeutete dies ein Triumph, der ihm allein gebührte und ihm eine hohe Stellung sichern würde, wenn der Herr Rechenschaft forderte. Es war viel mehr als das, was Leogros mit seiner plumpen Doktrin und seiner Hochmut erreicht hatte.

Drimus' Freude war so groß, dass er üppige Rationen Oacals an seine Männer verteilte, die den Krug von Mund zu Mund gehen ließen. Er selbst hingegen aß und trank kaum etwas. So hielt er es immer, denn nichts sättigte ihn mehr als seine eigenen Gefühle.

So lange hielt Drimus' gute Laune an, dass die Vorräte knapp zu werden begannen, als es noch mehrere Tage bis zur Wiederkehr der Boten waren.

Doch Drimus ließ sich davon nicht aus der Ruhe bringen. Er gebot den Gelüsten seiner Männer keinen Einhalt. Nicht einmal die Ration, die eigentlich für seine Meute bestimmt war, schonte er.

»Hungert ihr nur«, sagte er zu seinen Hunden. »Je hungriger ihr seid, desto besser.«

Drimus bereitete sich auf eine kurze Reise vor. Seine Männer wussten Bescheid, sie hatten es schon häufig erlebt. Er würde lediglich ein Netz und etwas Brot mitnehmen und zwei oder drei Tage wegbleiben. Sie wussten, was er vorhatte, und der Gedanke daran verleidete selbst diesen Nichtswürdigen das Lächeln.

Früh am nächsten Morgen brach Drimus auf. Tatsächlich nahm er nur ein Netz und etwas Brot mit. Diesmal schlug er nicht den Weg zum Spitzklettenfeld ein, sondern ging in die entgegengesetzte Richtung zum Yentru. Als er dem Wasser nah genug war, um das Branden der Wellen zu beherrschen, wandte er sich nach Süden. Er wollte zu der Stelle, an der die geäderten Felsen das Meer zurückhielten. In deren Schutz sonnten sich die Fischefrauen, für gewöhnlich in Gruppen. Drimus aber würde so lange dort verharren, bis eine Fischefrau sich von der Gruppe löste, um allein zu singen.

Der Doktrinator hatte Glück, denn er musste nicht einmal einen halben Tag auf das Ersehnte warten. Mehrmals küsste er sein Netz, als wollte er es bitten, seinen Teil gut zu erfüllen.

Eine wunderschöne Fischefrau war aus dem Meer gekommen. Erst war das dunkle Haar aufgetaucht, dann ihr Leib. Drimus betrachtete den gebräunten Oberkörper, der sich aufrecht vor den Wellen abzeichnete. Er betrachtete den Unterleib eines silbrigen Fischs, der auf einem Stein ruhte. Er wusste, dass er keine Zeit verlieren durfte, denn jeden Augenblick konnten ihre Freundinnen eintreffen. Leise und mit erhobenem Netz schlich er sich von hinten an. Er sah ihre Schönheit, aber er war kein Mann. Er hörte sie singen, aber er war ein Magier.

Die Zeit schien stillzustehen, als das Netz durch die Luft

schwebte. In dunkler Ahnung drehte sich die schöne Fischefrau um. Da fiel die Falle auf sie.

Die Fischefrau kämpfte verzweifelt, um sich aus der Gefangenschaft zu befreien. Der silbrige Fischschwanz zappelte, die Arme zerrten an dem Gewebe, um es zu zerreißen. Doch das Netz war stärker. Drimus schleppte seinen kostbaren Fang über den Strand. Die Flut würde alle Spuren tilgen.

Weil Drimus die panisch kämpfende Fischefrau hinter sich herzog, benötigte er für den Rückweg in den Mangrovenwald länger als für den Hinweg. An zwei Wasserquellen hielt er an, um zu trinken und seine Gefangene großzügig zu bespritzen, denn wenn die Haut der Fischefrau zu trocken wurde, drohte sie zu ersticken. Der Doktrinator musste dies verhindern, denn für seine Zwecke brauchte er sie lebend.

Als er die Mangrovenwälder fast erreicht hatte, kündigte er seine Ankunft mit spitzen, wogenden Schreien an. Kaum hatten die Hunde das Geschenk gewittert, das ihnen ihr Herr mitbrachte, bildeten sie einen Kreis und stellten die Nackenhaare auf. Die Meute kannte das Ritual. Wie immer lud Drimus seine Männer ein, dem Schauspiel, das gleich folgen würde, beizuwohnen, aber alle lehnten ab. Manche gingen weit weg, um die letzten Schreie nicht hören zu müssen. Sie werden die Größe des Schmerzes nie zu schätzen wissen, dachte Drimus.

Er schleifte die ins Netz verstrickte Schöne in die Mitte des Kreises, aus dem die Hunde jeden Augenblick auszubrechen drohten. Dann leckte er sich mit der Zunge die weißliche Paste ab, die sich auf seinen Lippen gebildet hatte, und sprach zu seinen Tieren.

»Dieser Festschmaus ist für euch, Geschöpfe meiner Liebe. Was ihr hier vor euch habt, ist nur ein Bruchteil der Fruchtbaren Länder. Und gleichzeitig ist es der ganze Kontinent.«

Drimus zog in aller Ruhe das Netz weg, hielt die Hunde mit strengen Schreien in Schach und verließ den Kreis. Die Schöne blieb allein zwischen den Reißzähnen zurück. Ihr Fischschwanz nütze ihr an Land nichts. Wo immer sie hinkroch, zog sich der Kreis aus Hunden enger. Mit ihrer Muschelstimme flehte die Fischefrau um Erbarmen. Das Meer entströmte ihren Augen, als sie Drimus ansah.

Drimus ließ sie Hoffnung schöpfen. Dann befahl er:

»Los.«

Die Hunde stürzten sich auf sie. Zuerst zerfleischten sie die silbrige Hälfte, die bereits nach Fisch roch. Als ihre Schlünde sich bis zum Bauch gefressen hatten, war die Schöne immer noch am Leben. Lange begriff sie nicht, dass die Stücke zwischen den Hundezähnen ihr eigener Körper waren.

Als die Hunde das letzte Blut ableckten, waren ihre Schnauzen mit Hautfetzen übersät. Auf der Erde lag das Skelett eines Rumpfs, den eine prachtvolle Mähne dunklen Haars krönte.

Drimus ging zu einem seiner Hunde. Er formte seine Hände zu einer Schale, hielt sie ihm unter die Schnauze und bat ihn, all das Entsetzen der Meerjungfrau, die gerade in seinem Magen starb, mit einem Atemzug hervorzuholen.

Das Entsetzen, das nun in seinen Händen lag, hatte die Gestalt schwarzen Pulvers. Drimus nahm eine Prise und legte sie sich unter die Zunge.

Der Doktrinator sammelte die Substanzen, die er eines Tages brauchen würde, um den Krieg zu gewinnen.

Die Verschwörung

Der vereinbarte Termin für die nächste Vorratslieferung war seit mehreren Sonnen überschritten. Das Oacalwasser, das die Männer ruhiggestellt hatte, war aufgebraucht. Die einzige Nahrung waren die Frösche, die sie an den Ufern des Mangrovenwalds fangen konnten.

Auch Drimus' gute Laune war verflogen, aber nicht, weil das Oacal und das Essen zur Neige gingen. Vielmehr beunruhigte den Doktrinator Molitzmos' Verspätung. Er begann zu fürchten, dass sein fein gesponnenes Intrigennetz sich verheddert haben könnte; oder schlimmer noch, dass es entdeckt worden war. Tagelang konzentrierte er sich auf seine Hunde, denn sie würden den Galopp der Tiere zuerst hören.

Der Abend brach herein über den aufgeheizten Hütten, als die Meute ihre Ohren aufstellte. Von Westen näherten sich Reiter. Drimus war versucht, ihnen entgegenzueilen. Doch dann begriff er, dass es diesmal noch gefährlicher war. Obwohl ihnen das Warten doppelt so lang erschienen war wie sonst, hielten sich alle im Mangrovenhain verborgen und wahrten Stille. Das Geräusch der Hufe kam näher.

»Wir bringen Lebensmittel!« Die vertraute Stimme.

Die Männer rannten los, um das Oacal und die Blätter zum Rauchen in Empfang zu nehmen. Drimus, der vor allen anderen sein Versteck verlassen hatte, war enttäuscht, weil er nur die beiden üblichen Boten sah. Er wollte sie schon nach Molitzmos fragen, als der Sonnenherr auf einem Tier mit grauem Fell erschien.

Molitzmos stieg ab und befahl, die Kräuter anzuzünden, die sie gegen die Insekten der Nacht mitgebracht hatten, und einen Teppich auszulegen, damit er und Drimus sich darauf niederlassen konnten.

»Sag! Sag!«, drängte der Doktrinator, der sich die Hände rieb und voller Vorfreude lächelte.

»Noch etwas Geduld«, bat Molitzmos. »Es fehlt noch etwas für diesen großen Moment.«

Aus einem verzierten Etui, das er an seinem Gürtel trug, holte der Sonnenherr eine Pfeife hervor. Er stopfte Blätter in die hölzerne Höhlung und streckte die Hand aus, um den brennenden Ast zu ergreifen, den ihm einer seiner Boten reichte. Alle seine Gesten hatten etwas Feierliches. Er nahm den ersten Zug. Der Rauch, der aufstieg, war erst ein Gesicht und dann ein verwirrter Vogel. Bevor er zu sprechen begann, übergab er die Pfeife an den Magier.

»Die Winde stehen günstig. Bald werden wir erleben, wie das herrschende Haus fällt und mein eigenes aufsteigt. Und das Beste ist … Wenn ich deinen Ratschlägen und meinem Verstand folge, wird das Volk es lächelnd hinnehmen.«

»Sag mir zuerst, was zuerst kommt«, bat Drimus. »Haben die Substanzen, die du dem Körper des regierenden Fürsten eingeflößt hast, Wirkung gezeigt? Sind ihm die Zähne schon ausgefallen? Schimmeln ihm bereits die Lippen? Tropfen ihm schon die Ohren?«

»Ja, es verläuft alles wie vorgesehen.« Molitzmos nahm die Pfeife entgegen. »Der Fürst liegt jetzt in der Schwitzkammer. Doch sie können ihm noch so viel Medizin verabreichen und noch so oft ihre rituellen Tänze aufführen, und Hoh-Quiu, der seinen Bruder wirklich liebt, kann noch so sehr verzweifeln: Der Fürst wird bald sterben. Dann muss Hoh-Quiu seine Nachfolge antreten, dann muss er die Herrschaft über die anderen Fürsten des Hauses und über das ganze Land der Sonnenherren übernehmen, denn er ist der Nächste in der mütterlichen Linie.«

»Denk daran, dass ich dir blind vertraue«, sagte Drimus und zog an der Pfeife, die er nun wieder in Händen hielt. »Du hast mir versichert, dass es für unsere Pläne günstig ist, wenn Hoh-Quiu und nicht sein Bruder auf dem Thron deines Landes sitzt.«

»Es ist nicht nur günstig, lieber Drimus, es ist unerlässlich. Denk an deine eigenen Ratschläge, die ich stets für brillanter gehalten habe als die beste meiner eigenen Überlegungen. Es war deine Idee, das herrschende Haus dadurch zu stürzen, dass wir den Unwillen des Volkes erregen. Denn nur so wird der Triumph meines eigenen Hauses von Dauer sein.«

»So ist es, so ist es«, räumte Drimus ein.

»Dann wollen wir an unserem Weg nicht zweifeln. Wie ich dir bereits sagte, ist der regierende Fürst beim Volk sehr beliebt.«

Der regierende Fürst und Bruder Hoh-Quius war deshalb so beliebt, weil er in schweren Zeiten seinem notleidenden Volk Abgaben erlassen hatte.

»Hoh-Quiu wird das ändern, ich kenne ihn. Er wird sich strikt an die Gesetze halten. Wenn er erst einmal an der Macht ist, werden seine Sturheit und sein Hochmut wachsen. Dann werden wir leichtes Spiel haben mit unserem Plan, ihn beim Volk in Misskredit zu bringen. Er wird die Gunst der Menschen verlieren, und darauf werden wir setzen und den Sieg davontragen. Fürs Erste sollten wir uns damit zufriedengeben, dass der regierende Fürst bald sterben wird.« Molitzmos blies den Rauch zu einem vollkommenen Ring.

Zeremonientänzer bildeten einen Kreis und tanzten um den im Sterben liegenden Fürsten. Der Heiltanz wurde in der Schwitzkammer aufgeführt: ein kreisrunder Raum, dessen einzige Öffnungen eine enge Tür und eine Luke in der Decke waren. Beheizt wurde er mit dreizehn Haufen glühender Steine.

Der regierende Fürst lag nackt auf einer Pritsche. Sein Bauch war mit einem Tuch bedeckt, das zuvor in einen Aufguss getaucht worden war, denn im Bauch hatte das Übel seinen Ursprung.

Hoh-Quiu saß an seiner Seite. Dann und wann küsste er seine feuchte Stirn und forderte herrisch von den Heilern, sie mögen etwas tun, um seinen Bruder zu retten. Aber sie hatten schon alles getan, und die Heilung war nicht eingetreten. Nun blieb nur noch die Hoffnung, dass der Tanz die beiden Hälften seiner Seele wieder zu einem Kreis zusammenfügen würde.

Die Tänzer waren erschöpft und rochen säuerlich, weil sie bereits seit Stunden barfuß in der unerträglichen Hitze tanzten. Dennoch ließ sich keiner aus dem Rhythmus bringen, den die Trommel vorgab, führten alle die schwierige Schrittfolge aus, ohne einen Fehler zu machen.

Draußen legte das Volk fromme Gaben nieder: Viperschuppen, Riesenmuscheln, Rauchblätter und frisch abgeschnittene Zöpfe. Die Menschen liebten ihren Fürsten und wollten, dass die beiden Hälfen seiner Seele sich wieder vereinten.

Der Fürst öffnete ein letztes Mal die Augen und sah Hoh-Quiu an. Als er sie wieder schloss, war er tot.

Das Volk hörte die Trommel verstummen. Dann reckten alle vor der Schwitzkammer Versammelten die Arme zur Sonne und stimmten einen heiseren, stockenden Gesang an.

Ich kenne ihn sehr gut«, wiederholte Molitzmos. Die Rauchringe verbanden seinen Kopf mit dem Himmel. »Hoh-Quiu wird die gleiche Härte an den Tag legen wie seine frühen Vorfahren.«

»Und du wirst dafür sorgen, dass die Leute deines Volkes erfahren, wie sehr du dich dieser Strenge widersetzt«, sagte Drimus lächelnd.

»Hoh-Quiu wird die Abgaben erbarmungslos eintreiben.«

»Selbst dann, wenn die Ernten weiterhin mager sind und die Krankheiten die Zahl der Säer dezimiert?«, fragte Drimus.

»Selbst dann«, antwortete Molitzmos. »Kein Übel wird bewirken, dass Hoh-Quiu dem Volk die Pflichten erlässt.«

»Unser Glück, denn ich bin der Herr über Pest und Plagen«, sagte Drimus genüsslich. »Und du wirst inmitten all des Leids sagen: ›Wehe unserem Volk, denn Fürst Hoh-Quiu kennt kein Erbarmen.‹ Laut wirst du es sagen, damit das Volk es hört.«

»Ich weiß, was er tun wird«, sagte Molitzmos zu sich selbst.

Und der Rauch war ein Befehl.

Ich wünsche, dass die Abgaben eingetrieben werden!«, verkündete Hoh-Quiu dem Rat.

Einer der ältesten Ratgeber schüttelte den Kopf und bat ums Wort:

»Fürst, denk daran, dass dein Bruder die Abgabenlast verringert hat, um dem Volk in diesen schlechten Zeiten beizustehen. Und nun haben sich die Leute an diese Erleichterung gewöhnt. Mit deinem Befehl weckst du nur Unmut.«

»Ich habe meinen Bruder geliebt«, fuhr ihm Hoh-Quiu ins Wort. »Aber ich war nie der Meinung, dass Führungsschwäche und die Aufgabe alter Praktiken dazu beitragen, schlechte Zeiten zu überstehen. Außerdem ist es meine Pflicht, das Heer zu verstärken. Mein edles Haus verlangt seinen Anteil, und wir müssen es zufriedenstellen. Mein Befehl gilt!«

Die Eintreiber schwärmten aus in alle Winkel des Reichs. Sie zogen von Dorf zu Dorf und verkündeten die Wiedereinführung der alten Abgaben.

»Befehl Hoh-Quius, des regierenden Fürsten.«

Die Eintreiber forderten alles bis aufs letzte Korn. Wo sie auf weinende Frauen trafen, die sich an ihre wenigen Maiskörbe klammerten, und auf Männer, die sich vor ihre Tiere stellten und mit dem Kopf schüttelten, gingen sie mit großer Grausamkeit vor. Wenn sie weiterzogen, hatten sie stets das dabei, was der Fürst forderte, und hinterließen Klagen und Zorn.

Molitzmos verlangte nach einem weiteren brennenden Zweig, um seine Pfeife wieder anzufachen.

»Der sterbende Fürst«, fuhr er fort, nachdem die Glut rot aufgeleuchtet war, »hat vom Opfer der Jungfrauen kaum Gebrauch gemacht. Weniger Blut denn je hat die Altäre bespritzt.«

»Hoh-Quiu wird das Opfer, falls nötig, wieder einführen, hast du zu mir gesagt.« Drimus ließ seine Finger über den Teppich wandern.

»Und es wird nötig sein!«, antwortete Molitzmos.

Der Rauch, der die Luft schwängerte, stammte nicht von den Blättern, sondern von den Opferfackeln.

Seit langer Zeit fiel das Atmen im Jungfrauentempel leicht. Unbeschwert webten und tanzten die jungen Frauen. Kaum hatte jedoch Hoh-Quiu die Herrschaft ergriffen, marschierten Fackelträger auf. Die schweren Türen wurden aufgestoßen, stampfend drangen Soldaten ins Heiligtum ein, um diejenige auszudeuten, die geopfert werden sollte. Die Jungfrauen hielten den Blick gesenkt. Schon als kleine Mädchen hatten sie die Weihen empfangen. Damals hatten sie gelernt, dass es eine Ehre war, sich für die Gesundheit und das Gedeihen ihres Volks und ihres Fürsten zu opfern; dass sie einen kurzen Augenblick des Schmerzes gegen die Unversehrtheit in der Ewigkeit tauschen würden. Dennoch wünschten ihre Herzen, weiterhin im Tempel zu schlagen: in dieser Welt, in der nichts rein, aber alles schön war.

Die Auserwählte wich einen Schritt zurück. Die anderen Mädchen umringten sie, überhäuften sie mit Zärtlichkeiten, trockneten ihre Tränen. Dann wurde sie fortgebracht. Man badete sie, legte ihr Schmuck an und parfümierte sie.

Ein Soldatentross führte die Jungfrau durch die Stadt bis zur Pyramide, wo das Opfer vollzogen werden sollte. Das Herz, das in ihr schlug, würde ihr schon bald aus der Brust gerissen werden, würde bald unter freiem Himmel ein letztes Mal schlagen. Die Tunika, die sie trug, tränkte sich mit Angstschweiß. Die Menschen, die sie vorübergehen sahen, schwiegen bitter. Vielleicht war das Opfer nötig, um die Übel zu lindern, von denen sie, ihre Ernten und ihre Tiere heimgesucht wurden. Vielleicht … Doch alle wussten, dass die Jungfrau dem Heiligen Dolch entgegenging, und es fiel ihnen schwer, keine Wut zu verspüren.

Ich kenne ihn«, sagte Molitzmos. »Wenn Hoh-Quiu die Macht ergreift, wird er als Erstes ein Opfer anordnen. Denn er glaubt an sie.«

Drimus atmete tief ein. Rauchgeschwängert und undeutlich kamen seine Worte heraus, so dass Molitzmos sie kaum verstehen konnte. Dem Doktrinator war es gleichgültig, denn er sprach nicht für den Sonnenherrn und dessen armselige Träume, sondern für Misaianes und dessen Ewigkeit.

Erwachen im Sternenlicht

In ebenjenen wirren Tagen saß Zabralkan stundenlang mit dem Rücken zum Ausguck und döste. Er aß kaum. Die restliche Zeit lauschte er dem Vorleser des Sternenhauses. Er selbst bestellte ihn jeden Tag zu sich, damit er ihm die Worte der Dichter aufsagte, auf die Denk- und Lebensweise der Zitzahay gründeten.

Nur ab und zu unterbrach er mit einer schlaffen Geste den Rhythmus der Verse. Dann äußerste er stockend Gedanken, deren Sinn sich dem Vorleser nicht erschloss. Gedanken, die Zabralkan selbst mit einem Lächeln verwarf, das über jemanden zu spotten schien.

In jenen Tagen verließ er seine Sternwarte nicht mehr.

Zabralkan war alt geworden.

Fünf Jahre zuvor, als das Konzil für beendet erklärt worden und jeder in seine Heimat zurückgekehrt war, hatte Zabralkan noch ein anderes Gesicht gezeigt. Angesteckt von Kupukas Kraft, hatte er die Führung übernommen und alle nötigen Maßnahmen angeordnet. Er hatte die Fortschritte überwacht, war treppauf, treppab gestiegen, hatte sich ebenso häufig zwischen Mais wie zwischen Waffen aufgehalten. Er beobachtete die Sterne. Und er beschmutzte sich die Füße in den Koppeln, wo sich zu seinem Wohlgefallen die Tiere mit Mähne vermehrten. Er traute niemandem, nur Thungür, mit dem er Angst und Glück teilte.

Eine Zeitlang hatte Zabralkan ein waches Auge auf Bor, achtete auf jede Seelenregung seines Bruders. Aber Bor enttäuschte ihn kein einziges Mal, schien ohne Groll und Zweifel wieder den Weg der Bruderschaft der Freien Luft eingeschlagen zu haben. Schritt für Schritt hatte Bor die Stellung wieder eingenommen, die er verloren hatte: neben Zabralkan, im Rang kaum unterlegen und nicht so alt.

In den Tagen, in denen Zabralkan nur alten Gedichten lauschte, war es Bor und nicht Thungür, der täglich die Sternwarte betrat, um ihm die Neuigkeiten zu verkünden. Wenn Zabralkan nach Thungür fragte, bekam er lediglich zu hören, dass er weiterhin mit der Verstärkung seines Heers und der Schulung der Krieger beschäftigt sei; dass er in dieses oder jenes Dorf aufgebrochen sei, um höchstpersönlich die Fortschritte zu überwachen; dass er mit den Kriegern auf einem langen Ausritt sei; dass er sich um seine Pflichten kümmere; dass er nicht da sei.

Bevor Zabralkan endgültig zum Greis wurde, begriff er, dass es an der Zeit war, einen Astronomen auszuwählen, der den Platz neben Bor einnehmen sollte.

Die Zahl der niederrangigen Astronomen war so groß, dass der gealterte Zabralkan die Namen mit denen der Helden aus den Gedichten verwechselte. Daher übertrug er Bor die Aufgabe, den geeignetsten zu wählen.

»Bruder Bor, du studierst und isst mit ihnen. Du kennst die Fehler und Tugenden jedes einzelnen besser als ich. Ich vertraue dir die Wahl dessen an, der bald schon neben dir sitzen wird.«

»Ich danke dir für dein Vertrauen, Bruder Zabralkan, aber ich lehne deine Bitte ab. Ich möchte diese Entscheidung nicht treffen, solange derjenige hier ist, der sie mit größerer Weisheit fällen wird.«

Dieser Dialog wiederholte sich so oder so ähnlich jeden Tag, bis Zabralkan aus der Haut fuhr.

»Wir haben keine Zeit mehr! Du darfst dich meiner Entscheidung nicht länger widersetzen. Die Wahl wird auf denjenigen fallen, den du wählst, weil ich es so wähle.«

»So sei es«, lenkte Bor schließlich ein.

Er wählte Kayun-Maisstrunk-Haut. Den Namen hatte Kayun wegen seines narbigen Gesichts. Er war im Sternenhaus aufgewachsen, hatte eine Flötenstimme und war viel zu beleibt für einen Zitzahay.

Kayun suchte nun häufig Zabralkans Sternwarte auf. Der alte Mann war jedes Mal verblüfft, wie gut sich der Astronom in den heiligen Dingen und den Sternen auskannte, wie gut in Zahlen, Kodizes und Berechnungen. Er war verblüfft, aber nicht bewegt. Nach jedem Besuch war Zabralkan ein bisschen weniger alt, als würde sich etwas in ihm dagegen sträuben, das letzte Stück Weg friedlich zu Ende zu gehen, etwas, das ihn wie ein fernes Echo warnte, dass Kayun-Maisstrunk-Haut nicht der Richtige war. Doch dann gewann die Stimme des Vorlesers die Oberhand über das Echo, und Zabralkan wurde wieder alt, ließ sich von der Müdigkeit forttragen.

Der erste warnende Traum kam zu ihm, als Kayun-Maisstrunk-Haut ihn stärker denn je verblüfft hatte mit einer Darstellung der Methoden, wie man die Unregelmäßigkeiten der Kalender mit der Bewegung der Sterne in Einklang bringen konnte.

In diesem ersten Traum sah der greise Astronom Hoh-Quiu, der in einem Feuerkreis gefangen war. Plötzlich erschien hinter ihm eine Art riesiger Vogel. Hoh-Quiu nahm weder den Vogel noch die Hitze des Feuers wahr, weil er gerade seine Augen suchte. Er hatte sie verloren, konnte sie nirgends finden. Fürst Hoh-Quiu fragte sich, ob er weinen sollte. Wenn er weinte, würde der Klang seiner Tränen ihn zu seinen Augen führen. Doch Zabralkan, der alles sehr deutlich sah, begriff, dass der Vogel seinen Schnabel in den Nacken des Fürsten hacken würde. Er wollte schreien, wollte hinlaufen, vermochte es aber nicht. Schließlich wachte er auf, um ihn zu retten.

Der Oberste Astronom war nun vollständig wach und betrachtete den Sternenhimmel, der durch die Öffnung des Ausgucks zu sehen war. Lange sah er ihn an, bis er sich daran erinnerte, dass er ihn besser kannte als seine eigenen Hände.

Zabralkan wurde wieder zu dem, der er einmal gewesen war; zu dem, der gerecht und bestimmt den Vorsitz des Konzils führen, der rechtzeitig Bors Hochmut Einhalt gebieten konnte; zu dem, der nun das Rohr aus Jade nahm, um sich dem Himmel zu nähern und ihn zu befragen. Doch bevor er zu den Sternen zurückkehrte, begann er vor Kälte zu zittern. Es dämmerte bereits, als der alte Mann das Rohr weglegte und sich zu den prächtigen Decken schleppte, um zu schlafen und den Himmel zu vergessen.

Der Traum aber kehrte jede Nacht wieder. Es war stets der gleiche Traum, nur der Vogel war jedes Mal etwas anders. In einem Traum richtete sich der Vogel auf, im nächsten hatte er einen Menschenschädel. Wieder eine Nacht später war sein Schnabel eine Messerklinge. Dieser Glanz hatte einen Namen … Und der Greis schlug sich auf die Stirn, um die Erinnerungen wachzurütteln.

»Sideresier …! Wie die glänzenden Messer der Sideresier!«

Nach jedem Traum erwachte Zabralkan erfrischter. Immer schwungvoller stieg er aus seinem Bett und ging schnurstracks zum Ausguck. Er spürte, dass er seine natürliche Art, mit den Sternen zu sprechen, wiedergefunden hatte, dass er sie fragen konnte und ihre Antworten verstand. Und was der Astronom sah, ließ ihm das Blut gefrieren und schärfte seinen Verstand noch mehr.

An einem solchen Morgen, nachdem Zabralkan den Traum und den Himmel durchlaufen hatte, warf er den Vorleser unsanft hinaus.

»Verschwinde! Und nimm deine Strophen mit! Ich habe wichtigere Dinge zu tun, als den lieben langen Tag deine dummen, langweiligen Verse anzuhören.«

Der Vorleser hielt den Ausbruch für eine neue Marotte des Obersten Astronomen und zog sich wortlos zurück.

Zabralkan verbrachte den ganzen Tag damit, Prophezeiungen zu wälzen. Als hätte er diese Fähigkeit nie verloren, war er wieder ganz der Meister im Berechnen und Zeichnen der Linien, die vom Himmel zur Erde führten, um zu verkünden und zu warnen.

Bei Einbruch der Nacht betrat Kayun die Sternwarte und traf einen Zabralkan an, der in Gedanken versunken war, aber seine Lethargie abgeschüttelt hatte. Die beiden Tabletts zeigten ihm, dass der Greis gerade üppig gespeist hatte.

»Ich muss meinen alten Körper stärken«, sagte Zabralkan, als er sah, dass Kayun-Maisstrunk-Haut erstaunt die Reste der Mahlzeit betrachtete. »Ich muss, denn nur so erlange ich meine geistige Kraft vollständig wieder.«

»Geliebter Zabralkan«, sagte Maisstrunk-Haut, »es ist mir eine große Freude und Erleichterung, dass du auf dem Weg bist, deine Weisheit und Kraft zurückzugewinnen. Wenn dir die Aufgabe, die du vor dir hast, zu schwer wird und ich dir helfen kann, sag es mir. Ich stehe dir gern zu Diensten.«

Zabralkan antwortete, was Kayun am wenigsten hören wollte.

»Was ist mit Thungür? Warum besucht er mich nicht mehr? Ich muss dringend mit ihm sprechen. Wenn du mir nützlich sein willst, such ihn und sag ihm, dass er sofort herkommen soll.«

Zorn regte sich in Kayun. Er, der auserwählte Nachfolger, sah sich zur Seite gedrängt. Und nun behandelte ihn der Alte auch noch wie einen Boten und schickte ihn zu diesem Wilden aus dem Süden, der immer noch halbnackt herumlief. Aber Kayun wusste, wie seine Antwort auszufallen hatte.

»Ich bedauere, dass ich deiner Bitte nicht nachkommen kann. Der Anführer unseres Heers hielt es für angebracht, den Dörfern des Ahnengeschlechts einen Besuch abzustatten. Er wollte sich persönlich ein Bild von den Fortschritten machen. Es heißt, dass die Söhne der Borier Schiffe bauen, mit denen man den Yentru überqueren kann.«

Dann setzte Kayun-Maisstrunk-Haut zu einer seiner endlosen, subtilen und abstrakten Reden an, die den Obersten Astronomen schläfrig machten.

»Siehst du, geliebter Zabralkan, es war zu viel für dich«, sagte Kayun und führte ihn zurück zu seinem Bett. »Ruh dich lieber aus. Morgen reden wir weiter über deine Sorgen.«

Die Kräfte schwanden Zabralkan wieder. Er ließ sich wie ein kleiner Junge führen. Als Kayun-Maisstrunk-Haut die Sternwarte verließ und leise die Tür hinter sich zuzog, konnte der Greis seinen Wunsch nur noch murmeln.

»Thungür, komm bald zurück.«

Aber die Vorahnung, die Zabralkan besuchte, wollte nicht noch eine Nacht verstreichen lassen, ohne endgültig die Maske herunterzureißen.

Es begann wie immer. Im Mittelpunkt des Traums stand Hoh-Quiu. Plötzlich verdichtete sich der Traum zu einer Linie aus flackerndem Feuer, die sich krümmte und wie ein Kreis um den Fürsten legte. Hoh-Quiu dachte nur an seine Augen. Da tauchte der Vogel auf, aufrechter denn je. Diesmal war nicht nur der Kopf menschlich, sondern auch die Brust ... und die Beine. Er sah nun nicht mehr aus wie ein Vogel, sondern wie ein Mensch in einem Vogelkleid. Plötzlich war das Bild deutlich: Es war Molitzmos, der Gefiederte. Als er gerade sein Messer in Hoh-Quius Nacken rammen wollte, erwachte Zabralkan aus seinem Traum. Endlich hatte der Oberste Astronom die Botschaft der Sterne verstanden, die durch den Ausguck hereinleuchteten, endlich war er wiedererstarkt. Weil er nicht mehr bis Tagesanbruch warten wollte, rief er die Wachen, die Tag und Nacht vor dem Eingang der Sternwarte postiert waren. Er befahl ihnen, Kayun-Maisstrunk-Haut zu wecken und ihn sofort herzubringen. Zabralkan wollte seinem Nachfolger von seinem Traum berichten, denn die Erkenntnis, die er mit ihm teilen, und die Aufgabe, die er ihm übertragen würde, waren äußerst heikel. Ein schläfriger und überraschter Kayun betrat die Sternwarte.

»Wie kann ich dir helfen?«, fragte er.

»Nicht um mein Leben bin ich besorgt, sondern um das von Hoh-Quiu.« Zabralkans Stimme war wieder so fest wie früher. »Ich weiß, dass eine Verschwörung im Gange ist, eine Verschwörung, die bald von Erfolg gekrönt sein könnte. Und hinter der Verschwörung steckt niemand anderer als Molitzmos.«

»Hatten wir nicht gelobt, uns nicht in die Angelegenheiten anderer Völker einzumischen?«, wandte Kayun ein.

»Es wäre unrecht, wäre es allein eine Sache von Molitzmos und seinem Haus, der Kampf eines Hauses gegen ein anderes, aber ...«

»Genau davon hast du doch gerade gesprochen«, unterbrach ihn Kayun-Maisstrunk-Haut.

»Keineswegs«, antwortete Zabralkan unwirsch. »Ich habe gerade gesagt, dass Molitzmos hinter der Verschwörung steckt. Er denkt nur an seinen eigenen Vorteil. Mir wurde heute Nacht offenbart, dass Misaianes sich seiner bedient, um unser Land mit festem Schritt zu betreten. Sobald Molitzmos sein Ziel erreicht hat, wird er für Misaianes wertlos sein. Er wird als Verräter gelten, wird seine Ehre verlieren. Und der Lohn für seine Dienste wird Erniedrigung sein.«

»Weißt du das sicher?«, fragte Kayun.

»Ich habe keine Zeit, dir die Gründe für meine Gewissheit zu nennen.« Zabralkan redete nun hastig. »Ich erteile dir hiermit einen Befehl, den du sofort ausführen wirst. Thungür ist in den Dörfern des Ahnengeschlechts, sagst du? Dann schick jemanden zu ihm, der ihm ausrichten soll, dass er unverzüglich zurückkehren muss, ganz gleich, was er gerade zu tun hat. Niemand außer Thungür kann so schnell reiten, dass er rechtzeitig im Land der Sonnenherren sein wird, um Hoh-Quiu zu warnen. Geh jetzt los und führe meinen Befehl aus. Noch bin ich der Oberste Astronom des Sternenhauses, noch nehme ich einen höheren Rang ein als jeder andere.«

Kayun-Maisstrunk-Haut eilte los. Er klopfte an die Tür einiger Gemächer und trat ein, bevor er die Erlaubnis erhalten hatte.

»Der alte Mann wacht auf«, murmelte Kayun.

»Beruhige dich und sag mir, was du damit meinst«, antwortete Bor und hüllte sich in eine reich verzierte Decke.

Es ist kein Lebewohl

Von hinten betrachtet – das Haar auf Nackenhöhe zusammengebunden, sehniger Körper, alle Merkmale der Jugend verschwunden –, hätte jeder ihn für jemand anderen gehalten. Hätte Cucub ihn gesehen, wie er mit sicheren Bewegungen die Tiere anleitete, hätte er ihn nicht erkannt. Doch wer sich da umdrehte, war tatsächlich Thungür.

Wie jeden Morgen ging Thungür früh zu den Koppeln. Er tätschelte die Flanken einiger Tiere, sah nach den Weibchen und ihren Neugeborenen und wandte sich schließlich seinem eigenen Tier zu. Sinkende-Nacht erwartete ihn reglos. Er wusste, dass er an der Reihe war, wenn Thungür seinen Rundgang beendet hatte. Dann würde der Mensch zu ihm kommen und ihm den Hals reiben. Der feste Druck der Hände war für Sinkende-Nacht das Zeichen, dass ein neuer Tag begann. Dann schüttelte er den Kopf und wieherte, um kundzutun, dass er bereit war.

Die Arbeit mit dem Heer der Zitzahay hatte Thungürs Zeit in der Randmark geprägt. Er hatte schlecht geschulte Männer vorgefunden und Krieger aus ihnen gemacht. Der Husihuilkehäuptling stählte ihre Körper und bildete sie im Umgang mit Waffen aus. Er enthüllte ihnen auch den Zusammenhang zwischen Lanzen und Eingeweiden, damit ein Krieger für zwei kämpfen konnte.

Abends, wenn die Arbeit erledigt war und die Männer aufbrachen, um Geborgenheit zu suchen, blieb Thungür allein zurück. Dann fühlte er sich wie ein Fremder. Ein Mann aus den Wäldern des Südens, gefangen in einer Stadt aus Stein. Fremd, wenn die Nacht hereinbrach. Fremder, seit Zabralkan ihn nicht mehr zu sich rief, um lange über die Vergangenheit und die Zukunft zu sprechen. Noch fremder, wenn er an einem Ort aufwachte, an den ihn sein Drang nach Oacal und Frauen geführt hatte.

Tagsüber war die Verbannung gelindert. Tagsüber fühlte er sich weniger fremd, vor allem wenn er die Kinder sah, die unter dem Schutz der Kopalbäume auf Geheiß Zabralkans von Zitzahaywitwen und Husihuilkekriegern gezeugt worden waren.

Jemand betrat die Koppel, und Thungür drehte sich nach ihm um. Es war ein Wächter mit dem Befehl, ihn so schnell wie möglich ins Sternenhaus zu bringen. Während er dem Boten folgte, träumte Thungür davon, dass Zabralkan nach ihm gerufen hatte. Vielleicht würde er seine Gespräche mit dem alten Astronomen wieder aufnehmen können.

Sie betraten das Gebäude. Der Wächter geleitete ihn zu den Treppen auf der anderen Seite von Zabralkans Sternwarte. Dennoch verlor Thungür nicht die Hoffnung. Vielleicht erwartete ihn der Oberste Astronom in einem anderen Saal dieses Bauwerks aus Gängen und Windungen. Er folgte dem Wächter, hielt sich stets einige Schritte hinter ihm. Für Augenblicke hatte er den Eindruck, sich im Kreis zu drehen, dann wieder kam es ihm so vor, als ginge es immer vor und zurück, als wäre dieser Ort dafür gedacht, dass niemand je zweimal an dieselbe Stelle kam.

Schließlich hielt der Wächter vor einer Flügeltür an, die von zwei in den Stein gehauenen Säulen flankiert war. Er kündigte sich an, indem er eine wunderliche Vorrichtung aus Goldglöckchen zum Klingen brachte, die aus dem Schlund einer bunten, der Mauer entspringenden Schlange züngelten.

Zu Thungürs Betrübnis war die Stimme, die ihnen Eintritt gewährte, nicht die Zabralkans. Die Tür ging auf. Es war Bor, der ihn erwartete.

»Dir steht die Enttäuschung ins Gesicht geschrieben«, sagte der Oberste Astronom. »Werden es die Husihuilke denn nie lernen, ihre Gefühle zu verbergen?«

»Wozu sollte das gut sein?«, fragte Thungür.

»Zum Beispiel, um mich in dem Glauben zu wiegen, dass du mich genauso sehr schätzt wie Zabralkan.«

»Und was hättest du davon, wenn du etwas glauben würdest, das gar nicht stimmt?«

Müde schüttelte Bor den Kopf.

»Manchmal vergesse ich, dass du ein Krieger bist, und rede so, als würde ich dich nicht kennen.«

»Im Süden lebt eine alte Frau, die glücklicherweise die Mutter meines Vaters ist«, sagte Thungür. »Sie hat immer gesagt: ›Der dir am nächsten ist, wird im Fluss Wasser holen. Wenn er wiederkehrt, wirst du ihn nicht mehr kennen.‹«

»Diese alte Frau wäre eine würdige Zitzahay«, sagte Bor.

»Diese alte Frau ist stolz, eine Husihuilke zu sein.«

Bor und Thungürs seltene Treffen verliefen immer so, nicht besser und nicht schlechter. Bevor der Astronom darauf zu sprechen kam, warum er ihn hatte rufen lassen, wagte Thungür zu fragen, was ihn am meisten interessierte.

»Weißt du mir etwas von Zabralkan zu erzählen? Ich habe lange nichts von ihm gehört.«

»Unser geliebter Zabralkan ist sehr gealtert«, antwortete Bor. »Ich erinnere mich noch, wie gut ihm die langen Gespräche mit dir getan haben. Wie oft habe ich zu ihm gesagt, er soll sie wieder aufnehmen, aber leider verweigert er sich dem. Er wacht immer nur kurz auf und verlangt nach Gedichten und Einsamkeit. Vielleicht tröstet es dich zu hören, dass er dir nach wie vor gewogen ist und häufig an dich denkt. Jetzt will ich dir aber erläutern, warum ich dich treffen wollte.«

Der Oberste Astronom bedeutete Thungür, er solle sich setzen.

»Wie du wahrscheinlich weißt, ist der Fürst der Sonnenherren gestorben. Hoh-Quiu hat seine Nachfolge angetreten und die Herrschaft übernommen. Wir müssen eine Abordnung mit Geschenken und guten Wünschen hinschicken, denn es gehört sich so unter guten Nachbarn, heute mehr denn je. Unser Vertreter wird Kayun-Maisstrunk-Haut sein.«

Thungür hörte den Namen zum ersten Mal.

»Ach, natürlich!«, rief Bor. »Du weißt ja gar nicht, von wem ich rede. Kayun-Maisstrunk-Haut ist der Astronom, den Zabralkan ausgewählt hat, um den Platz neben mir einzunehmen an dem unglücksseligen Tag, an dem ich den seinen einnehmen werde.«

Der Hinweis, dass Zabralkan bald sterben würde, erschütterte Thungür. Er sagte schnell etwas, um dem Thema auszuweichen.

»Der Vertreter, der die Grenzhügel überqueren wird, um Hoh-Quiu die Ehre zu erweisen, heißt also Kayun-Maisstrunk-Haut.«

»So heißt er, ja«, sagte Bor lächelnd. »Du siehst sicher ein, dass er nicht allein reisen kann. Ich möchte, dass eine Eskorte aus deinen besten Reitern ihn beschützt. Und ich möchte, dass du selbst sie anführst.«

»Unter meinen Männern gibt es viele, die für diese Mission geeignet sind. Es ist nicht nötig, dass ich meine Pflichten hier aufgebe.«

»Warum war ich mir so sicher, dass ich diese Antwort erhalten würde¿« Bors Zunge verflocht sich wieder mit der Ironie. »Kann es sein, dass es zum Wesen der Husihuilke gehört, vorhersagbar zu sein¿«

»Vielleicht«, antwortete Thungür. »Andererseits bist du ein Astronom, und Astronomen fällt es leicht, Dinge vorherzusagen.«

Diese dreiste Bemerkung verdarb Bor die gute Laune. Seine nächsten Worte klangen trocken.

»Ich sage, dass du gehen wirst, und so wird es gemacht. Ich werde dir meine Gründe erläutern, dann wirst du schnell begreifen, dass es sich nicht um eine Laune handelt. Wir wissen, dass sich die mächtigsten Häuser gegenseitig immer schlimmer beschimpfen. Jeden Moment droht ein blutiger Zwist auszubrechen. Wir leben in einer Zeit, in der die Völker der Fruchtbaren Länder ihre Einigkeit wahren müssen, um den Kräften, die bald wiederkehren werden, Widerstand zu leisten. Jeder Streit zwischen Brüdern könnte den ganzen Kontinent ins Unglück stürzen.«

Diesmal hielt Thungür Bors Worte für weise und nickte heftig mit dem Kopf.

»Wie ich sehe, hast du begriffen und stimmst mir zu«, sagte Bor. »Was sonst noch wichtig ist, ist schnell gesagt. Die Geschenke und guten Wünsche werden uns als Vorwand dienen, um beiden Häusern zu übermitteln, dass wir am Erhalt des inneren Friedens interessiert sind. Und dass eine Spaltung unserer Kräfte nur Misaianes zugute kommen würde. Damit unsere Botschaft Wirkung zeigt, soll sie von zwei Völkern überbracht werden. Kayun wird diesen Wunsch im Namen der Zitzahay aussprechen und du im Namen der Husihuilke.«

Thungür stimmte zu und suchte nach einem Weg, das Gespräch zu beenden.

»Wann sollen wir aufbrechen?«, fragte er.

»Gleich morgen früh.«

»Dann werde ich jetzt gehen. Ich habe wenig Zeit und viel zu tun.«

»Du darfst dich gern zurückziehen.«

Auch Bor war nicht daran gelegen, dass sich der Husihuilke länger als nötig in seinem Lieblingsgemach aufhielt. »Eines noch. Wenn du mir das nächste Mal gegenübertrittst, bedecke deinen Oberkörper.«

Thungür verließ den Raum. Draußen erwartete ihn derselbe Wächter, der ihn abgeholt hatte, und führte ihn zum Ausgang des Sternenhauses.

Bor blieb bis zum Einbruch der Nacht in seinem Privatgemach, ließ auch das Essen dort auftragen. Er lag auf großen Kissen und ging seine Pläne durch. Der Magie stand die Herrschaft über alle Kreaturen zu, davon war er überzeugt. Sie musste zum Himmel zurückkehren und sich mit der Bruderschaft des Frieds versöhnen, um den Kreaturen von ihrem Platz zwischen den Sternen aus zu helfen. Zabralkan war ein Greis, der mit seiner Schwäche und seinen verworrenen Auslegungen des Vermächtnisses die Magie in den Sumpf der Kreaturen geführt hatte. Und nun waren beide hilflos.

Alles war auf einem guten Weg: Der Husihuilke hatte der Reise zugestimmt, ohne Verdacht zu schöpfen, ja würde sogar in der Überzeugung aufbrechen, dass er einen Befehl seines geliebten Zabralkan erfüllte.

Thungür wegzuschicken diente einem doppelten Zweck. Der Husihuilke würde unerreichbar sein für Zabralkan, der immer dringlicher nach ihm verlangte. Und er würde Partei ergreifen für Molitzmos und gegen Hoh-Quiu. Alles war bereit.

Zur selben Stunde rang auf der anderen Seite des Sternenhauses ein Greis mit dem Himmel. Der Greis wollte schlafen, ohne dass ihm die Sternenkonstellationen drohendes Unheil zuflüsterten. Er sehnte sich danach, in einer Nuss zu schlafen, in die das Licht der Sterne nicht eindrang. Nur dies wollte der alte Mann, nur dies. Aber Zabralkan, der Oberste Astronom, bewandert in der Deutung der Sterne wie sonst niemand, wollte etwas ganz anderes. Zabralkan wollte sich aus seinem Bett erheben. Er wollte wissen, wollte warnen, wollte Kupukas Hand ergreifen. Nicht schlafen, nicht Gedichten lauschen, während die Katastrophe immer näher kam. Was er brauchte, waren feste Beine und ein klarer Verstand.

Das Ringen dauerte die ganze Nacht. Schließlich setzte sich Zabralkan gegen den Greis durch. Er fasste ihn an den Schultern und sprach sanft mit ihm:

»Kehr zurück in die Tiefe. Wir werden noch genug Zeit haben, um alt zu werden und unter den Decken zu zittern. Eines Tages werden wir uns hinsetzen und frei von allen Sorgen den

Versen des Vorlesers lauschen, das verspreche ich dir. Aber noch darf es nicht sein. Kehr in die Tiefe des Traums zurück und warte dort auf mich.«

Mühelos stand Zabralkan auf und kleidete sich an.

Die Nacht zog sich aus der Randmark zurück. Mit ihr ging eine Dämmerung, die rötlich über dem Horizont aufstieg.

Der Oberste Astronom war nun bereit, die Sternwarte zu verlassen, und öffnete die Tür. Die Wächter wandten ihm das Gesicht zu und grüßten ihn mit der üblichen Ehrerbietung.

»Ich will die Sternwarte verlassen«, erläuterte Zabralkan, als er sah, dass sie nicht begriffen hatten.

Die Wächter rührten sich nicht. Beiden fiel schwer, was gestern noch undenkbar war: Zabralkan nicht zu gehorchen. Doch Bors Befehl war eindeutig. Die Gesundheit des alten Mannes war angegriffen. Es konnte durchaus sein, dass Zabralkan die Beherrschung verlieren, ja sogar gewalttätig werden würde. Sie sollten sich dadurch nicht einschüchtern lassen. Mit dem nötigen Feingefühl sollten sie Zabralkan in seiner Sternwarte festhalten. Und dann Bor oder Kayun-Maisstrunk-Haut Bescheid geben.

»Geliebter Zabralkan, wir dürfen dich nicht herauslassen«, stammelte ein Wächter.

Der Oberste Astronom war wie vor den Kopf geschlagen.

»Was sagst du da?«

»Es ist wegen deiner Gesundheit. Wenn wir für dich eine Nachricht übermitteln sollen, werden wir das sofort tun. Wenn wir dir einen Wunsch erfüllen sollen, wird einer von uns augenblicklich aufbrechen.«

»Ihr müsst euch um den armen Greis kümmern, der da drinnen zurückgeblieben ist. Nicht um mich, denn ich bin der andere.«

Zabralkans Worte klangen in den Ohren der Wächter so wirr, dass sie ihren Befehl umso entschlossener befolgten.

»Der Tag bricht gerade an«, sagte der eine. »Alle im Sternenhaus schlafen noch. Wo willst du überhaupt hin?«

»Zu den Dörfern des Ahnengeschlechts, um nach Thungür zu suchen.«

Die Wächter sahen sich an. Sie wussten, dass der Anführer des Heers im Sternenhaus war. Sie erinnerten sich daran, dass sie ihn am Vortag aus den Koppeln hatten kommen sehen.

»Geh zurück ins Bett, geliebter Astronom. Deck dich schön zu und schlaf.«

Vorsichtig führten die Wachen ihn zurück in die Sternwarte, fürchteten jeden Augenblick, dieses trockene Blatt zu brechen. »Wir werden Bor ausrichten, was du wünschst. Vielleicht kannst du später, wenn die Sonne wärmt, nach draußen.«

Schließlich gelang es ihnen, ihn aufs Fußende seines Bettes zu setzen.

»Leg dich hin und ruh dich aus.«

Zabralkan versuchte sich zu wehren, aber seine Beine wurden schwach: Der Greis war wieder da.

»Ihr seid so frech, dass er wiederkommt!«, schrie Zabralkan.

»Wovon redest du? Wer kommt wieder?«

»Der Greis …« Zabralkans Verstand trübte sich. »Nein, nicht der Greis … Wer wiederkehrt, ist Misaianes.«

»Der Greis oder Misaianes?«

Die Wächter wagten zu lächeln.

»Beide«, antwortete Zabralkan, der wieder zu Verstand gekommen war. Er begriff, dass es ihm nichts nützen würde, wenn er diesen Wortwechsel fortsetzte.

Die Wächter warteten ab, bis er sich endgültig beruhigt hatte, verließen die Sternwarte und nahmen ihre Posten neben der Tür wieder ein.

Zabralkan stand mühsam auf und ging zum Ausguck. Dort setzte er sich, hüllte sich in eine Decke und sah zu einem Himmel ohne Sterne.

»Bruder Kupuka, hör mich an. Hilf mir, Bruder Kupuka, ich bin hier gefangen.«

Im trügerischen Licht der Dämmerung glaubte der Oberste Astronom, bei den Koppeln Menschen und Tiere zu erkennen. Aber die Entfernung war groß. So sehr er die Augen zusammenkniff, er sah nur Farben und Bewegungen. Zabralkan nahm eines der Jaderohre, mit denen er sonst den Himmel heranholte, und richtete es auf die Koppeln und die Menschen, die dort hin und her gingen. Das Jaderohr führte ihm eine Szene vor Augen, die so wertvoll war wie ein Stern.

Er sah Kayun-Maisstrunk-Haut inmitten von Kriegern. Einige Diener zurrten gerade einen Vorrat an Proviant fest, der auf eine lange Reise hindeutete. Was war los? Warum hatte ihm Kayun nicht gesagt, dass er fortgehen würde?

Das Rohr folgte dem Geschehen. Ein Reiter näherte sich. Als Zabralkan ihn erkannte, erfüllte ihn große Freude: Es war Thungür auf Sinkende-Nacht.

Wohin nun mit deiner Freude, alter Mann? Wie kannst du Thungür erzählen, was dir widerfährt?

Zabralkan verlieh seiner Stimme so viel Kraft, wie er konnte:

»Thungür, hör mich an! Thungür, verlass mich nicht!«

Doch seine Stimme weckte nicht einmal die Tauben, die auf dem Dach nisteten.

Dort unten in der Ferne stand der Aufbruch ins Land der Sonnenherren kurz bevor.

»Schau hierher, Thungür.« Zabralkan hatte das Jaderohr weggelegt und winkte mit beiden Armen. »Schau hierher, mein Sohn.«

Kayun drängte zur Abreise. Die letzten Vorbereitungen waren getroffen, man durfte nicht mehr länger warten.

»Schau hierher, Thungür. Schau hierher.«

Dort unten in der Ferne dachte Thungür an Zabralkan. Wie es dem geliebten alten Mann wohl ging?

»Beeilen wir uns!«, sagte Kayun.

»Schau hierher!«, sagte Zabralkan.

»Reiten wir los«, willigte Thungür ein.

Doch bevor Thungür den Befehl zum Aufbruch gab, wandte er sich um und hob den Blick. Oben im Ausguck winkte Zabralkan heftig mit den Armen.

»Da ist Zabralkan«, sagte Thungür.

Kayun-Maisstrunk-Haut begriff, dass alles verloren war, wenn er jetzt nicht entschlossen handelte.

»Schau dir diesen ehrwürdigen Greis an«, sagte er und stellte sich neben Thungür. »Er ist im Morgengrauen aufgestanden, um uns viel Glück zu wünschen. Sieh nur, wie er uns winkt, und sag mir, ob es jemals wieder einen wie ihn geben wird.«

»Ich weiß nicht«, zögerte Thungür. »Was will er bloß?«

»Er winkt uns zum Abschied, so gut es ihm seine schwachen Arme erlauben. Thungür, wir müssen verhindern, dass er sich überanstrengt. Winken wir zurück und reiten wir los.«

»Du hast recht.«

Thungür ballte seine Faust, hob den Arm und hielt ihn eine Weile so.

»Es ist kein Lebewohl«, flehte Zabralkan. »Ich sage dir nicht Lebewohl …«

Thungür drehte sich wieder um. Mit dem Rücken zum Ausguck gab er den Befehl zum Aufbruch.

Zweimal die Pfeife des Verrats

Welche Pracht!«, murmelte er zu sich selbst.

Sogar Kayun-Maisstrunk-Haut, aufgewachsen im Prunk des Sternenhauses, war überwältigt von dem Luxus des Festakts, den Hoh-Quiu angeordnet hatte, um sie willkommen zu heißen. Thungür, der sich einige Schritte hinter dem Astronomen hielt, senkte den Blick und stellte sich vor, er wäre in der Koppel und streifte durch die morgendliche Ruhe seiner Tiere. »Ein sturer Husihuilke«, würde Bor ihn nennen.

Am Ende eines langen Teppichs, den unzählige, riesige Kukulfedern wedelnde Männer säumten, wartete der neue Fürst. Er saß auf Klapperschlangenhäuten, die zwischen zwei geschnitzten Holzpfählen gespannt waren. Vier Diener trugen ihn auf Kopfhöhe. So prachtvoll war er gekleidet, so über und über mit Schmuck behängt, dass Thungür, als er schließlich den Blick hob, den Krieger nicht wiedererkannte, der an seiner Seite gekämpft hatte, zerlumpt und glücklich nach dem Triumph.

Hinter Hoh-Quiu standen seine vielen Brüder und Schwestern in einer strengen Anordnung. Der Rang ihrer Mütter bestimmte ihre Kleidung und ihren Platz. Thungür nahm jeden Einzelnen in Augenschein. In der letzten Reihe entdeckte er unter denen, die am wenigstens herausgeputzt waren, Nanahuatli, die er später seine Einzige Liebe nennen würde.

Nachdem die Höflichkeiten ausgetauscht waren, führte Hoh-Quiu seine Gäste und die Mitglieder seines Hauses in einen angrenzenden Saal, der fast ebenso groß war wie der vorige. An den Wänden standen goldene Schalen mit allen Köstlichkeiten der Erde. Zuerst setzte sich der Fürst, dann nahmen alle anderen ihren Platz ein, Kayun zur Rechten Hoh-Quius, Thungür zur

Linken. Von da an war alles ein Kommen und Gehen von Sklaven, die halbleere Schalen wegtrugen und volle herbeibrachten. Mussten die Speisen warm gehalten werden, wurden sie auf Glut serviert. Thungür hatte noch nie eine solche Üppigkeit und Verschwendung gesehen. Seine Stimmung verdüsterte sich, während des Essens sagte er kaum ein Wort. Kayun-Maisstrunk-Haut und Hoh-Quiu hingegen führten ein lebhaftes Gespräch, das viel mit den Oacalkrügen zu tun hatte, die sie geleert hatten.

Weitere Speisen wurden gebracht, bis auch die stärksten Mägen sich auf den Kissen zur Ruhe legen mussten. Die Sklaven räumten die Reste ab und kehrten mit Früchten und neuen Getränken wieder.

Kayun und Thungür ahnten, dass etwas im Gange war, denn alle Gäste blickten plötzlich in dieselbe Richtung. Das Stimmengewirr schwoll ab, Stille trat ein.

Zu Ehren der Gäste sollte ein Tanz aufgeführt werden. Die Tänzer betraten den Saal, stellten sich zu dreizehn konzentrischen Kreisen auf und führten zum dumpfen Klang der Trommeln einen ausgelassenen Kriegstanz auf.

Obwohl das Oacal seinen Blick trübte, bemerkte Kayun-Maisstrunk-Haut, dass Thungür nicht dem Tanz zuschaute. Er folgte den Augen des Husihuilke und stieß auf das Gesicht Nanahuatlis. Dann folgte er Nanahuatlis Blick und landete wieder bei Thungürs Gesicht. »Ein Geschenk des Schicksals, das wir gut nutzen werden. Morgen werde ich genauer darüber nachdenken«, sagte er sich, während ihn die Müdigkeit fast niederstreckte.

Am nächsten Morgen wurden Kayun-Maisstrunk-Haut und Thungür davon unterrichtet, dass der Fürst sie erst am Abend empfangen könne. Er wünsche, dass sie bis dahin seine Gastfreundschaft genössen, jeder Wunsch werde ihnen sofort erfüllt.

»Ich weiß, was ich heute Morgen tun werde«, sagte Kayun, als sie wieder allein waren. »Ich nehme einige Männer als Begleitschutz mit und reite in die Gegend, in der die Familien von Molitzmos' Haus wohnen. Es ist nicht weit von hier. Schließlich sind wir hergekommen, um dafür zu sorgen, dass dieses Land nicht im Krieg versinkt.«

»Ich komme mit«, antwortete Thungür.

»Darüber habe ich nachgedacht«, sagte Kayun. »Ich halte es nicht für ratsam, dass wir beide das Haus der Rivalen besuchen. Natürlich besteht für uns kein ausdrückliches Verbot, aber wir wollen Hoh-Quiu die gute Laune nicht verderben. Heute ich, morgen du. Bis dahin kannst du dir die schönen Gärten ansehen.«

Molitzmos und Kayun-Maisstrunk-Haut saßen einander gegenüber, die Pfeife wanderte zwischen ihnen hin und her.

Der Astronom hatte das Seinige gesagt, hatte laut von dem Tag geträumt, an dem Molitzmos die Herrschaft seines Reiches und Bor die des Sternenhauses übernehmen würde. Dann würde die Magie endlich wieder den ihr bestimmten Platz einnehmen. Erst dann würde wieder alles ins Lot kommen, erst dann würde Misaianes besiegt werden können.

Der Sonnenherr hatte ebenfalls das Seinige gesagt, hatte aber verschwiegen, dass sein Haus bald über den ganzen Kontinent herrschen würde durch seinen Pakt mit Misaianes, der ihm den Sieg garantierte.

Kayun-Maisstrunk-Haut, der Stellvertreter Bors, war gekommen, um ein Bündnis zu schließen, damit die Magie der Fruchtbaren Länder sich mit der Magie der Alten Länder wiedervereinigen konnte. Die Bruderschaft der Freien Luft mit der Bruderschaft des Frieds, damit die Magie wieder ihren Platz hoch oben einnehmen konnte, um von dort aus liebevoll über die Kreaturen zu wachen. Denn die Magie war zu sehr mit den Kreaturen verbrüdert und hatte ihre Macht verloren und mit ihr ihre Tugend und ihr Ziel.

Molitzmos' Ehrgeiz übertraf den des Astronomen bei weitem. Der Sonnenherr hatte einen Pakt geschlossen mit dem, der einmal über den ganzen Kontinent des Hirsches herrschen würde. Fern und unberührbar würde Misaianes der Herr der ganzen Welt sein. Nah und leibhaftig würden Molitzmos und sein Haus über das Reich der Fruchtbaren Länder regieren.

»Bevor ich aufbreche, sollst du noch etwas wissen«, sagte Kayun. »Vielleicht wird es uns nützlich sein.«

»Ich höre«, sagte Molitzmos.

»Gestern abend auf dem Willkommensfest habe ich gesehen, wie Thungür und eine junge Schwester Hoh-Quius einander die Augen suchten.«

Molitzmos dachte kurz nach, dann brach er in Gelächter aus.

»Schau mal einer an!«, rief er und streckte flach die Hände aus. »Du hast mir gerade einen Edelstein gegeben. Richte Thungür aus, dass ich ihn morgen gern empfangen werde.«

Molitzmos und Thungür saßen einander gegenüber, die Pfeife wanderte zwischen ihnen hin und her. Der Husihuilke hatte gesagt, was er zu sagen hatte. Ein Krieg zwischen den Häusern der Sonnenherren würde der Macht, die sie vereinen müssten, um dem Misaianes entgegenzutreten, ernsten Schaden zufügen, davon sei er zutiefst überzeugt.

Molitzmos hatte ihm versichert, dass er seine Meinung voll auf teile. Er hatte wieder und wieder betont, dass all sein Tun darauf ausgerichtet sei, jeden Groll und jede Bitternis der beiden

Familien zu mildern. Doch der duftende Rauch der vierten Pfeife trug das Gespräch in andere Lüfte.

»Thungür, ich sehe etwas in deinen Augen, das nichts mit deiner Mission zu tun hat«, sagte Molitzmos.

»Ist das, was du in meinen Augen siehst, so deutlich zu erkennen?« Die Liebe wollte nicht stumm bleiben, trieb den Verliebten dazu, in allen Einzelheiten zu erzählen, was er hatte verschweigen wollen.

Molitzmos suchte in seinem Gedächtnis nach der Zärtlichkeit, fand sie und holte sie durch sein Lächeln hervor.

»Auch ich habe diese Liebe kennengelernt und erinnere mich noch gut an sie. Mein Sohn, wenn du mir versprichst, dass du vorsichtig sein wirst, sage ich dir, wo du deine Liebste finden kannst. Steh morgen vor der Sonne auf, suche einen Ried in Hoh-Quius Garten und verstecke dich darin. Du wirst ihn leicht erkennen, denn er ist so alt, dass seine Rohre so dick sind wie der Arm eines Husihuilke. Von dort aus wirst du in der Mitte des Gartens einen Teich voller Vögel und Wasserpflanzen sehen. Dort versammeln sich jeden Morgen die jungen Frauen von Hoh-Quius Familie, um ihre Bittgebete zu sprechen, ihre Füße zu erfrischen und vor allem ihrer Lust an Spielen zu frönen. Mit etwas Glück wirst du sie sehen können.«

Der Husihuilke dankte Molitzmos.

»Jetzt kann ich es ja eingestehen«, sagte Thungür. »Der Prunk deines Federkleids hat mich daran gehindert zu erkennen, dass du ein Bruder bist.«

Das Ried

Was Thungür ermutigte, war Dulkancellins Erbe. Die maßlose Art der Liebe war eine Sache des Blutes und oft wiederholter Geschichten. Dulkancellin hatte Shampalwe geliebt, und nun verliebte sich sein Sohn genauso leidenschaftlich in Nanahuatli. Kush hätte gesagt: Es ist das Gebot deiner Wurzeln, du kannst nichts dagegen tun.

Der Palast war so gut bewacht, dass Thungür nicht abwartete, bis die Morgendämmerung die Gefahr erhöhte. Kaum war das Abendessen beendet, das sie wieder mit Hoh-Quiu eingenommen hatten, gab er vor, spazieren gehen zu wollen, und drang in die Gärten ein. Es dauerte nicht lang, bis er das Ried entdeckte, das Molitzmos ihm beschrieben hatte. Er schlüpfte durch das Laub und wartete auf das Morgengrauen.

Sein Umhang diente ihm als Schutz gegen die Mücken, die die Nacht des Rieds bevölkerten. Wenn Wilkilen wüsste, wie gut ich ihr Lied jetzt gebrauchen könnte, dachte Thungür.

Der Husihuilke nickte ab und zu ein. Er träumte von Dingen, die er nie gesehen hatte. In diesen Träumen sah er seine Mutter tanzen, Muschelschmuck in ihr schwarzes Haar gebunden. Und Dulkancellin, der so alt war wie er selbst in diesem Augenblick und Shampalwe ansah, wie man nur seine einzige Liebe ansah. Die beiden gingen aufeinander zu. Shampalwe wählte eine Muschel aus ihren Zöpfen und legte sie Dulkancellin in die Hände. Dies war das Zeichen, dass sie sich ihm hingeben wollte, ohne Argwohn, bedingungslos. Shampalwe war die einzige Liebe, die der Husihuilkekrieger in sich trug bis zum letzten Augenblick.

Thungür wurde vom Plappern und Lachen junger Frauen geweckt. Es waren die Schwestern Hoh-Quius, die sich in Begleitung ihrer Dienerinnen auf einem Pfad aus weißen Steinen dem

Teich näherten. Durch das Blattwerk konnte Thungür lediglich die hellen Gewänder und Füße erkennen, die ihre Sandalen abstreiften, um in die dickflüssigen Wasser des Teichs zu steigen. Die Blätter und Stangen des Schilfrohrs schoben sich vor sein Gesicht, neigten sich mal zur einen, mal zu anderen Seite, so dass er unter all den Frauen nicht die erkannte, nach der er Ausschau hielt. Da schien das Lachen zu erklingen, auf das er hoffte, und verstummte wieder: Es waren nicht ihre Lippen. Etwas weiter hinten sah er ein Gesicht im Profil, aber auch das war sie nicht. Lange hockte Thungür in dem Ried, rührte sich nur ab und zu und äußerst vorsichtig, um die heitere, sich ständig wandelnde Szenerie besser erfassen zu können, die ihm noch nicht brachte, was er suchte. Plötzlich rief jemand: »Nanahuatli, komm zu uns in den Teich. Wir knüpfen uns Blumenkronen.« Thungür sah von weitem, wie ein Mädchen ihre Tunika leicht raffte, um durchs Wasser zu der Stelle zu gehen, an der ihre Schwestern auf sie warteten. Nanahuatli hieß sie also. Thungür ergänzte den Namen: Nanahuatli Einzige Liebe.

Wie die anderen zupfte Nanahuatli Einzige Liebe Blütenblätter aus den Wasserblumen und verteilte sie anmutig auf die Wellen ihres Haars. Die junge Frau war unruhig. Ein Gefühl zwang sie, den Blick immer wieder zu dem Ried schweifen zu lassen, das sie schon so häufig ohne jeden Argwohn betrachtet hatte. Daher sonderte sie sich ab, als ihre Schwestern ihr Lieblingsspiel begannen und sich gegenseitig bespritzten. Sie entfernte sich ein Stück vom Teich und ging schnurstracks auf die Stelle zu, wo Thungür sich versteckte, um sie mit den Augen zu liebkosen.

Nanahuatli nahm den direkten Weg, bog die Schilfrohre beiseite, um sich ihren Weg zu bahnen, oder zwängte sich, wenn die Binsen alt waren und nicht mehr nachgaben, zwischen ihnen hindurch. Thungür wunderte sich nicht, als er sie näher kommen hörte. Kush hatte es ihm gesagt: »Gegen das Gebot des Blutes kommt man nicht an.« Und er wusste von seinem Traum, dass ihrer beider Blut sich suchte.

Dicht vor dem Husihuilke blieb die junge Frau stehen. Sie wählte ein Blütenblatt aus ihrem Haar und überreichte es ihm. Das Blütenblatt war sie selbst für immer und ewig. Thungür ballte seine dunklen Hände darum: die Einzige Liebe, die er in sich tragen würde bis zum letzten Augenblick.

Von da an trafen sich Thungür und Nanahuatli jeden Morgen in der Dämmerung im Ried. Einige ihrer Schwestern kannten das Geheimnis, weil sie mit Nanahuatli das große Schlafgemach mit den verzierten Wänden teilten, wo sie stundenlang redeten und über alles und nichts lachten. Wo sie sich gegenseitig ihre nackten Körper zeigten und umso mehr lachten.

Keiner Schwester des Fürsten war irgendeine Form von Arbeit erlaubt. Nicht einmal kämmen oder ankleiden durften sie sich selbst. Daher war das Geheimnis, das Nanahuatli mit ihren liebsten Schwestern teilte, etwas, das sie in ihren immergleichen Tagen beschäftigte, etwas, das sie vor der Neugier der höherrangigen Schwestern schützen mussten, denn diese hätten es sofort Hoh-Quiu verraten.

Eines Morgens, als die jungen Frauen gerade am Teich angekommen waren, entluden sich alle Wasser des Himmels. Die Frauen rannten zum Palast zurück und vergaßen am Ufer ihre Sandalen.

Und sie vergaßen Nanahuatli. Der Teich vergaß das Ried, und das Ried vergaß den Regen. Für einen Augenblick vergaß Nanahuatli Thungür, und Thungür vergaß Nanahuatli.

Doppelter Verrat

Thungür und Molitzmos ritten langsam nebeneinanderher. Die Eskorte, die der Sonnenherr mit sich führte, war nicht sehr zahlreich und hielt Abstand.

Die Männer ritten durch das Tor, das den Eintritt in das Zentrum der Macht markierte: den Teil der Stadt, in dem die Regierungsgebäude, die Residenzen des Herrscherhauses, die Zeremonienplätze, die Tempel und die Bauten für besondere Zwecke standen. Die Tür bestand aus zwei riesigen Sockeln, die einen gemeißelten und mit farbigen Harzen bemalten Querstein trugen.

Sie ritten weiter, vorbei am Kanal, der die Stadt mit Wasser versorgte. Schließlich hielten sie auf die ersten Bauerndörfer zu.

Unterwegs kamen Molitzmos und Thungür Männer und Frauen entgegen, deren Gesichter vor Hunger runzlig waren. Sie schleppten ihre letzten Maiskörbe zu Hoh-Quius Palast, um ihre Abgaben zu bezahlen, bevor die Eintreiber sie mit Peitschenhieben einforderten.

»Es ist eine Schande, dass Fürst Hoh-Quiu unserem Volk so großes Leid zufügt«, sagte Molitzmos. »Dieses Unrecht macht es mir sehr schwer, einen Freundschaftsbund mit dem Herrscherhaus zu besiegeln. Und Misaianes erleichtert es die Rückkehr.«

Thungür teilte seine Meinung. Der Krieger des Südens lebte nun seit fünf Jahren unter den Zitzahay und hatte immer wieder gehört, es sei ein Mangel an Respekt, sich in die inneren Angelegenheiten eines anderen Volkes einzumischen. Doch aufgewachsen war Thungür unter den Husihuilke, wo die Gaben der Erde stets gerecht verteilt wurden. Seinem Denken nach erlaubte Hoh-Quiu dem Unglück, Einzug in die Fruchtbaren Länder zu halten.

Molitzmos und er sprachen weiter darüber, während sie auf einem großen Umweg zum Stadttor zurückkehrten. Dort mussten sie sich trennen. Vorher aber versuchte Molitzmos das Gespräch auf das Thema zu lenken, das ihn eigentlich interessierte:

»Hast du Nanahuatli gefunden?«, fragte der Sonnenherr.

»Ich habe sie gefunden, so wie du es mir gesagt hast.«

Thungür betrachtete Molitzmos als seinen nächsten Bruder in der Fremde. Der Husihuilke hatte das Gefühl, dass er es ihm danken und ihn um Rat bitten sollte.

»Was soll ich jetzt tun?«

»Die Friedensverhandlungen sind auf einem guten Weg. Laut Kayun haben eure Gespräche über die Ansichten der Völker, die ihr repräsentiert, Spuren bei Hoh-Quiu hinterlassen. Zu meiner großen Freude hat er eine baldige Versammlung der rivalisierenden Häuser angeordnet, um die schlimmsten Meinungsverschiedenheiten beizulegen. Du wirst dich vielleicht fragen: Was hat das mit meiner Liebe zu tun? Viel, sage ich. Hoh-Quius Herz ist im Moment sehr offen. Ich glaube, dass es genau der richtige Zeitpunkt ist, um zu ihm zu gehen und ihm von dir und Nanahuatli zu erzählen. Wir dürfen nicht vergessen, dass deine Liebste die Tochter einer niedrigrangigen Mutter ist. Das wird es ihm leichter machen, sie einem Fremden zu geben. Außerdem muss man dich ja nur über sie reden hören … Wenn der Fürst sein Herz am rechten Fleck hat, wird er mit Freuden einwilligen. Steig auf Sinkende-Nacht, reite zu ihm und sag es ihm! Vor Liebe werdet ihr schneller sein denn je!«

Thungür kam am Palast an. Dort bat er, wie Molitzmos ihm vorgeschlagen hatte, sofort um ein Treffen mit dem Fürsten. Einige Stunden später war es so weit: Der Herrscher saß auf seinem hohen Thron, der Krieger des Südens stand vor ihm.

Schweiß überzog den Husihuilke, der lange Zeit in praller Sonne galoppiert war. Hinzu kam noch, dass er sich, weil er

Kleidung auf dem Körper trug, unbehaglich fühlte. Aber der Zeitpunkt war gekommen, die Sache durfte nicht aufgeschoben werden. Thungür redete, als würde er atmen, so schlicht und unvermeidlich war seine Liebe. Der Fürst hörte ihm schweigend zu. Er hielt seine Fäuste geballt, die scharfen Fingernägel gruben sich ihm in die Haut. Als Thungür verstummte, zeigte ihm Hoh-Quiu die blutigen Zeichen seiner Wut.

»Hier hast du meine Antwort! Niemals hat sich das Blut der Sonnenherren mit anderem Blut vermischt. Ich erinnere mich noch gut, wie dein Zauberer damit geprahlt hat, dass er Männer und Frauen zusammenbringen wolle, damit in den Adern ihrer Nachkommen das Blut zweier Völker fließe. Aber du befindest dich in meinem Reich, Husihuilke! Niemals werde ich einer Vereinigung zustimmen, die den Gesetzen meiner Vorfahren zuwiderläuft. Geh jetzt! Und sag Kayun, dass ihr die Rückreise in die Randmark vorbereiten könnt.«

Die Traurigen

Thungür wartete im Ried auf Nanahuatli. Doch in dieser Nacht verspätete sie sich.

Der Husihuilke kannte den Schritt ihrer Sandalen auf dem feuchten Gras, das Klirren der Ringe, die ihre Füße schmückten. In dieser Nacht jedoch hörte er nur, wie die Nachtechsen über den Boden huschten und die Insekten sich in die weichsten Blätter verbissen. In der Ferne lag still der erleuchtete Palast. Thungürs Blick bot sich nichts Ungewöhnliches. Der Krieger wartete auf seine Liebste, um ihr zu sagen, dass er sie mitnehmen würde: gegen den Befehl des Fürsten, gegen die Tradition des Blutes, gegen den Ratschlag Kayuns und gegen alle Winde dieser Erde.

Aber Nanahuatli kam nicht. Seit seinem unglücklichen Gespräch mit Hoh-Quiu waren nur wenige Stunden verstrichen. Der Husihuilke konnte sich nicht vorstellen, was in diesen Augenblicken jenseits der Gärten vor sich ging.

Der Palast wusste es und schwieg. Während Thungür im Ried wartete, um Nanahuatli in seinen Umhang zu hüllen, befolgten Hoh-Quius Soldaten einen seelenlosen Befehl.

»Bringt Nanahuatli sofort in den Jungfrauentempel«, befahl Hoh-Quiu seinem vertrautesten Ratgeber.

»Nanahuatli wird in den Jungfrauentempel gebracht«, flüsterte man sich am Hof zu.

»Wir werden Nanahuatli mitnehmen, weil sie in der Liebe fehlgegangen ist«, hörte ein Diener sagen, der die Säle mit Düften bestäubte.

»Wegen des Fremden werden sie unsere Nanahuatli zum Tempel der Jungfrauen führen«, sagte der Diener, der die Säle mit Düften bestäubte, zu denen, die in der Küche des Fürsten die Vögel köpften.

»Die arme Nanahuatli! Sie soll geopfert werden!«

Die Wäscherinnen, die vom Fluss zurückkehrten, blieben abrupt stehen:

»Habt ihr gerade gesagt, dass Nanahuatli zum Tempel der Jungfrauen gebracht wird?«

»Es heißt«, sagten die Wäscherinnen zu den Kammerdienerinnen, »dass Nanahuatli sich in einen Fremden verliebt hat. Und dass Hoh-Quiu sie deshalb opfern will.«

»Die Wäscherinnen sagen, dass sie für ihre Liebe zu Thungür bestraft wird«, sagten die Kammerdienerinnen zu den Kammerdienerinnen.

Unterdessen lachte Nanahuatli im Kreis ihrer Schwestern, die ihre Haut parfümierten, bevor sie zum Ried aufbrach. Die jungen Frauen würden wach bleiben, damit sie von dem träumen konnten, was Nanahuatli ihnen bei ihrer Rückkehr erzählen würde.

Ein Trupp Soldaten durchschritt auf Hoh-Quius Befehl die Gänge.

Das Gesetz schrieb vor, dass kein Mann die Schlafzimmer der Fürstenschwestern entweihen durfte, und die Soldaten hielten sich daran. Denn Hoh-Quiu respektierte in allem die Traditionen.

Eine Dienerin betrat das duftbestäubte Schlafzimmer, in dem Nanahuatli darauf wartete, zum Treffen mit Thungür aufzubrechen. Die Dienerin sprach ganz natürlich mit ihr, damit sie keinen Verdacht schöpfte. Sie sagte zu Nanahuatli, dass eine ihrer älteren Schwestern mit ihr reden wolle.

Kaum hatte Nanahuatli die Schwelle des verbotenen Bereichs überschritten, packten die Soldanten sie an den Armen. Nanahuatli begriff sofort, was vor sich ging.

»Thungür!«, schrie sie und träumte davon, dass ihre Stimme die Wände durchdrang, die Wände und die weiten Gärten.

Ihre Schwestern eilten herbei.

»Nanahuatli! Nanahuatli! Geh zu Hoh-Quiu und fall vor ihm auf die Knie! Schwör dem Fremden ab und bitte um Gnade!«

Die Soldaten mussten ihr keine Gewalt antun, um sie durch eine der Geheimtüren des Palastes wegzuführen.

»Thungür!«, schrie sie wieder, nun schon mit heiserer Stimme.

Der Palast verstummte.

»Mein Gelieber, sie bringen mich in den Opfertempel«, sagte Nanahuatli Tränen trinkend. Doch Thungür konnte sie nicht hören.

Nacht im Tempel der Geweihten

Früh an diesem Morgen lief Molitzmos beschwingt durchs Zimmer. Sein Gesicht verriet, wie stolz er auf das geschickte Einfädeln seiner Intrige war. Drimus würde außer sich sein vor Freude, wenn er es ihm erzählte.

»Sag noch einmal, was du gerade gesagt hast«, bat Molitzmos Kayun, weil er immer noch nicht glauben konnte, wie sehr das Glück ihm hold war.

»Auf Befehl Hoh-Quius wurde Nanahuatli in den Tempel der Jungfrauen gebracht und soll bald geopfert werden«, sagte Kayun-Maisstrunk-Haut zum zweiten Mal.

Molitzmos wusste, dass Fürst Hoh-Quiu niemals von seinen Prinzipien des Blutes abgehen würde. Was immer Thungür vorbrachte, um seine Liebe zu verteidigen, es würde ihn nicht rühren. Hoh-Quius grausamer Befehl und das Leid des Sonnenvolks, das der Husihuilke zur Genüge gesehen hatte: Mehr bedurfte es nicht. Thungür mit seinem ausgeprägten Sinn für Ehre und Gerechtigkeit würde die Mission, die ihm aufgetragen worden war, verraten.

»Wir sind gekommen, um Frieden zwischen den rivalisierenden Häusern zu stiften«, sagte Kayun zu Molitzmos. Und gleich darauf fragte er: »Glaubst du wirklich, dass der Husihuilke sich wagt, Bors Befehl zu missachten?«

»Natürlich wagt er es!«, antwortete Molitzmos. »Ich kann jetzt schon mehr oder weniger die Worte vorhersagen, die Thungür am Ende dieses Tages sprechen wird. Warte nur ab, bis er von Nanahuatlis Schicksal erfährt. Er wird sagen: ›Im Reich Hoh-Quius habe ich Mangel und Verschwendung gesehen, Hunger und Überfluss, Hochmut und Sklaverei. Was ich gesehen habe, verdient den Namen Frieden nicht. Genauso wenig wie den Namen Krieg. Denn Krieg ist ein Kampf zwischen Kriegern. Was ich hier gesehen habe, nennen wir Husihuilke Schande …‹«

Lachend stimmte Kayun ihm zu. Er hörte sie regelrecht, die würdevolle Rede dieses Einfältigen! Nun mussten sie den Knoten nur noch enger ziehen.

»Lass mich das machen!«, sagte Molitzmos. »Thungür vertraut mir. Du hältst dich da besser raus. Vorerst bitte ich dich nur um eines: Kehr so schnell wie möglich in Hoh-Quius Palast zurück und vergewissere dich, dass Thungür noch nichts von der Verschleppung seiner Liebsten weiß. Sag ihm nur, dass ich dich geschickt habe und dass ich ihm etwas Wichtiges mitteilen muss.«

In dieser Nacht fand die ganze Dunkelheit im oberen Bereich der Stadt Platz, dem heiligen Bezirk der Sonnenherren, in dem die Tempel und Altäre standen. Schwärze, die auch der Wind nicht vertreiben konnte. Gesang der Frösche in einer wundersamen Lagune, die beschlossen hatte, in der Nähe zu bleiben. Heilige Orte des Sonnenlands. Dicke Mauern, die die Umtriebe barfüßiger Geister erstickten, Treppen hinauf zum Ritus der Auguren, die wussten, ob sich die kommenden Tage zum Guten oder Bösen neigten.

Am Ende einer Pflasterstraße hielten die hundert weißen Säulen des Jungfrauentempels den Himmel an seinem Platz. Daneben versteckten sich fünf Männer und atmeten, wie alle Männer atmen, die sich versteckt halten. Zwei von ihnen sprachen mit Stimmen, die ein Geheimnis bargen.

»Es ist zu viel Zeit vergangen. Sie müssten längst hier sein.«

»Beruhig dich, Thungür! Mein Gewährsmann war ganz sicher, dass Nanahuatli heute Nacht zum Tempel gebracht wird. Bald werden wir Schritte auf dem Kies hören.«

»Hoffentlich!«

»Denk daran, dass weder ich noch meine drei Männer dir helfen können. Wenn mein Haus in den Raub einer heiligen Jungfrau verwickelt wird, kann kein Blut Hoh-Quiu besänftigen.«

»Ich weiß, aber auch wir sind vier: Sinkende-Nacht, ich, die Dunkelheit und die Überraschung.«

Damals war Thungür so viele Sonnen alt wie sein Vater an dem Tag, als er sich in Shampalwe verliebte. Und mit der gleichen Herzenstreue würde ihm dieser Tag das ganze Leben sein.

Er hatte den Tag bei Molitzmos verbracht. Der Sonnenherr hatte ihm versichert, dass man Nanahuatli noch in dieser Nacht in den Jungfrauentempel bringen würde und er sie von dort befreien musste. Zuvor hatte Molitzmos den Husihuilke davon überzeugen müssen, dass es ihm nichts nützen würde, noch einmal mit Hoh-Quiu zu reden, und noch viel weniger, ihn herauszufordern.

Während er auf das Eintreffen der Wache wartete, die Nanahuatli ihrer Strafe zuführen würde, träumte Thungür. Der Kampf, den er mit Hoh-Quius Männern führen musste, schreckte ihn nicht. Er vertraute darauf, dass seine Arme Nanahuatli vor dem Schmerz retten würden, den ihr Bruder ihr bestimmt hatte. So sehr er Nanahuatli liebte, so sehr hasste er Hoh-Quiu. Der Husihuilke konnte den grausamen Eifer nicht verstehen, mit dem der Fürst stur die Reinheit der Gesetze verfocht. War nicht das Blut der Fluss, der von Kreatur zu Kreatur floss?

»Reinheit des Blutes!«, hatte Hoh-Quiu gefordert. Wie konnte ein Fürst verkennen, was jede alte Husihuilkefrau begriff? Wusste er denn nicht, dass sein Blut vor ihm verschlungene Wege gegangen war? Von einem Reiher zu einem Puma, von einem Wurm zu einer Frucht, von einem Husihuilke zu einem Zitzahay? Thungür konnte das überlieferte Verbot nicht verstehen, auf das sich der Fürst berief, aber instinktiv hasste er den, der das Gesetz der Erde nicht kannte.

Trotzdem gründeten Thungürs Träume nicht auf Hass, sondern auf Liebe.

Wenn er Nanahuatli erst gerettet hatte, würde alles einfach sein. Sinkende-Nacht war das schnellste Tier, das er je geritten hatte. Es würde durch die Nacht eilen und sie schnell aus Hoh-Quius Reich hinausführen. Zabralkan würde verstehen. Vielleicht sogar Bor …

Fünf Sonnenjahre lebte er nun schon in der Randmark. Das Heer der Zitzahay war gut geschult, wurde von fähigen und mutigen Führern befehligt, die ihn ersetzen konnten. Er würde darum bitten, in seine Heimat zurückkehren zu dürfen. Er würde Nanahuatli in die Grenzländer führen, in sein kleines Haus aus Holz. Die Kinder von Cucub und Kuy-Kuyen würden ihnen auf dem Waldweg entgegenlaufen. Wie viele es inzwischen wohl waren? Auch er würde mit Nanahuatli eine neue Maisfamilie gründen.

Molitzmos' Stimme riss ihn aus seinen Träumen.

»Wie kann das sein? Was ist passiert?«

»Was meinst du?«, fragte Thungür, der das Unheil ahnte.

Molitzmos streckte den Arm zum Jungfrauentempel. Nichts hatte sich verändert, nur dass weißlicher Rauch aufstieg wie eine weitere Säule.

»Ich sehe nur Rauch«, sagte Thungür.

»Glücklicher!«, antwortete Molitzmos.

»Bitte …« Thungür wollte nicht weiter fragen müssen, damit Molitzmos sagte, was er zu sagen hatte.

Molitzmos begriff.

»Ich weiß nicht, wie das passieren konnte. Der Rauch, der vom Tempel aufsteigt, bedeutet, dass gleich eine Jungfrau geopfert wird. Thungür, diese Jungfrau kann nur Nanahuatli sein. Der Rauch, den du siehst, steigt von einem Feuer auf, in dem gerade ihre Kleider und alle Habseligkeiten verbrennen, die auf dieser Seite der Mauer ihr gehörten. Offenbar trägt Nanahuatli bereits die letzte Tunika. Jeden Augenblick kann ein Finger auf sie deuten und sie zum Opfer bestimmen.«

Thungürs erster Impuls war es, zum Jungfrauentempel zu rennen.

»Wo willst du hin, Bruder?«, hielt ihn Molitzmos zurück. »Dein Zorn, deine Pfeile und dein Messer werden nichts ausrichten. Hinter diesen dicken Mauern werden sie dich nicht einmal hören.«

Thungürs Körper wollte nicht aufgeben.

»Wenn dein Zorn und dein Schmerz jemanden treffen sollten, dann mich. Ich weiß nicht, wie das passieren konnte.« Molitzmos' Stimme brach vor Scham. »Meine Gewährsmänner sind absolut vertrauenswürdig. Vielleicht hat Hoh-Quiu Lügen verbreiten lassen, um dich zu verspotten oder zu verwirren. Vielleicht wollte er jeglichen Rettungsversuch vereiteln, was ihm ja auch gelungen ist. Lass deine Wut an mir aus, Thungür! Damit nimmst du mir einen Teil der Schuld, die mich für immer begleiten wird.«

»Nein, Bruder«, sagte Thungür. »Du hast viel für mich getan, hast dein Haus der Gefahr ausgesetzt. Ich schulde dir nur Dank. Ein anderer wird meinen Zorn spüren.«

»Überleg dir gut, was du tust. Vergiss nicht, dass du es allein mit einem ganzen Reich aufnimmst.«

»Kehr mit deinen Männern um, Bruder Molitzmos. Vergeude keine Worte. Du wirst nicht ändern können, was ich bin.«

Thungür brach auf. Der Galopp von Sinkende-Nacht hallte in den Straßen wider, als würden Steine gegen die heiligen Wände prallen.

»So wie ich es mir gedacht habe …«, flüsterte Molitzmos.

»So wie ich es mir gedacht habe«, sagte er lauter.

»Der Dummkopf hat sich genauso verhalten, wie ich es vorhergesagt habe«, sagte er und stieß einen Triumphschrei aus, der die Frösche zum Schweigen brachte.

Sinkende-Nacht preschte durch die gepflasterten Straßen. Viele hörten ihn, keiner sah ihn. Thungür wollte in der Nähe des Palastes warten, bis der Morgen dämmerte. Sollte jemand ihn fragen, würde er antworten, er sei in aller Frühe ausgeritten.

Er musste sich beruhigen. Der Husihuilke wollte keinen Argwohn erwecken, der ihm den Weg zu Hoh-Quiu verwehren könnte.

Er ritt auf den Palast zu, ohne zu wissen, ob man ihn als Gast oder als Gefangenen empfangen würde. Kaum hatte ihn ein Diener erblickt, kam er auf ihn zugeeilt und erbot sich, Sinkende-Nacht in die Koppel zu führen und ihm Wasser und Futter zu geben.

»Ich muss nur irgendwie zu ihm gelangen«, dachte Thungür.

Die Wache öffnete ihm die große Tür und grüßte ihn so ehrerbietig wie immer. Als Thungür im Inneren des Palastes war, nahm er jeden, der ihm begegnete, in Augenschein. Er ging einige Schritte. Niemand stellte sich ihm in den Weg, niemand sah ihn feindselig an.

»Hast du Kayun-Maisstrunk-Haut gesehen?«, fragte Thungür, der äußerlich ruhig wirkte.

»Nein, habe ich nicht«, antwortete ein Hofartist, der auf einem der Innenhöfe jonglieren übte.

»Habt ihr Kayun-Maisstrunk-Haut gesehen?«, fragte er zwei Männer, die neben den mit Vögeln aller Arten gefüllten Käfigen mit Knochenstücken spielten.

»Hier ist er nicht vorbeigekommen«, antworteten sie.

Vielleicht war Kayun bei Hoh-Quiu. Thungür beschloss, die Gemächer des Fürsten aufzusuchen. Auf dem Weg dorthin hielt ihn niemand auf. Vor einem langen Gang blieb der Husihuilke stehen. Am Ende dieses Ganges lag eine Tür, die reicher verziert war als alle anderen, über und über geschmückt mit eingelegten Edelsteinen. Sie führte in den Saal, in dem der Fürst seinen

Pflichten nachkam. Dieser Gang war nicht leer. Dreizehn Leibwächter standen links und rechts in einer Reihe und kreuzten ihre Lanzen.

Die Formation war üblich und beunruhigte Thungür nicht. Der Krieger trat auf den ersten Leibwächter zu und fragte ihn, ob es möglich sei, den Fürsten zu sprechen, jetzt gleich. Unhörbar gaben die Wachen die Nachricht von einem zum Nächsten weiter. Der Wächter, der der Tür am nächsten stand, klopfte an, als berührte er den Himmel. Es dauerte lange, bis er Antwort erhielt. Dann trat er gesenkten Hauptes ein, um dem Fürsten den Wunsch des Fremden mitzuteilen, und kam gesenkten Hauptes wieder heraus. Nachdem er die Tür geschlossen hatte, hielt er die Lanze tief vor seinen Körper, so dass sie den Boden berührte.

Auf dieses Zeichen hatte Thungür gewartet. Hoh-Quiu hatte zugestimmt, den Besucher zu empfangen. Einer nach dem anderen senkten die Wächter abwechselnd auf jeder Seite ihre Waffen, um dem Husihuilke Durchlass zu gewähren.

Thungür ging langsam den Korridor entlang, vorbei an sechsundzwanzig Männern, die ihn nicht ansahen. Sein Gang durfte seine Absicht nicht verraten. Und seine Fäuste nicht die Wut. Als er an der Tür ankam, drückte derselbe Wächter, der ihn angekündigt hatte, eine der beiden schweren Flügeltüren auf, um ihn einzulassen.

Der Husihuilke tat zwei Schritte in den Saal hinein. Hoh-Quiu saß so reglos auf seinem Thron, dass er wie eine gemeißelte Figur wirkte. Zwei Schritte … Beim dritten Schritt wurde Thungür rücklings ergriffen. Eine Hand packte ihn an den Haaren und riss seinen Kopf nach hinten, zwei Lanzen bohrten sich ihm in den Magen. So wurde er zu Hoh-Quiu gebracht.

»Ich habe dich gewarnt: Das Blut der Sonnenherren darf sich nicht mit fremdem Blut vermischen, wie auch der Adel sich nicht mit den Bauern mischen darf. Ich habe dir gesagt, dass ich die unglückselige Liebe zwischen Nanahuatli und dir nicht dulde, aber beide wolltet ihr nicht gehorchen.«

Dem Fürsten schien die Situation keine Freude zu bereiten. Er befahl, Thungür loszulassen.

»In wessen Namen warnst und verbietest du?«, fragte Thungür.

»Im Namen der Macht, die mir verliehen wurde, und im Namen der Gesetze, die uns auf dem Gipfel halten.«

»Ich verstehe deine Gesetze nicht, aber das ist jetzt nicht von Bedeutung. Wichtig ist, dass ich bestraft werde, nicht sie, denn schließlich bin ich der Grund für das, was du unglückselige Liebe nennst.«

»Du hast das Unglück meiner Schwester verschuldet, sagst du? Das stimmt nicht … Sie ist in das Ried eingedrungen, obwohl sie unsere Gesetze besser kannte als du, obwohl sie wusste, dass sie mir damit ins Gesicht spuckte.«

»Hoh-Quiu, es ist die Pflicht eines jeden Fürsten, die Liebe zu kennen.«

»Was weißt du von meinen Pflichten! Wie sollst du sie verstehen? Die Grenzländer sind weit weg. Wie man mir sagt, gibt es dort Wälder und Holzhäuser, zwischen denen sich Kohl- und Kürbisfelder erstrecken. Wie man mir sagt, gibt es dort niemanden, der regiert und befiehlt, sondern nur alte Männer und Frauen, die Rat erbitten und Rat erteilen. Wie man mir sagt, gibt es keine heiligen Männer, die ihre Weisheit hüten, sondern nur Zauberer, die von einem Ort zum andern ziehen und ihr Wissen teilen, als wäre es Brot. Wie man mir sagt, sind die heiligen Orte Lichtungen im Wald und Höhlen in den Bergen. Wie man mir sagt, gibt es keine Tempel und keine Opfer, nicht einmal ein Adelshaus. Wie sollst du verstehen, was es heißt, die Zivilisation der Sonne fortzuführen?«

»Diese Krieger ohne König haben genauso todesmutig für dich gekämpft wie für sich selbst. Einer von ihnen namens

Kume überwand eine hölzerne Mauer, damit deine Kultur weiter erstrahlen kann.«

»Daran erinnere ich mich«, sagte der Fürst. »Allein aus diesem Grund lasse ich dich am Leben. Meine Männer werden dich und Kayun-Maisstrunk-Haut zu den Grenzhügeln eskortieren. Der Zitzahay weiß von deiner Tat und schämt sich deiner.«

»Die Sonne deiner Kultur ist eine andere als die der Grenzländer.«

»Was meinst du damit?«, fragte Hoh-Quiu.

»Deine Sonne leuchtet nicht überall gleich. Ich habe Angst und Hunger gesehen. Und wenn ich sie sehe, dann sieht sie auch Misaianes. Er wird mit seinen Fingernägeln hineinfahren.«

»Ich stelle all meine Macht in Diensten des Krieges gegen den Ewigen Hass. Wenn die Stunde kommt, ihm entgegenzutreten, wird unser Heer zusammenstehen wie glatt geschliffene Jade.«

»Du bist ein Fürst, ich bin ein Krieger. Von geschliffener Jade verstehe ich nichts. Aber eines weiß ich: Krieger, die ihren Anführer nicht lieben, sind nur halb so mutig.«

Der Fürst wollte nicht mehr hören und gab Befehl, ihn abzuführen.

Noch am selben Tag traten Kayun-Maisstrunk-Haut und Thungür, eskortiert von Hoh-Quius Männern, den Rückweg in die Randmark an. Ehrlos kehrten sie wieder, denn die Mission, die ihnen aufgetragen war, hatten sie nicht erfüllt. Im Gegenteil, das Verhältnis zur Regierung der Sonnenherren war beschädigt. Und wenn Hoh-Quiu erfuhr, dass Molitzmos Thungürs Komplize gewesen war, würde der Kampf zwischen beiden Häusern wieder aufflammen.

Vielleicht dachte Kayun gerade darüber nach und gab Thungür die Schuld für den missglückten Besuch.

Thungür hingegen dachte an Nanahuatli, überlegte, wie er zurückkommen und sie retten konnte. Da fielen im Kushs Worte ein: »In manchen Augenblicken ist die Liebe wichtiger als das Leben selbst.« Für Thungür war ein solcher Augenblick gekommen.

Nach langem Galopp gelangten sie zu den Grenzhügeln. Hoh-Quius Männer ritten auf die runden Gipfel hinauf, um den Fremden nachzusehen.

Als sie wieder auf Zitzahaygebiet waren, räusperte sich Kayun. Es war der erste Laut, den er von sich gab, seit sie Hoh-Quius Palast verlassen hatten.

Er spornte sein Pferd an und setzte sich auf gleiche Höhe mit Sinkende-Nacht. Thungür sah Kayun fest ihn die Augen, um ihm zu sagen, dass er sich seiner Taten nicht schämte. Der Astronom antwortete ihm mit einem Blick, dessen Farbe nicht zu erkennen war, jedenfalls lag darin keine Wut, wie Thungür es erwartet hätte.

»Was gedenkst du Bor zu sagen?«, fragte Kayun ohne Umschweife. »Glaub bloß nicht, dass es reicht, wenn du ihm von den schönen Augen einer Frau erzählst!«

»Ich werde ihm sagen, was ich wirklich denke. Ich werde ihm sagen, dass wir zu spät gekommen sind.«

»Bor wird eine genauere Erklärung von dir fordern.«

»Die Regierung Hoh-Quius ruht auf schmerzenden Rücken. Ich habe die andere Seite seiner höfischen Pracht gesehen. Molitzmos selbst hat sie mir gezeigt. Was dort geschieht«, sagte Thungür und zeigte in die Richtung, aus der sie kamen, »verdient den Namen Frieden nicht. Genauso wenig wie den Namen Krieg. Denn Krieg ist ein Kampf zwischen Kriegern.«

»Wenn es weder Frieden noch Krieg ist, wie würdest du es dann nennen, Husihuilke?«, fragte Kayun.

»Ich nenne es Schande.«

In Erinnerung an Molitzmos' Worte lächelte Kayun. Wie weise dieser Mann war.

»Warum lächelst du?«, fragte der Husihuilke.

Die Antwort ließ auf sich warten.

»Wegen der Farbe des Himmels. Die Farbe des Himmels entlockt mir immer ein Lächeln.«

Die Schattenfrau, die Späherin

Die Zeit gibt den Kreaturen mit Zeichen zu verstehen, dass sie unerbittlich verstreicht: fallende Blätter, die Entfernungen auf der Erde. Da aber die Kreaturen vergesslich sind, sorgt die Zeit dafür, dass jeden Morgen der Tag anbricht.

Viele, sehr viele Male brach der Tag an, bis die Schiffe des Misaianes den Yentru überquert hatten. Viele, sehr viele Male brach auf dem Meer der Tag an, bis endlich eine Wache verkündete, dass die Fruchtbaren Länder in Sicht waren. Die Beute vor Augen, machte sich die Mannschaft begeistert daran, die Landung vorzubereiten.

Zuerst ging das Mutterschiff vor Anker. Dann ein weiteres Schiff der Flotte, und noch eins, und noch eins, bis ein großer Abschnitt der Küste gesäumt war mit den Schiffen des Hasses.

Sie landeten etwas nördlich der Mangrovenwälder, in denen Drimus sich versteckt hielt. Er wusste bereits, dass das Heer des Herrn angelangt war, und erwartete es in seinem Unterschlupf. Seine Männer hatten Angst, weil sie dachten, dass der Kapitän der neuen Flotte einen Strafbefehl bringen könnte. Drimus hingegen hatte keine Angst, Drimus jubelte. Er war Magier, kannte die Tiefgründigkeit seines Herrn und war sich sicher, dass er in dessen Augen nicht versagt hatte. Er wird mich stärken und anerkennen, sagte er sich.

An der gewählten Landungsstelle hoben und senkten sich die Schiffe mit dem Meer. Die Nacht war hereingebrochen. Außer den Wachen lagen alle Besatzungsmitglieder an Deck und schliefen.

Keiner sah, dass eine Frauengestalt sich regte und am Bug des

Mutterschiffs hinunterließ. Geräuschlos stieg die Schattenfrau ins Wasser und ging zum Strand. Sie spähte zum Meer, zu der sich wiegenden Flotte. Sie spähte landeinwärts, zum Pflanzenwuchs der Erde; sie spähte zum Himmel, zu den zahllosen Sternen. Sie betrachtete ihre glatten Handflächen, die Muscheln am Strand. Dann spähte sie in die Richtung, in der ihr erstes Ziel lag. Sie kehrte den Schiffen den Rücken zu, hüllte sich in ihren Umhang und ging fort. Die Späherin hinterließ keine Spur.

In seinem Mangrovenwald roch Drimus, dass sie näher kam. Der Doktrinator kroch auf allen vieren, inmitten seiner Hundemeute. Er hob die Nase, um das Kommen der Späherin zu erschnüffeln. Mal lachte er, mal heulte er wie ein verwundeter Hund: So gegensätzlich waren seine Empfindungen. Die Späherin kam näher und brachte den Preis oder das Urteil.

Er hatte Misaianes nicht enttäuscht. Die Späherin würde es ihm im Namen des Herrn bestätigen. Seine Männer hingegen scharten sich vor Angst zusammen, weil sie wussten, dass eine Flucht sinnlos war. Wenn Drimus sich irrte, war diese Sonne die letzte, die ihnen leuchten würde.

Die Späherin kam spurlos und lautlos. Plötzlich tauchte sie auf im feuchten Mangrovenwald. Drimus, die Männer und die Hunde verharrten reglos. Die Späherin sah einen nach dem anderen an. Dann ließ sie ihre Augen auf dem Gesicht des Doktrinators ruhen. Sie nickte so unmerklich mit dem Kopf, dass sich ihr Haar kaum bewegte. Drimus begriff, dass sie ihn zu sich rief.

Der Magier regte sich inmitten seiner Hunde. Er zögerte. Es fiel ihm schwer, sich aufzurichten, also kroch er auf allen vieren. Die Haltung der Menschen verursachte ihm stets große Schmerzen. Der immer größer werdende Buckel zwang ihn, sich nach vorn zu beugen, und überforderte seine schwächlichen Beine. Trotzdem verlangte er sich, kurz bevor er bei ihr ankam, einen letzten Kraftakt ab. Knackend richtete er sich auf, bis er schmerzgekrümmt dastand.

Obwohl die Späherin sah, wie er die Füße mühsam nachzog, tat sie keinen Schritt auf ihn zu. Reglos stand sie da und wartete. Erst als er bei ihr war, setzte sie sich auf den feuchten Boden und umschlang ihre spitzen Knie. Voll Dankbarkeit in den Knochen, ließ sich der Doktrinator vor sie fallen. Und wie es sich gehörte, überließ er ihr die ersten Worte.

Drimus und die Späherin saßen auf einem schlammigen Boden. Durch Lücken im Blattwerk drang die Sonne ein und dampfte eine schwer zu atmende Luft auf. Die Hunde legten sich hin, um zu dösen, weil sie verstanden hatten, dass ihr Herr sich in diesem Augenblick nicht einmal an sie erinnerte. Dahinter versuchten die Männer einen Blick auf die Miene der Späherin zu erhaschen, die ihnen einen Hinweis auf ihr eigenes Schicksal geben könnte.

»Der Herr lässt dich grüßen«, sagte die Späherin.

Das genügte. Drimus krümmte sich nach vorn, um ihr die Hände zu küssen, aber eine langsame Geste gebot ihm Einhalt.

»Du hast es verdient«, fuhr sie fort. »Nichts wurde dir geschenkt. Du wusstest dem Vorrang zu geben, was wichtig war. Noch in Leogros' Scheitern hast du den Weg gefunden, wie du deine Aufgabe fortführen konntest. Wir kennen deine Aufgabe, deine vorderste, unerlässliche Aufgabe. Setze sie fort.«

Die Späherin schickte sich an aufzustehen.

»Geh noch nicht fort, wir haben so viel zu feiern«, sagte Drimus.

»Ich muss aufbrechen. Ich werde dir und deinem Heer immer einige Schritte voraus sein. Hier und dort werde ich das Meinige tun.«

Drimus schnüffelte heftig.

»Bringst du den Schweiß des Herrn mit?«, fragte er sehnsüchtig.

»Ja. Ich trage den Geruch meines Sohnes an mir.«

»Gibst du mir etwas davon ab?«, bat der Doktrinator. »Ich sammle Substanzen, um diesen Krieg zu gewinnen.«

Die Späherin nickte. Drimus zog einen Finger über die glatten Innenflächen ihrer Hände. Dann knetete er den Schweiß des Herrn, formte ihn zu einer winzigen Perle und legte sie sich unter die Zunge.

Als er fertig war, stand die Späherin bereits. Drimus wollte ebenfalls aufstehen.

»Nicht nötig«, hielt ihn die glatte Hand zurück. »Geh ruhig wie ein Hund, wenn du willst. Robbe, krieche … Wir brauchen die Haltung der Menschen nicht.«

Notdürftig bedeckte die Späherin ihre Nacktheit und ging los.

»Sagst du mir, wohin du gehst?«, fragte Drimus.

»Das habe ich dir bereits gesagt. Ich gehe dorthin, wo auch du und unser Heer hingehen werden, sobald ihr das Zeichen dessen erhaltet, den du für unsere Sache gewonnen hast.«

»Du sprichst von Molitzmos«, flüsterte Drimus.

»Ja, Molitzmos, wenn sein Name so lautet«, bestätigte die Späherin. »Ich werde jetzt zur Stadt der Sonnenherren aufbrechen, zum Palast des Fürsten, der sie regiert. Bis in sein Schlafgemach werde ich vordringen.«

Der Hochmut eines Fürsten

In seinem Schlafgemach ging Hoh-Quiu hin und her, während ihn seine Diener ankleideten. Ohne dass die Schmuckstücke vollständig verkettet waren, stürmte der Fürst in den Saal, in dem ihn seine Ratgeber bereits erwarteten.

»Was ist los?«, fragte er. »Was bietet nun schon wieder Grund zum Verdruss?«

Der alte Ratgeber, der sich immer traute, traute sich auch diesmal und sagte das, was die anderen auf halber Kehle zum Schweigen brachten.

»Du fragst nach dem Grund für unseren Verdruss? Der Grund ist, dass sich viele von uns abwenden. Fürst Hoh-Quiu, es wenden sich gerade diejenigen von uns ab, die unserem Haus am treuesten verbunden waren. Im Heer häuft sich die Fahnenflucht, im Volk das Leid. Das Haus von Molitzmos rüstet auf, alles riecht nach Rebellion. Ein Aufstand gegen deine Herrschaft steht kurz bevor.«

»Ich bin der rechtmäßige Herrscher dieses Landes!«, schrie der Fürst.

»Der Kastanienbaum ist stark, doch kann ein schlimmer Wind ihn umstürzen«, antwortete der Ratgeber.

Hoh-Quiu schwieg. Dann setzte er sich mit hängenden Schultern auf den Thron.

»Ich bin allein«, murmelte er.

»Das bist du nicht«, sagte der alte Ratgeber. »Du hast uns. Ein großer Teil des Heers gehorcht dir noch. Und vor allem hast du es selbst in der Hand, deinem Volk wieder die Wohltaten zu erweisen, die du ihm entrissen hast. Du musst die Liebe deines Volkes zurückgewinnen.«

Zorn richete Hoh-Quiu auf.

»Diese Liebe schulden sie mir … Es mein heiliges Recht, auf

diesem Thron zu sitzen. Ich habe nichts anderes getan, als die Schwächen meines Bruders auszumerzen und das Erbe wiederaufzunehmen, das uns über Sonnenjahrhunderte unsere Stellung erhalten hat.«

An diesem Tag würde der Starrsinn des Fürsten dem gesunden Menschenverstand nicht weichen. Die Ratgeber bedauerten es von Herzen.

»Wie immer du dich entscheidest«, sagte ein anderer von ihnen, »wir unterstützen dich und werden bis zum Ende bei dir bleiben. Dennoch sei dir gesagt, dass du stur unsere Stimme missachtest und gegen unseren Rat handelst. Bitte denk noch einmal darüber nach.«

Hoh-Quiu sah sie herausfordernd an. Er stand auf und stampfte aus dem Saal.

Vielleicht hätte er später darüber nachgedacht und eingelenkt. Aber er hatte keine Zeit dafür. In der Nacht desselben Tages gaben Hunderte von Leichen den Ratgebern recht.

Im spärlichen Licht einiger Fackeln waren Molitzmos' Männer durch die Straßen der Stadt marschiert und hatten ihre ersten Opfer gesucht. Sie drangen in die Häuser ein, in denen um diese Stunde der Adel vom Hause Hoh-Quius schlief. In den Familien seiner Vettern floss das Blut des Fürsten weiter, in den Kindern seiner verheirateten Schwestern. Zwanzig Häuser des Adels wurden in dieser Nacht überraschend angegriffen, ohne dass Molitzmos' Soldaten auf nennenswerten Widerstand stießen.

In einigen Fällen flohen die Wachen, und die Türen gaben den Schlägen nach. In anderen waren die Wachen im Bilde über das, was vor sich ging, und verschafften den Rebellen Eingang. In den prächtigen Wohnstätten des Adels kam niemand mit dem Leben davon. Nicht die Männer, die sich zu verteidigen versuchten, nicht die Frauen und auch nicht die Kinder, die sie in den Armen trugen. Auch die Diener und Dienerinnen nicht.

Nach getanem Werk steckten Fackeln die Wandteppiche und Stoffe in Brand. Ein Tanz des Feuers, das im Morgengrauen auf Hoh-Quius zu Asche gewordenem Blut erlosch.

Der Fürst hatte keine Zeit, einzulenken. Der Krieg war erklärt, die erste Schlacht verloren.

In den Tagen, die folgten, richteten sich in der Hauptstadt des Sonnenlandes die Kämpfe zwischen den Häusern Hoh-Quius und Molitzmos' ein. Der größere Teil des Heers nahm die Symbole von Molitzmos' Haus an: die Farben Rot und Gelb, das Armband aus Schlangenhaut, das Schnabelgesicht auf ihren Schilden. Der kleinere Teil entschied sich für das Haus Hoh-Quius. Ihre Erkennungszeichen waren ein Halsband aus Adlerkrallen, die Farben Rot und Blau, und auf den Schilden eine Fackel. Bald war die Stadt geteilt. Die Grenze, die beide Hoheitsgebiete trennte, verschob sich mit jeder Schlacht, näherte und entfernte sich vom Herrscherpalast.

Auch die Kriegsgesänge waren unterschiedlich, erklangen in der Stille der Nächte als ein Zeugnis für Tapferkeit und Macht. An diesem Tag sangen Hoh-Quius Männer laut:

Wir verteidigen den Großen.
Der Große ist der Bruder des Kukul.
Groß ist Kukul selbst.
Groß der Fürst.

Eines Abends verließen bei Einbruch der Nacht mehrere Familien des Hauses Molitzmos' ihre Paläste, um einen Ort aufzusuchen, an dem sie vor Hoh-Quius Heer sicher waren. Der Krieg in der geteilten Stadt hatte allzu ungewisse Grenzen: mal ein Lager zwischen Felsen, mal eine Holzbrücke.

Die Adligen schlichen zu den alten Bauten, in denen einst die mächtigsten Familien des Sonnenlandes wohnten. Seit man am Ufer der Kanäle die neuen Paläste errichtet hatte, standen sie leer.

Die Frauen hatten in den Armen reich verzierte Schatullen, in denen sie ihren Schmuck aufbewahrten. Die jungen Kammerdienerinnen trugen Kinder, die in kostbare Tücher gehüllt waren. Die Diener schleppten mühsam riesige Käfige voller bunter Vögel, Wandteppiche, Goldgefäße. Alles, was Molitzmos' Haus vor dem Feind retten wollte. An der Spitze des Zuges gingen bewaffnete Männer.

Die Route, die sie gewählt hatten, sah vor, zum Bett des Flusses hinunterzusteigen, dessen Wasser weiter oben umgeleitet wurde, um einige der großen Versorgungskanäle der Stadt zu speisen.

Die lange Kolonne ging langsam das enge, tiefe Flussbett entlang. Das Weinen der Kinder, die unter den Stoffen schwitzten, das Krächzen der Vögel und das Keuchen der Diener, die die größte Last zu tragen hatten, verursachte zu viel Lärm, um durch einen Krieg zu marschieren.

Das aufständische Haus hatte alle Sorgfalt darauf verwandt, das Geheimnis dieser Flucht zu wahren. Doch ein Geheimnis war schwer zu wahren in einer durch unsichere Grenzen geteilten Stadt.

Flussaufwärts hatten die Soldaten von Hoh-Quius Haus gerade die schweren Schleusentore geöffnet. Nun standen sie da und schauten zu, wie der zu dieser Jahreszeit reißende Strom sich in sein altes Flussbett ergoss.

Auf halber Strecke blieb der Tross stehen und horchte. Da der Fluss in die Richtung strömte, in die sie unterwegs waren, sahen die Diener, die zuhinterst gingen, die Wasserlawine zuerst.

»Wasser!«, riefen sie. »Der Fluss kommt!«

Übertönt wurden die Warnrufe vom Kreischen der Frauen und Röcheln der zerquetschten Vögel. Hunderte von Menschen rannten über die Steine, versuchten aus dem Flussbett herauszukommen. Sie rannten, um schneller als das Wasser die flacheren Stellen zu erreichen, wo das Flussbett ins offene Feld überging. Einige wollten die Wände erklimmen, die sie einschlossen, aber sie waren zu glatt. Molitzmos' Adel war mitten in einem wiedererwachenden Fluss in einen Hinterhalt geraten. Wer sein Leben retten wollte, dem waren die Reichtümer nur Hindernis.

Auf der Flucht stolperten die Frauen über ihre Wandteppiche, prallten die Zofen gegen die Käfige und Goldgefäße, die von Diener einfach fallen gelassen wurden. Kinder und Vögel, Decken und Federn wurden im Wasser alle gleich. Nun hatte auch Molitzmos' Haus seine unverzeihlichen Toten. Der Krieg war nicht mehr aufzuhalten.

Nicht dass Molitzmos dies wünschte. Er und Drimus hatten diese Rebellion Schritt für Schritt geplant. Niemand außer ihnen kannte den Namen dessen, der auf der anderen Seite des Ufers wartete.

Drimus und Molitzmos trachteten nach verschiedenen Dingen und errichteten doch gemeinsam die Falle, die Hoh-Quiu aus Hochmut nicht sah.

Molitzmos wollte, dass sein Haus über das Sonnenland regierte, Drimus, der Bucklige, dass Misaianes sich die Welt unterwarf.

»Wenn du dich uns anschließt, belohnen wir dich mit dem Thron des Sonnenlandes«, hatte ihm Drimus versprochen.

Misaianes wird siegen. Besser, mein Land schlägt sich auf seine Seite, als dass es untergeht, hatte Molitzmos gedacht.

Dieser Pakt war in den fernen Tagen des Konzils geschlossen worden, in der heiligen Stadt Beleram.

Der Krieg im Land der Sonnenherren zog sich hin. Bald schon mussten beide Häuser ihre Heere verstärken.

Die Bewohner tuschelten sich zu, dass der regierende Fürst sie einberufen wollte, damit sie sein Haus verteidigten. Nun rächten sich die hohen Abgaben, die der Fürst ihnen aufgezwungen hatte, die Schläge der Eintreiber. Die Kluft, die der Fürst zwischen das Herz seines Volkes und seines gelegt hatte, wog schwer im Augenblick der Entscheidung. Drimus hatte es vorhergesagt.

Zwei Bauern, die in schäbigen Hütten wohnten, begegneten sich an der Biegung eines Pfades. Sie setzten ihre Heuballen ab, um zu plaudern und sich auszuruhen.

»Weiß du es schon?«

»Natürlich.«

Sie machten lange Pausen, in denen sie murmelten, als kauten sie die Wörter, die sie sagen wollten.

»Und was wird jetzt?«

»Blut wird mit Blut bezahlt werden.«

»Und unseres …?«

»Unser was?«

»Unser Blut.«

»Wird auch fließen.«

»Und dein Blut?«

»Was meinst du damit?«

»Dein Blut … Für wen von beiden möchtest du es vergießen?«

In den Antworten zeigte sich, wie gut Drimus die Verschwörung geplant und wie gut Molitzmos sie ausgeführt hatte.

»Hoh-Quiu, der Fürst, hat uns nicht geliebt.«

»Nein, das hat er nicht. Trotzdem ist er der rechtmäßige Erbe.«

»Wir wissen aber auch, dass vor langer Zeit das andere Haus unser Land regiert hat.«

»So heißt es, ja … Aber weder du noch ich haben es erlebt.«

»Das ist wahr. Aber wir sehen auch die Sonne nicht, wenn sie uns nachts verlässt, und doch wissen wir, dass sie stets wiederkehrt und alles gut wird.«

»So, wie du das sagst, Nachbar, hat es den Anschein, als hätten wir in einer langen Nacht gelebt.«

»Noch heute wird Hoh-Quiu uns holen lassen, damit wir sein Haus verteidigen.«

»Wenn sie kommen, werden sie mich nicht finden.«

»Was hast du vor, Nachbar?«

»Ich weiß, dass Molitzmos einen sicheren Ort für die Familien der Männer eingerichtet hat, die sich seinen Reihen anschließen. Dorthin werde ich meine Frau und meine Kinder bringen. Ich werde gegen Hoh-Quiu kämpfen. Er hat uns so viel Leid gebracht!«

»Das ist eine große Entscheidung.«

»Die bereits getroffen ist. Und viele andere haben sie ebenfalls getroffen.«

Hoh-Quius Soldaten ritten in alle Dörfer, um die Bewohner zu rekrutieren. Doch viele Bauern waren fortgegangen, um für Molitzmos zu kämpfen.

Die Schändung

In den Tagen des Krieges schlich die Schattenfrau durch die Stadt der Sonnenherren.

Sie sollte dafür sorgen, dass das Wichtigste in Erfüllung ging. Die Späherin schlich durch die Stadt und suchte Freuden für den Herrn.

Bei ihrem Streifzug durch die Nacht ließ sie sich leiten von einem Glanz, der einen großen Teil des Himmels erleuchtete: dem des verborgenen Sideresierlagers, das auf Molitzmos' Herrschaftsgebiet lag. Solange der Krieg nicht zu seinen Gunsten entschieden war, musste dieses Lager unter allen Umständen geheim bleiben. Niemand, nicht das Sonnenvolk, ja nicht einmal die Adligen, die für Molitzmos' Haus kämpften, durften von dem Pakt erfahren.

Die Schattenfrau kam an dem Lager an und sah überall Feuer brennen und Kessel dampfen. Nach ihrer langen Reise, auf der sie jegliche Vergnügung entbehrt hatten, kurz vor dem entscheidenden Angriff auf die Stadt, gierten die Sideresier nach ersten Belohnungen.

Ein Trupp Soldaten stand um ein Lagerfeuer. Sie stachelten sich gegenseitig an, stellten sich den Angriff bildhaft vor. Sie wussten, dass ihre Anführer diese Schändung erst erlauben würden, wenn Hoh-Quius Niederlage besiegelt war. Aber bis dahin dauerte es noch, und ihre Anführer waren nicht da. Und die mondlose Nacht würde alles verbergen.

Das Feuer der Kessel strahlte so hell in die Nacht, dass die Umrisse der Späherin aufleuchteten. Schnell trat sie zurück ins Dunkel und wartete die Entscheidung der Männer ab.

Schließlich setzen sich ihre Instinkte gegen die Angst vor Repressalien durch. Der Trupp schlich sich lautlos aus dem Lager. Die Späherin folgte ihnen.

Die Sideresier marschierten leise, waren nur Schattenrisse. Sie mussten vermeiden, dass die Wachen an beiden Grenzen der geteilten Stadt sie entdeckten und Alarm schlugen.

Die schwarzen Stiefel nahmen den gepflasterten Weg, der in den heiligen Bezirk der Stadt führte. Da begriff die Späherin, wohin sie wollten. Sie schloss zu ihnen auf, überholte sie unbemerkt und eilte ihnen voraus.

Ihr Ziel war der Jungfrauentempel. Da die Schattenfrau vor ihnen ankam, konnte sie sich den hundert weißen Säulen gegenüber postieren, um zu beobachten, was gleich geschehen würde.

Im ersten Licht der Dämmerung lag der Tempel stumm da. Kein barfüßiges Gehen waren zu hören, kein Rascheln von Tuniken, nur das Atmen der Jungfrauen, die zu erwachen begannen.

Die Sideresier marschierten die steinerne Straße entlang. Mit sich brachten sie ihren vom Maiswasser erstickten Atem und den Schweiß unzähliger Tag. Einige trugen über ihrer schwarzen Kleidung Halsbänder aus Krallen oder Gürtel aus Federn: Zum Spott hatten sie sich mit den Symbolen des großen Sonnenvolkes verkleidet. Die Späherin sah, wie sie auf den Tempel zuhielten.

Mit unbarmherziger Entschlossenheit stachelten sich die Sideresier gegenseitig auf, malten einander fremden Schmerz und eigenes Vergnügen aus. Als der Jungfrauentempel in Sicht kam, gingen sie schneller, rannten fast. Der Ansturm auf den Tempel, in dem die geweihten Frauen gerade erwachten, war so gnadenlos, dass die Mauern an einigen Stellen nachgaben. Die Männer vergrößerten die ersten Risse und bahnten sich ihren Weg. Diesmal musste ihnen die Späherin nicht folgen, um zu wissen, was vor sich ging.

Die Schändung wurde über Generationen weitererzählt. Und doch ging die Legende barmherzig um mit jenen Ereignissen, vielleicht war es die einzige Art, mit der Erinnerung zu leben.

»Diese Geschichte erzählt von der Horde, die den Tempel schändete. So entsetzlich war ihr Ansturm, dass viele Jungfrauen tot niedersanken, noch bevor ein Mann sie anfassen konnte. Sie starben, ohne das Martyrium erleiden zu müssen, verwandelten sich in Statuen aus Salz, die bei der ersten Berührung zerbröselten. Dadurch konnten die Eindringlinge ihre Reinheit nicht beflecken …«

Als die Späherin sich zurückziehen wollte, erregte etwas ihre Aufmerksamkeit. Eine junge Frau sprang von der Mauer, die die Gärten umgab, und flüchtete aus dem Tempel.

Die Späherin versuchte nicht, sie aufzuhalten, denn es war nicht ihre Aufgabe. Sie beobachtete sie und fragte sich, wie sie es geschafft hatte. Vielleicht hatte sie gegen die Gebote verstoßen und war in den großen Innenhöfen spazieren gegangen. Vielleicht hatte sie sich ins Dunkel retten und fliehen können, als das Getöse eingesetzt hatte. Vielleicht wäre sie in jedem Fall geflüchtet, ob mit oder ohne Angriff.

Ohne zurückzuschauen, rannte die Fliehende auf die nahe gelegenen Hügel zu. Versteck dich gut, du hast es dir verdient, dachte die Späherin.

Dann wandte sie sich wieder dem zu, was gewiss war. Die Schändung, die im Tempel vonstatten ging, würde dem Herrn ein willkommenes Geschenk sein, eine Freude, die mehr wert war als Reichtum.

Nun konnte sie ihre Reise fortsetzen, denn nun war sie sich sicher, dass sie einige Schritte vor dem Sieg ging.

Die Würde eines Hauses

Der Aufstand, der ein Krieg zwischen Herrscherhäusern war, würde sich am Palast entscheiden. Wer ihn einnahm, würde das Land der Sonnenherren kontrollieren.

Im Inneren des Palastes hatten sich Hoh-Quiu und seine Ratgeber versammelt. Alle wussten, dass die Chancen für einen glücklichen Ausgang gering waren. Trotzdem besprachen sie ruhig die Lage, beratschlagten darüber, wie sie ihre Mittel am besten einsetzten.

Hoh-Quiu ließ keine Angst erkennen. Er war genauso prächtig gekleidet wie immer. Ohne den Blick zu senken, bat er die Ratgeber um Verzeihung und blieb weiterhin der Fürst.

Unterdessen rückten in der Stadt Molitzmos' Kräfte weiter vor. Es waren weitaus mehr Soldaten, als Hoh-Quius Männer erwarteten, die um den Palast herum Stellung bezogen hatten, um ihn zu verteidigen.

Die Heere unterschieden sich in vielem: in ihrer Stärke, in den Symbolen ihrer Schilde, in ihrer Kriegsbemalung und in ihren Gewändern. Doch eines hatten sie gemeinsam: In beiden Heeren kämpften Bauern, Nachbarn, die nicht verstanden, wieso sie gegenseitig Blut vergießen sollten, wo sie doch gestern noch an der Biegung eines Pfads gestanden und geplaudert hatten.

Das Ungleichgewicht der Kräfte bedeutete nicht, dass Molitzmos' Heer leichtes Spiel hatte. Hoh-Quius Männer kämpften bis zuletzt. Die Niederlage vor Augen, starben sie lieber, als das Schicksal zu erleiden, das sie andernfalls erwartete. An einem stickigheißen Nachmittag unter einem feuchtbewölkten Himmel ging die Schlacht zu Ende. Hoh-Quius Palast war vom gegnerischen Herrscherhaus umstellt.

»Meine Federkrone, meine schönsten Schmuckstücke«, befahl Hoh-Quiu seinen Dienern.

Prachtvoll gekleidet ordnete er an, dass ihm und seinen Ratgebern ein Festmahl aufgetragen werde.

»Morgen«, sagte Hoh-Quiu während des Essens, »werden wir die Blumen in all meinen Gärten austauschen.«

»Dein Wunsch ist uns Befehl, Fürst.«

»Morgen werden wir die Maisvorräte des Palastes unter den Bauern verteilen. Ich habe gehört, dass sie Hunger leiden.«

»Wir werden dafür sorgen.«

»Morgen werde ich den Befehl erteilen, Nanahuatli aus dem Jungfrauentempel zu befreien.«

»Welch gute Nachrichten, geliebter Hoh-Quiu.«

Der Kriegslärm schwoll an. Nicht mehr lang, und der Palast würde den Feinden endgültig in die Hände fallen.

»Wir gehen jetzt in den Thronsaal. Dort werden wir eine Pfeife rauchen.«

Die letzten Männer, die Hoh-Quiu noch verblieben, nahmen Aufstellung in dem langen Gang, der zum Thron führte. Sie verteilten sich wie immer rechts und links und kreuzten die Lanzen. Molitzmos' Soldaten würden auch dort auf Männer treffen, die bereit waren zu sterben. Jeder von Hoh-Quius Wächtern vergoss das Blut des Feindes, bevor er fiel.

»Die Blätter, die wir rauchen, sind gut«, sagte Hoh-Quiu. »Sie machen müde.«

Molitzmos' Männer erreichten das Ende des Korridors. Die letzten Wachen erwarteten den Tod.

»Erinnert ihr euch noch an diesen Zauberer namens Kupuka, von dem ich euch erzählt habe? Ich muss gerade an ihn denken«, sagte der Fürst lächelnd.

Die Saaltür wurde aufgestoßen. Als die Aufständischen sahen, dass Hoh-Quius Männer in Ruhe miteinander sprachen, hielten sie kurz inne.

»Wie dieser Kupuka hoffe ich, dass die Fruchtbaren Länder sich vereinen und Widerstand leisten werden. Misaianes hat unseren Kontinent nie wirklich verlassen …«

Viele Ratgeber hörten diese Worte schon nicht mehr. Schwerter fuhren in ihre Bäuche und wieder heraus.

»Ich wünschte, ich hätte anders gehandelt«, sagte Hoh-Quiu und dann nichts mehr.

Molitzmos behielt es sich selbst vor, die Lanze mit dem Kopf des toten Fürsten in die Höhe zu halten, als er nach draußen trat, um zu verkünden, dass sein Herrscherhaus den Thron bestiegen hatte.

Wenige Sonnen später waren die Straßen und der Palast von Leichen befreit. Das neue Herrscherhaus hatte alle Spuren der vergangenen Macht beseitigt, hatte alte Wappen abgerissen und neue angebracht, hatte Bilder gestürzt und an gleicher Stelle andere aufgehängt. Symbole der neuen Herrschaft.

Auf dem Thron, auf dem Hoh-Quiu zuvor gesessen hatte, mit dessen Federkrone auf dem Haupt, erklärte sich Molitzmos vor versammeltem Hof zum neuen Fürsten. Er atmete wie ein Fürst, er ging wie ein Fürst, und wie ein Fürst gab er seinen Dienern Befehle. Unbedeutende Befehle, Nichtigkeiten, die den Palast betrafen, denn die wirklichen Befehle gab Drimus.

Ich muss mich in Geduld üben, sagte sich Molitzmos. Eines Tages werden die Sideresier fortgehen, dann wird mein Haus über die Fruchtbaren Länder herrschen.

Drimus, der ihm gegenübersaß, erriet es.

»Nicht so schnell, mein guter Molitzmos.«

Drimus wusste, dass es vorerst nötig war, die Lüge des Pakts aufrechtzuerhalten. Noch musste erst ein Großteil des Kontinents unterworfen werden. Und dafür war dieses große Land, das sich ohne jeden Widerstand gebeugt hatte, unentbehrlich.

»Glaub mir, die Zeit deiner Herrschaft wird kommen«, log der Bucklige. »Und sie wird lang und fruchtbar sein.«

»Ich weiß. Trotzdem werde ich heute vor das Volk treten, um ihm die ganze Majestät meines Hauses vor Augen zu führen. Und ich werde es mit Gefälligkeiten erfreuen.«

»Wie kommst du darauf?«, fragte Drimus.

»Ich habe es beschlossen«, antwortete Molitzmos.

»Dann rate ich dir, deinen Beschluss zu ändern.« Drimus lächelte mitleidig. »Beschließe lieber, so lange im Palast zu bleiben, bis wir dir das Gegenteil befehlen.«

»Aber …«

»Amüsiere dich, Fürst! Iss, trink, häng dir Juwelen um, wähl dir neue Frauen.«

»Das konnte ich auch schon vorher.«

»Du darfst dich nach Herzenslust in diesem riesigen Palast bewegen, der jetzt dir gehört, aber versuch nicht, seine Mauern zu verlassen.«

»Wie ein Gefangener der Sideresier?«

»Nein, nein!«, antwortete der Doktrinator. »Wie ein braver Untergebener des Misaianes.«

Molitzmos begann zu begreifen, dass Drimus' Pläne mit seinen unvereinbar waren. Er begriff, dass der Zauberer der Alten Ländern seinen Teil des Paktes nicht einhalten würde. Und dass er ihm nicht den geringsten Teil der Macht abtreten würde, die seinem Herrn vorbehalten war.

Aber Molitzmos, der Gefiederte, war kaltblütig. Wo jeder andere in Zorn oder Angst versunken wäre, nickte er nur ungerührt.

»Dann bleibe ich eben im Palast«, antwortete der Sonnenherr und dachte bereits über seine nächsten Schritte nach. Molitzmos prüfte seine Lage. Vom Hirsch hatte er sich zu weit entfernt, um eine Rückkehr zu erwägen. Außerdem würde er seinem Versprechen und seinem Traum niemals untreu werden.

Molitzmos hatte verstanden, dass er noch nicht über das Land der Sonne herrschen durfte, dass er noch warten musste.

Aber er setzte auf zwei Dinge, die zu seinen Gunsten sprachen: dass er die Pläne des Misaianes durchschaut hatte und dass er die Geduld eines Baumes besaß.

Molitzmos stand am Fenster und fasste einen Beschluss: Zwischen dem Hirsch und dem Misaianes würde er seine eigene Schlacht schlagen.

Der heilige Durst

Hoch oben in Zabralkans Ausguck baute die braune Taube ihr Nest. Sie wählte einen Winkel, auf den frühmorgens die Sonne schien, und häufte dort Stroh und weiche Blätter auf, weich wie ihr Herz, um ihrer Brut Schutz zu bieten. Vier kleine Eier lagen in dem Nest, die Zabralkan jeden Tag grüßte.

Die braune Taube und Zabralkan kamen gut miteinander aus. Wenn der Vogel fortflog und länger ausblieb, hielt der Oberste Astronom seine große Hand über die Brut, um sie warm zu halten. Wenn der Oberste Astronom später als gewöhnlich zum Ausguck kam, setzte sich die braune Taube auf den Fenstersims und rief nach ihm.

»Zabralkan, steh auf und sieh uns an. Wir brauchen deinen Trost, weil die Sonne nicht aufgegangen ist! Wir brauchen dein Lächeln, damit uns die Sonne heute scheint!«

Zabralkan teilte mit der brauen Taube Nahrung und Wasser. Im Gegenzug lauschte der Vogel den Klagen über Thungürs langes Ausbleiben.

»Oberster Astronom, der, den du Thungür nennst, wird wiederkehren. Besänftige deine Traurigkeit.«

»Du hast recht: er wird wiederkehren. Und an diesem Tag wirst du, braune Taube, uns zusammenführen. Ich bin hier gefangen, also musst du an meiner Stelle gehen und dem Husihuilke Nachrichten überbringen.«

»Das werde ich. Und nun besänftige deinen Kummer.«

Doch die Tage vergingen. Die Täubchen wuchsen heran, aber Thungür kam nicht.

Seit Zabralkan seine wahre Lage im Sternenhaus erkannt hatte, verstellte er sich. Seine Täuschung war so gut, dass niemand sie durchschaute. Gegenüber den Wachen und dem Vorleser, gegenüber Bors Männern und sogar Bor selbst, der ihn dann und wann besuchte, spielte Zabralkan den verlorenen Greis, der nur noch vor sich hindämmerte und lächelte.

Sobald aber das Sternenhaus schlief oder Zabralkan sicher war, dass er längere Zeit allein sein würde, nahm er die Maske der Senilität ab und erstrahlte wieder in all seiner Größe. Dann widmete er sich seinen Forschungen, unterhielt sich lange mit dem Himmel und steigerte sich in eine Ekstase des Verstehens hinein, aus der er müde und geschwächt, aber mit immer tieferen Einsichten zurückkehrte.

Dank seiner Weisheit und Forschungen konnte er die Offenbarungen der Sterne entschlüsseln und erfuhr viel von dem, was in den Fruchtbaren Ländern vor sich ging. Aber ... Wem sollte er sich mitteilen? Wem vertrauen?

»Und Thungür ist immer noch nicht zurück, Taube!«

Eines Tages fasste Zabralkan einen Beschluss.

»Ich kann nicht länger warten. Das große Ereignis rückt näher. Das große Ereignis, das vielleicht unsere Rettung bedeutet.«

»Ich verstehe nicht, was du meinst«, sagte die Taube, »du musst es mir erklären.«

»Wie alle Kreaturen hast du bestimmt schon von dem Tor gehört, das die beiden Zeiten verbindet, die Sonnenzeit und die Magische Zeit. Dieses Tor öffnet sich nur alle zweiundfünfzig Sonnenjahre.«

»Und alle dreiundsiebzig magischen Jahre. Wenn der Beginn beider Kalender zusammenfällt.«

»Siehst du? Du hast davon gehört.«

»Ja, das habe ich. Aber ich verstehe nicht, warum du es gerade jetzt auf deine Zunge legst.«

Zabralkan richtete all seine Sinne auf den Vogel. Es war von entscheidender Bedeutung, dass er seine Freundin überreden konnte, ihm zu helfen.

»Hör mir gut zu, braune Taube! Nur dir kann ich vertrauen. Nur du kannst mir helfen. Hör gut zu, was ich dir zu sagen habe, denn es wird keine Zeit sein, es zu wiederholen oder Fehler zu berichtigen. Ich glaube, dass sich das Tor, das die beiden Zeiten verbindet, bald öffnen wird. Dieses Wunder wird an einem ganz bestimmten Tag geschehen, nicht später und nicht früher. Auch Bor weiß, wann es geschehen wird, denn er verfügt über alle nötigen Instrumente, um die Entfernungen und Zyklen des Himmels zu messen. Und er verfügt über die Worte des Kodex. Beides ist unverzichtbar, um die genaue Berechnung anzustellen.«

»Dann kannst du, Oberster Astronom, es doch gar nicht herausfinden, der du hier eingesperrt und der Instrumente deiner Wissenschaft beraubt bist.«

»Da irrst du dich, braune Taube. Es gibt einen Weg. Nur einen einzigen, und den werden wir gehen. Wenn es mir gelingt, das Ritual zu vollziehen, das mich in die Magische Zeit führt, werde ich mich mit dem Clan der Eulen abstimmen. Ich werde ihnen sagen, was ich weiß und was geschieht; und sie werden mir sagen, an welchem Tag das Tor sich öffnet.«

»Wird der Clan dir vertrauen?«

»Wer das Ritual übersteht, dem haben die Sterne geholfen, das wissen sie. Und er trägt die steinerne Last der Wahrheit.«

»Wie ist dieses Ritual?«, fragte die Taube.

»Lebensgefährlich. Wenige, vielleicht auch keiner, sind von dem Versuch zurückgekehrt. Trotzdem muss ich es tun.«

»Wann?«

»Heute Nacht, denn es ist Vollmond.«

Da klopfte es zweimal leise. Jemand bat um Einlass in die Sternwarte. Sofort schlüpfte die Taube in ihr Nest zurück. Zabralkan wickelte sich in seine Decke, ließ die Unterlippe hängen und tat, als würde er tief schlafen. Der Ankömmling musste noch ein paarmal klopfen, immer kräftiger. Schließlich sagte Zabralkan mit schwacher Stimme:

»Herein, wer immer es ist.«

Es war der Vorleser.

»Ich soll dir aus dem Werk unserer besten Dichter vorlesen.«

»Oh, wie schön!«, rief Zabralkan erfreut. »Setz dich zu mir, damit ich dich gut hören kann.«

Der Vorleser tat, wie ihm geheißen. Er rollte seine Pergamente auf, räusperte sich und begann melodisch zu lesen. Die Geschichte, die das Gedicht erzählte, rührte ihn so sehr, dass seine Stimme sich den traurigen Versen anschmiegte. Zabralkans Schnarchen riss ihn aus seiner Verzückung. Der Vorleser hob den Blick und betrachtete den Greis. Es war vergeblich, immer schlief der alte Mann ein. Er musste Bor davon unterrichten. Leise rollte er seine Pergamente zusammen und verließ die Sternwarte.

»Wurde höchste Zeit, dass du deine Verse nimmst und verschwindest«, sagte Zabralkan und sprang auf. Er eilte zum Ausguck. »Komm schnell her, Taube, wir dürfen keine Zeit verlieren.«

Die Taube gehorchte sofort. Der Oberste Astronom nahm Platz, der Vogel setzte sich auf seine Knie.

»An die Arbeit«, sagte Zabralkan und streichelte der Taube über den Rücken.

»Wie kann ich dir helfen?«

»Zuerst musst du zu den Ausläufern des Urwalds fliegen, bevor es dunkel wird und du nichts mehr siehst. In deinem Schnabel bringst du mir alles, was ich brauche. Du musst dich sputen, weil du wahrscheinlich mehrmals fliegen musst.«

»Was soll ich dir bringen?«

»Eine Handvoll von dem Kraut, das neben Ameisenhaufen wächst. Es ist leicht zu erkennen, weil es so winzig ist und bitter schmeckt.« Der alte Mann strengte sein Gedächtnis an. »Dann brauche ich noch Agavenstacheln und etwas von den zähflüssigen Tränen des Kopalbaums. Du musst dich aber vergewissern, dass sie erst kürzlich geweint wurden, denn hart gewordene Tränen nützen mir nichts.«

Ohne weitere Fragen zu stellen, brach die braune Taube auf. Zabralkan sah ihr nach und begann seinen Geist vorzubereiten. Nichts von dem, was er den Vogel holen ließ, würde ihm nützen, wenn sein Geist nicht bereit und frei von Angst war. Während die Taube unterwegs war, schritt Zabralkan einen Kreis ab, ohne ihn je auszuweiten oder zu verengen, immer im gleichen Rhythmus, immer einen Fuß vor den anderen setzend. Dabei murmelte er unablässig eine verschlüsselte Beschwörungsformel. Als die Taube die Besorgungen erledigt hatte, ließ sie sich auf dem Ausguck nieder und wartete still, bis der Tanz zu Ende war. Der Zabralkan, der nun zu ihr sprach, war nicht mehr der gleiche. Seine Augen sahen nicht mehr die Dinge, sondern die tiefsten Geheimnisse, die sie bargen. An Hals und Händen traten unter seiner Haut die Venen hervor.

»Taube«, sagte Zabralkan. Seine Stimme hatte sich zu einem weißlichen Dampf verdickt, der sich nur langsam auflöste. »Ich sage dir jetzt, was gleich geschehen wird. Ich werde es dir ganz genau beschreiben, damit du weißt, wann du mir helfen musst. Und damit du erkennst, ob mein Geist auf dem verschlungenen Weg, der die Zeiten verbindet, in die Irre gegangen ist. Sollte dies geschehen, kannst du nichts mehr für mich tun. Du musst dann alle Spuren des Rituals beseitigen, damit sie denken, dass das Alter mich getötet hat. Und wenn Thungür zurückkommt, musst du ihm alles erzählen.«

Die Taube plusterte sich auf und schlüpfte in ihre Flügel.

»Ich werde dir aufmerksam zuhören«, sagte sie. »Aber verlange nicht von mir, dass ich dich dabei anschaue.«

»Zuerst esse ich die Kräuter, bis mir das Herz warm wird. Dann schmiere ich Kopalbaumtränen auf Schläfen und Lider. Ich reiße meine Kleider auf und stecke mir sieben Agavenstacheln um den Bauchnabel. Dann schlafe ich ein. Mein Bauchnabel wird hervortreten, vielleicht mein Mund anschwellen und bläulich anlaufen. Denk daran, dass mir deine Anwesenheit nicht bewusst sein wird, dass ich dich weder sehen noch hören kann. Dann werde ich reglos daliegen, und du wirst sehen, wie mir am ganzen Körper der Schweiß ausbrechen wird. Das ist der Augenblick, in dem ich werde trinken wollen. Ich werde darum betteln, weil mein Zunge trocken und schwer sein wird. Aber du, braune Taube, du darfst mir nicht erlauben, dass ich etwas trinke. Denn wenn ich zu früh trinke, ist alles verloren. Hack mit dem Schnabel auf meine Hände, wenn ich nach der Schale greife, die den heiligen Oacalsaft enthält. Hab kein Mitleid mit mir, sorge dafür, dass ich erst dann trinke, wenn der richtige Zeitpunkt gekommen ist.«

»Und wie weiß ich, wann es so weit ist?«, fragte die Taube, ohne aus ihren Flügeln zu schlüpfen.

»Koste von Zeit zu Zeit meinen Schweiß. Wenn er süß ist wie Rohrzucker, dann kannst du mich trinken lassen. Und zwar so viel, wie ich will!«

Zabralkan schilderte nun die Symptome, die nach dem Trinken auftreten würden.

Dann führte er alles aus, was er angekündigt hatte: die Kräuter, die Tränen, die Agavenstachel.

Als Zabralkan mit plumpen Händen nach der Schale griff, verloren in seinem sauren Durst, hackte ihm die Taube auf die Hände. Sie schlug wild mit den Flügeln und hackte, bis die Hände des Greises, der nicht aufgeben wollte, blutig waren, hackte weiter auf das zerfetzte Fleisch ein, um ihm vom Trinken abzuhalten. Wenn es ihr gelungen war, flog sie jedes Mal zur Stirn des Durstigen und kostete von seinem Schweiß. Endlich schmeckte das Nass der geliebten Stirn süß wie Rohrzucker.

»Trink jetzt, Zabralkan! Trink, so viel du willst.«

Zabralkan packte das Gefäß mit beiden Händen, verschluckte sich und bekleckerte sich über und über mit Oacalsaft.

Alles ging so vonstatten, wie er es vorausgesagt hatte. Er schwankte zu seinem Sitz und nahm Platz. Schlucksend und lachend saß er da, schlucksend und lachend. Dann schoss rauchfarben ein Brei aus dem Mund wie ein Sturzbach. Schließlich lag er zusammengekrümmt da. Viele Stunden vergingen, ohne dass der Astronom einen Muskel rührte.

»Ich fürchte, dass er nicht wiederkehrt«, weinte die braune Taube. »Der Morgen dämmert schon herauf.«

Der Vogel schickte sich an, alle Spuren zu beseitigen, die verraten könnten, was Zabralkan versucht hatte: Er pickte das Erbrochene weg, fraß die auf dem Boden verstreuten Kräuter, zupfte die Stachel aus dem Bauch. Da begann Zabralkan zu sprechen. Die Taube begriff, dass er nicht mir ihr redete, dass der Astronom endlich in der Magischen Zeit angekommen war und dem Clan der Eulen seine Wahrheiten vortrug.

Habt die Güte, mich anzuhören!
Ich, der Astronom höchstselbst,
bin gekommen, um euch zu sagen,
bin gekommen, um euch zu bitten …
Werde ich auf Schweigen treffen?
Habt die Güte, mir zum Wohle aller zu antworten.
Werdet ihr mir sagen, wann das Tor sich hebt?
Möge mein Fleisch Fleisch zeugen,
mögen meine Venen wuchern wie Schlingpflanzen,
mögen meine Finger auf das Böse deuten,
möge mein Herz den Schmerz des Bruders tragen.
Habt die Güte, mich anzuhören!

So sprach Zabralkan, und die Taube wartete. Dann beendete er die Litanei und lag eine Weile reglos da. Solange, wie die Antwort der Eulen brauchte, um zu ihm zu gelangen, wie die Taube später erfuhr.

Plötzlich kehrte Zabralkan zurück. Er verließ jenen geheimnisvollen Ort und ging den Weg zurück, der ihm so viele Schmerzen bereitet hatte. Mit einem Lächeln purer Freude begrüßte er die Taube.

»Erzähl!«, drängte sie.

»Das geht jetzt nicht. Gleich wird das Frühstück gebracht, und bis dahin muss alles aufgeräumt sein und ich in meinem Bett liegen.«

Mit verblüffender Gelenkigkeit machte sich Zabralkan, obwohl gerade aus einer lebensgefährlichen Trance erwacht, ans Werk. So rasch putzte er, rückte alles zurecht und beseitigte jegliche Spuren, dass der Taube keine Zeit blieb, ihm zu helfen. Dann legte sich Zabralkan ins Bett und sagte:

»Danke, Taube. Kehr zu deinen Kleinen zurück, die dich jetzt mehr brauchen als ich.«

»Willst du mir nicht sagen, was du in der Magischen Zeit herausgefunden hast?«

»Vorerst musst du dich damit begnügen, dass ich jetzt weiß, wann sich das Tor öffnen wird. Die Brüder vom Clan der Eulen haben es mir gesagt. Geh jetzt, gleich kommen die Diener, um diesen nichtsnutzigen Greis zu wecken.«

Zabralkan fiel in einen tiefen, erholsamen Schlaf.

Da geschah etwas Unerwartetes. Nicht die Diener kamen, um ihn aus dem Schlaf zu reißen. Zabralkan wachte auf, weil jemand ihm die Wange kitzelte. Verärgert stellte er fest, dass die Taube vor seinem Gesicht flatterte.

»Was ist los?«, fragte Zabralkan gereizt. »Ist deine Neugier so groß, dass du einen Schlafenden wecken musst?«

»Es ist nicht meine Neugier«, antwortete der Vogel. »Sie sind da … Gerade habe ich gesehen, wie einige Männer angekommen sind, darunter der, den du mir beschrieben hast, der mit den langen Haaren, der, der alle überragt.«

»Thungür?« Der Astronom war jetzt vollständig wach. »Mein Bruder ist genau im richtigen Moment zurückgekehrt.«

Zabralkan schlüpfte aus seinen Decken und zog sich warm an. Er nahm ein Stück weichen Leders und einen Pfriem aus Knochen. Dann ging er zu dem großen verzierten Stein, der genau in der Mitte der Sternwarte lag.

»Braune Taube, dir obliegt nun die Verantwortung dafür, dass dies in die Hände des Husihuilke gelangt. Sorg dafür, dass niemand sieht, was du tust. Händige es ihm aus und warte ab, bis er es gelesen hat und eine Antwort gibt. Dann flieg zurück und überbring mir seine Botschaft. Du wirst nicht nur einmal, du wirst oft hin und her fliegen müssen. Werde nie zu vertrauensselig, lass nie die Vorsicht sinken.«

Unterdessen hatte Zabralkan das Stück Leder beschrieben und es der Taube um den Hals gebunden.

»Flieg jetzt los und bring mir Glück. Auf dem Hinflug werde ich auf dir reiten, auf dem Rückflug ein Husihuilke.«

Die Taube flog los. Bald war sie bei Thungür, doch der war nie allein. Der Vogel saß versteckt im Laub eines Baumes und sah, dass der Prächtigste derer, die angekommen waren, auf Thungür zutrat.

»Du musst dringend Bor aufsuchen und ihm erklären, was uns im Land der Sonnenherren passiert ist«, sagte Kayun-Maisstrunk-Haut. »Es ist an dir zu rechfertigen, warum unsere Mission so unglücklich verlaufen ist. Wenn du es denn rechtfertigen kannst.«

»Ich hatte nie vor, mich davor zu drücken«, antwortete der Husihuilke. »Nur will ich mich erst waschen und meine Kleider säubern, bevor ich vor ihn trete. Ich habe am eigenen Leib erfahren, wie strikt Bor auf höfliche Umgangsformen besteht.«

»Da hast du recht«, räumte Kayun ein. »Dann mach dich frisch und geh anschließend sofort zu ihm.«

»Das werde ich, sei dessen gewiss«, antwortete Thungür. »Und ich werde mich nicht im Geringsten schämen.« Kayun hob zum Abschied die Hand und ging davon.

»Jetzt«, sagte sich die Braune.

Sie flog zu Thungür und flatterte um ihn herum, damit er die Botschaft, die sie am Hals trug, sehen konnte. Doch Thungür war so sehr in seine Sorgen versunken, dass er die Taube lange nicht bemerkte. Als er sie schließlich wahrnahm, verscheuchte er sie mit einer sanften Geste.

Thungür brachte Sinkende-Nacht auf die Koppel und begab sich zu dem Steingebäude, in dem die Krieger sich wuschen. Die Taube folgte ihm, musste aber vor der Tür haltmachen. Ihr blieb nichts anderes übrig, als zur Sternwarte zurückzufliegen und Zabralkan zu beichten, dass sie als Botschafterin versagt hatte.

Schritte in der geteilten Stadt

Die junge Frau ging auf der Pflasterstraße in die Knie. Doch Klagen half nichts. Sie stand wieder auf und rannte immer weiter weg vom heiligen Bezirk. Einmal blickte sie sich noch um, weil sie herausfinden wollte, was es mit dem Lärm auf sich hatte, der im Jungfrauentempel ertönt war und ihr die Flucht ermöglicht hatte.

Dann blickte sie nur noch in die Morgendämmerung. Sie schlug den Weg zu den Hügeln ein, denn dort war die Gefahr, von jemandem überrascht zu werden, geringer. Der Himmel half ihr mit seinem Licht. Ihre Liebe half ihr. Aber vor allem half ihr der Krieg.

Die Stadt der Sonnenherren bereitete sich auf die letzte Schlacht vor. Auf den Kampf, der das Los der beiden verfeindeten Häuser entscheiden würde. Daher waren nirgends Augen auf eine schlanke Frau gerichtet, die die Hügel hinauf und hinab lief, immer weiter.

Die letzten Augenblicke im Tempel gingen ihr durch den Kopf. Früher als erlaubt war sie aufgestanden und ziellos durch die dunklen Galerien gewandelt. Im Grunde wollte sie nur weinen, ohne jemanden aufzuwecken, wollte sich an die geliebten Hände erinnern, ohne dass andere Hände ihr Haar streichelten in dem vergeblichen Versuch, sie zu trösten.

Sie gelangte zu einem hinteren Portikus. Vor einer Alabastersäule, die ihr Spiegelbild zurückwarf, blieb sie stehen. Sie betrachtete sich, sah die Traurigkeit. Um sich nicht so einsam zu fühlen, presste sie zum Kuss die Lippen auf die Säule. Das Alabaster erwiderte ihren Kuss mit der kalten Wahrheit: Sie war im Jungfrauentempel gefangen und würde bald geopfert werden.

Ohne noch an Flucht zu denken, ging sie weiter. Sie hätte auch gar nicht gewusst, wie sie die Wachen hätte täuschen sollen. In diesem Augenblick brach das Getöse los. Schreie hallten durch den Tempel, das Durcheinander verringerte die Wachsamkeit. Die Wachen rannten zu den Schlafgemächern der Geweihten und fanden den Tod. Von allen Frauen war sie die einzige, die die Möglichkeit sah, lebend davonzukommen. Während drinnen Blut und Schlamm die weißen Betten beschmutzten, kletterte im Hof die schlanke Frau an den Verzierungen die Mauer hinauf, sprang auf die Straße und rannte los.

Auf dem Gipfel eines Hügels machte sie halt. Ein letztes Mal sah sie zu der Stadt, in der sie aufgewachsen war und die nun vom Krieg verschlungen wurde. Nanahuatli band die Schnur ihrer Sandalen fest. Sie überlegte, wo Süden war, und marschierte los.

Eine braune Taube soll uns verbinden

Zabralkan gab sich nicht geschlagen, die braune Taube musste noch einmal zu Thungür fliegen. Sie flatterte und gurrte so lange um den Husihuilke herum, bis er endlich von ihr Notiz nahm und die Botschaft entdeckte, die sie um den Hals trug. Er setzte sich in dem umzäunten Innenhof, nahm die Taube auf die Knie und löste energisch den Knoten, der das Band zusammenhielt. Dann nahm er das Lederstück und las.

Die Taube dachte, er würde überrascht sein. Aber da kannte sie die Husihuilke schlecht.

»Ich bin in meiner Sternwarte gefangen. Es ist Bors Werk, er lässt dich nicht zu mir. Die Taube wird unser Band und unsere Zunge sein. Tu so, als wüsstest du von nichts.«

Thungür lenkte den Blick hinauf zur Sternwarte, aber sie war zu weit weg, um mehr zu erkennen als die leere Öffnung des Ausgucks.

»Geliebter Greis, du sagst, dass ich dir nicht zu Hilfe eilen soll. Was soll ich dann tun? Warum verbietet mir Bor den Zutritt zu dir?« Flieg, Taube! Nimm diese Botschaft mit!

»Wir sind in eine Falle getappt, Husihuilke. Molitzmos ist nicht auf unserer Seite. Mir ist klar geworden, dass es seine Zunge war, die Bor vom Weg der Freien Luft abgebracht hat.« Flieg, Braune, und komm wieder!

»Du sagst, dass Molitzmos ein Verräter ist? Du sprichst von dem, der mir gegen Hoh-Quiu geholfen hat.« Beeil dich, Schwesterchen. Verleih dieser Botschaft Flügel, denn ich verstehe gar nichts mehr.

»Ich kann dir nicht alles erklären. Vertrau mir! Wir haben die

Verräter genau in die Position gebracht, die sie haben wollten. Jetzt müssen wir schnell handeln, um zu retten, was zu retten ist.« Flieg, Taube, schau dem Husihuilke in die Augen und sag mir, ob Vertrauen in ihnen ist.

»Ich werde dir immer vertrauen, Bruder Zabralkan. Aber alles ist so verworren. Sag mir, wie viel Zeit uns noch bleibt.« Flieg, Taube.

»Die Kräfte des Misaianes sind bereits in den Fruchtbaren Ländern. Wir haben noch fünfundzwanzig Sonnen.« Los, Braune!

»Fünfundzwanzig Sonnen wofür?«

»Bis das Tor sich öffnet.«

»Ich verstehe nicht, Oberster Astronom.« Flieg, Taube, und kehr mit mehr Licht zurück, denn alles, was Zabralkan sagt, stürzt mich in tiefste Dunkelheit.

»Uns bleiben noch zwei Hoffnungen. Die eine ist das Tor, das die Zeiten vereint.«

»Und die andere?« Liebes Täubchen, mach nicht schlapp.

»Vielleicht die bessere von beiden. Molitzmos kennt den Namen dessen, der hinter dem Verrat lauert. Er hat sich ihm unterworfen und bittet um Krumen. Bor hingegen glaubt, dass es der beste Weg ist, um gegen den Ewigen Hass zu kämpfen. Bor ist nicht der Sklave des Misaianes, sondern der seines eigenen Hochmuts. Das ist die zweite Hoffnung.«

So flog die Taube hin und her. Jeder Flug brachte im Kopf und Herzen des Husihuilke mehr Klarheit.

Flieg und frag. »Zabralkan, was soll ich zuerst tun?«

Flieg und sag. »Reite zu den Dörfern des Ahnengeschlechts. Es ist ein reines, durch nichts beflecktes Volk. Bestärke sie in meinem Namen, den Bau der Flotte voranzutreiben, dränge sie zur Eile. Wir werden sie bald brauchen.«

»Und du bleibst allein zurück in diesem Spinnennetz?«

»Ich bin ein harmloser Greis, den keiner mehr ernst nimmt.

Die Botschaft an die Borier hingegen ist von größter Dringlichkeit.«

»Ich werde hinreiten und sofort zurückkehren.«

»Ja, kommt bald wieder. Fünfundzwanzig Sonnen.« Flieg, flieg!

»Fünfundzwanzig Sonnen.«

Schlaf, meine Taube, du hast es dir verdient.

Die Schiffe für die Wiederkehr

Wie versprochen, verweilte Thungür nicht länger als nötig beim Ahnengeschlecht der Borier.

Als der Husihuilke wieder zurück war, hielt er sich in Zabralkans Nähe auf, weil er hoffte, dass der alte Mann an den Ausguck treten würde. Er ließ stets große Vorsicht walten, wartete Augenblicke ab, in denen er keinen Verdacht weckte. Seine Hartnäckigkeit wurde einige Male belohnt.

Als der Greis schließlich an den Ausguck trat, sah ihn der Husihuilke lange an, um ihm zu zeigen, was seine Augen an den Küsten des Yentru gesehen hatten. Dort bauten die Borier einen Traum.

Zabralkan sollte sich ebenso sehr freuen wie er selbst, als er die Flotte gesehen hatte.

Die Männer mit dem kürbisfarbenen Haar standen kurz davor, das Land zu verlassen, in dem sie geboren worden waren, um in das Land zu fahren, in dem sie hätten geboren werden sollen. Sie würden in See stechen, um es wiederzuerobern.

Die Flotte war klein, aber von unvorstellbarer Schönheit. Entsprungen der fiebrigen Vorstellungskraft dieses jungen Volkes und gebaut nach der Überlieferung ihrer Vorfahren, war sie so anmutig, dass der Yentru sie nicht zerstören würde. Der Ozean würde sich verlieben in diese schnellen Schiffe mit ihren Schwalbenkörpern und schrecklichen Köpfen, mit ihrem leichten Segelwerk, das über die Masten den Wind erklomm.

All dies erzählte der Husihuilke in der Sprache der Augen. Er schilderte es so leidenschaftlich, dass der Astronom die Flotte vor seinem Fenster vorübersegeln und im Dickicht des Urwalds entschwinden sah.

Die Schattenherrin

Die Nachtinsekten verstummten. Die Eulen beklagten zum ersten Mal ihr Vorrecht, im Dunkeln zu sehen. Die Fledermäuse ließen sich aus ihrem Schlaf herab, um ihr die Aufwartung zu machen.

Die Herrin schritt langsam auf das Sternenhaus zu. Ihr mondbeschienenes Haar glänzte, die Glieder, die beim Gehen aus dem Umhang schlüpften, zeichneten sich deutlich ab.

Diesmal fürchtete die Herrin nicht, gesehen zu werden. Eskortiert von einem Fledermausschwarm, erreichte sie das Sternenhaus und stieg die unzähligen Stufen hinauf. Die Wächter erstarrten, bis sie dem Stein der Türen glichen, die sie bewachten. Mit schweren Füßen öffneten sie ihr, ohne eine Frage zu stellen. Als die beiden Flügel sich wieder schlossen, hielten sich die Fledermäuse dicht bei ihnen und verdeckten sie.

Ohne zu zaudern, erkundete die Herrin das verschlungene Gebäude, das sie im Laufe der Zeiten schon so oft besucht hatte, wenn auch nie leibhaftig. Sie schritt voran, ohne dass einer der wenigen Leute, die noch wach waren, sie gefragt hätte, wer sie war, vielleicht weil sie es ahnten. Und sie aufzuhalten, versuchten sie schon gar nicht, denn sie wussten, dass es zwecklos wäre. Die Schattenherrin betrat den größten Innenhof, auf dessen Teich sich Hunderte von Vögeln tummelten und dessen steinerne Wege Skulpturen und Obstbäume jeglicher Art säumten.

Die niederrangigen Astronomen, die Lehrlinge und Diener des Sternenhauses schreckten aus dem Schlaf und richteten sich in ihren Betten auf. Manche fragten sich, was vor sich ging, andere ahnten es und schlossen die Augen. Einige wenige wussten sofort, wer da gerade das heilige Tor durchschritten hatte, und wollten sie sehen.

Bor hörte, wie sie eintrat, obwohl seine Gemächer so hoch in den Türmen lagen. Er hörte ihre Schritte, erst im Sternenhaus, dann auf dem Innenhof. Da hüllte sich Bor in seinen Umhang und trat ans Fenster. Langsam gewöhnten sich seine Augen an die Nacht. Sobald er etwas erkennen konnte, sah er den Schatten, der am Ufer des Teiches stand. Die Vögel, die dort lebten, drängten sich am gegenüberliegenden Ufer zusammen und kreischten ohrenbetäubend.

Noch nie ist sie hier so aufgetreten, dachte Bor hoch oben.

In diesem Moment wandte sich der Schatten dem Sternenhaus zu. Instinktiv trat Bor vom Fenster weg.

»Zabralkan«, murmelte er. »Sie ist wegen Zabralkan hier.«

Bor eilte aus dem Zimmer, um Zabralkan aufzusuchen. Er wollte sich von dem Mann verabschieden, von dem er so viel gelernt hatte, wollte dem Lebewohl sagen, der immer noch einen Platz in seinem Herzen hatte, auch wenn er vom rechten Weg abgekommen war und sich von der Weisheit entfernt hatte.

Auf einem der Gänge begegnete Bor Kayun-Maisstrunk-Haut.

»Weißt du es schon?«

»Natürlich weiß ich es!«, antwortete Bor. »Ich weiß es, und ich habe sie gesehen. Sie steht am Ufer des Teiches.«

»Warum nur zeigt sie sich unverhüllt?«, fragte Kayun aufgeregt.

»Wegen Zabralkan«, sagte Bor. »Bestimmt ist sie gekommen, um ihn zu holen.«

Kayuns Miene hellte sich auf.

»Dann ist sie willkommen!«

Kayun hätte sich nie träumen lassen, welche Reaktion seine Bemerkung hervorrufen würde. Bors Gesicht zog sich zu einer zornigen Miene zusammen, sein Arm fuhr mit der flachen Hand in die Höhe. Doch Bor wusste, dass Kayun sein bester Schüler war, der einzige, der seine Lehre verstand und ohne Vorbehalte teilte. Und er wusste auch, dass weniger denn je der Zeitpunkt war, um Bündnisse zu brechen. Nur deshalb senkte Bor langsam den Arm.

»Denk oder sprich nie wieder so wie eben. Es ist eines Mannes nicht würdig, der bald Oberster Astronom des Sternenhauses von Beleram sein wird.«

Kayun senkte den Kopf. Es war das erste Mal, dass sein Meister so mit ihm gesprochen hatte.

»Was machen wir jetzt?«, wagte er zu fragen.

»Ich werde Zabralkan aufsuchen, um mich von ihm zu verabschieden. Dann gehe ich hinunter zum Teich. Vielleicht gestattet sie, dass ich mich ihr nähere.«

»Soll ich dich begleiten?«, fragte Kayun.

»Nein! Du bleibst hier. Und sorg dafür, dass niemand nach draußen geht.«

Auch Zabralkan wusste Bescheid. Auch er hatte die Schattenfrau am Teich stehen sehen und dachte zum ersten Mal seit langer Zeit das Gleiche wie Bor.

»Kommst du mich pünktlich holen oder hast du auf Geheiß deines Sohnes meine Stunde vorgezogen? Wie dem auch sei, Thungür kennt die Wahrheit und reitet im Galopp. Das genügt mir.«

Zabralkan hörte Schritte auf dem Gang. Er musste mit seiner Täuschung fortfahren, zum Wohle Thungürs und aller anderen, die auf der Welt noch blieben, um gegen Misaianes zu kämpfen.

Als Bor die Tür öffnete, sah er, dass Zabralkan mit offenen Augen auf seinen Kissen lag.

»Ich dachte, du schläfst«, sagte Bor.

»Warum sollte ich schlafen?«, fragte Zabralkan.

»Weil es tief in der Nacht ist.«

»So tief, dass für mich bereits der Tag anbricht. Kommst du, um mir Gedichte vorzutragen?«

Offenbar verwechselte ihn der alte Mann mit dem Vorleser.

»Nein.«

Bor setzte sich auf den Rand des Bettes. Er nahm Zabralkans Hände und sprach mit ihm wie mit einem Kind: »Du wolltest nicht hören ... Du hast nicht rechtzeitig verstanden, dass die Magie das Oberhaupt und nicht die Schwester der Kreaturen sein muss. Die Lehrenden brauchen die Macht, die Weisheit gibt keine Erklärungen.«

»Deine Stimme ähnelt der eines Bruders namens Bor«, sagte der Greis. »Aber er war lange nicht mehr hier.«

Bor begriff, dass es keinen Sinn hatte, die Unterhaltung fortzusetzen. Er wollte Zabralkan ein letztes Geschenk machen.

»Oberster Bruder, möchtest du Oacal trinken? Möchtest du Maisbrot und Früchte essen? Sag mir, was du möchtest, und ich lasse es dir bringen.«

»Ich will kein Oacal«, sagte Zabralkan. »Auch Brot und Früchte nicht. Aber da du dich schon so freundlich zeigst, möchte ich dich um etwas anderes bitten.«

»Sag es mir.«

»Ich will, dass du mir Algenwasser und einen Jadering bringst. Ich möchte Blasen pusten.«

»Du möchtest Blasen pusten?«

»Ja.«

Bor lächelte, fast gerührt.

»Wie du wünschst.«

Er stand auf, suchte nach dem, was Zabralkan von ihm erbeten hatte, und gab es ihm.

»Ich muss jetzt gehen«, sagte er.

Zabralkan pustete bereits den dünnen Wasserfilm, der sich im Ring spannte, und antwortete nicht. Bor murmelte Lebewohl und verließ die Sternwarte.

Er eilte durch die langen Gänge und rannte die endlosen Treppen hinunter. Vor einer Tür, die auf den Innenhof führte, blieb er stehen.

Der Oberste Astronom hatte keine Angst. Er glaubte den Grund zu kennen, der die Schattenfrau ins Sternenhaus geführt hatte. In seinem Hochmut hatte Bor das Zweifeln verlernt.

Die Schattenfrau sah zum Teich. Sie drehte sich auch nicht um, als Bor sie von hinten ansprach.

»Ich weiß, warum du hier bist«, sagte der Oberste Astronom. »Und ich bin gekommen, um dir zu sagen, dass du einen Mann in dein Reich holen wirst, der groß war auf dieser Welt.«

Mit einer Geste brachte die Schattenfrau die Vögel des Teichs zum Schweigen. Ohne sich umzudrehen, antwortete sie:

»Glaubst du, ich bin gekommen, um ein Bündel Knochen abzuholen? Glaubst du das wirklich? Heiße mich Herrin! Nicht ich bin gekommen, sondern mein Sohn ... Wir sind dabei, diesen Kontinent in Besitz zu nehmen, ihn der neuen Ordnung einzuverleiben.«

Die Schattenfrau streckte die Hände über die Schultern hinweg nach hinten. Vor Bors Augen verwandelten sie sich in Spinnen, die in die Falten des Umhangs krochen.

»Du bist ein guter Vasall«, fuhr die Herrin fort. »Viel hast du getan, um unseren Sieg zu ermöglichen.«

Bors Geist begann zu bröckeln wie ein an der Küste vergessener Turm aus Sand.

»Ich verstehe nicht, was du sagst«, stammelte er.

»Sag lieber, du verstehst nicht, was du getan hast.«

Die Herrin lachte, dass es fror.

Plötzlich wurde sie noch dünner und glitt wie eine Spiegelung in den Teich hinein, die Spiegelung eines Schattens auf dem Wasser. Vor dort sprach sie lange zu dem Obersten Astronom, ohne Spott, aber auch ohne Mitleid.

»Vasall des Misaianes, dein Hochmut hat uns wertvolle Dienste geleistet ...«

Wieder freie Luft

Bor fiel der Rückweg so schwer, dass es bereits dämmerte, als er an der Tür der Sternwarte ankam. Still lag das Sternenhaus da. Die Gefäße mit den duftenden Ölen waren nicht wie sonst bei Tagesanbruch entzündet worden. Die Küche war kalt und trocken, keine Matte ausgerollt.

Reglos stand Bor vor der Tür, innerlich und äußerlich erstarrt. Der Oberste Astronom lernte, was Qual war. Er erlebte, wie die Schuld das Blut verdickte. Schwer trug er an sich selbst, lieblos; wohl wissend, dass weder das Leben noch der Tod ihm die Last nehmen würden.

Dort stand er nun vor Zabralkans Sternwarte und konnte seine Stimme nicht wiederfinden. Sie verursachte ihm Übelkeit, und doch musste er mit seiner Stimme sprechen.

Bor waren Wutausbrüche und Überschwang fremd. Daher konnte er nicht einmal weinen, schreiend um Verzeihung oder Strafe bitten, die Arme ausbreiten und den Kopf heben. Bor konnte es nicht. Er hatte einen nüchternen Hochmut gepflegt, und nun geriet ihm auch das Leiden nüchtern. Er öffnete die Tür und trat ein.

»Es ist besser so«, sagte Bor.

Zabralkans Sternwarte hing voller Seifenblasen. Dahinter war das vergnügte Lachen des Greises zu hören.

»Los, schließ dich den anderen an. Mach schon! Hab keine Angst vor der Vollkommenheit!«

»Bruder Zabralkan, auch wenn du mich nicht mehr verstehen kannst, ist es mir Pflicht und Wunsch, zuerst mit dir zu sprechen«, sagte Bor. Durch Seifenblasen hindurch ging er zu Zabralkans Bett.

»Was hast du?«, fragte Zabralkan schlecht gelaunt. »Gehst du immer, wohin du willst, ohne darauf zu achten, was du unterwegs zerstörst?«

»Siehst du«, antwortete Bor. »Deine Weisheit war so groß, dass du selbst im Wahn noch treffend sprichst. Wenn du doch nur aus deinem Greisenalter wiederkehren könntest!«

Zabralkan schlug mit dem Jadering das Wasser schaumig, als interessierte ihn sonst nichts auf der Welt.

»Man muss das Wasser ab und zu umrühren, damit es nicht die nötige Dichte verliert.« Der alte Mann hob den Jadering hoch. »So ist es gut!«

»Ich habe alles verraten, was ich liebe«, sagte Bor. »Ohne es zu wollen, habe ich dem Ewigen Hass den Weg bereitet. Und nun ist es zu spät …«

Zabralkan musste sich zusammenreißen, um den Schreck zu verbergen.

»Kenne ich dich?«, fragte er.

»Vielleicht besser als irgendwer sonst.«

»Vielleicht … vielleicht«, murmelte Zabralkan. Dann spielte er weiter.

»Was ist nur aus mir geworden?«, flüsterte Bor.

»Schau dir die Seifenblasen an«, sagte Zabralkan. »Sie sind nicht Wasser, sind nicht Luft. Nur Erscheinungen.«

Bor sah seinen Bruder aufmerksam an. Bis zu diesem Augenblick war ihm nie der Verdacht gekommen, dass Zabralkan ihm etwas vorspielen könnte. Aber diese Worte!

Wahrscheinlich schöpfe ich Verdacht, weil ich Verdacht schöpfen will, dachte Bor. »Wenn du mir doch nur das Schreckliche erklären könntest, das meinem Geist widerfahren ist!«

Zabralkan pustete unaufhörlich in den Jadering.

»Schau sie dir an«, sagte er. »Sie sind durchsichtig, makellos, vollkommen … Und gerade deshalb trügerisch, albern und vergänglich.«

»Sprich weiter, alter Mann«, bat Bor. »Ohne es zu wissen, redest du zu meinem Schmerz.«

Aber Zabralkan wollte nicht reden, sondern hören, was Bor

zu sagen hatte. Daher suchte er einen Weg, um es ihm leichter zu machen:

»Wer immer du bist, könntest du mich mit einer guten Geschichte unterhalten?«

Bor dachte, dass es vielleicht weniger schmerzhaft wäre, von seiner Schuld zu erzählen, wenn er sie, wie Zabralkan es von ihm erbeten hatte, in eine Geschichte verwandelte.

»Sie und ihre Gestalt kamen eines Nachts ins Sternenhaus und gingen zum Ufer des Teichs. Bor, der damals Oberster Astronom war, dachte, dass die Schattenfrau gekommen war, um Zabralkan zu holen. Aber es war nicht so. Die Schattenfrau war gekommen, um sich Herrin zu heißen. Täuschungen hatten sie nicht nötig. Die Täuschung war längst geglückt, dafür hatte Molitzmos gesorgt.«

So erzählte Bor die Geschichte. Für einige Augenblicke, vielleicht um seinem Geist Erholung zu gewähren, glaubte er selbst, dass er sich das, was er erzählte, gerade ausdachte.

»Aus dem Mund der Herrin«, sagte Bor, »erfuhr Bor, wem seine geheimen Bündnisse und Treuebrüche genützt hatten. Er begriff, dass Misaianes sich am schmackhaften Saft seiner Fehler gelabt hatte. Er verstand, welch vollendetes Spiel Molitzmos gespielt hatte. Und vor allem wurde ihm klar, dass die Bruderschaft des Frieds, zu der er immer hatte zurückkehren wollen, die Konkubine des Hasses war.«

Was Zabralkan da hörte, war zu schrecklich und zu gut, als dass er hätte stillhalten können. Er pustete und pustete Seifenblasen, rührte und rührte im Wasser, schlug mit dem Jadering klirrend gegen das Innere der Schale. Doch noch durfte er seine Täuschung nicht aufgeben. Vorher musste er noch herausfinden, welche Gedanken in Bor nisteten.

Als hätte Bor seinen Wunsch gehört, nahm er seine Seele und legte sie dem alten Mann zu Füßen. Bors Seele sprach, wie alle Seelen sprechen, gemäß einer Ordnung, die anders war als die der Worte:

»Vergebung. Darf ich darum bitten? Noch plumper wäre ich, noch stumpfsinniger … Das stimmt alles nicht! Lass nicht zu, dass ich weiter lüge, meine Zunge! Weder plump noch stumpfsinnig. Sie haben mir geschmeichelt, und ich habe sie angehört. Es ist das eingetreten, wovor du, Zabralkan, mich immer gewarnt hast. Sag es mir noch einmal, Bruder … Sag: ›Hör auf die Schmeicheleien …‹ Sag es mir noch mal, als wäre die Zeit nicht vergangen. ›Hör auf die Schmeicheleien, und du wirst dich in deinen eigenen Gewändern verfangen.‹ Vergebung. Ich fürchte, darum zu bitten, fürchte, dass sie mir gestattet wird … Wie stellt es der Schuldige an, mit der Vergebung auf den Schultern zu leben?«

Zabralkan stellte die Schale mit dem Algenwasser und dem Jadering beiseite. Aber Bor sprach mit gesenktem Kopf und sah es nicht.

»Bruder des Herzens«, fuhr er fort. »Was soll ich jetzt tun? Wenn du nur für einen Augenblick aus deiner Verwirrung zurückkehren und mir sagen könntest, was ich jetzt tun soll. Ich fühle eine untilgbare Schuld auf meinen Schultern. Ich spüre das Gewicht der Vögel und des Grases, der Husihuilke, unserer Kinder und unserer Frauen, des Walds, der Luft, der Sommer und der Winter. Alles lastet auf meinen Schultern, aber tot. Tot die Vögel, tot das Gras, tot die Husihuilke, tot unsere Kinder und unsere Frauen, tot der Wald, tot die Luft …«

Bors Murmeln war kaum noch hörbar.

»Noch sind sie nicht tot«, sagte Zabralkan mit klarer, fester Stimme.

Bor fürchtete, den Kopf zu heben. Bestimmt war es ein Trug seines Geistes.

»Ich sagte, noch sind sie nicht tot. Und ich befehle dir, mir in die Augen zu sehen.«

Bor hob den Kopf, um die Stimme zu betrachten. Was war das für ein Zauber? Zabralkan saß aufrecht in seinem Bett. Und seine Augen waren wie früher.

»Du erinnerst dich bestimmt noch an Cucub«, fuhr Zabralkan fort. »Ich dachte mir, dass seine Imitationskünste mir ein guter Schutz sein könnten, bis der richtige Moment käme.«

Über Bors Gesicht liefen alle Gefühle der Welt: Schmerz, verdrängt von Scham, Scham verdrängt von Dankbarkeit. Und schließlich die Erleichterung.

»Schnell!« Zabralkan schob seine Beine unter den Decken hervor und zog mit einer energischen Geste die Vorhänge auf, die sein Bett vom Rest der Sternwarte trennten. »Es ist viel zu tun, der Steinquader wird uns helfen, besser zu denken.«

»Bitte«, stammelte Bor. »Befiehl meinen Tod.«

Der Schrei, mit dem Zabralkan diese Bitte beantwortete, wälzte sich die Gänge entlang, schlug Türen und Fenster zu, schüttelte die Wandteppiche des Sternenhauses. Der Schrei bewirkte, dass in der Küche Feuer gemacht, Duft die Gefäße erfüllte, die Matten ausgerollt wurden. Der Schrei läutete den Morgen ein.

»Du glaubst wohl immer noch, dass du einen schwachsinnigen Alten vor dir hast! Hundertmal dummer Prahlhans! Forderst du immer, dass dir der Tod gewährt wird?«

Außerhalb des Observatoriums gingen freudige Gerüchte um. »Es war seine Stimme«, »Ich habe seine Stimme gehört, und sie klang wie früher.« Das Sternenhaus erwachte.

»Ich habe dich sagen hören, dass die Vergebung schwer auf dem Schuldigen lastet«, fuhr Zabralkan fort. »Und genauso ist es … Du sollst die Vergebung, die dir die Kreaturen gewähren, tragen wie ein schweres Gefäß. Und wenn deine Last irgendwann leichter werden sollte, werde ich persönlich Steine nachfüllen. Du, Astronom, der du behauptet hast, du seiest den unbedeutenden Kreaturen überlegen, warst ein Verräter und ein Dummkopf. Jetzt werden dir die Kreaturen zeigen, was wahre Größe ist. Vom Käfer wirst du lernen, Oberster Astronom! Es wird deinem Hochmut nicht erspart bleiben!«

»Gestattest du mir wenigstens, die Kreaturen zusammenzurufen, um ihnen meine Schuld zu bekennen und…?«

»Auch das nicht!«, unterbrach ihn Zabralkan. »Hör endlich auf damit, dich und deinen Schmerz in die Mitte des Himmels zu rücken! Deine Seele ist jetzt wahrlich nicht das Wichtigste! Ertrage deine Scham im Stillen und hilf mit, den Schaden wiedergutzumachen. Und nun Schluss damit. Zwanzig Sonnen … weißt du es schon?«

»Zwanzig Sonnen. Ich habe es berechnet, aber wie hast du es herausgefunden?«

»Für Erklärungen ist jetzt keine Zeit. Ich habe einige Ideen.«

»Es gibt da etwas, das du nicht weißt. Etwas, das ich ihr durch Verwirrungen entlocken konnte, ohne dass sie sich der Bedeutung bewusst war.«

»Was ist es?«

»Sie ist sich des Siegs ihres Sohnes so gewiss, dass sie von einer Rebellion gegen Misaianes in den Alten Ländern gesprochen hat, als wäre es eine Mücke auf ihrer Stirn.«

»Stimmt das wirklich?«

»Sie hat es selbst gesagt. Die Rebellen hätten sich an die südlichen Küsten der Großen Halbinsel geflüchtet. Ich hege die Hoffnung, dass sich dort auch etwas von der guten Magie bewahrt hat.«

»Du hast mir gerade eine wunderbare Neuigkeit überbracht. Mehr denn je wage ich nun zu sagen, dass wir drei Wege beschreiten werden, um zu überleben.« Zabralkan redete mit Bor, als wäre nie etwas geschehen.

»Welche Wege, Bruder?«

Der Tag brach an. Die Obersten Astronomen lehnten mit der Brust auf dem Steinquader und sprachen von Angesicht zu Angesicht. Die Wiederversöhnung leuchtete in ihren Augen. Im Einklang mit den Sternen suchte ihr Verstand die Rettung.

Schritte von Norden

Die Stadt der Sonnenherren lag weit hinter ihr. Und mit ihr die Tage des Palastes, der Zorn ihres Bruders, der Opfertempel. Vor ihr lag Beleram. Und dort wartete Thungür auf sie.

Nanahuatli marschierte voller Zuversicht. Es galt, ein großes Gebiet zu durchqueren, in dem es aber reichlich sauberes Wasser gab und Nahrung leicht zu finden war.

Von Zeit zu Zeit sang sie. Nachts schlief sie im Schutz eines Felsens oder eines Baumes. Nanahuatli sang und schlief, ohne zu wissen, dass Beleram alle Vorbereitungen traf, um spurlos zu verschwinden. Hätte sie es sich vorstellen können, wäre sie gerannt, als ginge es um Leben oder Tod, um einzutreffen, bevor Thungür aufbrach. Da sie es aber nicht wusste, machte sie halt, um zu schlafen, und sang selbstvergessen vor sich hin.

Die Liebende kam durch weite Landschaften, in denen sie keiner Menschenseele begegnete. Sie wusste nichts von dem Ausgang des Krieges, der in ihrem Land um den Thron entbrannt war. Und noch viel weniger wusste sie von den Sideresiern, die auf dem Kontinent in Lauerstellung lagen. Nanahuatli marschierte. Für sie war die Welt Liebe. Und eine Entfernung, die ihr wenig ausmachte, weil sie mit jedem Schritt abnahm.

Nanahuatli kam von den Dynastien des Nordens und wollte nach Beleram. Woran kann ich erkennen, wann der Norden zum Süden wird?, fragte sie sich. Seither vertrieb sie sich die Zeit damit, nach Zeichen der Grenze zu suchen, die die Himmelsrichtungen trennte. Eines Tages sah sie eine Pflanze, die sie nicht kannte. Es war ein großer Busch mit gesprenkelten Blumen und gelben Blüten.

»Hier beginnt der Süden!«, beschloss sie, bloß weil ihre Jugend und ihr Verlangen anzukommen es so wollten. »Genau hier.« Sie bückte sich, um die Schnüre ihrer Sandalen zu binden. Sie war schon im Süden.

Die drei Wege

Thungür durfte Zabralkans Sternwarte wieder betreten. Zabralkan und Bor riefen ihn herbei, um ihm die Neuigkeiten mitzuteilen und die erste Aufgabe zu übertragen. Thungür sollte bis zum Tag ihres Aufbruchs die Verbindung zu den Nachkommen der Borier aufrechterhalten. Es war wichtig, dass auch sie erfuhren, was geschehen war, vor allem, dass sich in den Alten Ländern Widerstand regte. Sieben Sonnen lang ritt der Husihuilke auf Sinkende-Nacht zwischen den Dörfern des Ahnengeschlechts und dem Sternenhaus hin und her.

Seit längerem schon hatten die Nachkommen der Borier ihre Heimatdörfer verlassen und sich in Oacaltalesrot versammelt. Vom Ufer dieses Dorfes würde ihre Flotte in See stechen. Dort fiel der Meeresgrund schroff ab und erlaubte es, unweit der Küste an Bord zu gehen. Auch konnten die Schiffe dort leichter beladen werden. Die Nachkommen der Borier nahmen all ihr Hab und Gut mit sich, denn sie würden nicht wiederkehren. Nur ihre Toten ließen sie zurück. Am Abend vor der Reise verabschiedeten sie sich von ihnen mit einer Feier, der Thungür schweigend beiwohnte. Das Ahnengeschlecht sagte denen Lebewohl, die nicht wieder erwacht waren. Die Toten des stillen Massakers, das die Sideresier kurz vor der Ankunft des Windes angerichtet hatten, hatten ihr Grab auf dem Grund des Yentru gefunden. Weil seither viele Jahre vergangen waren, war die Farbe der Feier weiß. Die Frauen brachten Girlanden herbei aus allem, was sie hatten finden können und ihnen angemessen erschienen war: Federn und Perlen, Knospen, Algen, Muscheln, Tierpanzer und Blütenblätter. Das junge Volk verharrte still, bis eine Welle die letzte Girlande weggeschwemmt hatte. Dann hoben sie die Hände zum Gruß, tanzten und sangen.

»Sie sind aufgebrochen!«, verkündete Thungür am siebten Tag.

Zabralkan und Bor zeigten offen ihre Freude.

»Gut. Der erste Weg wird beschritten!«

»Setz dich, Husihuilke«, bat Bor. »Ruh dich aus von deinem Ritt und erzähl uns in allen Einzelheiten, wie der Aufbruch war, den deine Augen sahen. Ich stelle ihn mir prächtig vor.«

»Das war er«, bestätigte Thungür.

Die Blicke der Astronomen zielten auf ihn. Beide wollten, dass ihnen Thungürs Erzählung vor Augen führte, was sie gesehen hätten, wenn sie dort gewesen wären.

»Als ich in Oacaltalesrot ankam, setzte gerade die Dämmerung ein. Überall herrschte Geschäftigkeit. Immer wieder hörte ich dieselbe Klage: Sie hätten zur Vorbereitung einer solch langen Reise zu wenig Zeit gehabt. Dennoch war bei Morgengrauen alles bereit. Dreizehn Schiffe harrten darauf, in See zu stechen. Alle mündeten am Bug in die Köpfe von seltsamen, uns unbekannten Tieren. ›Sie wurden uns von unseren Vorfahren überliefert. Eine Generation nach der anderen hat sie in den Sand gezeichnet‹, erklärten sie mir. Die Schiffe waren mit allem ausgestattet, was für die lange Reise nötig war. Bevor sie aber an Bord ging, tanzten sie am Strand. Sie tanzten ihren Toten Lebewohl, sie tanzten den Fruchtbaren Ländern ihren Dank.«

»Wie sahen sie aus?«, fragte Zabralkan, der bedauerte, dass nicht Cucubs Augen diesen Tanz gesehen hatten und dessen Schönheit gebärende Zunge davon erzählte.

»Jung und stark«, antwortete der Husihuilke.

Aber die Wahrheit war um vieles schöner. Die Männer mit ihrem gelben, den halben Rücken bedeckenden Haar erinnerten an das Unbekannte. Die Frauen trugen ihre üblichen Gewänder, hatten das Haar geflochten und auf Höhe der Schläfen gekreuzt. Sie sahen aus wie Töchter der Sonne. Ihre Schiffe glichen ihnen, waren weiß und wendig. Das Meer erkannte sie als zu ihm gehörig, denn kaum hatten sie abgelegt, waren sie bereits ein Teil der Wellen.

»Sie bewegten sich auf diesem schwankenden Land so sicher wie ein Husihuilke im Gebirge«, fuhr Thungür mit seiner Schilderung fort.

»War das Volk des Ahnengeschlechts sehr traurig, als es die Fruchtbaren Länder verließ?«

»Ich habe keine Traurigkeit gesehen, wenn du unter Traurigkeit verstehst, dass man den Kopf wendet, Tränen vergießt und nicht gehen will. Sie sehnten sich danach, endlich aufzubrechen. Umso mehr, nachdem sie vom Widerstand in den Alten Ländern erfahren hatten, nachdem ihnen klar geworden war, dass sie ihn finden und sich ihm anschließen mussten.«

»Das wundert mich nicht«, sagte Zabralkan. »Dort ist ihr eigentliches Zuhause. Von dort wurden sie gebracht, damit das Volk der Borier überdauerte. Ihre Eltern hegten die Hoffnung, dass ihre Kinder eines Tages mit ihrem Erbe zurückkehren würden.«

»Dieser Tag ist nun gekommen«, sagte Bor.

»Wir werden es nicht bedauern«, fuhr Zabralkan fort. »Wir machen das Beste aus dem Wenigen, das wir in Händen haben.«

Bor spürte, dass diese Worte ihm galten, und senkte den Kopf. Zabralkan und Thungür taten so, als bemerkten sie es nicht.

»Unser erster Weg. Das Ahnengeschlecht auf hoher See, den Alten Ländern entgegen … Möge das Glück mit ihnen sein! Vertrauen wir darauf, dass der Yentru ihnen wohlgesinnt ist. Das junge Volk des Ahnengeschlechts wird seine aufständischen Brüder finden und den Widerstand gegen Misaianes verstärken«, sagte Zabralkan.

»Was nun?«, fragte Thungür.

»Der zweite Weg«, antworteten die Astronomen gleichzeitig.

»Und zwar bald«, fügte Zabralkan hinzu. »Die Tür wird in …«

»... zwölf Sonnen aufgehen.«

»Die Zeit läuft uns davon. Ruhen wir uns etwas aus. Morgen treffen wir uns in aller Frühe wieder hier und besprechen die Einzelheiten unserer Reise nach Süden.«

»Der Süden ist weit weg.« Thungür redete für jemanden, der nicht in diesem Zimmer war. »Ich gehe ans andere Ende der Welt. Der zweite Weg führt nach Süden.«

»Gut, dass du ihn freudig beschreitest«, mischte sich Zabralkan ein.

Dann schwiegen alle drei. Um sie herum fügte sich alles der Ruhe.

Noch zwölf Tage bis zu dem großen Ereignis, noch zwölf Tage, bis die Sonnenzeit mit der Magischen Zeit in eins fiel und das Tor zwischen beiden sich öffnete.

Diejenigen, die diesen Weg beschreiten würden, dachten an den Süden. Sie wollten in die Grenzländer, wollten den Kontinent am waldigen Rand der Welt verteidigen, in dem der Hirsch zu Hause war. Sie wollten sich mit dem Volk vereinigen, das unter allen, die in den Fruchtbaren Ländern lebten, am besten für den Krieg gerüstet war und auf die großzügige Weisheit der Erdzauberer zählen konnte. Doch selbst wer auf dem Rücken eines Tieres mit Mähne unterwegs war, würde bis zur Ankunft einen Winter brauchen.

Den zweiten Weg beschritt Thungür an der Spitze des Heeres, das er selbst geschult hatte. Zitzahay, die in nichts mehr denen ähnelten, die sie einmal gewesen waren. Diese Männer hätten kein anderes Los hingenommen, als die letzte Schlacht zu schlagen. Sie hatten so hingebungsvoll an Geist und Körper gearbeitet, dass sie an Gewandtheit und Wildheit den Husihuilke in nichts mehr nachstanden. Dort unten im Süden würden die kleingewachsenen Krieger entscheidend sein. Sie waren viele, und doch ritten alle, so sehr hatten sich die Tiere mit Mähne in diesen feuchten, warmen Gefilden vermehrt. Und so gut hatten die Männer, die sie zu lieben gelernt hatten, für sie gesorgt.

Zabralkan, Bor, die niederrangigen Astronomen, die Lehrlinge, die Diener des Sternenhauses und ein großer Teil der Zitzahay waren zusammengeströmt, um sie zu verabschieden. Sie wussten, dass sie sie ein letztes Mal umarmten, und es tat weh. Manche Hände waren wie Blutegel, die sich festsaugten am Fleisch des Gatten, des Bruders, des Sohnes. Zabralkan ging zu Thungür und lehnte seinen Kopf an dessen Brust. Der Kummer machte ihn älter. Der Riese aus dem Süden umschlang ihn mit den Armen.

»Ich werde Cucub sagen, dass du dich seiner erinnerst.«

Hinter ihm wartete Bor, dessen Umarmung doppelt zählte: es war die letzte und die erste.

Viele Tiere folgten dem Heer, und viele Winde, die Samen mit sich trugen.

Diejenigen, die in der Randmark zurückblieben, trockneten sich die Tränen und bereiteten den dritten Weg vor.

»Du weißt, dass viele aus unserem Volk sich weigern werden?«, fragte in jenen Tagen Bor.

»Ja«, antwortete Zabralkan. »Und wir können sie nicht dazu zwingen.«

»Aber wir können sie auch nicht ihrem Schicksal überlassen.«

Zabralkan lächelte.

»Willst du bei ihnen bleiben?«

»Ich weiß nicht, ob es in der Magischen Zeit Ton gibt. Schließlich muss ich das Gefäß der Vergebung formen und tragen.«

»Ich bin froh, dass du selbst es so beschlossen hast, denn ich wollte dich darum bitten«, sagte Zabralkan.

»Außerdem«, fuhr Bor fort, »kann ich auf diese Weise Molitzmos und seiner Zunge eines Tages gegenübertreten.«

Zabralkan sah wieder den Hochmut.

»Denk lieber an die Schale, die du kneten musst, und nicht an Molitzmos. Wenn du ihm eines Tages gegenübertrittst, wird dir allein diese gute Schale helfen.«

Auf der Mitte des Spielefelds wurden tagelang Stämme, Äste und Blätter des Kopalbaumes aufgetürmt, genügend Holz, um ein riesiges, duftendes Feuer zu entfachen. Denn der dritte Weg führte durchs Feuer.

Wie in den siegreichen Tagen des Hirsches verließen die Zitzahay ihre Dörfer und versammelte sich in Beleram. Dort warteten sie mit ihren wenigen Habseligkeiten, die Augen dunkel, dunkler denn je.

Drei volle Tage brauchten die Obersten Astronomen, um ihrem Volk zu erklären, was geschehen war und was geschehen würde. Die Zitzahay wurden in Gruppen von nicht mehr als zweihundert Leuten aufgeteilt, damit sie sich gut untereinander verständigen und selbständig Entscheidungen treffen konnten. Dann wiederholten Zabralkan und Bor vor jeder Gruppe ihre Erklärungen. Die Obersten Astronomen gingen sehr geduldig vor, weil sie wussten, dass sie in zu kurzer Zeit für ein zu ungewisses Schicksal werben mussten. Sie sagten, die Sideresier seien bereits in die Fruchtbaren Länder zurückgekehrt. Sie erzählten von Molitzmos' Verrat und warteten ab, bis sich die Seelen mit einem großen Seufzer erleichtert hatten. Sie verkündeten, dass Hoh-Quiu gestorben war. Sie beweinten das Los des Volkes der Sonnenherren, das nun versklavt und allein war. Doch sie beweinten auch das Los des neuen Herrscherhauses, das wie eine eitle Schöne blind umherirrte und gegen Spiegel stieß, die ihr nur Dunkelheit zurückwarfen.

Als die Obersten Astronomen von den drei Wegen erzählten, wurden die Augen der Zitzahay noch dunkler, weil sie noch gespannter lauschten, um alles zu verstehen.

»Erster Weg nennen wir den, den die Meeresspäher genommen haben, die Borier«, sagte Zabralkan. »Sie sind bereits auf

See, unterwegs in die Alten Länder. Wir wissen, dass ihre Vorfahren Misaianes Widerstand leisten. Die Kinder werden sich mit den Eltern vereinen, die Borier mit den Boriern, um den Feind dort anzugreifen, wo er am verwundbarsten ist. Der Widerstand wird versuchen, auf seinen Berg zu gelangen, denn dort erlaubt sich der Ewige Hass zu schlafen.«

»Zweiter Weg«, sagte Bor, »nennen wir den in die Grenzländer, den das Heer unter der Führung Thungürs eingeschlagen hat. Heute wissen wir, warum diese Länder diesen Namen tragen: Grenzen werden sie sein, die Grenzen des Kampfes um unseren Kontinent. Dort lebt das Volk, das uns einst zu Hilfe eilte; das ihr totes Blut in den Schlachten und ihr lebendes Blut in den Witwenbäuchen ließ. Die Tapferkeit dieser Krieger und die Weisheit ihrer Zauberer werden besser als alles andere die letzte Grenze verteidigen. Und sie werden wissen, was zu tun ist, wenn die Niederlage unvermeidlich wird.«

Den dritten Weg sollten die Zitzahay beschreiten, unter denen sich nun Unruhe breitmachte. Einige klammerten sich an ihre Körbe, um sie in dem Sturm, der sich ankündigte, nicht zu verlieren. Alle hatten sie Getuschel gehört: Einiges war gesagt, vieles ersponnen worden. Alle wussten von einem Tor, das sich nur alle zweiundfünfzig Jahre öffnete und beide Zeiten verband.

Die Erinnerung an das Tor war tief im Gedächtnis versunken, der Obhut der Astronomen anvertraut. In ihrem täglichen Leben, in dem sie säten und auf die Früchte warteten, in dem sie rauchten und durch den Rauch ins Träumen gerieten, in dem sie die neue Ernte einbrachten und bis zum Umfallen feierten, dachten sie nicht mehr daran. Jetzt aber war das Tor ihnen wieder gegenwärtig. Einige würden wagen, es zu durchschreiten, andere nicht. Zabralkan beschönigte nichts, jeder sollte für sich die Entscheidung treffen.

»In wenigen Sonnen wird sich das Tor öffnen, das den Kreaturen alle zweiundfünfzig Jahre erlaubt, die Grenze der Zeiten zu überschreiten. Wer es wagt, muss sich dem Ritus des Feuers unterwerfen, ohne den dieser Übertritt nicht möglich ist. Die Weisheit sagt, dass wir auf diesem Weg in die Magische Zeit gelangen. Dort und nur dort werden wir der Vernichtung durch Misaianes entgehen, nur so können unsere Sprache, unsere Medizin, unsere Farbe überdauern. Unser Schicksal … Hört gut zu, denn nur einmal werde ich die Fragen beantworten, die ich in euren Blicken lese. Danach muss jeder für sich entscheiden.

Vielleicht will jemand wissen: ›Zabralkan, hast du das Tor schon einmal gesehen? Mit eigenen Augen? Ist es aus gemeißeltem Stein wie das Sternenhaus?‹ Meine Antwort lautet: Ich habe es noch nie gesehen. ›Aber … sprichst du von einem Tor? Von einem echten Tor, wie es jeder von uns kennt?‹ Nicht einmal das weiß ich. ›Kannst du mir versichern, dass wir tatsächlich in die Magische Zeit gelangen, wenn wir am richtigen Tag durchs heilige Feuer gehen?‹ Ich kann euch bestätigen, dass es uns die Weisheit, die uns stets erleuchtet hat, so überliefert. ›Geliebter Astronom, ist in deinen Kopf Platz für Zweifel?‹ Ich antworte ja, in meinem Kopf tummeln sich viele Zweifel, aber ich wähle das Vertrauen. ›Werden wir in der Magischen Zeit die Gleichen sein wie hier? Werden wir unser Fleisch und unsere Zähne behalten?‹ Ich weiß es nicht.«

»Er sagt, er weiß es nicht«, murmelte es.

»Können wir zurückkehren?«

»Vielleicht.«

»Er hat gesagt vielleicht.«

»Und wann können wir wieder zurück?«

»Nach zweiundfünfzig Sonnenjahren, nach hundertvier Sonnenjahren, nach hundertsechsundfünfzig Sonnenjahren, nach zweihundertacht Sonnenjahren, zweihundertsechzig Sonnenjahren. Oder nie.«

»Oder nie.«

»Dann werden wir auf keinen Fall mehr die sein, die wir jetzt sind«, erhob sich die Stimme einer Frau.

»Ja und nein«, sagte Zabralkan. »Ich will es einmal so erklären. Einer von euch da drüben! Bringt mir eine Frucht aus eurem Korb.«

Eine Pflaume fand ihren Weg in die Hände des Astronomen.

»Das ist eine Pflaume.« Zabralkan trennte die Frucht in zwei Hälften. »Und das ist ihr Kern. Wenn wir diesen Kern vor der Zerstörung bewahren und säen, werden wir in vielen Jahren wieder Pflaumen haben. Allerdings nicht diese Pflaume.« Zabralkan verschlang das gelbe Fruchtfleisch. »Nicht diese ... Oder vielleicht doch ... Wir werden den Sinn und Zweck der Pflaume erhalten.« Dem Murmeln ging die Luft aus.

»Jetzt bleibt mir nur noch, zu denen zu sprechen, die sich entschieden haben, nicht durchs Feuer zu gehen. Zu denen, die lieber in Körper und Geist hier in der Randmark ausharren wollen. Egal, wie viele ihr seid, nichts werdet ihr ausrichten können gegen das Heer der Sideresier, das bald kommen wird. Wir bitten euch, alles aufzugeben und in den Urwald einzutauchen. Tief in den tiefen Urwald; dort, wo die irdene Farbe unserer Haut zur Geltung kommt. Bewegt euch so leise wie die Wurzeln. Schließt die Augen halb, damit ihr Glanz euch im Dickicht nicht verrät. Sprecht nur das Nötigste und leise. Und denkt immer daran, dass die Erinnerung lautlos ist. Dieses Los ist denen bestimmt, die bleiben. Die Sideresier sollen unsere Zivilisation verlassen vorfinden! Sie sollen sich fragen, wo wir sind!«

»Der Körper des Hirsches wird gespalten sein«, sagte jemand.

»So ist es«, antwortete Zabralkan. »Doch eines Tages werden die drei Wege sich vielleicht wieder vereinen. An diesem Ort, an diesem Tag wird er wiedergeboren werden.«

Der von den Sternen bestimmte Augenblick war gekommen. In aller Frühe knisterten die ersten Kopalbaumäste und entflammten die großen Stämme. Was immer dort brannte, hatten sie aus dem Urwald. Am Vormittag war das Feuer so weit. Ein Feuer, so groß wie ein Berg, das Belerams Luft erwärmte und rötete.

Diejenigen, die sich entschieden hatten, in die Magische Zeit aufzubrechen, bildeten vor dem Feuer drei lange Reihen. Sie hatten ihre besten Kleider angezogen und bereiteten sich auf den Exodus vor, ohne zu denen zurückzublicken, die blieben. Nicht aus Groll oder Hochmut, sondern aus Traurigkeit.

Diejenigen, die sich entschieden hatten, im Urwald auszuharren, bildeten mit gehörigem Abstand einen mächtigen Ring um das Feuer und sahen denen zu, die gleich aufbrechen würden. Ohne Scham oder Bedauern; nur traurig.

Viele Familien hatten sich getrennt. Die einen blieben, die anderen gingen. Um ihre Entscheidung nicht ins Wanken zu bringen, verabschiedeten sie sich, ohne einander anzusehen.

Ein Hornsignal, das in alle vier Himmelsrichtungen geblasen wurde, kündigte den Aufbruch an. Nichts mehr war zu hören außer dem Prasseln des Feuers, als sich nahezu ein ganzes Volk in Bewegung setzte.

Eine der Reihen führte Kayun-Maisstrunk-Haut an. Ohne auch nur einmal den Rhythmus seiner Schritte zu verlangsamen, ging er ins Feuer hinein. Die Zurückbleibenden stimmten ein Stoßgebet an, um ihm beizustehen. Nach Kayun kamen die Astronomen niedrigeren Rangs, dann die Lehrlinge. Und nach ihnen das Volk der Zitzahay, das bereit war, für einen Traum zu brennen: der Kern einer Welt zu werden, die im Untergang begriffen war.

Männer und Frauen, die ihre Kinder trugen, gingen stoisch in das Feuer hinein. Darunter waren auch einige, die es angesichts der roten Masse bereuten. Still traten sie beiseite und suchten sich einen Platz unter denen, die zuschauten.

Der Aufbruch dauerte fast einen ganzen Tag. Alle waren gegangen, nur Zabralkan noch nicht. Der Oberste Astronom hatte eine braune Taube auf der Schulter. Als Einziger blickte er zurück zu seinem Volk, winkte zum Abschied die Hand wie einer, der wiederkehren wird. Dann überquerte auch er die Grenze.

Kein Todesgeruch entströmte dem Feuer. Und der Rauch, in dem alle vertrauten Gestalten zu erkennen glaubten, wehte dem Wind entgegen, hinein in ein mögliches Tor.

ZWEITER TEIL

Schritte in der verlassenen Stadt

Die Reste des Feuers kühlten erst aus, als es über Beleram drei Tage und drei Nächte in Sturzbächen regnete. Der Regen schwemmte sie hinunter in den Urwald und riss das Geheimnis derer mit sich, die sich aufgeopfert hatten.

Das Volk der Zitzahay befolgte indes die Befehle des Obersten Astronomen und errichtete sein Leben im Dickicht neu.

Die großen Gebäude waren noch nicht getrocknet, als barfüßige, müde Schritte durch die leere Stadt hallten. Nanahuatli tapste in die Regenpfützen, die auf der gepflasterten Hauptstraße zurückgeblieben waren, um ihren Füßen Erleichterung zu verschaffen.

Sie war eine Mauer hinuntergesprungen, war aus dem Jungfrauentempel geflohen, ohne zu begreifen, was es mit dem unverständlichen Geschrei und dem mauererschütternden Getöse auf sich gehabt hatte. Sie hatte sie als Deckung für ihre Flucht genutzt. Und war losgegangen …

Jahre zuvor hatte Nanahuatli Beleram schon einmal besucht. Damals war sie noch ein Kind, gehörte mit einigen Geschwistern und Verwandten zu einer Gesandtschaft, die mit dem Land der Astronomen einen Bund ehrbarer Nachbarschaft vertiefen sollte. Damals war sie auf Kissen gereist. Sklaven hatten alle Beschwernisse der Reisenden gelindert. Sie hatten sie getragen, ihnen Schatten gespendet, süßes Wasser und Essen gereicht. Und hatte jemand über Schmerzen geklagt, hatten sie ihm eine selbstgemachte Paste aus zerstampften Wurzeln und Würmern aufgetragen und in Honig getränkte Leinenverbände angelegt. Nanahuatli hatte in rotgelbe Decken gehüllt in ihrem überdachten Sitz gesessen und sich ganz der Landschaft widmen können, die sie im rhythmischen Gang der Sklaven durchquerten.

Diesmal musste sich Nanahuatli mit ihren eigenen Füßen begnügen. Früchte versorgten sie mit dem Nötigsten, um durchzuhalten. Und wenn es nicht die Früchte waren, war es der nahrhafte Saft der Liebe, der sie auf den Beinen hielt und vorwärts trieb. Nanahuatli wollte in die Randmark, wo sie Thungür anzutreffen hoffte.

Die Landschaft hatte sich noch stärker verändert als Beleram. Nanahuatli fand die Stadt so vor, wie sie ihr im Gedächtnis geblieben war, nur stumm und menschenleer. Sie dachte lieber nicht an Unglücke und ging stur in Richtung Sternenhaus.

Der verwaiste Markt erschreckte sie. Die Sonnendächer der Stände hatten sich unter dem Gewicht des Regens verbogen und waren aus den Stützen gerissen. Überall verfaulten Nahrungsreste, Maiskörner und Gewürze, die das Wasser zu Haufen geschwemmt hatte und die Sonne nun für eine Rattenschar kochte.

Nanahuatli konnte nicht mehr verleugnen, dass ein Unglück über Beleram hereingebrochen war. Dennoch schleppte sie sich mit letzter Kraft zum Sternenhaus. Von weitem sah es aus wie früher. Die Tür war angelehnt, von Wächtern keine Spur. Die junge Frau stieg die Treppen hinauf, flehte darum, jemanden anzutreffen, irgendjemanden, der ihr erklärte, was geschehen war und wo sie Thungür finden konnte. Sie wusste, dass sie weinen würde, und wollte es auch, aber nur, wenn jemand zuhörte. Sie drückte die Tür auf und betrat den ersten Saal.

»Ich bin Nanahuatli«, sagte sie leise, weil sie fürchtete, ihr Eindringen könnte respektlos sein.

»Ich bin Nanahuatli«, sagte sie noch einmal. Sie ging einige Schritte.

Vielleicht missbilligten Augen ihre Dreistigkeit. Hoffentlich!

»Ich bin Nanahuatli, ich bin Nanahuatli«, sagte sie immer lauter. Sie war sich nun sicher, dass niemand sie hörte.

»Thungür, wo bist du?«

Sie betrat einen Saal, und noch einen, und noch einen. Alles war wie früher: die Matten, die Wandteppiche, selbst der Geruch der Duftöle.

Die Gewissheit, dass sie in einer verlassenen Stadt allein war, beschleunigte Herz und Schritte. Schließlich stolperte sie die Treppe hinauf, rannte durch die verschlungenen Gänge dieses verwirrenden Bauwerks. Sie öffnete eine Tür nach der anderen und blickte stets in leere Zimmer.

»Thungür, wo bist du?«, schrie Nanahuatli und rannte weiter.

»Thungür, wo bist du?«, schrie sie und kehrte, ohne es zu bemerken, an Orte zurück, an denen sie schon gewesen war. Schließlich riss sie erschöpft und heiser einen Teppich von der Wand, legte ihn um sich, um die Kälte der Trostlosigkeit zu lindern, und schlief weinend ein.

Nanahuatli fand nie heraus, ob es am nächsten Morgen oder viele Morgen später war, als sie vom Lärm eines anrückenden Heeres geweckt wurde.

Es dauerte einige Minuten, bis sie die Erinnerung an ihr gegenwärtiges Leben wiedererlangt hatte. Von ihren unbeschwerten Tagen im Palast bis zu diesem Zimmer, in dem sie sich fremd fühlte, ging ihr alles durch den Kopf: Thungür und das Ried, der Zorn ihres Bruders Hoh-Quiu, der Jungfrauentempel, die Flucht, das verwaiste Beleram. Und nun Trampeln von Männern und Tieren. War es das Volk der Randmark, das in die Stadt zurückkehrte? Nanahuatli lächelte und wand sich freudig aus dem Teppich, den der Schlaf um ihren Körper geschlungen hatte. Als sie an eines der Fenster trat, um zu sehen, was vor sich ging, begriff sie zwei Dinge gleichzeitig.

Erstens, dass sie viel mehr Stufen erklommen hatte als gedacht, denn sie befand sich weit über der steinernen Straße. Und zweitens, dass die Ankömmlinge keine Zitzahay waren und auch keine Männer, die Hoh-Quiu ihr nachgeschickt hatte. Es waren Unbekannte, Menschen, die Nanahuatli noch nie gesehen hatte. Kleider, Felle, Wörter, die sie nicht verstand. Wörter wie die, die ich in der Nacht meiner Flucht gehört habe, erinnerte sie sich. Etwas nachzügelnd, kam ein Karren an, der von zwei Tieren gezogen wurde, darauf ein Käfig, in dem Drimus' Meute schlief. Die Hunde waren vom Rattern des Karrens benommen, doch kurz vor dem Sternenhaus wurden sie unruhig und erhoben sich.

Die Kolonne der Ankömmlinge war so groß, dass sich ihr Ende in der gepflasterten Straße verlor. Als die ersten Reiter vor Nanahuatlis Fenster haltmachten, beschloss sie, ein Versteck zu suchen.

An der Art, wie die Männer erst nach links und rechts schauten, dann zu ihren Waffen, und schließlich noch einmal nach links und rechts, las Nanahuatli ab, dass auch sie erstaunt waren, die Stadt verlassen vorzufinden.

Die Sideresier waren eingeschüchtert. Bis dahin war alles einfach gewesen, aber diese Hexerei erinnerte sie an Geschichten, die sie in den Alten Ländern gehört hatten, erzählt meist von denen, die es nach der Niederlage mit Mühe und Not nach Hause geschafft hatten.

»Dieser Kontinent hat große Zauberer, ihre Hexereien versetzen ganze Wälder. Er hat Krieger mit vier Armen und zwei Herzen, Krieger, die man zweimal töten muss, bevor sie fallen. Es sind dunkle Menschen, denen die Sonne beisteht. Sie bezeichnen sich als Hirsch. Wenn sie dieses Wort aussprechen, verdoppelt sich ihre Zahl.«

Die Sideresier hatten Angst. Drimus hingegen schäumte vor Wut.

Nanahuatli sah einen Mann absteigen. Neben dem schönen Tier mit Mähne wirkte er klein, das Gehen bereitete ihm große Mühe. Er zog ein Bein nach, sein Rumpf war nach vorn gebeugt.

Seine Stimme hingegen klang kraftvoll. In der Natürlichen Sprache, die Nanahuatli gut verstand, forderte er die Abwesenden heraus. Er ging vor seinem Heer auf und ab und verfluchte die steinerne Stadt, die ihm mit geschlossenen Augen zuhörte.

»Ich höre euch lachen! Ich höre euch glauben, dass ihr lacht! Ich sehe, dass die Greise, die dieses Land regierten und den Himmel zu verstehen trachteten, einen Zauber ersonnen haben. Hört mir zu! Hört Drimus zu. Es gibt keinen Zauber, der der Bruderschaft des Frieds etwas anhaben kann. Ganz gleich, in welcher Falte der Wirklichkeit ihr euch versteckt, ich werde euch finden. Ihr kennt meinen Namen, und ihr kennt den Namen meines Herrn. Ihr wisst, dass wir bereits gesiegt haben. Misaianes, der Sohn der Todbringenden, ist gekommen und wird nicht einen Schritt zurückweichen. Lacht ihr? Nur das Lachen des Herrn wird überdauern, weil nur seine Ordnung in dieser Welt von Bestand sein wird. Sein sind der Himmel und die Erde; kein Versteck wird verborgen bleiben. Wisset, dass die Ordnung des Misaianes nur denen offensteht, die nicht sehen und nicht hören, die nicht singen, die nicht unterscheiden zwischen Fragen und Antworten, zwischen faulen und reifen Feigen, die der Spur seines Atems folgen, ohne links und rechts zu schauen. Der Herr wird nur diejenigen dulden, die um seine Knöchelchen betteln und als Gegenleistung ihren Geist hingeben. Ich bin Drimus. Ich bin der Erwählte, und ich sage euch, dass ich euch finden werde. Wir sind gekommen, um in Windeseile eine Zivilisation zu verwüsten, die ewig schien. Das Land der Sonnenherren ist schon unser, seine Männer sind unsere Sklaven. Hoh-Quiu, sein Fürst, ist besiegt, ist ein Schädel, in dem die Geier nisten. Und Molitzmos, der regierende Fürst, ist ein Herz, in dem die Geier nisten. Lacht ihr? Lacht ihr immer noch?«

Nanahuatli unterdrückte ein Schluchzen. Drimus hatte gerade alles erklärt. Oder fast alles. Sie beschwichtigte ihren Schmerz, um weiter zuhören zu können.

»Heute ziehen wir ein in das, was ihr Sternenhaus nennt. Hört, wie wir eindringen und es geißeln. Seht, wie wir es mit Füßen treten und bespucken. Lacht ihr immer noch?«

Das Sternenhaus war ein riesiges Gebäude aus Stein, mit Mauern so breit wie drei Hände, eine ausgeklügelte Anlage voller verschlungener Wege. Die Sideresier würden sich hundertmal verirren, bevor sie die Hauptgemächer erreichten. Doch dann hörte Nanahuatli einen Trupp Soldaten auf einer der Treppen. Da erst begriff sie, dass sie sich beeilen musste. Wie die Zitzahay musste auch sie einen Zauber finden. Zunächst sah sie sich in dem Zimmer um, in dem sie sich befand. Das Erste, was ihr auffiel, war ein leeres Nest auf dem Fenstersims. Sie drehte sich um und blickte in den Raum hinein. Genau in der Mitte lag ein verzierter Stein. An der Wand lehnten Jaderohre zur Beobachtung der Sterne. Offenbar handelte es sich um eine Sternwarte.

Nanahuatli spähte nach draußen auf den Gang. Vor dort gingen viele Türen ab, rechts und links lagen Treppen. Noch klangen das Geschrei und der Lärm der Zerstörung weit weg. Sie konnte zwischen vielen Wegen wählen, aber keiner schien sicher. Nanahuatli beschloss, lieber in dem Zimmer zu bleiben, das sie kannte; in dem sie vielleicht zum letzten Mal geschlafen hatte. Sie machte die Tür zu, hängte den Teppich an seinen Platz, um nicht den zu beleidigen, der dort gewohnt hatte, und ließ sich neben den verzierten Stein sinken.

Plötzlich kam aus der Vergangenheit die Gestalt eines Astronomen zu ihr, den sie bei ihrem ersten Besuch in Beleram kennengelernt hatte. Sie erinnerte sich so lebhaft an ihn, als stünde er leibhaftig vor ihr.

»Zabralkan«, murmelte Nanahuatli erstaunt darüber, dass ihr gerade jetzt dieser Name in den Sinn kam, den sie vor Jahren gehört hatte. »Er heißt Zabralkan und hat ein schönes Lächeln.«

Die Erinnerung an Zabralkan zeigte ihr eine Stelle auf dem Stein: eine bestimmte Figur innerhalb eines Wirrwarrs anderer Figuren. Die Erinnerung zeigte ihr einen Schlangenkopf, der am Rand des Quaders aufragte.

Nanahuatli betrachtete das aufgerissene Maul. Während die Sideresier näher kamen, folgte sie dem Leib der Schlange, die kaum von den anderen Figuren des Reliefs zu unterscheiden war. Da ihre Augen in die Irre gingen, legte sie einen Finger auf den Kopf der Schlange und fuhr mit ihm den Körper entlang. Der Finger verfing sich in Trauben, glitt über ein Sternbild hinweg, strich über den Schwanz eines Jaguars, drang in ein geometrisches Muster ein, fand über einen Vogelschnabel wieder hinaus und stieß schließlich auf das, was sie suchte: einen Knoten, der das Ende des Schlangenleibs bildete und etwas stärker hervortrat als die anderen Figuren.

Die Stimmen der Sideresier kamen immer näher. Nanahuatli schöpfte tief Luft und umfasste den Knoten mit beiden Händen. Sie bemerkte, dass er etwas Spiel hatte und drückte ihn zu der Seite, die nachgab.

Während die Sideresier in jedem Raum kurz verweilten, alles schändeten, was ihnen nutzlos erschien, und alles an sich rafften, was glänzte, ging in Zabralkans Sternwarte etwas vor sich. Kaum hatte Nanahuatli den verknoteten Schwanz der Schlange zur Seite gedrückt, knirschte es wie Knochen, die sich schon seit Jahren nicht mehr gerührt hatten. Der rechteckige Stein setzte sich in Bewegung. Er drehte sich, ohne seine Mitte zu verlieren, und hielt erst an, als zwei Dreiecke klafften, durch die ein Mensch einsteigen konnte. Nanahuatli spähte hinein. Ihr schien, als läge dort unten eine Kammer, in der genügend Luft zum Atmen war. Die Stimmen kamen immer näher, zum Zaudern blieb keine Zeit mehr. Dieser Ort, der aus einer guten Vergangenheit zu ihr gelangt war, stellte zumindest ein besseres Grab dar als das, das ihr die Sideresier bereiten würden.

Nanahuatli wollte schon hinuntersteigen, als ihr eine neue Erinnerung in den Sinn kam. Sie war wieder das Mädchen, das zu Besuch im Sternenhaus war und bei dem alten Astronomen auf dem Schoß saß. Er zeigte ihr ein mit bunten Mustern verziertes Gefäß. »Darin bewahre ich meinen heiligen Oacalsaft auf. Ein Schluck ist so nahrhaft wie ein ganzes Brot und ein voller Krug Wasser.« Nanahuatli konnte nicht sagen, ob sich das, woran sie sich zu erinnern glaubte, tatsächlich zugetragen hatte. Dennoch ging sie zu der Stelle, die ihr die Erinnerung wies. Das Gefäß mit dem Muster war noch da und fast halbvoll. Sie nahm es in die Hände. Erst dann stieg sie in eine der beiden dreieckigen Öffnungen, die ihr das Schicksal beschert hatten. Sie ging einige Stufen hinunter und stand in einem länglichen Raum mit niedriger Decke. Ein Teil dieser Decke war der verzierte Stein selbst, den Nanahuatli nun zurückschieben musste. Da sie ihn mit ausgestreckten Armen erreichte, versuchte sie ihn zu bewegen. Bald aber wurde ihr klar, dass sie es auf diese Weise nicht schaffen würde. Die Sideresier kamen immer näher. Ihre Stimmen dröhnten bereits auf den Gängen. Nicht mehr lang, und sie würden die Tür zu Zabralkans Sternwarte aufstoßen. Nanahuatli sah, dass sich die gleichen Figuren, die oben die sichtbare Seite des Steins verzierten, unten identisch wiederholten. »Der Schwanz ist zum Öffnen da, der Kopf zum Schließen«, hatte ihr der alte Mann einmal gesagt, zumindest in ihrer Erinnerung. Schnell suchte sie den Kopf der Schlange, die wie ihre Zwillingsschwester oben aus dem Stein hervorragte. Und tatsächlich, sie konnte ihn bewegen. Wieder knarrte es wie Knochen. Der Stein verschluckte die Dreiecke und kehrte an seinen Platz zurück.

Kurz darauf waren die Sideresier über ihr und zertrümmerten das, was ein Ort der Begegnung zwischen Mensch und Himmel gewesen war. Sie horchte und lernte, dass die Dummheit nach zerreißendem Pergament klang. Einige Männer hatten offenbar mit dem Fuß gegen die Jaderohre getreten, denn sie rollten über den Boden und bewahrten für immer, was sie zu erzählen hatten. Andere trampelten auf dem Stein, um den herum sich das Denken niedergelassen hatte. Als die Sternwarte zerstört war, gingen die Sideresier ins nächste Zimmer.

Nanahuatli wartete ab, bis sich ihr Zittern gelegt hatte. Sie trank einen Schluck heiliges Oacal und stellte fest, dass es den Durst tatsächlich besser stillte als ein Gefäß voll klaren Wassers. Nachdem sie etwas geruht hatte, blickte sie sich um. Der Raum war mit Steinen verkleidet und leer. An einer der Mauern befanden sich zwei Öffnungen, durch die Licht und Luft drang. Nanahuatli hielt ihr Gesicht an eine der Öffnungen, durch die gerade mal ein Kopf passte, aber groß genug war, um etwas zu sehen und Luft zu bekommen. Soweit sie es beurteilen konnte, gingen die Gucklöcher auf die Seite, wo auch das Fenster mit dem Nest war, nur etwas tiefer. Jemand, der das Sternenhaus von außen betrachtete, würde die beiden Rundungen hoch oben in dem Turm wahrscheinlich nicht bemerken, dachte Nanahuatli.

So lebten das Heer des Misaianes und eine junge Frau in weißer Tunika mehrere Tage zusammen.

Es geschah im Sternenhaus von Beleram, der Stadt, die so glanzvoll gewesen war, unmöglich zu erträumen, überbordend vor Weisheit. Beleram, die Prächtige. Beleram, die Stadt, die sich trotz der Schändungen, mit der die Sideresier sie befleckten, im Licht der Sonne und des Mondes ihre Schönheit bewahrte.

Eines Tages hörte Nanahuatli zum zweiten Mal die Stimme des Mannes mit dem buckligen Rücken und presste ihr Gesicht an eines der Gucklöcher, um ihn sehen und hören zu können. Wieder stand er vor den Seinen, diesmal am Fuß der großen Treppe. Er trug eine brennende Fackel in der Hand und ging um einen Berg aus Kodizes und Pergamenten herum.

»Hört her, Volk der Zitzahay! Hört her, Astronomen! Und

seht! Drimus wird eure Lieder, eure Heldensagen, eure gelehrten Schriften in Brand setzen. Bald wird alles, was ihr an Weisheit besaßt, in Rauch aufgehen. Morgen marschieren wir weiter gen Süden, um in den Grenzländern die Befehle des Herrn zu vollenden. Und dass ihr mir nicht lächelt, Volk der Zitzahay. Bevor wir aufbrechen, werde ich auf den Ruinen von Beleram eine neue Stadt gründen für das Reich des Misaianes. Irgendwann werdet ihr Laut geben. Eines eurer Kinder wird weinen, so sehr es die Mutter auch an ihre Brust drückt. Ihr werdet eine unglückliche Bewegung machen, durch die wir eure Schatten sehen. Früher oder später werdet ihr einen Fehler begehen, und viele meiner Männer werden hier sein und ihn sehen. Aus den Alten Ländern werden weitere Schiffe des Misaianes kommen. Über den Yentru und über den Lalafke. Immer mehr von uns, über beide Ozeane! Bald werdet ihr kein Ufer mehr haben, an das ihr flüchten könnt!«

Drimus warf die Fackel. Von ihrem Versteck aus konnte Nanahuatli sehen, wie der Rauch der Wörter dem Wind entgegen aufstieg. Und sie glaubte, ein Tor zu sehen.

Bevor der Scheiterhaufen ganz niedergebrannt war, nahm Drimus etwas aus dem Feuer. Er zerdrückte es zwischen den Fingern und kühlte es ab zu einem roten Splitter. Der Splitter fand seinen Platz unter seiner Zunge, wo schon die anderen Substanzen lagen, die der Magier brauchte, um den Krieg zu gewinnen.

Als alles zu Ende war, zerstreuten sich die Männer auf den Straßen. Ein letztes Mal stieg Drimus die Treppen zum Sternenhaus hinauf.

Nanahuatli ließ sich auf den Boden fallen. Reglos blieb sie liegen, bis sie ihre Entscheidung getroffen hatte. Der bucklige Mann, der offenbar der Anführer war, hatte Thungürs Heimat erwähnt. »Morgen, in die Grenzländer.« Außerdem war ihr Gefäß mit dem heiligen Oacal fast leer.

Noch in derselben Nacht sagte Nanahuatli Einzige Liebe dem Ort, der ihr Schutz geboten hatte, Lebewohl. Sie trank den letzten Schluck Oacal und blickte zu dem Dreieck aus Stein. »Der Schwanz ist zum Öffnen da, der Kopf zum Schließen.« Sie streckte sich, bekam den Schwanz der Schlange zu fassen und drückte ihn zur Seite.

Womöglich waren oben Männer, die sahen, wie der Stein sich bewegte. Womöglich würden diese Männer sie gleich bei den Haaren packen …

Nanahuatli steckte den Kopf durch die Öffnung. Das Zimmer war leer. Zerstört, der Seele beraubt, aber leer. Nanahuatli öffnete die Tür. Soweit sie sehen konnte, war auch der Gang leer.

Langsam ging sie los, ohne Ziel. Jeden Augenblick konnte ein Sideresier auftauchen, durch eine Tür, auf einer der Treppen, um eine Ecke. Nanahuatli tastete sich vorwärts. Von Zeit zu Zeit hörte sie ein Grunzen, ein wässriges Husten, ein schweres Atmen.

Nanahuatli erinnerte sich schon wieder an etwas, das der alte Mann ihr nie gesagt hatte. Sie sah sich selbst, wie sie vor ihm saß, ihre kleinen Hände in seinen alten Händen. »Hör mir gut zu, kleine Nanahuatli. Vielleicht willst du eines Nachts das Sternenhaus verlassen, ohne die große Tür zu benutzen: weil an diesem Tag vielleicht Wachen dort stehen, die dir nichts Gutes wollen, oder eine Meute schwarzer Hunde durch die Säle im Erdgeschoss streunt. In dieser Nacht werden die Türen, die zu einem bestimmten Innenhof führen, unbewacht sein. Wenn du dort hingelangen willst, folg diesem Gang, steig diese Treppe hinunter, bieg um diese Ecke und geh dann weiter hinunter. Jetzt immer geradeaus, bis ans Ende, dann dreh dich zu der Seite, auf der dein Herz ist. Siehst du die Treppe dort … ganz am Ende? Steig sie hinunter, dann wirst du auf fünf Türen stoßen. Durch jede gelangst du auf den leeren Innenhof. Bist du schon dort? Dann folge dem Weg der Jadebrunnen, vorbei an einem Teich. Dort ist die Mauer, die auf die Straße führt. Ich weiß, dass du eine Mauer hinaufklettern kannst. Du hast es schon einmal getan. Spring, Nanahuatli! Schlag dir wieder die Knie auf … und renn los! Lebewohl!«

Schon war Nanahuatli draußen, wo die Nacht sich dem Ende neigte. Mit schmerzenden Knien rannte sie zu den ersten Ausläufern des Urwalds, der Beleram entgegenwuchs. Während die Dämmerung aufzog, beobachtete sie die Vorbereitungen der Sideresier. Der Bucklige trat in Begleitung einiger weniger Männer und seiner Hunde die Reise früher an als der Rest der Kolonne. Als auch der letzte Soldat außer Sicht war, nahm Nanahuatli die Spur auf. Unfreiwillig würden die Sideresier sie durch den Kontinent zu Thungür führen.

Das Heer des Misaianes marschierte nach Süden. Und Nanahuatli folgte ihm.

So geschah es, dass eines Tages der Hass die Liebe führte. Und die Liebe war eine verletzte, einsame Frau.

Das Brot des Südens

Ich werde dir eine fette Ente bringen«, rief Cucub, der in einem Kürbis steckte.

»Schon möglich«, murmelte Kuy-Kuyen.

»Was hast du gesagt?«, schrie Cucub, der mit dem hohlen Kürbis auf dem Kopf nicht gut hörte.

»Ich habe gesagt: schon möglich.« Kuy-Kuyen hatte lauter gesprochen, ohne von der Schüssel aufzusehen, in der sie Mais zerstampfte.

»Nicht schon möglich«, antwortete Cucub, »sondern sicher. Du kannst schon mal die Kräuter aussuchen, um sie zu würzen.«

Cucub nahm den Kürbis von seinem Kopf, denn er hatte die Stellen, wo er die Augen bohren musste, genau markiert. Der Zitzahay war im Entenjagen inzwischen genauso geschickt wie ein Husihuilke. Anfangs war es ihm schwergefallen, weil es viel Geduld erforderte und er lang stillhalten musste, was ihm fast unmöglich war. Doch mit den Jahren hatte er es gelernt. Er hatte Kürbisse ausgehöhlt, sie in den See geworfen und abgewartet, bis die Enten sich an sie gewöhnt hatten. Dann war er selbst ins Wasser gegangen, bis zu den Schultern, mit einem Kürbis auf dem Kopf. Und hatte so lange reglos verharrt, bis eine Ente an ihm vorbeischwamm; oder besser noch, bis sich eine Ente auf seinen Kopf setzte, die er dann schnell packte und unter Wasser zerrte, bis sie ertrunken war.

»Wenn ich fette Ente sage, dann meine ich fette Ente.«

»Wenn du fette Ente sagst, dann wird es fette Ente sein«, sagte Kuy-Kuyen.

Kuy-Kuyen war zu einer wunderschönen Frau geworden. Mit jedem Morgen liebte Cucub sie mehr, aber jeden Morgen bereitete es ihm auch größere Mühe, sie zum Lächeln zu bringen. Selten ließ die Schwermut von ihr ab, häufig seufzte sie, leicht geriet sie aus der Ruhe. Wahrscheinlich hängten sich ihre Kinder deshalb so an Wilkilen. Cucub fragte sie oft nach dem Grund für ihre Traurigkeit. Dann gab sie ihm dunkle Antworten, sprach von ihren Ängsten vor den kommenden Tagen.

»Sie bringen nichts Gutes, Liebster. Nichts Gutes.«

Cucub wusste, dass sie recht hatte. Und dennoch suchte er mehr denn je nach einem Weg, ihr den Kummer zu nehmen. Manchmal gelang es ihm. Dann fuhr sich Kuy-Kuyen mit dem Handrücken über die Stirn, als vertreibe sie eine Nebelschwade. An jenem Tag aber fiel Cucub die Rettung besonders schwer.

Am Morgen war Kuy-Kuyen früher aufgewacht als sonst und hatte ihren ganzen Kummer in den Schultern gespürt. Den ganzen Vormittag hatte sie still an den Tongefäßen gearbeitet, die ihr Mann im Feuer härten würde. Am Mittag war sie immer noch traurig und schweigsam. Es war ihr kein Trost, dass die Sonne verschwenderisch schien, die Luft sich leicht atmen ließ, die ganze Familie gesund war und sich draußen tummelte.

Wie so oft spielten die Kinder mit Wilkilen, die sich allein durch ihre Größe von ihnen unterschied.

Damals hatte Cucub vier Kinder, und ein weiteres Kind wartete in Kuy-Kuyens Bauch. In manchen Nächten erinnerte er sich an die letzten Worte, die er mit Molitzmos gewechselt hatte, und legte seinen Kopf auf den immerrunden Bauch seiner Frau.

»Du musst bei Kräften bleiben«, sagte er. »Schließlich müssen wir ein ganzes Heer von Musikern zeugen.«

Kuy-Kuyen beugte sich vor und strich mit ihren Wangen über das raue Haar des innig geliebten Zitzahay.

An diesem Mittag arbeiteten Cucub und seine Frau Seite an Seite in der Sonne. Ihr jüngstes Kind, das im vorigen Frühling zur Welt gekommen war, kurz bevor Kush ihren Abschied beschlossen hatte, schlief im Schatten des Vordachs in einer Hängematte, die Cucub nach der Art der Zitzahay gefertigt hatte. Wilkilen und die drei älteren Kinder spielten zwischen Haus und Waldrand. Der Vater sah, wie sie auf den Nussbaum zugingen, der sich auf halber Strecke erhob.

»Stört mir bloß den Falken nicht!«, warnte er.

Shampalwe schüttelte den Kopf, Wilkilen antwortete im Namen aller.

»Wir besuchen ihn nur!«

»Vielleicht hat der Falke gar keine Lust auf euren Besuch!« Cucub ließ sich auf die unschuldige Bemerkung des großen Mädchens ein. »Ihr müsst ihn erst fragen.«

Kurz nachdem Dulcancellin in die Randmark aufgebrochen war, hatte Wilkilens Denken aufgehört zu wachsen. Und wenn ihr Körper weiter seinen Weg gegangen war, dann langsam, um sich nicht zu weit vom Geist zu entfernen. Kuy-Kuyen hatte jegliche Hoffnung, einen Bräutigam für sie zu finden, längst aufgegeben. »Sie wird für immer ein Kind bleiben«, hatte sie eines Tages eingesehen. Seither liebte sie Wilkilen wie eine Mutter.

Wilkilen schickte sich an, Cucubs Anweisung zu befolgen. Sie bedeutete den anderen Kindern, Abstand zu halten, während sie selbst einige Schritte auf den Falken zuging.

»Cucub sagt, ich soll dich fragen, ob wir dich besuchen dürfen.« Da sie keine Antwort erhielt, drängte sie ihn. »Falke, sagst du nun ja oder nein?«

Piukeman sagte weder das eine noch das andere, ja sah sie nicht einmal an. Er saß vor dem Nussbaum in der Hocke. Seine Arme hatte er eng an den Körper gelegt und schwang sie von Zeit zu Zeit wie Vogelflügel. Seinen Kopf, der meist auf einer Linie mit den Schultern war, konnte er kaum nach vorne drehen. Er rührte sich fast nie von der Stelle, an die Kuy-Kuyen ihm jeden Tag Wasser und Essen brachte. Auch redete er kaum. Seine Stimme hatte jetzt etwas Schrilles, er zog einige Laute so sehr in die Länge, dass man nur schwer verstehen konnte, was er sagte. Die spärlichen Worte, die er von sich gab, richteten sich fast immer an Cucub. Da die Kinder nicht die Erlaubnis erhielten, um die sie gebeten hatten, gingen sie lieber wieder weg und überlegten sich ein anderes Spiel.

»Von hier bis zu Kuy-Kuyen rollen«, sagte Wilkilen und legte sich auf den Boden.

Ihre älteren Neffen und Nichten taten es ihr sofort nach. Schreiend ließen sich die vier den sanft abfallenden Hang hinunterkullern, der vom Nussbaum zum Haus führte. Als sie ankamen, waren sie aus Erde und lachten aus vollem Hals. Cucub stimmte in ihr Gelächter ein.

»Wann gehst du Enten jagen?«, fragte Shampalwe ihren Vater und zeigte auf den hohlen Kürbis.

»Bald«, antwortete Cucub. »Vielleicht morgen.«

»Wir wollen mitkommen.«

»Wir wollen mitkommen!«, schrien die anderen.

Kuy-Kuyen kam Cucub mit der Antwort zuvor.

»Das geht nicht. Die Jungs sind noch viel zu klein.«

»Dann Shampalwe und ich«, sagte Wilkilen.

»Ihr seid Frauen«, antwortete Kuy-Kuyen.

Wenn Wilkilen eine Antwort nicht verstand, wiederholte sie alles, was gesagt worden war.

»Dann Shampalwe und ich.«

»Ihr seid Frauen …«, antwortete Kuy-Kuyen zerstreut.

»Dann Shampalwe und ich.«

Wilkilens Hartnäckigkeit führte dazu, dass Kuy-Kuyen den Stößel ablegte und ihre Aufmerksamkeit ganz der Unschuldigen zuwandte.

»Jetzt hör mir mal gut zu, Wilkilen … Die Männer sind für das eine zuständig und die Frauen für das andere. Die Entenjagd ist Männersache, also können weder du noch Shampalwe mitgehen.«

Die Kinder verstanden und liefen davon. Nur Wilkilen blieb da und dachte nach.

»Aber du machst Männersachen. Und Cucub macht Frauensachen«, sagte sie schließlich.

»Wie meinst du das?«, fragte Kuy-Kuyen ernst.

»Früher hat Oma Kush immer gelacht. Und Dulkancellin hat die Augenbrauen zusammengezogen. Jetzt lacht Cucub, und du ziehst die Augenbrauen zusammen, nämlich so …« Sie machte ein sorgenvolles Gesicht.

»Halt den Mund! Du plapperst zu viel von den Toten!«, rief Kuy-Kuyen. Ihr Ärger war größer als sie selbst.

Wilkilen riss die Augen weit auf, wie immer, bevor sie in Tränen ausbrach. Sie rieb die Nase am Arm und spielte aufgeregt an einem ihrer Zöpfe.

»Wilkilen, weißt du was?«, sagte Cucub mit glockenheller Stimme. »Bald kommt Kupuka zu Besuch.«

Wilkilen sah ihn mit einem großen Lächeln an, hatte das mit dem Mann dies und der Frau das vollkommen vergessen. Sie stand auf, schüttelte die Knie und rannte los, um es den Kindern zu erzählen.

»Danke«, murmelte Kuy-Kuyen.

»Schau dir mal deine Hände an«, sagte Cucub und streichelte seiner Frau, die sich wieder über ihre Arbeit gebeugt hatte, den Kopf. »Sie machen Maismehl. Wenn du oft genug Maismehl sagst, wirst du irgendwann lächeln. Sprich mir nach: Maismehl. Sag Maismehl, Maismehl. Glaub mir, wenn du nur oft genug Maismehl sagst, wird deine Traurigkeit verfliegen. Na los! Maismehl …«

»Maismehl«, sagte Kuy-Kuyen ganz leise.

»Noch mal: Maismehl.«

»Maismehl.«

»Noch mal: Maismehl. Mais…«

»…mehl«, ergänzte Kuy-Kuyen. »Maismehl, Mais…«

»…mehl«, lächelte Cucub.

»Maismehl«, lächelte Kuy-Kuyen.

Was vom Himmel aus erzählt wurde

Cucub hatte seine fette Ente verspeist und sorglos Maiswasser getrunken. Die Kinder schliefen, Kuy-Kuyen saß auf dem Teppich, auf dem früher Kush gesessen hatte, und säuberte Wolle. Ich gehe lieber mal raus und schnappe Luft, dachte der Zitzahay, als die Wände vor seinen Augen zu schwanken begannen. Kuy-Kuyen hörte ihn hinausgehen, musste ihn aber nicht fragen, wohin und wozu.

Als Cucub eine Weile tief ein- und ausgeatmet und den Horizont wiedergefunden hatte, bemerkte er, dass Piukeman ungewöhnlich heftig mit den Flügeln schlug. Besorgt lief er zum Nussbaum. Schwankend und stolpernd gelangte er schließlich zu der Stelle, wo der Bruder seiner Frau in der Hocke saß.

»Was hast du?«, fragte er.

Piukemans krächzende Stimme war wahrlich schwer zu verstehen. Und noch schwerer für jemanden wie Cucub, der ein wenig hier und wenig da war.

»Der Patenfalke ist weiter weggeflogen als sonst. Noch nie hat er mich so weit nach Norden geführt.«

Noch waren der Patenfalke und Piukeman geistig nicht ganz verschmolzen. Daher sprach Piukeman manchmal von einem Vogel, der ihn auf seinem Flug hinter sich herzog, und manchmal von einem Vogel, der ihm gehorchte. Und manchmal auch von zweien, die ein Wille waren.

»Wir überfliegen gerade das Maduinasgebirge. Ich bitte ihn, die Richtung beizubehalten, denn wir sehen in der Ferne einen Fleck, der auf uns zukommt. Der Pate sagt, es seien Menschen, und weigert sich weiterzufliegen.«

Cucub musste erst einmal munter werden, um weiter zuhören zu können. Er rieb sich die Augen.

»Was sagst du da? Was für Menschen?«

»Heute werden wir es nicht mehr erfahren. Der Pate hat sich gerade niedergelassen, um zu schlafen. Morgen werde ich versuchen, weiter nach Norden zu fliegen. Sobald ich alles deutlicher sehe, berichte ich dir.«

Die Nacht wurde Cucub endlos lang. Nach dem, was er von Piukeman erfahren hatte, war er unruhig, konnte nicht schlafen, ging ständig hin und her. Nicht einmal Kuy-Kuyens Wärme konnte ihn ins Bett locken. Der Tag wollte und wollte nicht anbrechen. Cucub kaute Blätter und stellte Mutmaßungen an, mal ernste, mal verzweifelte, er flehte, dass es endlich hell werde, dass Kupuka bald kommen und der Patenfalke nicht eher in den Süden zurückfliegen solle, bevor er nicht gesehen habe, wer da komme; dass sein Kopf wieder klar werde. Er kaute und flehte, bis er das erste Zeichen der Dämmerung entdeckte.

Am Morgen und auch in den folgenden Tagen wunderte sich Kuy-Kuyen darüber, wie oft ihr Mann mit ihrem Bruder sprach. Sie wollte nicht fragen. Und Cucub wollte nicht reden, bevor er sich dessen, was er zu sagen hatte, nicht gewiss war.

»Der Patenfalke kreist über einem heranrückenden Heer.«

Kuy-Kuyen blickte sich um und suchte nach dem einzigen Menschen, der sie nach dieser Nachricht beruhigen konnte. Sie suchte, aber Dulkancellin war nicht da.

»Er ist nicht da.« Wieder einmal bedauerte Cucub, dass er so klein war. »Wie es scheint, ist die Farbe deines Gesichts ihn suchen gegangen.«

Kuy-Kuyen senkte den Kopf vor Scham, ihren Mann verletzt zu haben.

»Es muss dir nicht leidtun«, sagte Cucub. »Auch ich wünschte, er wäre hier. Aber bald wird einer kommen, der genauso groß ist wie er, und genauso tapfer.«

»Von wem sprichst du?«, fragte Kuy-Kuyen.

»Von Thungür, denn er ist es, der an der Spitze vieler Männer meines Volkes hierher unterwegs ist.«

»Thungür kehrt zurück«, murmelte Kuy-Kuyen.

»Und deine Farbe auch.«

Cucub umarmte seine Frau.

»Ich verstehe nicht, was passiert sein könnte, dass Thungür und das Heer die Randmark verlassen. Ich kann dir nicht versichern, dass es gute Neuigkeiten sind. Trotzdem wollen wir feiern und dankbar sein. Immerhin sind es unsere Brüder, die hierher unterwegs sind.«

»Wann?«, fragte Kuy-Kuyen. »Wann werden sie hier sein?«

»Es wird noch dauern. Der Falke sagt, dass sie nur langsam vorankommen und dass sie nicht der Küste folgen, sondern die Höhen des Maduinasgebirges überqueren; und dass auf dem Weg, den sie beschritten haben, die Erde sich festigt und kein Gras mehr wächst. Verstehst du? Es wird einen großen Weg geben, der die Randmark mit den Grenzländern verbindet. Einen Weg, der so hoch hinaufführt, dass nur die Mutigen ihn gehen können.«

»Hast du Vorahnungen?«

»Ich?«

»Ja, du. Du hast einen Weg geweissagt, der so hoch hinaufführt, dass nur die Mutigen ihn gehen können.«

»Ich glaube nicht, dass ich derjenige war, der das gesagt hat«, sagte Cucub zweifelnd. »Jemand hat meine Zunge benutzt.«

Hinter dem Tor arbeitete die Magie. Der Weg hoch oben durchs Maduinasgebirge, der die Randmark mit den Grenzländern verband, war eines ihrer Werke.

Kupukas Besuch kündigte sich mit einem Schrei an. Der Zauberer und sein Beutel kamen von Westen.

»Ich grüße dich, Bruder Cucub«, röhrte Kupuka schon von weitem. »Und ich bitte um Erlaubnis, in diesem deinem Land bleiben zu dürfen.«

»Ich grüße dich, Bruder Kupuka, und ich gebe dir meine Erlaubnis«, antwortete Cucub, der den Schrei mit seinen Händen lenkte. »Wir sind froh, dich aufrecht zu sehen. Und wir danken dem Weg, der dich hierher geführt hat.«

»Weisheit und Stärke dir und den Deinen.«

Der Zitzahay wartete, bis der Zauberer bei ihm war, und drückte ihm die schwieligen Hände.

»Dein Wunsch gehe um ein Vielfaches an dich zurück.«

Wilkilen kam angerannt und hängte sich so überschwänglich an Kupukas Hals, dass sie ihn fast umgerissen hätte. Sie nässte ihm mit zwei schmatzenden Küssen die Wangen und zerrte ihn dann zu den anderen Kindern. Shampalwe erinnerte sich an ihn, aber die beiden Jungs erkannten ihn nicht.

»Das ist Kupuka«, sagte Wilkilen. »Wir müssen uns vor ihm fürchten. Und ihn liebhaben.«

Die Furcht hatte sich schon eingestellt, die Liebe würde noch etwas Zeit brauchen.

»Gehen wir ins Haus«, sagte Kuy-Kuyen.

»Nein«, antwortete der Zauberer. »Ich tue, was ich zu tun habe, und dann breche ich wieder auf.«

»So geht das nicht! Wenn ich mich recht erinnere, hast du uns zum letzten Mal besucht, als Kush noch unter uns war. Und jetzt willst du nicht einmal mit reinkommen und Minzwasser trinken. Und außerdem«, fügte Cucub hinzu, »habe ich dir wichtige Dinge zu erzählen, Dinge, die Piukeman gesehen hat.«

»Gesegnet seien seine Augen«, sagte Cucub und sah zu dem Nussbaum, unter dem der Falke reglos hockte.

»Es ist nämlich so, dass ...«, begann Cucub.

»Ich weiß, was ist«, unterbrach ihn Kupuka. »Wir Zauberer wissen es alle. Deshalb werden wir uns an einem Ort im Maduinasgebirge treffen, bevor Thungür mit seinem Heer hier eintrifft.«

»Ich sehe, dass du es eilig hast«, sagte Cucub. »Erlaube mir trotzdem die ungebührliche Frage, was dich hierhergeführt hat.«

»Zwei Dinge«, antwortete der Zauberer. »Einmal will ich dich bitten, dem Rat der Alten und Krieger eine Nachricht zu überbringen. Erzähl ihnen vom Treffen der Erdzauberer. Und dass wir bald schon herunterkommen werden, um mit ihnen zu sprechen. Der zweite Grund ist der Falke.«

Kupuka ging in Richtung Nussbaum. Ihm folgte die ganze Familie, die zu begreifen begann.

»Du warst ein Kind und hattest einen Namen«, sagte Kupuka, als er vor dem Falken stand. »Aber das Kind und sein Name existieren nicht mehr. Du wurdest als Erdzauberer wiedergeboren, und dein Ort ist nicht mehr hier. Du wirst mit mir kommen. Wir werden in die Maduinasberge gehen und uns dort mit unseren Brüdern treffen. Danach wirst du dir, wie wir alle es mussten, eine Wohnstatt suchen.«

Der Falke war bereits wach und kreiste über dem näher rückenden Heer. Die beiden Zauberer nahmen einander beim Arm und gingen los.

»Diesmal kehre ich bald zurück«, versprach Kupuka.

Während der kleine Künstler ihnen nachsah, grübelte er über Kupukas Geschichte nach. War er wie Piukeman die Frucht von Frau und Mann? Und ebenfalls die Folge eines Tabubruchs?

»Irgendwann werde ich ihn fragen«, sagte Cucub laut.

Der Rat der Husihuilke

Bei allen Völkern der Fruchtbaren Länder, von Süden bis Norden, war der Kreis die Form ihrer großen Ereignisse. In Kreisen stimmten sie sich auf die Feiern ein, in Kreisen tanzten sie. Auch die Pfeife zog Kreise wie die Sonne.

Bei allen Völkern der Fruchtbaren Länder war das Lagerfeuer der Mittelpunkt, um den die großen Ereignisse gefeiert wurden. Um das Lagerfeuer wurde das Essen gefeiert, wurden die wichtigen Entscheidungen gefällt. Das Lagerfeuer war wie die Sonne der Mittelpunkt des Lebens.

Cucub hatte ihnen im Auftrag Kupukas gerade die Neuigkeiten überbracht. Alle wussten nun, dass das Heer der Zitzahay unter der Führung Thungürs bald ankommen würde. Sie wussten auch, dass die Erdzauberer in die Maduinasberge unterwegs waren, um sich dort zu treffen. Wie Cucub dachten sie, dass dies nur eines bedeuten konnte: Nach fünf Sonnen kehrte der Krieg des Misaianes zurück. Die Kürbisse waren gerade wieder süß geworden.

Nach dem Krieg gegen die Sideresier waren die Husihuilkekrieger in ihre Dörfer heimgekehrt, die einen diesseits, die anderen jenseits des Maduinasgebirges. Sie hatten ihr einfaches Leben wiederaufgenommen, und mit dem einfachen Leben war auch die Erinnerung an ihre Zwiste wieder aufgeflammt. Dem Rat der Husihuilke jedoch war der Krieg so frisch im Gedächtnis geblieben, dass sie dafür sorgen würden, dass sie Stammesbrüder ihr alltägliches Leben und ihre Zwiste sofort wieder aufgeben würden, wenn es nötig wurde: zum Schutz des Lebens, der Stämme und der Zwiste.

Dieser Augenblick schien nun gekommen. Die Alten und Krieger versammelten sich auf einer heiligen Lichtung im Wald. Sie entzündeten ein Feuer und setzten sich im Kreis, um sich schweigend anzuhören, was Cucub zu sagen hatte. Niemand erinnerte sich daran, dass Cucub kein Husihuilke war. Sein Wort und der Name Kupuka genügten, schon war das Feuer entfacht, schon war der Kreis gebildet.

Der erste Beschluss war schnell gefasst. Die Husihuilkekrieger mussten sich wieder zu einem Heer vereinen. Und einer musste zum Anführer ernannt werden.

Ein Name vor allem ging den Alten durch den Kopf: Minche.

Minche war damals fast genauso viele Sonnen alt wie Thungür. In den Kriegen der Randmark hatte er außergewöhnlichen Mut gezeigt, und auch nach seiner Rückkehr hatte er sich ehrenhaft verhalten. Seine Tapferkeit hatte sich in den Grenzländern herumgesprochen. Außerdem erfüllte Minche eine Bedingung, die in den Grenzländern selten war. In ihm vereinigten sich die beiden Seiten des Maduinasgebirges, was zweifellos hilfreich war, um keinen Groll zu erzeugen.

Nachdem die Krieger, die gegen die Sideresier gekämpft hatten, zurückgekehrt waren, unterzeichneten zwei Stämme, die sich seit Urzeiten Feind waren, einen Friedenspakt, um den anderen Stämmen deutlich zu machen, was wichtig war und nie vergessen werden durfte. Er sollte die anderen ein für alle Mal daran erinnern, dass bei den ersten Anzeichen des Kriegs ihre Zwiste blass und fern werden mussten.

Doch bei den Husihuilke wurde alles, sogar das Gedächtnis, zum Ereignis. Daher besiegelten sie den Pakt mit sieben Hochzeiten, die Männer und Frauen beider Stämme vereinten. Eine dieser Hochzeiten war die Minches mit einer Frau aus Korallendorf.

Es gab genügend gute Gründe, und ohne jeden Widerspruch wurde Minche zum Anführer des Husihuilkeheers gewählt.

Noch musste aber bestimmt werden, was mit Thungür geschehen sollte, der an der Spitze eines großen Zitzahayheers näher rückte. Es schien nicht klug, darauf zu vertrauen, dass diese Männer, die an den Befehl und das Wort des ehrenhaften Sohns von Dulkancellin gewöhnt waren, einem neuen Anführer Folge leisten sollten, den sie nicht einmal kannten. Andererseits war es undenkbar, dass ein Heer in den Krieg zog, das unter dem Befehl zweier gleichmächtiger Anführer gespalten war.

Das Feuer musste angefacht werden, weil der Streit sich hinzog. Essen musste gebraten werden, damit den Mägen Genüge getan wurde. Mehrere Greise legten sich auf den Boden, um zu schlummern.

Die Gemüter mussten sich beruhigen, denn Zorn drohte aufzuwallen. Wieder wurde das Feuer angefacht.

Dann endlich, als die Nacht sich dem Ende neigte, sprach der Husihuilkerat mit einer Stimme:

»Wir sind zu einem Schluss gekommen«, sagte einer der Alten. »Wir glauben, dass Minche die Husihuilke und Thungür die Zitzahay anführen soll. Aber wir glauben auch, dass beide das Heer des Hirsches sind und daher einem einzigen Anführer unterstehen sollen. Wir Alten sagen, dass in dem Augenblick, in dem das letzte Wort gesprochen werden muss, Minche über Thungür stehen soll. Es ist unser Wunsch, dass die Anführer beider Heere in einem Geist denken und handeln. Wenn dies aber nicht geschieht, sagen wir Alten, dass Minche der Herr der Entscheidung sein muss. Wir bitten beide, die groß und ehrenvoll sind, wie ein einziger Anführer zu handeln. Und sollte dies einmal nicht möglich sein, soll Minche das ganze Heer befehligen.«

Einige Männer rutschten unbehaglich hin und her, darunter auch Cucub.

»Um die Gemüter zu besänftigen, schlagen wir Folgendes vor«, fuhr der Alte fort. »In Gedenken an den, der Thungürs Vater war, den besten Krieger, den die Grenzländer je hatten, in Gedenken an die, die seine Mutter war, unsere innig geliebte

Shampalwe, sagen wir, dass sich die Krieger aus Pass der Wirbelwinde und Wilu-Wilu, wenn sie es wünschen, dem Heer anschließen dürfen, das Thungür befehligen wird. Wer aus dem Dorf seines Vaters oder dem seiner Mutter stammt, darf unter seinem Befehl und in seinen Reihen reiten. In nichts schadet dies unserem Gefühl im Ganzen: Es wird gut sein, dass Minche an der Spitze des Hirsches reitet, als Anführer, der über allen anderen steht.«

Mehr war nicht zu sagen. Unter allen Möglichkeiten schien diese die weiseste.

Cucub spürte ein unangenehmes Kribbeln, das ihn drängte, sofort nach Hause zu eilen. Er bat die Alten um Erlaubnis, sich zurückziehen zu dürfen. Kaum hatte er sie erhalten, preschte er davon, denn er war sicher, dass er ein Unglück vorfinden würde.

Die alte Schattenfrau

Brombeerzweige, Samen der Zypresse und ihre Früchte.« Cucub schickte Wilkilen in den Wald. Die Kinder waren dafür noch zu klein, und er wollte Kuy-Kuyen keinen Moment aus den Augen lassen.

Brombeerzweige, Samen der Zypresse und ihre Früchte. Die alten Frauen von Pass der Wirbelwinde hatten es ihm geraten. »Die Brombeerzweige kochst du, und mit dem Sud, den du daraus gewinnst, reibst du ihr die Füße, die Stirn und die Nase ein. Das wird die Hitze ihres Körpers lindern.« Kuy-Kuyen war nicht die einzige Kranke in Pass der Wirbelwinde und in den umliegenden Dörfern. Viele waren bereits von der roten Nesselsucht befallen, und es wurden immer mehr. »Die Samen und die Zypressenzapfen mahlst du. Dann verrührst du den Speichel eines Gesunden mit dem Pulver und schmierst den Brei auf die Flecken ihres Körpers. Das wird das Jucken lindern.« Kuy-Kuyen kämpfte an gegen ihren Drang, sich überall zu kratzen. Schwitzend und traurig warf sie sich auf ihrer Pritsche hin und her. Die alten Frauen gaben Ratschläge, ohne sich Hoffnungen zu machen: »Brombeeren gegen das Fieber, Zypressen gegen das Jucken.« Sie wussten nicht, was es war. Sie wussten nur, dass fast alle nach langem Leiden starben.

Wenige Tage nach der Geburt ihres fünften Kindes hatte es bei Kuy-Kuyen angefangen. Erst schien es Traurigkeit zu sein, große Traurigkeit, die überall schmerzte und schwer auf ihren Nacken drückte. Dann traten Flecken auf am Bauch. Instinktiv hielt Cucub die Kinder von ihr fern und brachte den Säugling zu einer Wöchnerin, damit sie ihn stillte. Als die alten Frauen kamen und den Kopf schüttelten, weigerte er sich, ihnen zu glauben. »Brombeere und Zypresse werden ihr Leiden nur lindern.«

Cucub schickte Wilkilen in den Wald. Sie würde die Heilmittel schon finden. Weil ein langer Weg vor ihr lag, verabschiedete er sie im Morgengrauen.

Den Brombeerbusch entdeckte Wilkilen zuerst. Bevor sie die Zweige abbrach, pflückte sie eine Handvoll der kleinen Früchte, setzte sich und aß sie. Versteckt im gleichen Brombeergestrüpp, lächelte eine Frau mit langer Mähne spöttisch, als sie ihren blauverschmierten Mund sah. Um ja nichts von dem süßen Geschmack zu vergeuden, strich Wilkilen mit ihren Fingern über den Saft, der ihr übers Kinn bis auf den Hals gelaufen war. Die Folge war ein blaues, klebriges Gesicht, das ausnahmsweise nicht lächelte. Wilkilen hatte keine Lust zu lächeln oder zu singen. Sie steckte ihre Hände in die Lederhüllen, die Cucub ihr gegeben hatte, damit sie sich nicht weh tat, und suchte nach dünnen Zweigen. Die Frau, die sie beobachtete, war alt und in einen dunklen Umhang gehüllt. Wilkilen hatte ihre Aufgabe schnell beendet, denn so hatte Cucub es ihr eingebleut. »Dass du mir ja nicht spielst«, hatte er sie ermahnt. Zum Spielen hatte sie sowieso keine Lust. Sie stopfte die Zweige in eine Tasche, hängte sie über die Schulter und ging zu einem Ort, wo eine einsame Zypresse wohnte. Die alte Frau folgte ihr durch das Brombeergestrüpp, ohne dass die Dornen ihr etwas anhaben konnten. Sie ging barfuß, trat auf Äste und Kieselsteine, ohne dass es knackte oder knirschte.

Es war noch früh am Morgen. Der Wald der Grenzländer roch kräftig und gut. Die aufgehende Sonne erleuchte nur die Höhen. Die Pfade waren feucht und dunkel. Auf ihnen ging nun Wilkilen mit ihrer Tasche über der Schulter und suchte Heilmittel für ihre Schwester. Sie wusste nicht, dass hinter ihr eine dünne nackte Frau ihren Blick genau auf die Stelle heftete, wo ihre Zöpfe sich öffneten.

Als die Zypresse in Sicht kam, beschleunigten beide ihre Schritte. Der Baum, der Wilkilen kannte, weil sie in seinem Schatten gespielt hatte, erblasste, als er sah, wer ihr folgte. Um sie zu warnen, schüttelte er seine Äste und warf seine Früchte ab. Aber Wilkilen verstand es falsch.

»Lieber Baum, auch du bist traurig wegen Kuy-Kuyen. Ich weiß, dass ich mich beeilen muss! Ich sammle rasch die Früchte ein, die du mir zugeworfen hast, und laufe gleich zurück.«

Wilkilen kniete sich hin und begann die Zapfen in die Tasche zu stopfen.

»Nimm nur die weichsten.«

Die Stimme erklang in ihrem Rücken. Ohne erschrocken zu sein, drehte Wilkilen sich um. Die Zypresse stieß einen Schrei aus, den nur die Alte hörte.

»Alte Frau«, sagte Wilkilen, »was machst du denn so früh im Wald?«

»Vielleicht das Gleiche wie du.«

»Hat bei dir auch jemand die roten Flecken?« Wilkilen wartete die Antwort gar nicht erst ab, sondern plapperte weiter. »In den Grenzländern sind viele krank, heißt es. Bei uns daheim ist es meine Schwester. Cucub hat mich hergeschickt, um Heilmittel zu holen. Wenn du willst, schenke ich dir Brombeerzweige, dann musst du nicht mehr so weit gehen.«

Plötzlich verstummte Wilkilen und sah die alte Frau aufmerksam an.

»Du bist nicht aus Pass der Wirbelwinde. Ich habe dich im Dorf noch nie gesehen. Und auf dem Fest, wo wir die Sonne verabschieden, auch nicht. Ich glaube, ich weiß nicht, woher du kommst.«

»Von sehr weit weg.« Die alte Frau wollte nicht lügen.

»O je!«, sagte Wilkilen und fasste sich an den Kopf. »Du bist wohl auch so eine, die nichts mehr dazulernt.«

Endlich hatte auch sie jemanden gefunden, mit dem sie böse sein konnte, weil er sich nicht so betrug, wie er sollte.

»Und das in deinem Alter!« Wie Kuy-Kuyen, wenn sie mit ihr schimpfte, stemmte sie die Hände in die Hüften und schüttelte den Kopf. »Denk erst mal nach, bevor du etwas tust. Wenn du in einem Dorf wohnst, das sehr weit weg liegt, dann hättest du nicht hierherkommen dürfen, um nach Heilmitteln zu suchen. Bestimmt gibt es bei dir daheim auch welche. Außerdem hast du dir nicht einmal deine Sandalen angezogen und nur eine Decke umgelegt. Und deine Haare sind auch nicht geflochten.«

Die alte Frau hörte ihr schweigend zu. Alle Bäume um sie herum schrien Wilkilen zu, sie solle weglaufen. Doch sie hörte nur den Wind.

»Na ja, aber du kannst dich auch freuen.« Jetzt spielte sie die beschämte Kuy-Kuyen. »Du hast wunderschöne Haare. Wenn du willst, flechte ich dir irgendwann mal Zöpfe und verziere sie mit Blumen.«

»Frisiere mich jetzt«, bat die alte Frau.

»Jetzt?« Wilkilen zögerte. »Jetzt kann ich nicht. Cucub wartet auf diese Linderungen. Und die will ich ihm schnell bringen, auch wenn die alten Frauen im Dorf traurige Dinge sagen.«

»Was sagen sie?«

»Dass die Linderungen sie nicht gesund machen werden. Sie sagen, dass nichts die roten Flecken heilt. Wenn nur Oma Kush bei uns wäre, die wüsste, wie sie alle heilen kann.«

»Und wo ist Oma Kush?«

»Die ist mit der Todbringenden fortgegangen«, antwortete Wilkilen mit einem glanzlosen Lächeln.

»Lass uns ein Stück spazieren gehen, und du erzählst mir mehr darüber.«

Die Zypresse bog sich zurück und stieß einen hölzernen Schrei aus, der durch den ganzen Wald hallte. Wilkilen nahm die alte Frau beim Arm, und gemeinsam brachen sie auf. Beide waren schlank, nur dass die alte Frau welk war und Wilkilen feucht.

»Stütz dich bei mir auf, dann tust du dir nicht an den Füßen weh.«

Eine Weile gingen sie schweigend.

»Hast du meine Oma gekannt?«, fragte Wilkilen.

»Natürlich«, antwortete die alte Frau, ohne zu lügen, »die berühmte Brotbäckerin.«

Zum ersten Mal an diesem Tag lächelte Wilkilen.

»Du redest wie Cucub. Kennst du auch Cucub?«

»Schon möglich«, sagte die Schattenfrau. »Aber erzähl mir lieber von Kush, von ihrem Tod.«

»Meine Oma Kush hat immer geklagt, dass sie so müde ist. O je, o je, hat sie immer gesagt, und dass sie schon so lange auf der Welt ist. Da hat sie Kupuka um Erlaubnis gebeten, gehen zu dürfen, und eines Tages hat der Zauberer sie ihr gegeben.«

»Hat Oma Kush keine Angst davor gehabt, mit der Todbringenden zu gehen?«

»Nein, sie hatte keine Angst«, sagte Wilkilen, »kein bisschen. An dem Morgen, an dem sie gegangen ist, hat sie mich zum Nussbaum geführt, der zwischen meinem Zuhause und dem Wald auf dem Weg wächst. Und da hat sie dann mit mir gesprochen, damit ich hinterher nicht heule.«

»Erinnerst du dich noch, was sie gesagt hat?«

»Natürlich«, antwortete Wilkilen. »Ich soll die Schwester Tod verstehen.«

»Kannst du mir das erklären?«

»Verstehst du sie denn nicht?«

»Manchmal bin ich mir nicht sicher«, antwortete die alte Frau.

›Komm, Wilkilen, setz dich zu mir‹, hatte Kush zu ihr gesagt. ›Ich werde dir jetzt von einer Frau erzählen, die ab heute Nacht meine Schwester und ewige Begleiterin sein wird. Erschrick nicht, wenn du ihren Namen hörst; und wirf ihr nicht vor, dass sie das Notwendige tut. Kennst du jemanden, der gern Äpfel isst, die jahrelang am Baum hängen? Ich auch nicht. Und jetzt sag mir mal: Wie sollen neue Äpfel geboren werden, wenn die alten, die das Ihre bereits getan haben, ihren Platz am Zweig nicht freigeben würden? Wenn wir beide gleichzeitig alt wären, wer würde dann wen lehren? Die Schwester Tod trägt die Last einer Aufgabe, die viele verstehen, aber wenige verzeihen. Ohne sie würden die Menschen in klaren Nächten nicht zum Himmel schauen. Und auch nicht singen. Ohne sie gäbe es weder Seufzen noch Sehnen. Ohne sie würde niemand auf dieser Welt danach streben, glücklich zu sein.‹

»Mehr hat Oma Kush nicht gesagt?«, fragte die Schattenfrau.

»Doch, hat sie. Aber das finde ich gerade nicht.«

Das Gesicht der Schattenfrau verzerrte sich vor Wissbegier. Sie packte Wilkilen an den Schultern und schüttelte sie, um ihrer Erinnerung auf die Sprünge zu helfen.

»Einige Worte müssen dir doch im Gedächtnis geblieben sein. Sag schon, es ist wichtig!«

Wilkilen erinnerte sich auch nicht an die Angst. Sanft löste sie sich aus dem Griff der Schattenfrau und nahm deren Hände in die ihren.

»Sei mir nicht böse«, flüsterte sie, als gälte es mitten im Wald ein Geheimnis zu wahren, »aber mir scheint, dein Kopf ist müde. Vielleicht solltest du mit der Schwester Tod und Oma Kush mitgehen.«

»Nur ein Wort«, drängte die Schattenfrau. »Streng dich an für diese alte Frau, die Kush gekannt hat.«

Wilkilen schnaubte laut und blieb stehen.

»Siehst du jetzt, dass dein Kopf wie Stein ist? Kush hat gesagt … Warte, jetzt erinnere ich mich! Sie hat gesagt, dass die Welt ein Obstgarten ist und dass ihn jemand zur rechten Zeit beschneiden muss. Und dann hat sie noch gesagt: ›Wehe uns!‹ Wilkilen verstummte.«

»Weiter«, bat die Schattenfrau.

»›Wehe uns‹, hat sie gesagt. ›Wehe uns, wenn sich die Todbringende in den Dienst des Hasses stellt! Denn dann wird es kein Beschneiden mehr sein, sondern ein Verwüsten. Und das Gesetz, das die Welt trägt, wird verloren sein.‹«

Da fielen ihr die Anweisungen von Cucub und ihrer Schwester Kuy-Kuyen wieder ein.

»Ich muss jetzt gehen, alte Frau. Hier hast du ein paar Brombeerzweige für deine Kranken. Hast du denn keine Lederhüllen dabei? Du wirst dir weh tun.«

»Du kannst sie mir ruhig geben«, sagte die Schattenfrau und streckte die Hand aus, um die Zweige in Empfang zu nehmen.

Da fiel Wilkilens Blick auf die Handflächen der Alten. Sie ließ die Zweige fallen und hielt sich zum Zeichen ihrer Untröstlichkeit beide Hände vor den Mund.

»Du Arme! Du hast ja gar keine Linien in den Händen.«

»Das ist wahr.«

»Und niemand hat dir welche gezeichnet?«

»Niemand.«

»Dann werde ich dir welche zeichnen«, sagte Wilkilen entschlossen. »Komm in vier Sonnen wieder und warte hier auf mich. Ich werde Indigoblau mitbringen und meine Linien auf deine Hände abzeichnen. Wirst du kommen?«

»Ich werde kommen«, versicherte die alte Frau. »Aber ich will dir auch einen Gefallen tun. Ich werde dir etwas geben, das deiner Schwester viel besser helfen wird als die Zypresse und die Brombeeren.«

Wilkilen glaubte immer alles und wartete lächelnd ab.

»Ich werde dir einige Worte auf die Lippen legen. Dann läufst du schnell zu Kuy-Kuyen und legst sie auf die ihren. Du musst nur darauf achten, dass du vorher nicht sprichst und nichts trinkst. Hast du verstanden?«

»Ja, habe ich«, antwortete Wilkilen mit ernster Miene.

Die Schattenfrau beugte sich zu Wilkilen hinunter und flüsterte Worte in ihren Mund.

»Jetzt darfst du nicht mehr sprechen. Lauf los und tu, was ich dir gesagt habe. Wir sehen uns in vier Sonnen wieder.«

Ohne haltzumachen, lief Wilkilen nach Hause. Die Kinder, die beim Nussbaum spielten, bekamen keine Antwort auf ihre Fragen, Aufforderungen, Klagen. Auch Cucub erhielt keine Antwort, sondern nur die Tasche vor die Füße gestellt zum Zeichen dafür, dass Wilkilen ihre Aufgabe erfüllt hatte.

Kuy-Kuyen stöhnte fiebernass auf ihrer Pritsche. Während Cucub die Brombeerzweige nahm, um sie zu kochen, ging Wilkilen zu ihr. Sie drückte ihren feuchten Mund auf den ausgedörrten Mund ihrer Schwester und sagte die seltsamen Worte, die ihr die alte Frau beigebracht hatte.

Über den Grenzländern ging der Mond auf und nahm seinen üblichen Weg.

Alle im Haus schliefen. Sogar Cucub döste erschöpft am Bett seiner Kranken. Stundenlang hatte er ihr mal so, mal anders das Zitzahaylied vorgesungen, das ihr so gut gefiel.

»Ich habe geträumt«, sagte Kuy-Kuyen.

Angesichts des Wunders riss Cucub weit die Augen auf. Ihre Haut zeigte kein Zeichen mehr von Krankheit, auch ihre Stimme nicht.

»Ich habe geträumt, dass die Todbringende mit mir gesprochen hat.«

»Noch ist es mit dir nicht so weit«, hatte ihr die Todbringende im Traum gesagt. »Zum ersten Mal und ohne zu wissen warum, werde ich etwas tun, das auch Kush vor Jahren getan hat. Ich werde meinem geliebten Sohn ungehorsam sein. Deine Stunde wird kommen, Kuy-Kuyen, aber noch ist es nicht so weit. Du wirst hier bleiben, weil ich es so bestimme. Gegen den Willen des Herrn.«

Sechs von der Erde

Er kam an, zog mit dem linken Fuß einen Kreis und setzte sich in ihn hinein. Von nun an würde er jeden, der die Grenze zu überschreiten versuchte, zurückdrängen mit einer Ladung bunter Spucke, die so ätzte, dass sie die Haut verbrannte. Die anderen Erdzauberer kannten die ungehörige Gewohnheit des Kauers schon, und keiner außer dem Passhüter wagte in den Bereich einzudringen, den er markierte.

Der Speichel des Kauers hatte die Farbe dessen, was er jeweils im Mund hatte: Stengel, Blumen, Wurzeln, Pilze oder Flügel. An diesem Tag war er blau.

Der Passhüter begann ihn zu umkreisen, was den Kauer dazu zwang, ihn ständig im Auge zu behalten. Der Kauer beleidigte ihn mit Worten, die wie tausend Insektenstiche wirkten. Irgendwann würde dieser schmutzige Bergbewohner vom Vergessenen Pass versuchen, in seinen Kreis zu springen. Er hielt seinen übelsten Speichel bereit, um ihm in die Augen zu spucken. Der Kauer hatte seinen Feuercharakter vom Vulkan.

Der Passhüter und der Kauer sahen sich äußerst selten. Aber wenn sie sich sahen, hatte der Passhüter Spaß daran, den Kauer zu reizen und seinem Gift auszuweichen, und der Kauer, den Passhüter zu beleidigen und zu bespucken.

»Shanji! Geh doch zurück in deinen Bau!«, stichelte der Kauer, als der Passhüter gerade wieder einem seiner Angriffe ausgewichen war und sich in sicherem Abstand zum Kreis vor Lachen auf dem Boden wälzte. Als der Passhüter sich leergelacht hatte, stand er auf und nahm seine Runden wieder auf. Er war dunkel, so dunkel wie kaum einer, und spindeldürr. Wenn er lächelte, kamen seine winzigen schiefen Zähne zum Vorschein. Und springen konnte er wie niemand sonst.

»Ich bin gekommen, um meinen lieben Vulkanbruder zu besuchen.« Der Hüter ging mal hierhin, mal dorthin. »Wo ist nur der Eingang zu seinem Haus? Hier? Oder da?«

Der Hüter sprang zur Seite. Mitten in der Luft deutete er einen Richtungswechsel an, kehrte sofort wieder zu seiner ursprünglichen Entscheidung zurück und landete schließlich auf der anderen Seite. Trotzdem traf ihn eine Ladung Spucke auf dem Arm.

»Krümm dich nur!«, rief der Kauer und stampfte auf den Boden, um seinen Triumph zu feiern. »Nächstes Mal mache ich dich zum Einäugigen, du Abschaum.«

Der blaue Speichel brannte auf dem Fleisch. Ohne sein Lächeln zu verlieren, rieb der Hüter die Stelle mit Erde ein. Dennoch setzte er sich hin, um neue Kraft zu schöpfen, bevor er mit seinen Sticheleien fortfuhr.

Welenkin, der Zauberer von den Inseln, saß auf dem einzigen Baum in der Gegend und sah ihnen gleichgültig zu. Es war immer dasselbe. Er wusste, dass er nichts dagegen tun konnte, und er wusste auch, dass sie mit ihren Kindereien aufhörten würden, sobald Kupuka eintraf. Welenkins Schönheit war so groß, dass sie auf alles um ihn herum abfärbte. Die schmalen Augen waren in der Mitte golden und von einer schwarzen Linie umrahmt. Sein Haar war lang, sein Bart glatt. Die immerfeuchte Haut spannte sich über seinen felsenen Wuchs.

Die Erdzauberer warteten auf einer Hochebene in den Ausläufern der Maduinasberge. Die Gegend voller Höhlen und großer Kakteen war der Ort, an dem Kupuka sie zusammenrief, wann immer es nötig war.

»Kupuka kommt spät!«, sagte der Hüter.

»Shanji! Das merken wir auch«, schrie der Kauer.

»Auch Drei Gesichter ist spät dran«, rief der Hüter, der lauthals lachte und schon die nächste Attacke plante.

»Diesmal werden wir sechs sein«, sagte Wilkilen, der nach wie vor oben im Baum saß. Die Schönheit färbte auch auf seine Stimme ab.

Kupuka hatte ihnen angekündigt, dass er den neuen Erdzauber mitbringen würde. Alle kannten seine Geschichte, hatten während seiner langen, schmerzhaften Verwandlung auf ihn gewartet. Nun waren sie sechs, sechs Erdzauberer, die die Grenzländer durchstreiften. Verrückt, weil sie sich so sehr mit allem vermischten, ehrenhaft wie der Mais und bereit zu verteidigen, was unter der Sonne noch blieb.

Sie hörten Schritte auf dem steilen Pfad, der zu den Höhlen führte.

»Shanji!« Niemand wusste, was dieser Ruf bedeutete. »Es kommt der, der kommt … Das ist bestimmt Drei Gesichter, der nicht so giftig ist wie du, Passhüter.«

Der Kauer hatte recht. Kurz darauf erschien der Zauberer, der in den Seen lebte. Er ging leicht vorgeneigt, seine Beine machten, fast ohne sich zu beugen, kleine, schnelle Schritte. Er hieß so, weil er nur drei Gesichtsausdrücke hatte. Drei Mienen, die seine Züge den Gefühlen anpassten, die ihn vereinnahmten. Seine Freudenmiene: Augen, Mund, Brauen, alle nach oben. Seine Kummermiene: alle nach unten. Und schließlich seine Zweiflermiene: die Nase gerümpft, die Brauen schräg zu den Augen, die Augen zusammengekniffen. Sein normales Gesicht war die Freudenmiene, mit der er auch angekommen war. In der Hand hielt er Blumen, die er unterwegs gepflückt hatte.

»Shanji! Ein Zauberer mit Weibergewohnheiten«, spottete der Kauer.

Drei Gesichter setzte seine Kummermiene auf.

»Hör nicht auf ihn. Sie duften bis hier hoch«, mischte sich Welenkin ein. Eine Ladung blauen Speichels klatschte an den Ast, auf dem er saß.

Der schönste Zauberer setzte zum Sprung an und richtete seinen goldenen Blick auf den Kauer.

»Mach das noch mal!«, forderte er ihn auf. »Mach das noch mal!«

Aber der Kauer kannte die Grenzen. Daher stieß er nur seinen Schlachtruf aus und spuckte den Passhüter an, der auswich und lachte.

Inzwischen hatte Drei Gesichter den Zweifel durchlaufen und war wieder bei der Freude angelangt. Welenkin hatte es sich gerade wieder auf seinem Ast bequem gemacht, als Kupukas Gruß erklang.

»Gesundheit, meine Brüder!«

Alle vier nahmen eine respektvolle Haltung an. Sie liebten Kupuka, den Ältesten und Weisesten von ihnen. Der Kauer würde ab jetzt sein jähzorniges Temperament zügeln. Wie sie erwartet hatten, kam Kupuka nicht allein. Eng bei ihm hielt sich der neue Zauberer, der offensichtlich alle Ängste eines Neugeborenen durchlebte.

»Das ist der Falkenzauberer«, sagte Kupuka. »Jetzt sind wir zu sechst.«

Nun stand die Taufe an. Jeder seiner Brüder musste ihn mit Worten willkommen heißen, die dem Herzen entsprangen. Als Erster sprach Drei Gesichter.

»Bruder, der du uns den Segen des Flugs bringst! Von oben betrachtet, löst sich jede Weggabelung auf.«

Dann kam Welenkin.

»Von oben betrachtet, verlieren die Umrisse auch ihre Schärfe. Flieg nicht zu hoch hinauf.«

Der Kauer spuckte vor seine nackten Füße und sagte:

»Du bist zwei. Aber es ist wie bei allen Kreaturen: Der Mensch und der Falke in dir werden sich streiten. Und sie werden niemals damit aufhören! Seid immer auf der Hut! Vertraut einander nie ganz. Löst euch voneinander, wenn es nötig ist, denn das ist der Weg der Weisheit.«

Der Passhüter ließ sich Zeit.

»Und du? Was wirst du ihm sagen?«, fragte Kupuka.

»Ich werde ihm sagen, dass er alles, was er gerade gehört hat, glauben soll und dann auch wieder nicht. Nur das. Bruder Falke, du bist unseren Seelen willkommen.«

Danach wandten sie sich sofort der Frage zu, die sie zusammengeführt hatte. Alle kannten die jüngsten Ereignisse.

»Ich möchte hören, welche Neuigkeiten ihr aus eurer Heimat bringt«, bat Kupuka.

»Ich lebe auf den Luluinseln«, erklärte Welenkin dem Falken. »Nur wenige leben noch und nur die Schwächsten. Alles andere als schwach ist der Groll, den sie gegen die Menschen hegen, auch gegen die Astronomen und ihre Magie, die sie für ihr Unglück verantwortlich machen. Sie haben nicht verziehen, dass der Großteil ihres Volkes gestorben ist. Sie sind traurig vor Zorn und wollen lieber auf ihren Inseln sterben, als noch einmal einen Pakt mit den Kreaturen zu schließen. Sie fühlen sich verraten und wollen es nicht vergessen.«

Drei Gesichter verharrte in der Traurigkeit. Dann war der Passhüter an der Reihe.

»Ich ziehe durch die Maduinasberge, weiß über alles Bescheid, was dort vor sich geht. In ihren östlichen Ausläufern geschieht Unheilvolles. Dort wüten mehr als hier Plagen und Schmerzen. Die Kreaturen rufen nach mir, aber ich habe kaum etwas tun können, um ihr Leid zu lindern. Und mit dem Leid kommen Stimmen, die ich selbst noch nie gehört habe. Die Kreaturen sagen, es sind verführerische Stimmen, die durch die Nase einzudringen versuchen.«

In der damaligen Welt wussten alle, dass dies der direkte Weg zur Seele war.

Kupukas Gesichtsausdruck zerfurchte sich. Der Falke klammerte sich nach wie vor an seinen Arm.

Da suchte der Himmel nach einem Weg, ihre Aufmerksamkeit zu erregen. Er zog aus allen vier Horizonten Wolken herbei, türmte und wühlte sie über den Köpfen der Zauberer auf. Dann streckte er die Wolken in die Länge zu einem Seil, das die Form eines Kreises annahm. Unten ein Kreis, oben ein Kreis: das Treffen der Zauberer fand seinen Widerpart im Himmel. Offenbar war noch jemand an diesen geheimen Ort im Maduinasgebirge gekommen und wollte mit ihnen sprechen. Die Zauberer warteten schweigend.

»Schrecken einer Frau, eingesperrt im Maul eines Hundes; Schweiß des Misaianes; Feuer, in dem die ehrwürdigen Kodizes brannten.« Die Worte erklangen zwischen Erde und Himmel. »Daraus sind die Stimmen gemacht, die den Weg der Nase suchen. Andere Stoffe werden ihnen beigemengt, damit sie leichter zu atmen sind.«

»Willkommen, große Brüder«, sagte Kupuka. Sogleich wandte er sich an die anderen Zauberer. »Lasst uns hören, was sie uns von hinter einem Tor zu sagen haben.«

»Wir werden viel Mühe haben, gegen die Stimmen anzukämpfen, die Drimus aus den Stoffen knetet, die er in sich trägt«, sagten sie von hinter einem Tor. »Die Stimmen sind schlimmere Waffen als das Feuer.«

Ein Wind wehte herbei und verwirbelte den Himmelskreis. Dann ging er wieder.

Die sechs Zauberer warteten einen ganzen Tag. Aber die Magische Zeit sprach nicht noch einmal.

»Der Wind muss sie weit weggeweht haben«, sagte Kupuka. »Wir müssen fortfahren. Sprich du jetzt, Drei Gesichter.«

Drei Gesichter setzte wieder seine Freudenmiene auf, denn was er zu sagen hatte, war erfreulich.

»Ich gebe wieder, was die Kreaturen des Wassers mir erzählt haben. Die Flotte der Borier segelt vom Glück begleitet in die Alten Länder. Das Meer sucht und findet Wege, ihre Schiffe dem Blick des Ewigen Hasses zu verbergen. Wo die Borier fahren, spielt der Yentru seine alte Musik wieder.«

Die Zauberer wussten, dass dies eine gute Nachricht war, aber einen späteren Zeitpunkt betraf, einen Tag, den vielleicht keiner von ihnen erleben würde. Trotzdem freuten sie sich so, als wäre es für den nächsten Morgen.

»Und was hast du uns zu verkünden, Kauer?«

»Shanji! Ich bin der, der sich von Wurzeln und Flügeln ernährt. Ich bin der, der isst und schläft, um Weissagungen zu machen. Mein Körper ist auf Erden, um der Vorahnung zu dienen. Und ich habe eine Vorahnung gehabt, die deutlicher und stärker war denn je. Essend und schlafend habe ich gesehen, dass die menschlichen Kreaturen ihre Zwiste in einem Krieg austragen werden. Ich verkünde, dass ihr seltsames Verständnis der Dinge die Schlachtfelder mit Überraschungen füllen wird. Hört gut zu, Brüder! Einige, die den Rücken zeigen sollten, werden die Brust bieten. Die Waffen werden sich wenden, wenn niemand es erwartet, und dem Krieg eine andere Richtung geben!«

»Fehlst noch du, Falke«, sagte Kupuka, der wusste, dass sie nun etwas zu hören bekommen würden, das alle erschrecken würde.

Der Zauberer krächzte. Keiner seiner Brüder hatte Mühe, ihn zu verstehen.

»Wir sind über die Grenzländer geflogen, von den Maduinasbergen zum Lalafkischen Ozean, von Pass der Wirbelwinde bis zum Sumpfigen. Der Pate und ich haben beide gemeinsam gesehen, dass die Mutter des Misaianes von Ort zu Ort zieht: vorbei an Gärten und Häusern, zwischen Tierhöhlen und Ameisenhaufen, durch den ganzen Wald.«

Eine schlimmere Neuigkeit war kaum denkbar. Die Zauberer sammelten Blut, um fortfahren zu können. Als Erster hatte der Kauer es gesammelt.

»Seht und hört euch diese Heulsusen an! Shanji! Kinder, die schreien, dass ihre Mutter ihnen den Schmutz abwischen soll, der aus ihrem Bauch gekommen ist. Da dreht es mir ja die Eingeweide um. Ich will die Stimme eines Grenzländerzauberers hören, nicht das Jammern von Memmen!«

Kupuka begriff, dass dieser barsche Aufschrei seine Berechtigung hatte. Trotzdem brauchten die Zauberer ihre Zeit, bis sie die schlimmste aller Neuigkeiten begriffen hatten.

»Dies ist gar keine so schlimme Neuigkeit. Wir haben gehört, was der Falke und der Kauer gesagt haben: dass die Todbringende wie jede Kreatur zwei Wesen in sich hat, die miteinander ringen. Wie unser Land schon bald ein Schlachtfeld sein wird, ist auch sie eines. Wir müssen dafür sorgen, dass die in ihr triumphiert, die unsere Schwester ist. Denn die, die es nicht ist, die Mutter des Ewigen Hasses, wird versuchen, sie zu verwirren.«

»Wer wird diese Aufgabe übernehmen?«

»Jemand führt sie bereits aus«, antwortete Kupuka. »Jemand, der sie besser bewältigt als irgendwer sonst, weil er nicht weiß, dass er es tut.«

Die Zauberer fragten nicht, wer es war. Sie vertrauten dieser Kreatur, weil Kupuka ihr vertraute.

»Und du Kupuka? Was hast du uns zu sagen?«, fragte der Hüter.

»Dass ich bald aufbrechen werde.«

Die Zauberer verstanden nicht gleich.

»Die Bestien, mit denen Misaianes seine Schiffe bestückt, haben nicht genug Verstand, um das eigentliche Ziel dieses Krieges zu überblicken. Sie beflecken und verwüsten unser Land und denken, damit sei es getan. Nur zwei von ihnen verstehen die Ordnung, von der Misaianes träumt: seine Mutter und Drimus.«

»Endlose, farblose Stille«, sagte Welenkin.

»Das ist die Ordnung des Misaianes«, pflichtete ihm Kupuka bei. »Farblose Stille.«

»Dann wird Kupuka es mit Drimus aufnehmen«, sagte Drei Gesichter traurig.

»So ist es. Ich werde es mit seiner Weisheit und seinem Glauben aufnehmen.«

»Shanji! Aasfressende Weisheit! Knochenfauliger Glaube.«

»Und doch Weisheit und Glaube«, sagte Kupuka. Und fügte hinzu: »Drimus, Doktrinator genannt, ist meine Aufgabe. Lasst uns durch die Dörfer ziehen, und danach breche ich auf. Jeder weiß nun, was er um Mitternacht zu tun hat.«

Welenkin sprang von seinem Ast und verabschiedete sich von seinen Brüdern. Nach ihm brach Drei Gesichter auf. Er grüßte mit seiner lachenden Miene und drehte sich um. Als niemand ihn mehr sah, pflückte er mit seiner Kummermiene Blumen.

Der Kauer nutzte aus, dass der Hüter durch den Abschied abgelenkt war, und schleudert eine letzte Ladung Spucke auf ihn, die ihr Ziel traf. Zufrieden mit seinem Werk, verwischte er den Kreis, der sein Zuhause gewesen war, und ging jaulend davon.

»Auch ich werde jetzt gehen, Falkenzauberer«, sagte Kupuka. »Wir sind einander immer nah, und alle sechs den Kreaturen. Nun musst du allein zurechtkommen und dir deinen Platz suchen.«

»Geh noch nicht«, bat der neugeborene Zauberer.

»Ich muss gehen.«

»Wirst du aus der Ferne für mich sorgen?«

»Nein. Ich habe zu viele Aufgaben zu bewältigen. Außerdem musst du deiner Pflicht nachkommen. Lerne schnell, im Himmel zu leben. Danach werden wir uns wiedersehen. Denk daran, dass keine Zeit für Klagen ist. Lebwohl, Bruder!«

Der Falkenzauberer blieb in den felsigen Ausläufern der Maduinasberge allein zurück. Weil er gerade die Dörfer der Fischer überflog, stolperte er und rollte den Abhang hinunter. Er tat sich an Beinen und Flügeln weh.

Lang blieb der Zauberer liegen, während er weiterflog. Dann stand er auf und lernte zu gehen. Tagelang verletzte er sich auf der Erde und in den Wolken. Bei den Sturzflügen, weil er fernab des Ortes ging, den er sah.

Der eine schloss die Augen, um zu schlafen, der andere verharrte reglos in der Dunkelheit. Der Gleiche, der den Himmel durchstreifte, tappte durch den Wald. Wenn er sich auf eine Beute warf, stürzte er einen Hang hinunter.

Eines Morgens jedoch fand der Falkenzauberer seinen Platz. Er häufte Gräser und Stroh in einem hohlen Baumstamm auf und setzte sich hinein. Viel später erst, als er einmal darüber hinweg flog, erkannte er, dass er im Eulentor lebte.

Die Hände der Schattenfrau

Wilkilen saß auf einem umgestürzten Baum und wartete. In dem Stamm lebten kleine schwarze Spinnen, die durch das rissige Holz hinein und heraus und über ihre nackten Beine krabbelten, ohne sich bedroht zu fühlen. Wilkilen hatte in ihrem Lederbeutel alles, was nötig war, um die Versprechen zu erfüllen, die sie der alten Frau gegeben hatte: sie zu kämmen und ihr die Handlinien zu zeichnen.

»Und jetzt kommt sie nicht!« Wilkilen schlug den Ton einer besorgen Mutter an, denn er schien ihr für die Frau, auf die sie wartete, am angemessensten, so alt und unvernünftig, wie sie war.

Bereits zum zweiten Mal seit ihrer Ankunft hatte Wilkilen sich vergewissert, dass es der richtige Tag war.

»›In vier Sonnen‹, habe ich zu ihr gesagt.« Wilkilen benutzte ihre Finger, um ihrem Gedächtnis zu helfen. »Kuy-Kuyen wieder gesund: eine Sonne. Cucub den ganzen Tag gesungen: zwei Sonnen. Shampalwe und ich eine Schüssel Brombeeren gegessen: drei Sonnen. Heute: vier Sonnen.«

Wenige Schritte entfernt, hinter einem Kapokbaum versteckt, beobachtete die Schattenfrau Wilkilen. Wenn die alte Frau wollte, konnte sie die Hand heben und unter dem Leben des Husihuilkemädchens vorzeitig einen endgültigen Strich ziehen. Eine Husihuilke wie jene Krieger, die das erste Heer ihres Sohnes geschlagen hatten. Wilkilen, die nun mit ihren Fingern spielte, schüttelte sich vor Kälte. Um sich aufzuwärmen, stand sie auf und begann in den Armen einer Wurzel zu hüpfen. Die Schattenfrau stand in einer schlammigen Pfütze und beobachtete sie durch die Augen von Hunderten Insekten. Sie sah sie immer wieder an, um sich die Niederlage des Herrn ins Gedächtnis zu rufen und sie zu hassen. Wilkilen stolperte und fiel bäuchlings auf den Boden. Da setzte sich die Schattenfrau auf den Rücken des Dunstes, der von der Erde aufstieg. Vor dort erteilte sie ihren Befehl: Du wirst dich nicht wieder erheben, Wilkilen, du nicht und auch dein Volk nicht.

Das Mädchen versuchte aufzustehen, aber ihre Beine gehorchten ihr nicht. Ein Hase ohne Augen blieb vor ihrem Gesicht stehen. Wilkilen barg den Kopf in ihren Armen:

»Du sollst nicht hier sein!«, schrie sie. »Du sollst nicht hier sein!«

»Du hast mich gebeten herzukommen«, sagte die alte Frau von hinten.

Schlagartig kehrten Wilkilens Kräfte zurück.

»Ich dachte, ich könnte nicht aufstehen«, sagte sie nun wieder lächelnd.

»Um mich zu kämmen, musstest du aufstehen«, antwortete die Schattenfrau.

Wilkilen lief zu ihr, um sie zu umarmen. Umringt von Wilkilens Armen, konnte die alte Frau sich nicht rühren. Das Gefühl, dass ihren Gesichtsausdruck verwandelte, hatte keinen Namen.

»Wie sich mein Herz freut, dich zu sehen! Und ich freue mich auch.« Wilkilen trat einen Schritt zurück, um sie besser sehen zu können. »Dein Haar ist immer noch nicht geflochten, und deine Sandalen hast du auch vergessen. Aber wie sich mein Herz freut!«

Die alte Frau trennte die Lippen, doch sprechen konnte sie nicht.

»Ich bin dir nicht böse, weil ich ja weiß, dass du alt und verrückt bist«, sagte Wilkilen. »Du brauchst keine Angst zu haben, dass ich dir was Hässliches sage. Setz dich auf den Stamm, damit ich mich an deine Haare machen kann. Cucub sagt, dass das Licht im Wald nur einen Schritt tut.«

Als die Schattenfrau sich setzte, flüchteten die Spinnen ins

Innere des umgestürzten Baums. Sie bemerkte es und fand in diesem Beweis ihrer Macht ein wenig Trost. Ein Mädchen mit wirrem Kopf behandelte sie wie eine schwache alte Frau, aber die Spinnen erkannten sie. Bisher hatte noch jede Kreatur, die sie gesehen oder erahnt hatte, den Frieden verloren, nur diese Wilkilen nicht.

Wilkilen stand hinter ihr und entwirrte mit einer knöchernen Haarnadel, mit der Kuy-Kuyen sie immer kämmte, das Haar. Als sie fertig war, teilte sie es in zwei Hälften, die sie nach vorn über die Schultern legte, damit sie sich nicht wieder vermischten. Dann ging sie ebenfalls um die alte Frau herum, und betrachtete ihr Werk.

»Den schmerzhaften Teil haben wir hinter uns«, sagte sie mit einem Gesicht, das an ihre eigene Qual erinnerte. »Jetzt kommt das Flechten. Dabei wirst du bestimmt müde. Wenn du willst, kannst du schlafen. Ich wecke dich, wenn ich fertig bin.«

Wilkilen nahm die eine Hälfte des Haars und teilte sie in drei Strähnen. Sie arbeitet sehr langsam, sang und streichelte. Von Zeit zu Zeit hielt sie inne und überprüfte, ob der Zopf weder zu locker noch zu fest war.

Die Schattenfrau dachte, dass dies der Geschichte ihrer eigenen Ewigkeit ähnlich war. Auch sie hatte sehr langsam gearbeitet. Auch sie hatte gestreichelt und gesungen, hatte überprüft, ob der Strang des Schicksals noch fest genug war. Bis Misaianes gekommen war … Ihr Sohn wollte eine andere Ewigkeit, eine Ordnung, in der dieses Mädchen und ihr Lächeln keinen Platz hatten.

»So muss es sein«, murmelte die Schattenfrau.

»Natürlich!«, rief Wilkilen, die dachte, die alte Frau dächte das Gleiche wie sie. »Sobald ich fertig bin, wecke ich dich.«

»Mein Erwachen wird dein Schlaf sein.«

Wilkilen hatte ein Gehör wie frisches Wasser und verstand daher nicht, was die alte Frau gesagt hatte. Aber zu spielen verstand sie:

»Mein Durst wird dein Krug sein. Mein …« Wilkilen biss sich auf die Zungenspitze. »Mein Hunger wird dein Brot sein. Meine Kälte wird deine Decke sein …«

Die alte Frau wusste nicht, bei welchem Hin und Her der Zöpfe ihr die Augenlider zufielen, aber plötzlich war sie versunken im ersten Schlaf der Ewigkeit, an den sie sich erinnerte. Wilkilen hörte sie schlafen und lächelte. Sie redete leise, um sie nicht aufzuwecken:

»Hab ich's dir nicht gesagt! Ich schlafe auch ein, wenn Kuy-Kuyen mir das Haar flicht. Und wenn ich aufwache, ist alles besser.«

Wilkilen war fertig mit den beiden Zöpfen. Sie wickelte eine dünne Schnur aus bunter Wolle um jeden Zopf und verzierte beide mit kleinen, gelben Blumen, die am Fuß der Bäume wuchsen. Danach rüttelte sie sanft die alte Frau.

»Du bist ja eine noch größere Schlafmütze als ich! Wach auf.«

Die Schattenfrau schreckte aus ihrem Schlaf.

»Wie lange habe ich geschlafen? Was ist in der Welt passiert?«

Wilkilen zuckte mit den Schultern.

»Bestimmt ist viel passiert. Aber das ist doch jetzt nicht wichtig. Freu dich lieber über das, was mit dir passiert ist.«

Wilkilen nahm die Hände der alten Frau und brachte sie dazu, sich mit ihnen über ihre Haare zu streichen. Die glatten Hände ertasteten die mit Blumen verzierten Zöpfe.

»Das ist das erste Mal, dass ich Zöpfe trage«, sagte sie.

»In deinem Alter noch so zu flunkern!«, schimpfte Wilkilen. »Du wirst mir doch nicht erzählen wollen, dass deine Mutter dich nie gekämmt hat? Es gibt gar keine Husihuilkemutter, die nicht weiß, wie man Blumenzöpfe flicht. Deine weiß es auch, ganz bestimmt. Wahrscheinlich erinnert sich dein Kopf nur nicht mehr. Oma Kush ist mit Zöpfen gestorben, und vielleicht sehen sie immer noch schön aus.«

»Ja, sie sehen immer noch schön aus.«

Wilkilen dachte, dass die alte Frau aus dem Durcheinander ihrer vielen Jahre sprach. Doch dann erinnerte sie sich daran, dass ihre Worte Kuy-Kuyen gesund gemacht hatten.

»Vielleicht bist du ja so weise wie Oma Kush«, sagte sie. »Du hast meine Schwester gesund gemacht, und ich habe dir nicht mal danke gesagt.«

»Das brauchst du nicht.«

»Doch, weil …«

»Sag es nicht!«

Die alte Frau rückte ein Stück ab. Sie wollte nicht an diese Heilung erinnert werden, an diesen Treuebruch an ihrem Sohn. Was würde geschehen, wenn er davon erfuhr? Noch nie hatte die alte Frau darüber nachgedacht, wer von ihnen stärker war. Und sie würde es auch jetzt nicht tun. Misaianes war ihr geliebter Sohn. Alles würde wieder so werden, wie es gewesen war, bevor sie dieses Mädchen getroffen hatte, diese merkwürdige Frucht Dulkancellins und Shampalwes.

Verdeckt vom Laub, wollte sich die Schattenfrau einen Augenblick von ihrer menschlichen Erscheinung erholen. Sie löste sich auf.

»Alte Frau!«, rief Wilkilen.

Sie fügte sich wieder zusammen.

Wilkilen hatte alles Notwendige vorbereitet, um ihr zweites und schwierigeres Versprechen zu erfüllen. Sie hatte die Indigopaste, die gut aufgeweicht war, den gespitzten Griffel, mit dem sie die Fasern zeichnen konnte, ihre Spucke, falls das Blau zu zähflüssig wurde, und ihre eigenen Handflächen, die sie auf die der alten Frau abzeichnen wollte.

»Dreh dich mehr zu mir her und leg deine Hände auf meine Knie. Nicht bewegen! Das ist eine Arbeit, die ist schwerer als schwer, schwerer jedenfalls, als mit vielen Farben zu weben.« Wilkilen hatte das Gefäß mit dem Indigo neben sich gestellt und tunkte den Griffel in die blaue Paste. »Ich habe noch nie jemandem die Handlinien gezeichnet. Alle Leute, die ich kenne, haben ihre schon.«

Wilkilen begann mit der rechten Hand. Vier Finger hatten drei Linienpaare, die genau dort verliefen, wo die Knochen sich bogen. Der andere Finger hatte nur zwei.

»Ich habe mit dem Einfachsten angefangen«, gestand Wilkilen. »Schau mal, wie schön das aussieht!«

Sie beugte sich über die Hand, die sie bemalte, so dass die alte Frau den Scheitel sah, der ihr leuchtendes, schwarzes Haar trennte, den Nacken, der vor Hingabe gespannt war, und den Rücken, der sich fest unter ihrer Tunika abzeichnete.

Im Gesicht der alten Frau ging eine Verwandlung vor sich: die Augen füllten sich mit Dunst, die Zähne rankten über ihre schmalen Wangen, und zwei Splitter aus hartem Fleisch traten aus ihren Nasenlöchern und trachteten Wilkilen nach dem Leben.

Währendessen studierte das Mädchen aufmerksam ihre Hand: Erst schloss sie sie ein wenig, damit die großen Furchen tiefer wurden und deutlicher zu sehen waren, dann streckte sie sie wieder, um den Weg zu erkennen, dem die dünnen Linien folgten.

Sie arbeitete unermüdlich, bis sie auch die verworrensten Stellen ihrer Hand abgezeichnet hatte.

»So, und jetzt die Hand immer schön geöffnet lassen.«

Als Wilkilen den Kopf hob, war die alte Frau wie vorher. »Das Indigo braucht eine Weile, bis es trocknet. Wenn du erlaubst, ruhe ich jetzt meine Augen aus. Danach mache ich mit der zweiten Hand weiter.«

Wilkilen machte die Augen zu, summte ein ewiges Lied und wiegte dazu den Kopf.

»Was singst du da?«, fragte die alte Frau.

»Hör genau hin, das kennst du bestimmt.« Wilkilen summte etwas lauter, damit die alte Frau gut hörte.

»Ich kenne das Lied nicht.«

»Eine Husihuilke, die das Auf-Wiedersehen-Sonne-Lied nicht kennt!« Wilkilen war nun wirklich erstaunt. »Meinst du das ernst?«

Die Schattenfrau nickte.

Bis bald, Hirsch.
Lauf, versteck dich!
Blaue Fliege, flieg weit weg,
Vater Falke …

Wilkilen sang das Lied zu Ende.

»Gefällt es dir?«, fragte sie.

»Ja. Es gefällt mir.«

Wilkilens Augen hatten genug ausgeruht.

»Ich werde dir jetzt die andere Hand bemalen!«, beschloss sie.

Wie bei der ersten Hand nahm sie sich zuerst die Finger vor und wandte sich dann den schwierigeren Stellen zu. Einige Linien waren anfangs scharf und verschwammen, wo sich das Fleisch wölbte. Eine war wie ein Kamm, eine andere wie ein Zweig. Wieder andere Linien sahen aus wie das Gesicht eines winzigen Vogels. Und dann gab es welche, die waren so ähnlich wie die Bilder, mit denen Cucub die Gefäße verzierte. Ein offener Schnabel zwischen zwei Flüssen. Ein Dornenzweig, ein Blitz. Stößelspuren auf frischem Ton, die Wilkilens Meinung nach nicht schön verteilt waren.

Während Wilkilen in ihre Arbeit versunken war, dachte die alte Frau, dass dieses Mädchen sie nichts anging. Ihr Sohn hatte sie gesandt, damit sie seiner Ordnung den Weg bahnte.

Die Unschuldige hob sich die einzige Linie, die sie beim Namen kannte, bis zuletzt auf. Die Linie, die tiefer war als alle anderen, geformt wie ein Bogen. Als Wilkilen sich daranmachte, sie zu malen, drehte die alte Frau den Kopf weg, um es nicht sehen zu müssen.

»Fertig!«, rief Wilkilen und rieb sich die Augen.

Mit zusammengekniffenen Augen betrachtete alte Frau die Zeichnung. Und mit zusammengekniffen Lippen hieß sie das Werk gut. »Keine Angst«, sagte sie, »ich werde die Hände schön geöffnet halten.«

»Das ist auch gut so«, sagte Wilkilen, »das Indigo braucht eine Weile, bis es trocknet.«

Nun war alles getan. Der Moment des Abschieds war gekommen, aber keine von beiden schien gehen zu wollen. Die Spinnen, die still im Stamm verharrten, erwarteten nichts Gutes. Niemand erwartete etwas Gutes. Außer Wilkilen. Und vielleicht Kupuka.

»Jetzt sind wir Freundinnen und werden uns immer mehr liebgewinnen«, sagte Wilkilen. »Und wenn du willst, begleite ich dich, wenn du mit der Schwester Tod fortgehen musst, und sage dir, was Oma Kush gesagt hat, damit du weniger Angst hast.«

»Ohne sie würden die Menschen nicht zum Himmel schauen. Nicht Baumschnitt gäbe es in den Gärten, sondern Verwüstung …«

»Du erinnerst dich ja an alles«, rief Wilkilen. »Ein Lob auf deinen Kopf!«

»Ich hätte trotzdem gern, dass du mich begleitest.«

»Das werde ich«, versicherte Wilkilen. »Aber … du wirst doch nicht gleich heute gehen wollen?«

Wilkilen vertraute nicht darauf, dass die alte Frau die Hände geöffnet halten würde, und nahm sie in die ihren. Vorsichtig begann sie zu pusten, damit das Indigo schneller trocknete. Während sie pustete, sagte das Mädchen, was ihr so durch den Kopf ging.

»Stimmt doch, dass du nicht heute Nacht gehen willst, oder?

Wir fangen doch gerade erst an, uns liebzuhaben. Du musst also noch Geduld haben. Wie Oma Kush.«

Wilkilen pustete die Linien nach.

»Sie wollte die Welt verlassen, als Thungür und Kume in den Krieg gezogen sind, aber der Zauberer hat es ihr nicht erlaubt. Glaub ja nicht, dass es so einfach ist! Es geht nicht einfach so, nur weil du es willst.«

Sie holte viel Luft auf einmal und ließ sie langsam entweichen.

»Dabei habe ich selbst gesagt, dass du so aussiehst, als wärst du bereit zu gehen … Und das stimmt auch! Aber das war, bevor ich dich kennengelernt habe. Und jetzt weiß ich, dass du dir Worte merken kannst, die nur einmal gesagt worden sind. Das Auf-Wiedersehen-Sonne-Lied musst du noch lernen. Und wer weiß, was sonst noch. Ich will nicht, dass du meinst, du musst jetzt gehen, nur weil ich es gesagt habe.«

Wilkilen pustete alle Luft, die ihr noch verblieb, auf einmal heraus, nach oben, als Zeichen dafür, dass sie auf sich selber böse war.

»Kuy-Kuyen hat recht, meine Zunge redet ohne meinen Kopf.«

Die Lust am Pusten war ihr vergangen. Sie ließ die Hände der alten Frau los.

»Wenn du vor mir stirbst, kann es sein, dass ich dich im Fruchtfleisch einer Pflaume schmecke und trotzdem liebhabe. Wenn ich vor dir sterbe, kann es sein, dass es an einem Sommernachmittag aus meinen Zöpfen auf dich nieselt und du mich trotzdem liebhast. Glaubst du, du kannst noch ein bisschen bleiben?«

»Ja.«

Wilkilen begann wieder zu singen. Sie klopfte sich mit den Händen auf die Beine und wiegte den Kopf.

Bis bald, Hirsch.
Lauf, versteck dich …

Fang noch mal an, dann singe ich mit dir.«

Bestimmt war etwas Ähnliches vor langer, langer Zeit schon einmal passiert, dachte Wilkilen. Fang noch mal an, Oma Kush. Die beiden Stimmen klangen klar durch den Wald. Im Stamm entknäuelten sich die Spinnen und krochen durch die Ritzen. Sie sahen und hörten das Wunder. Trotzdem erzählten sie nie davon. Von alters her standen sie im Ruf zu schwindeln, niemand würde ihnen glauben.

Abenddämmerung auf den Inseln

Welenkin näherte sich dem Ufer der Insel, auf der er von Zeit zu Zeit mit den Lulus lebte.

Lewan war Teil eines Archipels und stach aufgrund ihrer Größe hervor. Die anderen Inseln waren winzig und unbewohnt, bestanden aus nahezu kahlen Felsen. Lewan war auch die Insel, die dem Kontinent am nächsten lag. Man musste einen halben Tag kräftig rudern, um zu ihr zu gelangen. Die letzten Lulus, einige Meeresvögel und Welenkin waren ihre einzigen Bewohner.

Fest stand, dass vor ihnen jemand anderes die Insel bewohnt hatte. Wer und wann hatte sich in der Zeit verloren.

Einige sagten, es seien die Reisenden ohne Namen gewesen, die alle Zivilisationen der Erde durch seltsame Zeichen vereint hätten. Im Falle von Lewan waren es riesige Monumente aus Stein, die einzeln oder in Gruppen entlang der Küste verstreut lagen. Ansonsten war die Insel flach, der Pflanzenwuchs niedrig.

Wo das Ruder nicht mehr zu gebrauchen war, sprang Welenkin von seinem Floß, nahm es auf seine Schulter und trug es zum Strand. Es waren lediglich einige zusammengeschnürte Hölzer, die ihn aber sicher über das kurze Stück Küstenmeer trugen. Das Floß auf dem Rücken, ging er einige Schritte durchs Wasser und über den Strand. Dann reckte er seinen nassen Körper herausfordernd der trügerischen Einsamkeit entgegen. Er wusste nur zu gut, dass die Lulus ihn beobachteten und irgendwann näher kommen würden, Gleichgültigkeit vortäuschend, aber neugierig auf das, was auf dem Treffen der Zauberer geschehen war. Dennoch machte sich Welenkin keine falschen

Hoffnungen, dafür kannte er die Lulus zu gut. Ihre Neugier bedeutete nicht, dass sie verziehen hatten.

Die Lulus, die seit jeher als verhuschte, die Freundschaft scheuende Wesen bekannt waren, hatten sich seit dem Massaker in der Wüste noch mehr zurückgezogen. Ohne ihren Zorn überwunden zu haben, starben sie aus. Es fiel ihnen schwer, den anderen Arten zu vergeben oder gar wieder zu vertrauen. Und noch viel weniger würden sie um Hilfe bitten. Obwohl Welenkin dies wusste, unternahm er einen letzten Versuch.

Der Zauberer ließ sein Floß fallen und ging zu einer der riesigen Steinmassen, die an dieser Stelle der Insel einsam aufragten.

Die Kreaturen konnten sich nie darauf verständigen, was die Monumente darstellten. Die einen sahen darin dies, die anderen jenes. Manchmal änderte sogar dieselbe Kreatur die Meinung, je nachdem, aus welchem Blickwinkel sie die Steine betrachtete, wie die Sonne gerade stand oder woher der Wind wehte. An diesem Tag sah Welenkin von seinem Standort, bei dieser Sonne und diesem Wind in jenem großen Stein ein menschliches Gesicht. Der schönste Zauberer, den die Welt je gesehen hatte, saß im Schatten dieses Steins und war kaum vom Sand zu unterscheiden.

Welenkin schloss die Augen und knabberte gemächlich an einem Stück Brot. So zu tun, als wäre man beschäftigt, und die Augen zu schließen war das beste Mittel, um die Lulus aus ihren Verstecken zu locken.

Die Insel lag stumm da. Für ihn war sie manchmal das Zuhause, für die Lulus immer. Ein felsiger Ort, in weißliches Licht getaucht, gegen den von allen Seiten das Meer schlug. So schön war Lewan in ihrer Kargheit, dass an Welenkins Wimpern, ohne dass er die Insel sah, Tränen hingen.

Damals hieß es, dass der Zauberer auf diese Weise seine Schönheit vermehrte. »Er ist so verzückt von fremder Schönheit, dass er sie sich zu eigen macht.«

Zuerst erschienen die Augen, Hunderte von runden Augen. Dann die roten Schwänze. Dann die gelben. Und schließlich die weißen. Augen, leuchtende Schwänze, Klauen, uralte Bärte, gewölbte Bäuche, die auf zwei Beinen ruhten: ein Lulu nach dem anderen tauchte auf.

Die meisten Lulus blieben in mittlerer Entfernung stehen und warteten. Drei gelbschwänzige Lulus, die zur Zeit des großen Tötens rotschwänzig gewesen waren, näherten sich Welenkin bis auf wenige Schritte. Langsam öffnete der Zauberer die Augen. Die beiden goldenen Kreise mit schwarzem Rand zwangen die Lulus, den Kopf zu neigen. Welenkin löste die vollen Lippen voneinander und richtete den Körper auf, um anzuzeigen, dass er sprechen wollte. Seine Nachbarn setzten sich in den Sand.

Nicht viele Lulus waren nach dem Massaker übriggeblieben, und fast alle lebten auf der Insel. Sollten sie singen können, hatte noch keine Kreatur es je gehört. Gleiches galt für das Lachen. Als aber die schreckliche Kunde der Wüste zu ihnen gedrungen war, lernten die kleinen Lulus das Weinen. Ohne zu verstehen, was geschehen war, spiegelte sich in ihnen das Leid wider, das plötzlich und für immer um sie war, und sie stießen Schmerzensschreie aus. Ihre runzelhäutigen Bäuche wurden von Krämpfen geschüttelt. Dann bildeten die rotschwänzigen Lulus mit den Händen eine Schale, um das Wasser aufzufangen, das ihnen von der Schnauze rann.

Die älteren Lulus versuchten die Flüssigkeit zu ergründen, die dem Kummer der jüngeren entsprang. Nichts. Trauriges Wasser, ohne magische Kraft, nicht als Waffe zu gebrauchen. Sie blickten genauer hin, aber sie sahen keinerlei Hoffnung darin: nutzloses Wasser, das von den letzten Rotschwänzen vergossen wurde. Die Älteren schüttelten den Kopf und schenkten dem Weinen nie wieder Beachtung.

Verstümmelt in ihrer Fähigkeit, sich zu verteidigen und fortzupflanzen, kämpfte das Volk der Lulus darum, seine Gewohnheiten beizubehalten. Bis auf das Weinen gelang es ihnen auch. Nie hatte jemand von ihnen irgendwelchen Besitz. Nie gab es eine Höhle, die diesem Lulu, nie ein Weibchen, das jenem Lulu gehörte, nie eine Mutter dieses, aber nicht jenes Rotschwanzes. Solange die Lulus auf Erden waren, hatten sie Höhlen, Mütter, Kinder und Alte. Sie hatten ein Geburtsritual, und sie hatten ein Sterberitual. Und eine weißliche Insel, auf der sie glücklich gewesen waren. Alle, denen Welenkin nun gegenüberstand, hatten all dies, trotz ihres Grolls. Und sie hatten eine Entscheidung getroffen.

Welenkin würde versuchen, ihre Entschlossenheit zu erschüttern. Der Zauberer war sich jedoch nicht sicher, ob er das Recht dazu hatte. Vielleicht sprach er deshalb so langsam. Vielleicht deshalb die Pause zwischen einem Gedanken und seinem Ausdruck. Vielleicht begann er deshalb im Ton der Überzeugung und endete in der Verschwommenheit des Zweifels.

Welenkin versuchte die Lulus davon zu überzeugen, ihr Bündnis mit den anderen Kreaturen wiederaufzunehmen. Er gab sein Bestes. Er sprach von dem Leid, das alle Grenzländer teilten, er erzählte ausführlich vom Treffen der Zauberer. Und er wiederholte mit besonderem Nachdruck Kupukas Worte. Er sprach auch vom Verzeihen, davon, denen wieder zu vertrauen, die an dem großen Töten nicht schuld gewesen seien. Unermüdlich redete er stundenlang. Die Lulus hörten ihm aufmerksam zu, ohne preiszugeben, ob Welenkin sie überzeugt hatte. Selbst für den Zauberer war schwer zu erkennen, was in ihnen vorging. Solange Welenkin die Kraft dafür hatte, würde er alles daran setzen, die Lulus zum Pakt mit dem Hirsch zu bewegen. Dabei half ihm seine Stimme, eine Mischung aus Puma und müdem Mensch. Als er nichts mehr zu sagen hatte, wusste er, dass er verloren hatte. Er schloss die Augen und wartete auf die Antwort seiner Nachbarn. Er wusste, dass sie früher oder später mit ihm reden würden. Sie würden sagen, was sie zu sagen hatten, auch wenn es nicht das Erhoffte war.

Während Welenkin mit geschlossenen Augen dasaß, wandten die Lulus ihre Köpfe und schauten, was von ihnen noch übrig war. Dezimiert wie sie waren, blieb ihnen nur noch die Würde ihrer tausendfach wiedergewählten Einsamkeit und die Geschichte ihrer unvergesslichen Toten.

Die Umrisse der steinernen Monumente verschwammen in der Abenddämmerung. Bevor die Sterne erschienen, wühlte ein Lulu in seinem Bart und holte den Weißen Stein hervor. Nur ihn hatten sie zum Trost wiederbekommen.

»Sag, ist dieser Stein weiß?«, fragte der Lulu. »Nachbar Welenkin, mit deinen goldenen Augen wirst du trotz des Abendlichts erkennen, dass unser Stein nicht mehr als ein Stück schwarzer Felsen ist. Die Prophezeiung hat sich erfüllt. Dies ist die Wahrheit, für die unsere Brüder gestorben sind. Wir geben ihn in deine Obhut. Pass gut auf ihn auf, Bruder Nachbar. Erst an dem Tag, an dem er wieder durchsichtig ist, wird die Gerechtigkeit gesiegt haben.«

»Dann werdet ihr nicht mehr hier sein, um ihn in Empfang zu nehmen«, sagte Welenkin mit letzter Kraft.

»Beantworte uns ehrlich diese Frage, Nachbar. Glaubst du, dass auch nur ein Lulu unversehrt bleibt, wenn Misaianes diese Insel in Besitz nimmt?«

»Wenn wir weise und mutig handeln, besteht durchaus die Chance, dass wir überleben. Wenigstens überleben«, sagte der Zauberer mit Nachdruck.

»Keiner meines Volkes will ›wenigstens überleben‹!«, schrie der Lulu, der plötzlich seine guten Manieren verlor.

»Überleben«, sagte Welenkin, »überleben ist der einzige Weg, um eines Tages zurückzukehren.«

»So denken wir nicht«, sagte einer der Lulus, die bis dahin geschwiegen hatten. »Irgendwie weiterzuleben ist eine Entscheidung, die nur die einfachsten und hochmütigsten Kreaturen treffen. Eine blaue Fliege beschließt weiterzuleben. Eine menschliche Kreatur beschließt weiterzuleben. Ein Lulu hingegen beschließt, unversehrt zu sterben. Unversehrt werden wir von der Erde gehen … Unser Beschluss ist unwiderruflich.«

»Dann soll es so sein«, lenkte Welenkin ein.

»Freu dich für uns!«, sagte der dritte Gelbschwanz. »Der Unerschaffene wird uns mit seinen grausamen Plänen nichts anhaben können. Wir werden uns von dannen machen, bevor wir einen Kratzer abbekommen, durch den sein Schmutz eindringen kann. Kehr um und sag den anderen, dass mein Volk unverzüglich aufbrechen wird. Rau, wie wir es immer waren, unabhängig selbst vom Nächsten. Erzähle ihnen nichts vom Groll, Nachbar. Sag ihnen bloß, dass wir aufbrechen werden, um Lulus zu bleiben bis zuletzt.«

Im Nu waren Augen, Klauen, rote, gelbe und weiße Schwänze verschwunden, ohne dass ein Versteck in Sicht war. Welenkin drückte den Stein an seine Brust und legte sich vor dem Felsenriesen schlafen, damit die Lulus in Ruhe davonziehen konnten. Er senkte die Lider. Die Insel wurde dunkel.

Noch hatte die Dämmerung nicht eingesetzt, als Welenkin zu seinem Floß ging, um zurück zum Kontinent zu rudern. Er hatte die Nachricht erhalten, dass Thungür und das Zitzahayheer in den Grenzländern eingetroffen waren und ihr Lager in der Nähe von Pass der Wirbelwinde errichtet hatten. Er wusste, dass der Anführer des Zitzahayheers bald mit den Dorfältesten und anerkanntesten Kriegern jedes Stamms zusammentreffen würde, um zu vernehmen, welche militärischen Entscheidungen sie gefällt hatten. Bei Cucub würde er bestimmt noch manch anderes erfahren. Dort konnte er auch Grüße für Kupuka ausrichten lassen. Welenkin brach auf zu dem Haus, das er erst einmal in seinem Leben besucht hatte.

Cucubs Haus – oder Kushs Haus, wie viele es nach wie vor nannten – lag etwas abseits der anderen in Pass der Wirbelwinde, südlicher und näher am Meer. Welenkin kam in dem

Augenblick an, als Thungür seine Neffen und Nichten kennenlernte und begrüßte.

»Unseren Jüngsten, der gerade auf die Welt gekommen ist, hält Kuy-Kuyen in Armen«, sagte Cucub.

Thungür küsste seine beiden Schwestern und umarmte Cucub lange. Er hatte seine Männer im Wald zurückgelassen, um seiner Familie einen kurzen Besuch abzustatten. Noch am selben Abend musste er wieder zurück, weil am nächsten Tag in aller Frühe das Treffen mit den Kriegern und Dorfältesten stattfinden würde.

Welenkin wartete ab, ohne sich bemerkbar zu machen, bis die Familie ihre Gefühle mäßigen konnte. Er nutzte die Wartezeit, um zu überlegen, an wen der beiden Männer er den zeremoniellen Gruß richten sollte. Als er es herausgefunden hatte, trat er schnell vor.

»Ich grüße dich, Bruder Cucub.«

Der kleine Zitzahay sah Thungür an. War es richtig so¿ War er nun das Oberhaupt des Hauses¿ Fiel ihm die Aufgabe zu, den Gruß zu erwidern¿ Thungür bestätigte es ihm mit einem offenherzigen Lächeln. Der zeremonielle Gruß oblag Cucub, der alle Sorgfalt darauf verwandte, ihn so vorzüglich darzubieten, dass die ganze Familie stolz auf ihn sein konnte.

Auch die Tiere mit Mähne, die beim Haus standen, erkannten sich wieder. Sinkende-Nacht hatte gerade einen Weg hoch in den Maduinasbergen gebahnt. Er war erschöpft und schwach. Dennoch stachen der Schwung seiner Flanken und der Glanz seines Rückens unter Cucubs Tieren hervor. Es waren nur wenige, und die meisten dienten lediglich als Freund, zum Lastentragen und Schulen der Kinder. Alle außer einem, das Cucub schnell an den Zügeln aus der Koppel holte.

»Das ist Schwarzes Feuer, mein Tier mit Mähne. Es wird mich in den Schlachten begleiten.«

Welenkin und Thungür kamen näher. Zwei anmutige Tiere,

das eine schwarz, das andere weiß, kreuzten zum Zeichen des Erkennens die Hälse.

»Wenn doch nur alle Bündnisse so einfach und klar wären«, sagte Welenkin. Seine Worte waren eine Vorwarnung.

Der Tag war so schön, dass man ihn draußen verbringen konnte. Thungür und Cucub setzten sich einander gegenüber auf die Erde.

Wie früher Kush, schickte sich Kuy-Kuyen an, Maisbrot und Minzwasser aufzutragen. Sie bat ihre jüngere Schwester, ihr dabei zu helfen.

»Komm, Wilkilen. Lass uns reingehen und das Essen zubereiten.«

Kuy-Kuyen machte sich auf ins Haus, aber auf halber Strecke stellte sie fest, dass sie allein war.

»Wilkilen, komm her!«, rief sie.

Wilkilen irrte ziellos über Welenkins Gesicht.

»Wilkilen!«, rief sie nun strenger. Erst da kam ihre Schwester auf sie zugelaufen.

»Kuy-Kuyen, kannst du mir sagen, wie er es fertiggebracht hat …«

»Wie wer was fertiggebracht hat?«, fragte Kuy-Kuyen ungeduldig.

»Wie es dieser Zauberer namens Welenkin fertiggebracht hat, dass die Mutter Sonne ihm zwei ihrer Strahlen geschenkt hat, einfach so.«

»Zwei ihrer Strahlen?«

»Ja. Die Strahlen in seinen Augen.«

»Stimmt, sie sind wie Sonnenstrahlen«, sagte Kuy-Kuyen lächelnd. »Welenkin war erst einmal bei uns, und damals warst du noch nicht geboren. Ich war noch sehr klein, und trotzdem erinnere ich mich an sein Gesicht. Was du mich gefragt hast, habe ich nicht gefragt, weder Kush noch Shampalwe, weil ich nicht so schön reden kann wie du. Bewahre diese Augen in deinem Geist, Wilkilen! Es wird dir nicht schaden.«

Während die Frauen im Haus arbeiteten, hörten sie draußen ein energisches Galoppieren, das vor dem Haus abrupt abbrach.

»Das ist Minche«, verkündete Wilkilen, die bereits durchs Fenster spähte.

Kuy-Kuyen dachte schlicht an mehr Maisbrot und Minzwasser.

Thungür erinnerte sich gut an Minche. Er musste ebenso viele Sonnen alt sein wie er. Von klein auf waren sie die große Hoffnung ihres Volkes, war ihr Ruhm der Ruhm ihrer Stämme gewesen. Stets hatten sie miteinander gerungen, stets ihre Männlichkeit aneinander gemessen. Als der Krieg gegen die Sideresier ausgebrochen war, hatten die jungen Krieger darum gewetteifert, einander an Tapferkeit zu übertreffen.

Nach dem Ende des Krieges war Minche mit dem Rest der Husihuilke in den Süden zurückgekehrt, während Thungür im Land der Astronomen geblieben war und seinen Rivalen wie so vieles andere vergessen hatte. Thungür nahm es für selbstverständlich, dass Minche als Vertreter seines Stammes an der Versammlung teilnehmen würde. An seinen Narben konnte er ablesen, dass er es verdient hatte.

Die Stämme Minches und Thungürs stritten sich seit jeher um ein Gebiet voller bergiger Täler. Sie hatten sich viele Schlachten geliefert, um die an Wild, Wasser und Mineralien reiche Gegend zu verteidigen oder wiederzuerobern. Manchmal hatten die einen gewonnen, manchmal die anderen. Thungür war lediglich erstaunt, Minche so früh zu sehen. Die Versammlung würde erst bei Tagesanbruch stattfinden und außerdem ein gutes Stück entfernt.

Minches Stamm bewohnte den äußersten Norden der Grenzländer bis weit hinauf ins Maduinasgebirge. Die letzten Dörfer lagen bereits auf der östlichen Seite. Da sie gewohnt waren, Pässe zu überqueren, ähnelten ihre Gebräuche den wilden Bergstämmen des Ostens. Zweifellos waren es Husihuilke, aber in vielem anders als die Stämme, die in den waldigen Gebieten und an den Küsten des Lalafke lebten. Ebenfalls erstaunt war Thungür darüber, dass Cucub Minche so vertraut empfing und nach der Begrüßung einlud, an dem Gespräch teilzunehmen.

»Dafür, dass du so einen weiten Weg hinter dir hast, bist du früh dran«, sagte Thungür.

»So weit ist es nicht von Korallendorf«, antwortete Minche.

»Korallendorf?«

»Ja, er lebt in Korallendorf«, mischte sich Cucub ein, der sich diebisch freute, dass er den Bruder seiner Frau verblüffen konnte. »Wir gehen oft zusammen auf Entenjagd. Du kannst ab jetzt gern mit uns kommen.«

Die Spannung, die Cucub vor lauter Plappern gar nicht wahrnahm, zerrte an Welenkins Venen. Der Zauberer wollte sie lindern.

»Thungür, du darfst nicht vergessen, dass du fünf Sonnenjahre weg warst. Vieles hat sich in dieser Zeit verändert, wie du jetzt zu entdecken beginnst, darunter auch einiges zum Guten. Zwei Stämme, die sich früher feindlich gesinnt waren, sind nun Brüder.«

»Unsere Stammesältesten haben ein Bündnis geschlossen, das nur möglich wurde, weil der Feind nahe ist und alle Unterschiede verdunkelt.« Minches Behagen beim Sprechen war ebenso sichtbar wie Thungürs Unbehagen beim Zuhören. »Dieses Bündnis wurde mit sieben Hochzeiten besiegelt. Ich habe eine Frau aus Korallendorf geheiratet, und dort lebe ich jetzt auch, Bruder.«

Nur aus Pflichtgefühl antwortete Thungür:

»Ich feiere diese Brüderschaft.«

Welenkin musste nicht einmal seinen Blick schärfen, um die Spannung zu erkennen, die wie ein Schwarm niedrigster Insekten von Krieger zu Krieger schwirrte. Beide waren wieder tödliche Lanzen, die ein Stamm auf den anderen warf. Ungeachtet des ungünstigen Augenblicks, erwachte der lange Jahre ruhende Kampf zu neuem Leben. Welenkin wusste, dass die Menschen so waren. Nur sie waren imstande, mitten im Krieg der Welten einen unbedeutenden Zwist zu nähren.

Kuy-Kuyen und Wilkilen brachten das Maisbrot.

»Allerdings sind auch nur sie imstande, mitten im Krieg der Welten Maisbrot zu backen«, murmelte Welenkin.

»Keiner von uns hat verstanden, was du meinst«, sagte Cucub lachend. »Aber es klang gut.«

Die Frauen breiteten ein Leinentuch aus und stellten Speisen und Getränke darauf, lächelnd, eifrig darum besorgt, das Wiedersehen der Männer zu versüßen. Danach ging Kuy-Kuyen sofort ihre Kinder suchen, und Wilkilen eilte zum Nussbaum.

Im Schatten ihres Lieblingsbaumes spielte sie ein Spiel: Sie hielt sich die Zöpfe vor die Augen, um zu erkennen, was sich verändert hatte, wenn sie sie wieder wegnahm. Irgendetwas war immer anders: Eine Ameise war vom Weg abgekommen, ein Blatt hatte sich vom Zweig gelöst, eine Wolke hatte ihre Krötengestalt verloren. Oder Welenkin stand lächelnd vor ihr. Wilkilen dachte, dass die Landschaft kein Recht hatte, ihr eine solche Überraschung zuzumuten. Um ihre Verwirrung zu überspielen, steckte sie ihre Zöpfe in den Mund.

»Um deine Fingernägel herum ist ja alles blau«, sagte der Zauberer. »Hast du mit Indigo gemalt?«

Zu mehr als einem Kopfnicken war Wilkilen nicht imstande.

»Hast du Krüge für deine Schwester bemalt?«

Sie schüttelte den Kopf.

»Was hast du dann bemalt, Wilkilen?«

Sie antwortete mit den Zöpfen im Mund.

»Die Hände einer alten Frau hast du bemalt?«

Wieder sagte der Kopf ja. Welenkin nahm die schwarzen Zöpfe und löste sie aus den Zähnen. Er hatte bereits einen Verdacht, aber er wollte erst weiter zuhören.

»Du hast also eine alte Frau kennengelernt, die keine Linien auf den Händen hatte.«

»Und Zöpfe hatte sie auch nicht«, sagte Wilkilen mit betrübtem Gesicht.

Welenkin hörte sich ihre Geschichte zu Ende an. Er wusste, dass er das Mädchen vor sich hatte, das eine Heldentat vollbringen würde. Er erinnerte sich an Kupukas Worte und erkannte ihren Sinn: Es gab niemand Besseren als dieses Luftwesen, um es mit der Schattenfrau aufzunehmen.

»Deshalb ist um meine Fingernägel alles blau.«

Welenkin beugte sich zu Wilkilen und streifte mit seinen vollen Lippen über ihre Stirn.

»Danke, Lufthauch.«

Als er gehen wollte, hielt Wilkilen ihn zurück.

»Ich habe meine Hände oft gewaschen«, erklärt sie verwirrt. »Aber das Indigo braucht eine Weile, bis es weggeht.«

»Stimmt«, sagte der Zauberer lächelnd. »Es braucht eine Weile, bis es trocknet, und es braucht eine Weile, bis es weggeht.«

Die Belohnung

Die wichtigsten Stämme der Schäfer hatten sich in einer Oase versammelt, die mitten im Land ohne Schatten lag. Dort warteten sie auf die Sideresier.

Die Oase war der üppigste Ort der ganzen Wüste. In der Nähe flossen mehrere Flüsse, die den Llamellos das Weiden und den Männern sogar Fischfang ermöglichten. Am Fuß der Dünen, die sie im Westen begrenzte, lag außerdem die größte Wasserstelle der Wüste, die kaum einmal austrocknete. Das Grün ihrer Ufer, das in regenreicheren Gegenden kärglich erschienen wäre, war dort ein Wunder aus Schatten und gelben Blumen.

Der Oberschäfer lebte mit seiner großen Familie und seinen Männern fast immer in dieser Oase. Obwohl die Schäfer lieber in Zelten wohnten, hatten sie einige Steinbauten errichtet, um sich vor den schlimmsten Sandstürmen zu schützen. Dort bewahrte der Oberschäfer auch seine Besitztümer auf. Nun waren dort viele Stämme der Schäfer versammelt und warteten auf die Sideresier, die kommen würden, um ihren Teil des Paktes zu erfüllen.

Die Oase hatte sich in ein großes Zeltlager verwandelt, wo jeder Stamm seinen Platz hatte und die Llamellos sich auf den Grasflecken drängten. Wenn sie später getrennt würden, würde man sie an den Zeichen auf den Bäuchen auseinanderhalten können, die sie ihrem Besitzer zuordneten.

Die Wüstenmänner warteten erst seit wenigen Tagen, doch schon häufte sich stinkender Unrat jeglicher Art, der um die Zeltplanen verstreut lag.

Der Oberschäfer blieb Tag und Nacht in seinem Zelt und aß und trank reichlich. Daneben bestand seine einzige Beschäftigung darin, einmal am Tag Bericht von den Wachen zu fordern und sich zu vergewissern, dass die Geschenke, mit denen er die Anführer der Sideresier beeindrucken wollte, bereitstanden. Die anderen Schäfer verbrachten die meiste Zeit mit ihrem Lieblingsspiel, bei dem Stamm gegen Stamm antrat.

Die Spieler mussten einen Llamelloknochen so schleudern, dass er zwischen im Sand markierten Stellen in einer festgelegten Position zum Liegen kam. Häufig gerieten die Männer nach langen Stunden des Spielens und Trinkens aneinander und prügelten sich immer heftiger, wenn sie ein Ergebnis als ungerechtfertigt erachteten. An manchen Abenden war es so schlimm, dass es einen Toten gab, den sie dann in einen der Flüsse warfen.

Die Frauen und Kinder waren schmutzig und hatten Ringe unter den Augen. Sie saßen im Schatten der Zelte und trugen die gleiche Sanftmütigkeit auf den Gesichtern wie die Llamellos.

Als die Wachen eines Abends verkündeten, dass die Sideresier in Sicht waren, brach im ganzen Zeltlager Jubel aus. Sofort schickte der Oberschäfer Gesandte mit den Geschenken los. Dann befahl er den jungen Schäferfrauen, sich in neue Felle zu hüllen und sich Stirn und Kinn mit Schwefelgelb und Rot zu bemalen. Außerdem sollten die besten Llamellos zur Schau gestellt werden.

Die Gesandten kehrten früher zurück als erwartet, die Geschenke hatten sie nicht überreichen können. »Wir wurden nicht zu den Anführern durchgelassen«, berichteten sie. »Eine Vorhut hat sich uns in den Weg gestellt. Wir sollten warten, haben sie gesagt. Sie würden bald ankommen, dann sei noch genug Zeit, um Geschenke auszutauschen. Einen Namen, sagten sie, sollten wir uns merken: Drimus. Niemand stehe über ihm, seinen Namen sollten wir nicht vergessen. Und warten.«

Der Oberschäfer fügte sich und verbrachte die Wartezeit schlemmend in seinem Zelt. Die Sideresier kamen als Sieger, ganz wie sie es versprochen hatten. »Und wenn wir kommen, werdet ihr dafür belohnt werden, dass ihr dem Herrn geholfen habt …« Die vergangenen Leiden waren nun nicht mehr wichtig, dachte der Oberschäfer.

Die kräftezehrende Wüste und der Wegfall des traditionellen Handels mit dem Volk der Grenzländer hatte sie zu Opfern schrecklicher Hungersnöte gemacht. Bald jedoch würde all dies nur noch eine böse Erinnerung sein, denn nun kamen die siegreichen Sideresier, um sich mit ihnen zu verbünden und ihnen den Verrat mit Reichtümern zu vergüten. Der Oberschäfer spürte bereits die Vorfreude auf die guten Zeiten, die nun kommen würden.

Das Heer der Sideresier war schon von weitem zu sehen. Anfangs war es nur eine große Sandwolke, durch die eine dunkle und in der Wüstenhitze flimmernde riesige Masse zu erahnen war.

Kaum hatte man den Oberschäfer davon unterrichtet, trat er in seinem prächtigsten Schmuck aus seinem Zelt, um die Sideresier zu empfangen. Um ihn drängte sich sein Volk, das ebenfalls die willkommen heißen wollte, die sie belohnen würden. Endlich würde das Bündnis besiegelt, das ihnen Reichtümer verhieß.

Bis zur Ankunft des Heeres verging fast eine Stunde.

Kurz vor dem Llamello des Oberschäfers brachte Drimus sein Reittier zum Stehen. Hinter ihm hielten die Kommandeure an und mit ihnen eine ganze, auf gesattelten Tieren sitzende und die schwarze Standarde des Misaianes tragende Garnison. Unter den Schäfern schwoll bewunderndes Gemurmel an, das sich mit ersten weiblichen Vorahnungen vermengte, die nichts Gutes versprachen.

»Ich bin das Oberhaupt aller Schäferstämme. Ich bin der Herr über das Land ohne Schatten. Und ich bin hier, um euch willkommen zu heißen.«

Drimus drehte den Kopf zu einem seiner Kommandeure. Auf das vereinbarte Zeichen hin ergriff dieser in aller Ruhe eine Waffe, die er quer über dem Rücken getragen hatte. Der Oberschäfer glaubte, es wäre das erste Geschenk, und lächelte. Auch der Kommandeur lächelte, während er seine Vorbereitungen traf. Und auch Drimus lächelte, als er mit den Fingern schnippte. Sogar die Schäfer lächelten, als sie zum ersten Mal in ihrem Leben den Knall des Feuers hörten.

Dem Oberschäfer blieb nur ein kurzer Augenblick des Erstaunens. Schon sah sein Volk, wie er vornüber kippte, sich an den Hals des Llamellos klammerte und langsam, Schlieren ziehend über das Fell glitt. Der Oberschäfer starb langsamer, als alle glaubten, denn er konnte im Geiste noch jedes einzelne Versprechen durchgehen, das man ihm als Gegenleistung für den Verrat seines Kontinents gegeben hatte. Er sah die Lulus vor sich, ihre unschuldigen Augen, als sie dankbar das vergiftete Wasser tranken, das er ihnen hatte reichen lassen. Während die Kraft aus seinen Händen wich, dachte er an den Pakt mit Misaianes und an dessen Saft, nach dem er so oft gelechzt hatte. Dieser Saft war sein eigenes Blut, nun verschwindendes Blut, gelang es ihm noch zu denken.

»Wer nennt sich sonst noch Oberschäfer?«, fragte Drimus.

Niemand antwortete. Aber die Feigheit nützte ihnen nichts.

Drimus gab ein weiteres Zeichen, woraufhin einige sideresische Soldaten abstiegen, die mit Freuden willkürlich Schäfer herauspickten: schwefelgelb bemalte Frauen, drei alte Weiber, einige Männer, die besonders schwächlich aussahen. Sie drängten sie zusammen und verschnürten sie wie ein Holzbündel. Anschließend saßen sie wieder auf und ritten im Kreis um sie herum. Mal schoss der eine, mal der andere. Es war ein vergnügliches Spiel, zur Eile bestand kein Grund.

»Auf die Schwefellinie über dem Kinn.«

»Auf die Hände, die diese schmutzige Alte da vor ihrer Brust kreuzt.«

»Auf den Bauch.«

»Mitten hinein in dieses Flehen.«

Als sie fertig waren, befahl Drimus, man möge ihm das Zelt des Oberschäfers herrichten und seine Hunde herbeiführen. Er wollte sich ausruhen, und das konnte er nur, wenn er seine Meute um sich hatte.

Sklaven hatte er nun genug. Die Nomaden der Wüste, die es gewohnt waren, mitten in der Nacht weiterzuziehen, wenn es ihnen nach Bewegung gelüstete, zuckten unter den ersten Peitschenhieben zusammen. Nur wenigen unter ihnen war bewusst, dass sie den Preis für den Verrat an ihren eigenen Brüdern bezahlten. Die meisten waren damit beschäftigt, den Schlägen auszuweichen und zu gehorchen.

Hätten die Husihuilkekrieger es gesehen, hätten sie verstanden, warum ihre Stammesältesten sie davor gewarnt hatten, ihre Kräfte gegen die Schäfer zu vergeuden. »Verrat verroht. Lassen wir sie diesen Weg weiterbeschreiten, der ihrer Vernichtung entgegenführt.«

Bei Sonnenaufgang des nächsten Tages wurden die Schäfer getrennt. Frauen, Kinder und Alte sollten als Haussklaven dienen. Die Männer wurden Todeskarawanen zugeteilt, die überall dort schürfen gehen sollten, wo der Felsen Reichtümer verhieß. Wer diese unmenschliche Arbeit überlebte, würde einmal die Vorhut bilden, die ersten Angriffslinien, den Schild in der entscheidenden Schlacht gegen das Heer der Fruchtbaren Länder.

Die Sideresier würden in der Oase verweilen. Die Soldaten und die Tiere mussten sich ausruhen und erholen. Vor allem aber mussten sie der Flotte Zeit geben, die gerade den Lalafke überquerte, beladen mit genügend Waffen, um den Rest des Kontinents zu verwüsten und im Namen des Misaianes seine Bewohner zu versklaven, die sich frei wähnten. Von dem Wüstengebiet zwischen dem Zahmen Lalafke und dem Sumpfigen hatten die Sideresier bereits militärisch Besitz ergriffen. Um in die Grenzländer einzumarschieren, benötigten sie jedoch die Macht, die mit den Schiffen eintreffen würde.

»Wir werden stillhalten. Erst wenn unsere große Flotte einläuft, werdet ihr in die entscheidende Schlacht ziehen. Bis dahin führe ich meinen eigene Schlacht«, sagte der Doktrinator. Die Kommandeure verstanden.

Nun waren es die Sideresier, die spielten und lachten. Die Frauen und Kinder der Wüste gingen in der gleißenden Sonne zwischen den Flüssen und dem Lager hin und her, um die Sideresier und ihre Tiere mit Wasser zu versorgen. Die Nahrung, die schon vor der Ankunft von Drimus' Heer spärlich gewesen war, reichte nun endgültig nicht mehr aus. Die wenigen Fische aus den Flüssen, die sehnigen Tiere aus den Bergen und die Feigen der Kakteen konnten nicht den Hunger aller stillen. Viele Llamellos wurden geschlachtet, um die Sieger zu ernähren.

Die Schäfer drängten sich in der Nähe der nächtlichen Lagerfeuer und warteten darauf, dass die Sideresier die Knochen in hohem Bogen wegwarfen. Dann stürzten sie sich darauf und stritten sich erbittert darum. Oder sie schlichen um die Stelle, wo die Tiere gehäutet wurden, um sich über Fett und Häute herzumachen.

Die Llammellos tot, die Oase vergiftet, die Wüstennomaden versklavt: ein Volk weniger auf Erden.

Nanahuatli

Auf den Spuren der Sideresier, wenn auch von Tag zu Tag weiter zurückfallend, durchquerte Nanahuatli den Kontinent.

Weil sie nun schon seit langer Zeit wenig gegessen hatte, war sie abgemagert und sah aus wie der Schatten eines Gespenstes, das zum Weitergehen verdammt war. Sie hatte Hunderte von kleinen Wunden, Angst vor allem und jedem, sie war erschöpft vom ewigen Gehen, so dass der Gedanke, sich einfach irgendwo hinfallen zu lassen, immer verlockender wurde. Wäre da nicht die Liebe gewesen. Immer wieder erhob sich Nanahuatli und folgte den Spuren des Heeres. Noch ein Tag, ein Tag nur, und dann ist Schluss, sagte sie sich, um durchzuhalten. Nanahuatli wickelte Tag für Tag frische Blätter um ihre Füße und band sie fest mit den Riemen ihrer Sandalen, die der Weg verschluckt hatte. Damit hielt sie die Geschwüre sauber und konnte schneller gehen.

Als die Sideresier in der Oase der Schäfer haltmachten, holte sie sie wieder ein.

Inmitten eines großen Felsenhaufens fand Nanahuatli ein Versteck. Vor dort konnte sie das Lager beobachten, ohne selbst gesehen zu werden. Sie sah eine Karawane von Männern vorüberziehen, die unter den Peitschenhieben der Sideresier zusammenzuckten. Nanahuatli erinnerte sich an Thungür und wusste, dass es sich bei diesen flehenden Männern nicht um Husihuilke handeln konnte. Sie blickte sich um und sah nur Wüste. Bis zu Thungürs Haus im Wald musste es noch weit sein, dachte sie.

Nanahuatli konnte nicht wissen, was es mit dieser Rast auf sich hatte. Und noch weniger, wer diese misshandelten Männer waren. So wie die Dinge standen, konnte sie nichts weiter tun, als in ihrem Versteck auszuharren, bis die Sideresier ihren Marsch wieder aufnahmen. Dass sie weiterziehen würden, wusste sie, weil es der Bucklige vor dem Sternenhaus gebrüllt hatte. Die Sideresier wollten in die Grenzländer. Auch sie wollte dorthin. Sobald sie aufbrachen, würde sie sich ihnen wieder an die Fersen heften. Nanahuatli beschwor sich selbst, dass sie es schaffen würde. Die Ruhepause gab ihren Beinen und ihrem Geist die Kraft zurück.

Bei Einbruch der Nacht kroch Nanahuatli immer die Dühnen hinunter bis zum Lager. Sie wollte herausfinden, ob es Anzeichen dafür gab, dass die Sideresier bald weiterziehen würden. Wenn sie keine fand, kehrte sie in ihr Versteck zurück. Die Felsen standen mitten im Feindesland, und doch waren sie ihr Zuhause; hier konnte sie sorgfältig ihre schlimmsten Wunden pflegen, kaute Kaktusfeigen und Wurzeln, als wären es Köstlichkeiten des Palastes, in dem sie aufgewachsen war. Und vor allem schlief sie, um von schönen Dingen zu träumen. Fast immer dachte sie beim Aufwachen an Thungür und lächelte.

Nanahuatli wusste nicht, dass sie sich in der üppigsten Oase dieser Wüste befand. Nur deshalb hatten die Schäfer sie ausgewählt, um auf die Sideresier zu warten. Nanahuatli wusste nur, dass ganz in der Nähe ihres Felsenhauses mehrere Rinnsale waren, die Flüssen ähnelten. Nachts schlich sie dorthin, um ihren geschundenen Körper zu erfrischen. Sie trank so viel Wasser wie nötig und kehrte sofort wieder in ihr Versteck zurück.

Es geschah eines Nachts, weil das Rinnsal stärker war denn je und fast das ganze Flussbett füllte. Es rauschte auf dem Weg zum Meer und nahm den Himmel mit.

So schön war es, dass Nanahuatli sich am Ufer, wo das Wasser sie fast berührte, niederlegte und einschlief.

Stunden später näherten sich zwei sideresische Soldaten dem Fluss, um nach ihrem Besäufnis die Übelkeit zu lindern. Sie schlurften und schwankten leicht. Einer von ihnen ergoss den dunklen Ekel, den er in sich trug, auf den Weg.

Nanahuatli schlief. Der Fluss, der die Soldaten kommen hörte, wollte sie mit Sand und Kieselsteinen tarnen, aber seine Bemühungen fruchteten nicht. Die Sideresier entdeckten sie sofort und blieben abrupt stehen. Einen Moment lang hielten sie die schlafende Frau für eine Lüge des Maiswassers. Sie blickten einander an, um herauszufinden, ob sie beide das Gleiche sahen. Es stimmte, dort lag eine Frau. Und sie gehörte nicht dem Volk der Schäfer an.

Zwei grinsende Gesichter weckten Nanahuatli. Sie schlug die Augen auf. Zuerst versuchte sie herauszufinden, was es mit diesen Flecken auf sich hatte, die sich in die Farbe des Sandes gemischt hatten. Füße. Es waren schwarz beschuhte Füße. Sie hob ein wenig den Kopf, um besser zu verstehen. Es waren schwarz gekleidete Beine. Zwei nackte Oberkörper, zwei gewaltige Gebisse. Mit einem Satz sprang Nanahuatli auf. Die Sideresier grinsten noch breiter, blieben aber stehen, wo sie waren. Nanahuatli blickte sich um. Um sie herum war nur Sand. Und am Ende der Welt die Felsen, die sie bis dahin verborgen hatten. Die Angst gaukelte ihr vor, sie müsse nur dorthin gelangen, dann wäre sie in Sicherheit, als wäre ihr Versteck ein Palast mit stabilen Toren, vor dem bewaffnete Wachen standen. Ohne die Männer aus den Augen zu lassen, ging Nanahuatli los. Solange sie die Männer ansah, sagte ihr die Angst, würden sie sich nicht rühren.

Anfangs war es auch so. Die Sideresier blieben reglos stehen, während sie sich entfernte. Ihre grinsenden Gesichter hingegen hatten bereits den Fluss überquert und betatschten sie. Nanahuatli versuchte verzweifelt, sich von ihnen loszureißen. Da lachten die Männer laut auf.

»Stürz dich hinab, Pate!«, befahl der Zauberer, der in der Mitte des Eulentors hockte.

Gegen seinen Willen flog der Patenfalke durch ungewohnte Himmel. Er war kein Freund dieser nördlichen Wüste, die er bewachen sollte.

Der Patenfalke spürte zum ersten Mal die Folgen der Strafe. Dieser Ungehorsame hatte sich im Gegensatz zu seinen Vorgängern von seinem Schicksal, den Himmel zu sehen und auf Erden zu gehen, nicht bezwingen lassen. Der Bestrafte lernte, Vogel zu sein. Nun rangen sie darum, den gleichen Platz einzunehmen. Der Patenfalke und der Zauberer wussten, dass es für beide nur eine Seele gab und sie dazu berufen waren, auf so viele Arten wie möglich zu verschmelzen. Bislang versuchte der eine, dem anderen seinen Willen aufzuzwingen. Strafender und Bestrafter würden bald nicht mehr wissen, wo der eine begann und der andere endete. Weil der Zauberer wusste, dass es bis dahin noch lange dauern würde, änderte er seine Art zu bitten.

»Pate aller Himmel: Der Zauberer, der du bist, bittet dich, dass wir hinunterfliegen, um zu sehen, was dort vor sich geht. Du kannst die Angst dieser Frau und die Brutalität dieser Männer besser riechen als ich.«

Als sie weit genug gesunken waren, sah der Zauberer, dass die Frau keinem Volk angehörte, das er kannte. Es war ihm aber gleichgültig, denn die beiden Männer, die gerade den Fluss überquerten, waren Feinde.

Wenige Schritte nur, und die Sideresier waren am anderen Ufer und konnten die Jagd beginnen. Die Unglückselige stürzte beim Laufen, stand wieder auf, rannte weiter, ohne zu wissen, wohin.

Weder Nanahuatli noch die Sideresier ahnten, dass ein Zauberer am Himmel flog.

»Schau dir diesen Riesenvogel an!«, rief der eine dem anderen zu, um die Angst zu beschwichtigen. »Es heißt, dass sie in dieser Gegend alles verstehen und alles erzählen können.«

»Umso besser. Soll er doch zuschauen und erzählen!«

Nanahuatlis Schicksal war von allen Seiten umzingelt. Die Soldaten hatten sie eingeholt und zogen den Kreis um sie immer enger. Nanahuatli erkannte eine Lücke, durch die sie flüchten konnte, und rannte los, aber schon stand der eine Mann vor ihr. Wieder tat sich eine Lücke auf, aber schon schnitt ihr der andere Mann den Weg ab. Beide hatten die Arme ausgebreitet, als wollten sie ihr die Grenze aufzeigen, die sie nicht mehr überschreiten würde.

»Siehst du das, du hässlicher Vogel?«, rief der Sideresier und schüttelte herausfordernd die Faust. »Schau nur zu und erzähl allen, dass die Frauen der Fruchtbaren Länder zu Hasen werden, sobald wir in die Nähe kommen. Das gleiche Gesicht der Angst. Sie zittert wie ein Hase, den wir am Nacken packen.«

Diesmal waren Befehle oder Bitten nicht vonnöten. Der Zauberer und der Falke verspürten die gleiche Wut. Und sie trafen die gleiche Entscheidung.

Zum ersten Mal musste der Zauberer seinen Magen nicht darauf vorbereiten, musste er die Augen nicht zusammenkneifen, um zu ertragen, was gleich geschehen würde. Ganz im Gegenteil wollte er sehen, wie der Pate am zerfetzten Fleisch zerrte, wollte es spüren. Der Pate spannte den Körper und flog direkt auf den Sideresier zu, der gerade gesprochen hatte. Der Zauberer trug das Blut bei. Frucht dieser Kreuzung war ein riesiger Vogel mit klarem Verstand, der sich auf sein Opfer stürzte, um es zu töten.

Der Sideresier verstand nicht, was vor sich ging. Er schrie, solange er konnte, schlug hilflos auf den Krieger mit den schwarzen Federn ein. Der Vogel griff an, wich wieder zurück, mit gesträubten Federn, den Blick stets auf sein Opfer gerichtet, und griff dann erneut an. Mit durchbohrtem Hals ging der Sideresier in die Knie und fiel in den Sand. Es war der Zauberer und nicht der Falke, der ihm in die Augen aushackte. Der andere Sideresier rannte davon. Er hatte keine Waffen, und nichts in seinen Venen brachte ihn dazu, den Kampf aufzunehmen.

»Er darf nicht entkommen«, sagte der Zauberer.

Der Patenfalke ließ von dem Todgeweihten ab und flog dem Flüchtenden hinterher.

»Diesem hier lassen wir etwas Zeit und ein Stück Zunge, damit er zurückkehren und berichten kann«, beschlossen sie.

Der Angriff war kurz und bündig: Der Schnabel stieß in die Kehle und fuhr an ihr zerrend wieder heraus. Trotzdem blieb dem Sideresier noch Leben, um es bis zum Lager zu schaffen. Der Falkenzauberer sah, wie er heulend und Schatten verscheuchend den Fluss überquerte. Da fiel den beiden die Frau wieder ein.

»Fliegen wir zu den Felsen da drüben«, sagte der Zauberer.

Während des Angriffs hatte sich Nanahuatli dort versteckt. Sie kauerte auf dem Boden und barg den Kopf in ihren Händen. Ein Flügelschlagen über ihr schreckte sie auf. Sie sah nach oben und erblickte auf dem höchsten Felsen einen Vogel. Sie kroch aus ihrem Versteck, um herauszufinden, was passiert war. Der Tote war ein zerfleddertes Bündel im Sand. Sonst lag die Wüste friedlich da.

»Ich kenne dich nicht, Vogel«, sagte Nanahuatli. »Ich weiß nicht, welche guten Winde dich hierhergeführt haben, um mich zu retten. Ich kann dir nur sagen, dass ich dich mein ganzes Leben lieben werde. Solange ich eine Stimme habe, werde ich von einem wundervollen Vogel erzählen. Vom Vogel aller Vögel und aller Himmel.«

Nanahuatli wusste nicht, dass sie den Patenfalken vor sich hatte, den Vogel, der jedes Mal an Größe gewann, wenn seine Legende erzählt wurde.

Der Zauberer sah der Frau ins Gesicht. Da er einmal ein Mann gewesen war, konnte er die von den Leiden der strapaziösen Reise verdeckte Schönheit erkennen.

»Ich heiße Nanahuatli.« Sie war sicher, dass der Vogel ihr zuhörte und sie verstand. »Ich komme aus dem Land der Sonnenherren. Ich bin den Sideresiern gefolgt, um in die Grenzländer zu gelangen, denn dort lebt der, den ich liebe. Er heißt Thungür, und ich werde ihn finden.«

Im Wald der Grenzländer fuhr der Zauberer aus seinem Nest hoch. Er erinnerte sich noch an den Herzensbruder von Piukeman. Und vielleicht liebte er ihn noch.

»Pate, du weißt nur zu gut, dass sie ohne unsere Hilfe nie dort ankommen wird. Halte sie von den Sideresiern fern. Führe sie hierher. Wenn du ihr geduldig in die Augen siehst, werde ich dafür sorgen, dass sie unseren Plan versteht.«

»Ich brauche weder dich noch deine Geduld, damit sie mich versteht.«

Der Falke breitete seine riesigen Flügel aus und umschloss Nanahuatlis verschwitzten Körper. Noch nie hatte er eine Frau umarmt. Dann krächzte er, und sie verstand alles, was er sagte. Von nun an sollte sie ihm folgen. Der Vogel kannte Thungür, wusste, wo er lebte. »Ich bringe dich heil dorthin. Komm mit mir. Folge immer meinem Flug, denn folgst du den Sideresiern, führt es dich in den Schmerz.«

Nanahuatli hatte nun den besten Führer, der sich denken ließ. Der Patenfalke wählte sichere Wege, um sie von den Sideresiern wegzuführen, und geleitete sie auf ihrem Marsch in die Grenzländer.

Der Sideresier, der blutend und heulend vom Fluss zurückgekehrt war, konnte seine Geschichte noch erzählen, bevor er starb. In den folgenden Tagen schauten die Sideresier ständig zum Himmel. Manche glaubten die Geschichte, manche nicht, aber alle zitterten, wenn in der Nähe ein schwarzer Vogel flog.

Während Nanahuatli und der Pate nach Süden zogen, nahm das Husihuilkeheer seinen Marsch nach Norden auf, dem Krieg entgegen. Irgendwo unterwegs mussten sie aufeinandertreffen.

»Schau, wie merkwürdig dieser Falke fliegt!«, sagte Thungür zu einem seiner Männer und deutete auf ein Stück Himmel zwischen den Bäumen. »Er kreist langsam und sehr niedrig. Es ist ein Vogel aus dem Maduinasgebirge. Was er wohl so weit entfernt von seiner Heimat zu suchen hat?«

Fischsuppe

Zwei Frauen aus dem Volk der Schäfer zündeten ein Feuer an, um für Drimus zu kochen. Ein sideresischer Soldat hatte ihnen befohlen, eine Fischsuppe für den Doktrinator zuzubereiten, und eine der Frauen gleichzeitig mit einer Handvoll Fische beworfen.

Nachdem eine dritte Frau einen Kessel mit Wasser auf die Flammen gesetzt hatte, blieben die drei dort stehen und sahen zu, wie die Fischstücke dem Wasser Farbe verliehen.

Still standen sie da, und es war ihnen, als schwämmen die Fische im klaren Fluss einer Oase, in der ein Volk lebte, das mit seinen Nachbarn Handel trieb. Aber so war es nicht. Die Schäfer zahlten den Preis für ihren Verrat. Und was die Frauen sahen, waren Fleisch, Eingeweide und Schuppen, die in einem Kessel trieben, nicht Fische, die in einem Fluss schwammen.

Die drei Frauen waren sehr jung. Dass sie verschiedenen Rängen angehörten, war kaum zu sehen. Eine von ihnen war etwas prächtiger gekleidet, was der Schmutz verdeckte.

Heute, dachte die eine Frau.

Diese Suppe ist genau richtig, dachte die andere.

Die Frau, die am besten gekleidet war, dachte lieber nichts, denn sie hatte Angst, dass ihre Gedanken ihre Absichten verraten könnten. Zum Glück war der Bucklige nicht in der Nähe. Nur er würde erraten, was weder zu sehen noch zu hören war.

Die drei Frauen konnten darauf zählen, dass viele andere ihres Geschlechts ihr Vorhaben guthießen. Die Frauen der Wüste führten einen Plan aus, den keiner der Männer sich auch nur vorzustellen wagte.

Täglich sahen sie ihr Volk sterben. Und sie besaßen die Tugend, rechtzeitig die Hoffnung aufzugeben.

Sie waren Frauen. Vielleicht konnten sie sich deshalb besser erinnern.

Sie erinnerten sich daran, wie die Nächte vor dem Massaker an den Lulus gerochen hatten. Sie erinnerten sich an die Zeit, als sie noch gute Nachbarn der Husihuilke gewesen waren. Damals hatten sie häufig den Sumpfigen überquert, um mit Llamellos zu handeln. Am anderen Ufer hatten die Einwohner der angrenzenden Dörfer mit Mehl, Heilkräutern und Trockenfrüchten gewartet. Zurück in ihrem Zeltlager, hatten sie das gute Geschäft gefeiert, hatten Früchte und Samenkuchen gegessen. Und sie hatten getanzt.

Eines Tages veränderte sich das Verhalten der Männer. Sie hatten sich häufig mit Stammesführern und dem Oberschäfer getroffen. Von einer Macht hatten sie gesprochen, die von weither kommen und ihnen großen Reichtum bringen würde.

Die Frauen erinnerten sich auch daran, dass niemand sie gefragt hatte. Nie hatten ihre Männer ihnen gesagt, dass sie dabei waren, ein neues Bündnis zu schließen. Und einen Verrat zu begehen. Dann waren die Sideresier eingetroffen, und der erste Verräter war auch der Erste, der getötet worden war. Bald wurde offensichtlich, dass das Versprechen von Reichtum eine grausame Täuschung gewesen war.

Deshalb hatten sie jetzt auch nicht gefragt. Bei jedem Toten hatten sie einander angesehen. Als der Schmerz unerträglich geworden war, hatten sie eine Entscheidung getroffen.

Von alters her wussten die Wüstenschäfer ein tödliches Gift herzustellen. Die Zubereitung erforderte jahrelange Geduld, weil die Zutaten sich unter dem Sand vermischen und vergären mussten. Überall in der Wüste gab es geheime Nischen, in denen die tödlichen Substanzen einweichten: gerillte Schoten, saure Früchte vom Fluss und Blätter, die »krummes Ohr« genannt wurden. Die Stellen waren mit einem Stein markiert, auf den die Zangen eines Skorpions gemeißelt waren. Jedes Jahr wurde ein neuer Stein hinzugelegt, so dass die Schäfer genau wussten, wann das Gift reif war. Wenn sie die Nischen öffneten, war nur noch ein kleines Häufchen übrig, von dem jedoch eine winzige Prise genügte, um einen Menschen zu töten.

Eine der Frauen, die um den Kessel standen, zog unter dem Riemen ihrer Sandale ein Blatt hervor, in dem ein Körnchen des gräulichen Pulvers eingewickelt war, und ließ es in den Kessel fallen.

Das Gift der Wüste war geschmacklos. Wie die Lulus würde der Bucklige trinken, ohne Verdacht zu schöpfen.

Die Sideresier waren Menschen, deren Sinne abgestumpft waren. Meist suhlten sie sich in ihrem eigenen Elend, denn sonst hätten sie bemerkt, dass sich zwischen den Frauen etwas zusammenbraute. Keiner Kreatur der Fruchtbaren Länder wären die wechselseitigen Blicke entgangen, das leichte Runzeln der Stirn, notdürftig nur vertuscht durch einen Arm, der Schweiß abwischte, das Ballen einer Hand, die sagte: jetzt.

Die Sideresier aber bemerkten an diesem Tag nichts Ungewöhnliches.

Eine Frau kam zu ihnen und sagte, die Suppe, die sie verlangt hätten, sei fertig. Sie hatte eine Schüssel dabei, die in ein Leinentuch gehüllt war. Der Sideresier bedeutete ihr, dass sie ihm zu dem Zelt folgen sollte, wo Drimus bereits wartete. Am Eingang nahm der Krieger ihr die Schüssel ab und schickte sie weg.

Die Frau kehrte zu den anderen zurück, die den Rest der Suppe bereits weggeschüttet und den Kessel sorgfältig geputzt hatten. Jeder, selbst eine blaue Schmeißfliege, hätte ihr Zittern bemerkt. Die Sideresier jedoch hatten nicht genügend Seele.

Seit der Sideresier Drimus' Zelt wieder verlassen hatte, war einige Zeit vergangen. Die Frauen fragten einander mit Blicken, was wohl geschehen war. Vielleicht hatte der Bucklige die Brühe noch nicht getrunken.

Die Wüstenfrauen kannten die Symptome, die den Tod ankündigten, nur zu gut. Zuerst spürte der Vergiftete, dass ihm die

Beine einschliefen. Kurz darauf stellte sich im Magen ein Schmerz ein, der zu den Leisten hinunterwanderte. Zu diesem Zeitpunkt konnte der Vergiftete sich noch bewegen. Die Lulus hatten damals versucht, die Hänge der Dünen zu erklimmen. Dieser Zustand hielt nicht lange an, denn bald schon begannen alle Muskeln steif zu werden. Schließlich ging der Vergiftete, von weißlichem Kot besudelt, zu Boden.

Der Bucklige trat aus seinem Zelt. Er sah unschlüssig aus, zitterte. Die Frauen senkten den Blick, taten so, als gingen sie ihren Verrichtungen nach. Schwankend setzte sich Drimus in Bewegung. Alle im Lager blieben stehen und starrten ihn an. Der Bucklige tastete sich durch die Luft, und die Frauen erinnerten sich, dass manchen das Gift kurz vor dem Tod mit Blindheit schlug. Blindlings stolperte Drimus vorwärts. Hinter ihm strömten seine Männer zusammen. Vor einer Gruppe von Frauen blieb Drimus abrupt stehen. Blass und reglos stand er da. Auch die Frauen rührten sich nicht, hofften, dass sein Ende nahe war. Der Doktrinator hatte trockenen Augen, riss sie übertrieben weit auf. Plötzlich verzog er seinen Mund zu etwas, das einem Lächeln ähnelte. Langsam ließ er aus dem Mundwinkel die Brühe rinnen, die er nie geschluckt hatte.

Dann drehte er sich mit gestrecktem Arm um und schrie der Wüste einen Fluch entgegen. Mit einem Blick, der das Blut gefrieren ließ, hielt er inne. Was er dann noch zu sagen hatte, sagte er mit sanfter, fast weiblicher Stimme.

»Jemand hat tatsächlich geglaubt, er könnte den Magier vergiften«, waren seine ersten Worte. »Jetzt ist der Magier böse.«

Drimus gab Befehl, eine zweite Fischsuppe zu kochen.

»Diesmal sollen die Frauen einen der großen Kessel benutzen, in dem sie für das Heer kochen. Und schmackhaft muss die Suppe sein.«

Die Sideresier führten die Frauen zu der Feuerstelle und bewachten sie, während sie auf Geheiß von Drimus kochten. Als die Suppe fertig war, trat der Doktrinator hinzu.

»Deiner Kleidung nach warst du eine Frau von Rang.« Der Bucklige betrachtete die Sandalen der Frau und lächelte. »Dann werde ich dich Fürstin nennen, scheint dir das angebracht?«

Im ganzen Lager roch es nach Angst. Nicht einmal das Licht des Mondes, der am Himmel stand, konnte den Geruch mildern. Von fern erklang das Krächzen der Aasfresser, die herbeiflogen.

»Die Fürstin kann mir sicher sagen, wer dieses Gift hat, das mich niemals hätte täuschen können.«

Die Frau hoffte auf einen baldigen Tod, denn noch dachte sie, dass die Suppe für die Giftmischerinnen bestimmt sei. Daher holte sie das restliche Gift hervor und hielt es dem Buckligen hin.

»Nicht mir sollst du es geben«, sagte Drimus, »sondern es in den Kessel werfen.«

Die Sideresier wussten, dass sich Drimus nicht mit dem Tod der drei Frauen begnügen würde. Bevor der Doktrinator einen weiteren Befehl erteilen konnte, gingen die militärischen Anführer zu ihm, um mit ihm zu sprechen. Es waren bestialische Menschen, die nicht einmal den Stolz des Leogros besaßen, des ehemaligen Heerführers des Misaianes. Unterwürfig standen sie vor dem Buckligen und ergingen sich stammelnd in zahllosen Höflichkeitsfloskeln, um ihm zu raten, er solle die militärischen Notwendigkeiten im Auge behalten, er, der höchste Magier des Frieds, solle bedenken, dass die Wüstenmänner für seine Schlachtpläne unverzichtbar waren.

»Ich weiß«, sagte Drimus. »Natürlich weiß ich das.«

Und dann fügte er hinzu:

»Habe ich etwa von Männern gesprochen?«

Der Doktrinator verlangte nach einem Schilfrohr. Er betrachtete es eingehend, stellte es auf den sandigen Boden und brach es dann auf Hüfthöhe durch.

»Das ist das Maß.«

Die Sideresier begriffen.

»Wie viele?«, fragten sie.

Wieder war der Bucklige Herr über Leben und Tod. Er konnte die Zahl nach eigenem Gutdünken bestimmen, was ihn äußerst vergnüglich stimmte: zwei oder zwanzig. Er konnte sie, wenn er es wünschte, erst abzählen lassen und dann die genaue Zahl bestimmen. Oder sich einfach keine Gedanken darüber machen.

»Zehn Kinder für jede Köchin«, befahl er.

Die Mütter schrien auf und rannten zu ihren Kindern. Dreißigmal schlugen die Sideresier ihre Peitschen und entrissen Kinder aus Mütterarmen. Die Frauen warfen sich ihnen zu Füßen, boten flehend ihr Leben für das ihrer Kinder. In dreißig Gesichter wurde wütend getreten.

Die Schäferkinder waren hungrig. Freudig nahmen sie die Suppe auf, die Drimus persönlich ihnen mit einem großen Löffel einflößte.

»Vorsichtig, ihr lieben Kleinen«, sagte Drimus, »immer schön vorsichtig.«

Kindern, die noch gestillt wurden, steckte der Doktrinator seine Finger in den Mund, die er zuvor in die Brühe getunkt hatte.

»Saug schön daran«, sagte er, während ein Kind an seinem Finger nuckelte. »Das schmeckt genauso gut wie die Milch deiner Mutter.«

Das Letzte, was der Mond in dieser Nacht sah, waren kniende Frauen und Männer mit geschlossenen Augen. Und eine Llamellokarawane, die mit schlafenden Kindern beladen von dannen zog, verfolgt von einer Schar hungriger Vögel. Vögel, die so hungrig waren wie die Kinder, bevor sie in den Schlaf gesunken waren.

DRITTER TEIL

Zauberersprache

Kaum hatten die Husihuilke erfahren, dass die Sideresier eine Oase im Land ohne Schatten besetzt hatten, bereiteten sie den Marsch gen Norden vor. Wie die Zauberer es vorhergesagt hatten, gingen sie einem Krieg entgegen, den sie schon kannten.

Die Strategie, die sie entworfen hatten, war die Frucht zahlreicher Erfahrungen. Da waren die Worte der Krieger und die wertvollen Neuigkeiten, die die Kreaturen zusammengetragen hatten. Dazu kamen die Klugheit der Alten und vor allem die Weisheit der Zauberer.

Die Fruchtbaren Länder boten ein großes Heer auf, das gut geschult, bewaffnet und beritten war. Wie Jahre zuvor zog es aus, um den Ewigen Hass zu bekämpfen.

»Es ist der gleiche Krieg, es ist der gleiche Feind. Sonne für Sonne hat Misaianes sich unter uns versteckt und Schaden angerichtet, den die Augen nicht sehen können. Niemand darf je die Worte der heiligen Kodizes oder die Prophezeiung des Weißen Steins vergessen. Einst waren wir verwirrt. Das wird uns nicht wieder passieren. Wer jetzt zweifelt, begeht Verrat. Misaianes hat befohlen, unseren Kontinent in Staub zu verwandeln. Eine Handvoll Mais wird der einzige Rückweg sein.« Eine Handvoll Mais, das war Sache der Zauberer. Die Menschen zogen aus, um zu töten.

Der Hirsch hatte alles dafür getan, um stark zu werden. »Misaianes ist gekommen, um alles auszulöschen: die Zeit der Menschen, die Zeit der Tiere und die des Wassers, die Zeit des Grüns und die des Mondes, die Zeit der Zeit. Viele werden sich an seinem Gift berauschen, andere werden fallen in der Schlacht. Besser ist es, in der Schlacht zu fallen …« So sprachen die Borier.

Hirsch war der Name des Bundes, der einen Kontinent stolzer Menschen einte. Der Brodem des Misaianes ließ seine Gesundheit versiegen und sein Brot verschimmeln. Der Speichel des Misaianes drang bis in den Ort des Verstandes. Sein Heer verdarb jede Schönheit und erbrach Schlick in die Flüsse, um sie zu verdicken. Durch ihn regnete es Rost auf die Bäume, rann Urin von den Berghängen, wucherten Geschwüre auf den Tieren, verstummten die Vögel. Aber der Kontinent des Hirsches schloss sich wie eine Blume dornigen Berggestrüpps. Darin gerettet war der Stolz. Zaubererangelegenheiten.

»Vergessen wir nicht, dass in diesem Krieg viele an unserer Seite kämpfen. Auch die mächtigen Sonnenherren, die traurig Geblendeten, werden eines Tages bereuen und zu uns zurückkehren. Auch die Bewohner der Randmark, die mit den Astronomen durchs Feuer gegangen sind, ohne ihres Ziels gewiss zu sein, werden kämpfen. Und kämpfen werden auch die, die sich im Urwald versteckt haben. Die Magie wird tanzen, bis es wieder Tag wird, und sollten sie dafür Tausende von Nächten wach bleiben müssen. Der Clan der Eulen wird die unsichtbaren Grenzen verteidigen. Die Gedächtnis gewordene Nakin wird uns die genauen Worte diktieren, wenn es ans Töten und Sterben geht. Immer wenn unsere Tiere mit Mähne aufs Schlachtfeld stürmen, wird sich der letzte Lauf der Lulus wiederholen.«

Die Fruchtbaren Länder waren bereit für den Kampf. Wieder hielten alle zusammen, vom Menschen bis zum Käfer, vom Käfer bis zum Blitz. Um sie zu bezwingen, hatte Misaianes Schiffe voller Feuer und Seuchen geschickt. Verrat und noch mehr Schiffe. Ein Heer von Verrohten, die nie Krieger hießen, alte, der Eitelkeit verfallene. Und noch mehr Schiffe ... Und die Schattenfrau.

»Spiel nicht die Größe der Kräfte herunter, die über uns hereinbrechen werden«, sagte Kupuka. »Alle müssen die Wahrheit erkennen.«

»Ich werde die Wahrheit sagen«, antwortete Drei Gesichter.

»Mir tut es genauso leid wie dir, dass die gute Neuigkeit, die dir die Wasserwesen gebracht und alle Zaubererbrüder so erfreut haben, von jener anderen getrübt wird, die du jetzt verkünden musst«, setzte Kupuka nach.

»Ich bin es, dem es genauso leidtut wie dir.«

Die Erdzauberer taten etwas, das sie noch nie zuvor getan hatten: Sie zogen in den Grenzländern von Dorf zu Dorf, verkündeten, was geschah oder bald geschehen würde, hörten zu, besänftigten Wut und Schmerz. Sie bereiteten die Kreaturen vor: mehr auf die Niederlage als auf den Sieg.

An jenem Morgen verließen Kupuka, der Kauer und Drei Gesichter Süßkräuterdorf. Wie die beste aller Erscheinungen gingen die Zauberer durch den Wald.

Kupuka hatte sich bei Drei Gesichter untergehakt, denn so gefiel es ihm, wenn er Begleitung hatte. Das wenige, was der Wald sie sagen hörte, hatte mit dem Unglück zu tun, das sich ankündigte. Die Zauberer sagten es jedoch im Ton von »Vielleicht kommt heute Wind auf« oder »Wir könnten einen Kürbis rösten«. Nur die Miene von Drei Gesichter verriet die Traurigkeit.

Der Kauer hielt sich abseits, war ganz mit sich selbst beschäftigt. Er kreuzte den Weg von einer Seite zur anderen. Ohne Vorwarnung drang er in das Dickicht ein und tauchte erst nach einer Weile wieder auf. Manchmal eilte er voraus, dann wieder ließ er sich so weit zurückfallen, dass Kupuka stehenblieb, um ihn zu rufen.

»Komm endlich, Kauer!«, rief der Zauberer, und seine Stimme drang weit, weil der Wald ihr Bahn brach.

An diesem Morgen spuckte der Kauer aschenfarben. Er schlich durch den Wald wie ein Jäger, denn er war hinter einer Beute her. Was er sammelte, war unbenennbar, und er brachte es an den Ort, wo die Sinne die Erscheinungen durchdringen. Der Kauerzauberer wusste, dass er zerbrechlich war. Er wusste, dass sich sein Körper und sein Geist, die sich ständig trennten und einten, eines Tages nicht mehr wiederfinden und einander beweinend umherirren würden. Doch selbst in diesem Wissen pflegte der Kauer einen vertrauten Umgang mit seinen Giften. Er entdeckte sie, sammelte sie und stopfte sie in seinen Beutel oder gleich in den Mund, je nachdem, was der Tag von ihm forderte. Jetzt kam er schreiend und spuckend angerannt. Er war glücklich, weil sich das Suchen gelohnt hatte.

»Shanji! Schaut mal.« Der Kauer zeigte ihnen rot gemaserte Wurzeln. »Ich freue mich schon auf den Tag, an dem der Passhüter mich wieder piesackt und ich das hier im Mund habe. Einmal spucken, und er kann einen Tag lang nicht atmen!«

Der Kauer stieß weiter Schreie und Drohungen aus, bis die Zauberer, ohne Anzeichen von Müdigkeit zu spüren, an den Nussbaum gelangten, der sich mitten auf dem Weg erhob. Diesen Treffpunkt hatten die Bewohner von Pass der Wirbelwinde gewählt.

»Lasst uns dort versammeln, wo Kush nahe ist.«

»Lasst uns dort versammeln, wo unsere geliebte Kush uns mit ihren tröstenden Broten empfangen hätte.«

Dass dieses Haus weitab des Dorfes lag, war gleichgültig. Alle Familien packten Vorräte ein und gingen dorthin.

Schon in der Frühe trafen die ersten Bewohner ein. Kuy-Kuyen hatte mehr Brot gebacken als sonst. Cucub briet reichlich Fleisch in einem mit Glut bedeckten Loch. Und der Nussbaum streckte seinen Schatten aus, damit er für alle reichte. Krieger waren keine da, denn sie hatten sich bereits zum Aufbruch versammelt. Nur einer schlich unglücklich um seine Feuerstelle.

»Was hast du?«, fragte Kuy-Kuyen.

Verschwitzt vom Feuer, sah Cucub sie an.

»Thungür hat mich nicht gebeten, in den Krieg zu ziehen. Minche auch nicht. Niemand hat mich gefragt. Wie es scheint, soll ich hier bleiben und mit den Frauen kochen.«

Kuy-Kuyen streichelte über sein widerspenstiges Haar.

»Niemand muss dich bitten, deine Pflicht zu erfüllen. Morgen früh steigst du auf Schwarzes Feuer und reitest mit ihnen. Ich werde alles Nötige vorbereiten.«

»Und was wird mit euch?«, fragte Cucub.

»Du schützt uns besser, wenn du in den Krieg ziehst.«

Der Willkommensgruß an die Zauberer, die gerade eintrafen, lenkte die Eheleute ab. Gemeinsam gingen sie zum Nussbaum.

Alle waren gespannt auf die Neuigkeiten, so dass den Zauberern kaum Zeit zum Essen und Trinken blieb. Ein ungeduldiges Murmeln schwoll an.

»Erst wird Drei Gesichter das Seine sagen«, verkündete Kupuka.

Die Leute wandten sich dem Zauberer mit der Freudenmiene zu.

»Ich spreche für die menschlichen Kreaturen, die zuhören und es ihren Nächsten erzählen sollen. Ich spreche für die Vögel, die verbreiten sollen, was gesagt wird. Ich spreche für das Licht, das von der Luft hängt, denn es wurde für all diejenigen geschickt, die nicht zu Kushs Haus kommen konnten, aber trotzdem wissen wollen.«

Drei Gesichter hatte ein gutes Auge. Der Wipfel des Nussbaums war aus Vögeln. Und der Luft sah man noch die Wege an, auf denen das Licht gekommen war. Auf ebendiesen Wegen würde es zurückkehren und die Neuigkeiten den Bergen, dem Meer, der feuchten Mitte des Waldes erzählen. Allen, die nicht zu Kushs Haus hatten kommen können, aber trotzdem wissen mussten.

»Alle werdet ihr auf eure eigene Weise hören und doch das Gleiche verstehen.« Drei Gesichter mühte sich, seine beste Miene zu bewahren. »Ihr kennt mich. Ihr wisst, dass ich der Zauberer der Seen bin, dass ich mich gern in alles mische, was mit Wasser zu tun hat. Wann immer ich kann, führe ich die Fischer in die Irre. Kupuka lehrt sie zu fischen, und ich erschwere ihnen die Arbeit, so dass es am Ende gerecht ist. Es gibt in den Meeren und Flüssen kein Wesen, das mich nicht erkennt, wenn es mich sieht. Mein Reich sind die Ufer, mein Zuhause ist dort, wo man begreift, dass die Welt aus Schlamm besteht.«

Die Zuhörer wurden ungeduldig. Was Drei Gesichter da erzählte, schien nichts mit dem Krieg zu tun zu haben. Der Zauberer sah ein, dass er zur Sache kommen musste. Er gab sich geschlagen und ließ zu, dass sein wahrer Gemütszustand auf seinem Gesicht erschien.

»Na gut. Übers Wasser kommen schlechte Nachrichten. Die Sideresier haben ihr Lager in einer Oase aufgeschlagen und warten nur darauf, uns anzugreifen. Dabei sind sie nicht einmal das ganze Heer des Misaianes. In den Alten Ländern ist eine Flotte in See gestochen, die bald hier sein wird. Diesmal kommen sie nicht über den Yentru, sondern über den Lalafke. Mit der Flotte kommt viel Feuer, viel mehr als das, was bis jetzt auf dieser Erde donnerte. Die Schiffe sind nur der Beginn einer langen Dämmerung. Selbst wenn wir diese neue Schlacht gewinnen: Wird der Frieden Jahre, Winter oder Tage dauern? Die Legionen des Ewigen Hasses scheinen endlos. Etwas Großes, das ich mir noch nicht vorzustellen vermag, müsste geschehen, um sie aufzuhalten. Ich sage, dass sie über den Lalafke kommen werden, mit schwarzen Schiffen. Für eine lange Zeit, so lange, dass manche von einer Ewigkeit sprechen werden, wird uns die Erholung, die die Morgendämmerung bringt, nicht mehr vergönnt sein. So spricht das Meer. Ich sehe Tränen in den Augen der Menschen. Auch Tränen sind Wasser. Erlaubt auch mir zu weinen.«

Stille einte sie. Wie um Drei Gesichter recht zu geben, dämmerte es in Pass der Wirbelwinde.

Die Gemüter mussten sich erst wieder beruhigen, also verließ Kupuka den Kreis. Eine alte Frau aus dem Dorf erschrak, als sie ihn weggehen sah.

»Du darfst uns jetzt nicht verlassen, geliebtes Brüderchen.«

Der Zauberer schüttelte den staubigen Kopf und deutete auf eine nahe gelegene Stelle, um ihr zu zeigen, dass er nicht weit weggehen würde. Er setzte sich in den Schatten von Kushs Haus und lehnte sich an die Wand. Um nicht seine Gedanken mit der Traurigkeit der Welt zu verwechseln, schloss er die Augen. Kupuka suchte nach dem wahren Antlitz der Erde. Er wusste, dass er ihr in die Augen blicken musste, um ihr Schicksal zu sehen. Um ihn herum erhob sich ein Wind und überzog seinen Schweiß mit Staub, bis er aussah wie aus Ton. Aus seiner Brust drangen Gebirgslaute. Nach außen hin wirkte er ruhig, aber innen schossen Hunderte von Teilen in alle Richtungen und verlangten nach Verständnis. Je mehr Antworten eintrafen, desto tiefer bohrte der Zauberer seine Fingernägel in den steinigen Boden, bis eine blutige Linie sie umschloss. Dann riss er den Mund auf und stieß einen spitzen, endlosen Schrei aus. Aus den Tiefen des Schreis schoss die Zunge hervor. »Sie war wie ein Seil«, schworen alle, die damals dort waren.

Als Kupuka verstummte, war es bereits Mittag. Der Zauberer schlug die Augen auf. Um ihn herum drängten sich Menschen, Vögel und das Licht der Luft. Er stand auf. Der Staub, mit dem sein Leib überzogen war, bröselte, aber Kupuka behielt die Farbe bei.

»Groß ist die Sonne, sie wird uns nicht verlassen. Die Tage in diesen Ländern werden auch weiterhin anbrechen!«

Der Aufbruch

Schwarzes Feuer wusste es, Cucub hatte es ihm gesagt. Deshalb hatte er die ganze Nacht ausgeschlagen und den Kopf hin und her geworfen. Er schlief mit den anderen Tieren unter einem Strohdach, das auf dicken Stämmen ruhte, und er fraß das gleiche Heu. Arbeiten musste er jedoch nie verrichten, und auch die Kinder durften nicht auf ihm reiten. Cucub hingegen galoppierte täglich mit ihm durch den Wald. Schwarzes Feuer war sein Lieblingstier, denn keines seiner Tiere mit Mähne, überhaupt keines in Pass der Wirbelwinde lief so schnell, keines verstand so gut, was der Reiter wollte.

Es dämmerte, als Schwarzes Feuer Cucubs Schritte hörte. Das Tier spannte seinen Leib, um ihm zu zeigen, dass es bereit war.

»Wir ziehen in den Krieg«, hörte es ihn sagen.

Cucub gab ihm zu fressen und viel Wasser, säuberte das kurze, sowieso schon glänzende Fell und legte ihm schließlich ein neues Leder über den Rücken.

»Du wirst das tapferste Tier sein, auf dem ich je geritten bin«, sagte er.

Kaum hatte er es ausgesprochen, spürte er einen Blick auf seinem Nacken lasten. Als er sich umdrehte, sah er einem alten Tier in die Augen. Eine Scham, wie er sie noch nie empfunden hatte, zwang ihn, den Kopf zu senken.

»Ich hatte vergessen, dass du hier bist, Geist-des-Windes.« Cucub konnte kaum sprechen. »Und dass ich auf deinem Rücken reiten lernte. Und dass du Kuy-Kuyen und mich den weiten Weg zurück in die Grenzländer getragen hast.«

Geist-des-Windes rieb sich an Cucub und leckte ihm die Kriegsbemalung vom Gesicht.

»Du kannst nicht mitkommen, für einen weiteren Krieg bist du zu alt.«

Schwarzes Feuer wollte nichts hören von vergangenen Heldentaten, von müden Tieren. Seine Tage waren gekommen, schnaubend forderte er sein Recht ein.

»Bis zu unserer Rückkehr, Bruder«, sagte Cucub. »Schlaf und träum davon, dass du zusammen mit Abenddämmer einem Sieg voranläufst. Auch ich schlafe manchmal absichtlich, um davon zu träumen, dass ich zusammen mit Dulkancellin reite.«

Cucub atmete den Dung tief ein, denn kein anderer Geruch stärkte ihn mehr. Dann führte er Schwarzes Feuer an der Schlinge weg.

Seine Familie erwartete ihn schon, um sich zu verabschieden. Alle waren in Umhänge gehüllt, denn der Morgen war kalt. Der Sommer geht, und bevor wir uns versehen, ist die nächste Regenzeit da, dachte der Mann, der sein Zuhause verlassen würde. Zuerst sprach Wilkilen.

»Ich muss mich von dir verabschieden. Ich sage bis bald und gehe los.«

»Wohin gehst du denn so früh? Und was hast du da in der Tasche?«, fragte Kuy-Kuyen in ihrer ungeduldigen Art.

»Ich treffe mich mit einer alten Frau, die im Wald auf mich wartet«, antwortete Wilkilen. »Und in meiner Tasche habe ich ein Maisbrot, weil die Arme immer dünner wird.«

Die ältere Schwester wollte es ihr schon verbieten, da mischte sich Cucub ein.

»Sag mir bis bald und geh los.«

»Bis bald, ich gehe jetzt.« Wilkilen rannte los. »Bis bald!«

»Welche dünne alte Frau treibt sich denn da im Wald herum?«, fragte Kuy-Kuyen in ihrer liebevollen Art.

»So redet Wilkilen eben. Es kann ein altes Eichhörnchen sein, eine dünne Steineiche oder ein Fels.«

Wenn er auf dem Rücken von Schwarzes Feuer einige Pirouetten drehte, würde er die Kinder vielleicht zum Lachen bringen, bevor er aufbrach, dachte Cucub. Und tatsächlich begleitete ihn das Lachen ein gutes Stück des Wegs. Später beeilten sich Tier und Reiter, das Heer einzuholen.

Die Krieger der Fruchtbaren Ländern brachen auf, um die Sideresier mit einer Strategie zu bekämpfen, die sich die brüderlich vereinten Kreaturen und Zauberer ausgedacht hatten.

In Thungürs Reihen marschierten zum Großteil Zitzahay, aber auch viele Husihuilke aus Pass der Wirbelwinde und einige aus Wilu-Wilu, dem Dorf seiner Mutter. Das restliche Heer und alle Krieger, die unterwegs noch hinzustoßen würden, unterstanden dem Befehl Minches. Alle, auch die Zitzahay aus der Randmark, hatten sich dem Beschluss der Dorfältesten gefügt. Sollten sich die Anführer eines Tages uneins sein, würde Minche das letzte Wort haben.

Das Heer, das im Süden der Grenzländer aufbrach, würde in den nächsten Tagen um die Kräfte der Ostseite anwachsen, die das Maduinasgebirge auf den niedrigen Pässen überqueren würden.

Der Plan sah vor, dass ein erster Trupp nach einem Marsch von wenigen Tagen nach Trommelpass hinuntersteigen würde, um sich dem Hauptteil des Heers anzuschließen. Danach stand ihnen ein weiterer langer Marsch bis zum Nebligen bevor. Am Fluss würde eine weitere Division zu ihnen stoßen, die aller Voraussicht nach über den Vergessenen Pass von der einen Seite auf die andere gelangen würde. Sobald alle Kräfte vereint waren, würde das Heer weiter zum Sumpfigen marschieren, dem Fluss, der die Grenze zwischen den Grenzländern und dem Land ohne Schatten markierte. Von dort würden sie in die letzte Schlacht gegen die Sideresier ziehen.

Sie würden vorrücken wie damals im Krieg der Randmark. Erkundungstrupps wurden ausgeschickt, die jede Stellung und Bewegung des Feindes melden sollten.

Ob Krieg oder Frieden, ob Hochzeit oder Plage: der Kontinent der Fruchtbaren Länder war mit Boten reich gesegnet. Seine größte Stärke war es, Nachrichten schnell zu verbreiten. Wenn wichtige Ereignisse sich anbahnten, teilten es die Stämme einander mit und verbündeten sich. Im Zusammenweben von dem, was die Bienen und was die Trommeln verkündeten, im Verknüpfen von dem, was die Wanderer und was die Flüsse erzählten, im Auffädeln von dem, was die Rebhühner und was die Träume sprachen, darin lag das Wunder der Fruchtbaren Länder. Ihr Brauch, vom Eigenen zu berichten und sich das Fremde anzuhören, um schließlich beides zu verkünden, verlieh ihnen das Wissen um das Wahre und die Gabe der Brüderlichkeit.

Deshalb und weil der Krieg es gebot, würden diese Erkundungstrupps durch ein ständiges Kommen und Gehen von Verbindungsleuten mit dem großen Heer vereint sein.

Der Hirsch wollte das Lager der Sideresier erreichen, bevor deren Flotte einlief. Dann war die Schlacht zu gewinnen, selbst wenn die Sideresier sich die Streitmacht der Schäfer einverleiben würde. War sie erfolgreich geschlagen, würden sie eine List anwenden, um auf die Schiffe zu gelangen, die Misaianes zu ihrer Vernichtung gesandt hatte.

Die Zeit war knapp, könnte aber ausreichen, sagten die Zeichen. Als das Heer der Fruchtbaren Länder aufbrach, sangen die Frauen aus Pass der Wirbelwinde ihnen Lebewohl. Im Wald erklangen die Stimmen aller Kreaturen, in den Bergen hallten die Trommeln der Zauberer. Ein ganzer Kontinent erteilte den Kriegern seinen Segen.

Es war einmal eine Fürstin

Nach Beleram war sie zu spät gekommen, Thungür war bereits fort gewesen. Auch in den Grenzländern traf sie zu spät ein.

Als Nanahuatli Husihuilkeland betrat, war das Heer einige Sonnen zuvor in den Krieg gezogen. Irgendwo hatte sich Nanahuatlis Weg nach Süden mit Thungürs Weg nach Norden gekreuzt. Doch keiner der beiden hatte es bemerkt. So erklärte es ihr der Falkenzauberer, als sie vor ihm stand.

»Ich bin todmüde«, sagte Nanahuatli nur.

Ohne um Erlaubnis zu fragen, legte sie sich in das Nest, das sich der Zauberer am Fuß eines Baums gebaut hatte. Sie schmiegte sich an ihn, legte ihren Kopf auf die gewölbte, knöcherne Brust des Falken und schlief sofort ein. Er überlegte, ob er sie wecken und auffordern sollte, sich einen anderen Schlafplatz zu suchen.

»Sie muss sehr müde sein«, flüsterte er in seiner eigenen Sprache. »Soll sie erst einmal schlafen. Morgen früh werde ich sie bitten zu gehen.«

Er legte einen Flügel um sie, lag die ganze Nacht wach und sah die Träume des Paten.

Als Nanahuatli aufwachte, war es bereits Vormittag. Sogleich verkündete sie dem Falken, was sie offenbar im Schlaf entschieden hatte.

»Also gut! Ich werde bei dir bleiben, bis Thungür zurückkommt. Ein bisschen Gesellschaft wird dir guttun.«

»Was redest du da, Frau¿«, fragte der Zauberer. Aber Nanahuatli fuhr fort, als hätte sie seine Frage nicht gehört.

»Jetzt bringst du mich erst mal zum Wasser. Ich muss mich waschen«, sagte sie zu dem Zauberer und zerrte ihn am Arm. »Los, beeil dich.«

Ich werde sie hinbringen, aber danach werde ich sie wegschicken, dachte der Zauberer. Er stand auf und führte sie zu dem schönsten See des Waldes.

Der Pate hatte Nanahuatli zum Eulentor geführt, war aber nicht gelandet, sondern weitergeflogen, weil der Zauberer ihn darum gebeten hatte.

»Pate, wenn du mich anschaust, werde ich das Gesicht des Mannes sehen, der ich einmal war. Noch bin ich nicht so weit. Also flieg bitte wieder los.«

Der Pate hatte seine riesigen Flügel ausgebreitet und war in die Berge zurückgekehrt.

Nanahuatli und der Zauberer standen am Ufer des Sees. Die Frau begann die Schleifen zu lösen, die auf beiden Schultern ihre Tunika festhielten. Mitten in der Bewegung hielt sie inne und drehte sich zum Zauberer um. Aber dann fiel ihr wieder ein:

»Du kannst mich ja gar nicht sehen!«

Sie knüpfte die Bänder endgültig auf, schritt über ihre Tunika hinweg und ging zum Wasser.

»Selbst wenn«, beschwerte sich der Falke, »ich bin ein Vogel, vergiss das nicht!«

»Selbst als Vogel verliebst du dich womöglich in meine Farbe«, sagte Nanahuatli und lachte so unbeschwert, dass der Zauberer verstummte.

»Frau der unpassenden Worte«, sagte er später.

Nanahuatli ließ sich Zeit. Während sie badete, fragte sie den Zauberer nach Thungür aus. Sie fragte nach seinen Geschwistern, wollte wissen, wie es in Kushs Haus aussah, alles Dinge, an die sich der Falke nicht gern erinnerte.

»Ich glaube, ich habe dir schon genug erzählt. Außerdem muss ich zurück in mein Nest.«

»Warte auf mich!«, rief Nanahuatli.

Der Zauberer hörte, wie sie aus dem Wasser stieg. Und dann Gejammer.

»Was ist denn nun schon wieder?«, fragte er.

»Meine Tunika ist ein schmutziger Lumpen«, antwortete Nanahuatli. »Ich brauche eine neue … Und Sandalen brauche ich auch.«

»Das kannst du dir beides aus zartem Schilf weben.« Der Falke ging los. »So macht es Kuy-Kuyen auch.«

Nanahuatli holte ihn ein:

»Ist Kuy-Kuyen auch eine Fürstin?«

»Die Husihuilke haben keine Fürstin.«

Der Falkenzauberer blieb abrupt stehen. Noch befiel ihn ein Schwindel, wenn sich der Pate aus großer Höhe nach unten stürzte. Als er sich wieder erholt hatte, fragte er:

»Warum sagst du ›auch‹? Wer ist die andere Fürstin?«

»Ich.«

»Jetzt hör mir mal gut zu, Frau.« Der Falke verlor allmählich die Geduld. »Du bist aus eigenem Entschluss ins Land der Husihuilke gekommen. Dann musst du jetzt auch hinnehmen, dass dir hier nicht einmal das Gras den Rang zugesteht, den du einforderst.«

Kurz darauf waren sie wieder am Eulentor, und Nanahuatli kämpfte mit den Fasern, nicht ohne ständig zu wiederholen, es sei unmöglich, sie könne es nicht, die Schilfgräser seien gegen sie. Ärgerlich rutschte der Zauberer im Heu hin und her:

»Wie kann es sein, dass eine Frau nicht weiß, wie man Schilf knüpft?«, fragte er schroff.

»Weil keiner es mir je gezeigt hat.« Nanahuatli schien die schlechte Laune des Zauberers überhaupt nicht zu bemerken.

»Du musst es doch in deinem großen Palast gesehen haben, wie man Körbe flechtet. Oder weißt du nicht, was Körbe sind?«

»Natürlich weiß ich, was Körbe sind«, antwortete die junge Frau in aller Seelenruhe. »Ich kann mich noch an den großen Saal erinnern, in dem die Korbflechter gearbeitet haben. Manchmal habe ich gesehen, wie sie …«

»Dann mach es ihnen doch einfach nach!«, schrie der Falke.

Lange war es still. Dann war das Weinen eines Mädchens zu hören.

»Warum weinst du?«

»Ich kann es nicht«, antwortete Nanahuatli. »Meine Hände sind zu plump.«

Zum ersten Mal seit der Falkenzauberer seine Strafe erhalten hatte, war er froh, kein Mensch mehr zu sein. Nur Menschen waren imstande, klaglos einen ganzen Kontinent zu durchqueren, um dann wegen einer Tunika aus Schilf zu weinen.

»Komm her«, sagte er. »Ich zeige es dir. Ein Junge namens Piukeman konnte es einmal recht gut.«

Er tastete nach den dünnen Fäden, die Nanahuatli ihm lächelnd reichte.

»Und jetzt schau ganz genau zu«, sagte er.

Während der Zauberer Fasern zu einem groben Stoff verknüpfte, nahm er sich vor, die Frau wegzuschicken, sobald sie gelernt hatte, sich eine Tunika zu weben.

Drimus' Stimmen

Die Sideresier sollten bis zur Ankunft der Flotte in der Oase bleiben. Sobald die Waffen erneuert, die Vorräte aufgefüllt und die Zahl der Soldaten erhöht waren, würde der Vormarsch ins Husihuilkeland ein Leichtes sein. So dachten zumindest der Doktrinator und seine Kommandeure.

Aber die Schiffe ließen auf sich warten.

»Unsere Schiffe brauchen länger als geplant«, sagte Drimus. »Offenbar zollt der Lalafke den Erdzauberern seinen Tribut. Stürme und widrige Winde erschweren das Vorankommen. Gut möglich, dass einige Schiffe gesunken sind.«

Der Doktrinator sprach zum Meer:

»Der Tag wird kommen, an dem auch du uns um Verzeihung bitten musst. Noch wähnst du dich frei, die Wogen zu heben und zu senken und die Küsten zu verschieben, doch damit wird es bald vorbei sein.«

Der Bucklige sah den Lalafke herausfordernd an, aber der Ozean türmte seine Wellen bis in den Himmel.

»Noch bist du ein Meer«, spottete Drimus, »aber bald wirst du für den Herrn eine Pfütze sein. Du und die Deinen, dieses ganze Land von Hochmütigen wird nach unserem Sieg vor ihm auf die Knie fallen.«

Drimus, der Zauberer, Doktrinator des Frieds, Buckliger des Ewigen Hasses, hatte seine Mittel und Wege, um herauszufinden, was in der Ferne geschah. Kaum hatte sich das Heer des Hirsches in Bewegung gesetzt, kamen seine Raubtiere und erzählten es ihm, kamen seine Träume und bestätigten es.

Da die Sideresier nun wussten, dass der Hirsch im Anmarsch war, mussten sie ihre Pläne ändern. Es genügte nicht mehr, einfach in der Sonne zu liegen und zu warten, vor allem dann nicht, wenn die Flotte nicht rechtzeitig eintraf.

Die Sideresier beschlossen, dass ein Teil ihrer Streitkräfte ausrücken und dem Heer der Fruchtbaren Länder den Weg abschneiden sollte. Sie sollten es nicht offen angreifen, denn dafür waren sie zu wenige, dafür besaßen sie nicht genügend Waffen und Mut. Sie sollten sie aufreiben und so lange aufhalten, bis die Flotte eintraf. Die Kommandeure waren zufrieden, denn sie glaubten, dass diese Maßnahmen genügten, um das Heer des Hirsches zu stoppen, bis der Nachschub eintraf. Drimus teilte ihre Gewissheit nicht, er wusste, dass viel mehr getan werden musste. Und schnell.

In dieser Nacht wälzte sich der Bucklige auf dem Boden seines Zelts und fragte sich, wie es möglich war, dass diese dunklen Kreaturen immer noch von einem Sieg träumten. Drimus rieb sich am Sand den Buckel blutig. Sie hätten sich längst ergeben müssen, aus Angst oder aus Verehrung. Aber die Pläne des Herrn und damit auch die seinen waren erneut gefährdet durch die dunklen Völker der Fruchtbaren Länder. Wie lange würde es denn noch dauern, bis sie sich der Herrschaft des Misaianes unterwerfen würden? Der Ruhm des Herrn war so groß, dass sich die Besten um ihn scharten, seine Ordnung war dazu bestimmt, überall auf Erden zu gelten. Eine Farbe für die ganze Welt.

»Es ist unsere Bestimmung zu führen. Wir buhlen nicht darum, geliebt zu werden.« Der Doktrinator glaubte seinen Worten.

Im Morgengrauen traf Drimus eine Entscheidung.

Er legte eine Tunika an, die ihm bis zu den Knien reichte, und verließ in aller Frühe sein Zelt. Er sprach noch einmal mit den Kommandanten, um sicherzustellen, dass sie die vereinbarte Strategie der Hinterhalte umsetzen würden. Dann verkündete er, dass er aufbrechen würde. Niemand fragte, warum oder wie lange er weg sein würde, denn er würde ihnen sowieso keine Auskunft geben. Außerdem glaubten die Anführer der Sideresier, nicht auf diesen merkwürdigen Buckligen angewiesen zu sein, den sie nie verstanden hatten. Sie würden losziehen und die Krieger der Fruchtbaren Länder in einen Hinterhalt locken. Sollte der Zauberer doch machen, was er wollte!

Drimus nutzte die Stunden, in denen die Wüstensonne noch nicht tödlich brannte. Er hatte ein Gefäß mit dem wenigen Wasser dabei, das er benötigte, und trug ansonsten alles unter seiner Zunge.

Als er den wasserreichsten Fluss der Oase überquert hatte, stieß er auf ein Skelett. Um an das Fleisch der Füße heranzukommen, hatten die Aasfresser das Leder der Stiefel zerhackt. Der Doktrinator blieb stehen und sah es sich an, nicht aus Erbarmen, sondern um Nutzen daraus zu ziehen.

»Du musst der sein, den der Falke getötet hat«, murmelte Drimus. »Freu dich! Deine Knochen werden dazu dienen, uns an deinen Feinden zu rächen.«

Der Bucklige löste den Schädel vom Skelett, steckte ihn in seinen Beutel und setzte seinen Weg fort. Kurz vor Mittag stieß er auf ein Gebüsch. Durch die stachligen Zweige drang er darin ein, als glitte er zwischen Wolken hindurch, und setzte sich in die Mitte. Dort, zwischen den hohen, kränklichen Büschen, die vor Insekten starrten, hatte er seinen Tempel gefunden.

»Jetzt ja«, sagte er.

Ab da hieß die Zeit nicht mehr Stunden oder Tage. Wenn die Zeit noch existierte, wurde sie von dem bestimmt, was Drimus verrichtete, ohne zu wissen, ob am Himmel Sonnen oder Monde standen. In seiner Trance scherte es ihn nicht, wie viele Nächte vergingen. Sein Dornentempel und die Welt waren zweierlei.

Mit eintöniger Stimme zählte Drimus auf:

»Einen von Misaianes, Misaianes. Zwei vom Fried, drei vom Efeu.«

Der Magier fuhr mit seiner Aufzählung fort, während er sich an die Aufgabe machte, auf die er sich so mühselig vorbereitet hatte.

»Vier von den Substanzen, die ich gesammelt habe, fünf von meiner Zunge, die sie aufbewahrt, sechs von denen, die ich gesammelt habe und unter meiner Zunge verwahre.«

Drimus bereitete die Stimmen vor, die nach der Seele suchen würden, die Stimmen, die durch die Nase eindringen und zum Sitz der Überzeugung gelangen würden.

»Neun von den Stimmen des Misaianes, zehn von den Stimmen des Frieds, elf von den Stimmen des Efeus.«

Drimus‘ Arbeit begann in seinem Magen. Von dort stiegen die Kräfte auf, die nach draußen trieben, was sich unter dem weichen Fleisch seiner Zunge eingenistet hatte.

Schmerz wallte auf, als sich die so lange aufbewahrten Substanzen Bahn brachen.

»Sechzehn vom Gaumen, der sich für den Herrn öffnet.«

Etwas tauchte auf. Drimus tastet mit seinen Fingern danach und half ihm heraus. Es war rot, aber nicht aus Blut: der Splitter des Feuers, in dem die Heiligen Kodizes von Beleram verbrannt waren.

»Zwanzig vom brennenden Beleram. Einundzwanzig vom Feuer.«

Drimus steckte den roten Splitter in das Innere des Schädels. Dann wartete er auf die nächste Substanz. Diesmal schaffte er es kaum, sie zu greifen, denn sie war klein und glitschig wie eine weiße Perle.

»Fünfundzwanzig vom Schweiß des geliebten Misaianes.«

Was der Bucklige auf seiner Handfläche kullern sah, war ein Kügelchen vom Schweiß des Herrn, den die Mutter von seiner Haut aufgefangen hatte. Er ließ es in seiner Hand kreisen und legte es dann zu dem roten Splitter.

»Neunundzwanzig von der Schattenmutter, dreißig von der Schattenmutterunser, einunddreißig von der Muttermutter.«

Die letzte Substanz kam schreiend heraus, verursachte den größten Schmerz.

»Vierunddreißig von den Fischefrauen, die im Magen meiner Hunde liegen.«

Feuer vom Brand der heiligen Kodizes, Schweiß vom Herrn, Atem, der nach zerkauter Frau roch: all dies hatte Drimus eifrig gesammelt, um die verführenden Stimmen zu kneten.

»Siebenunddreißig von der Angst, die herrschen soll, achtunddreißig von den Scheiterhaufen, die brennen sollen, neununddreißig vom Hass, der ewig sein soll.«

Als die letzten drei Substanzen in dem Schädel waren, begann Drimus sie mit seinen Fingerspitzen zu kneten. Keiner weiß, wie viele Sonnen er zugange war, denn die Zeit reichte nicht hinein in jenes Dornengestrüpp. Schließlich verwandelten sich die Substanzen in eine farblose Paste, die für einen Bissen reichte.

»Zehntausendundeins für das, was ich in meinen Mund aufnehmen werde, zehntausendzwei für das, was aus ihm entspringen wird.«

Erst da hörte Drimus auf zu zählen. Er steckte die Substanz, die er geknetet hatte, in den Mund und kaute so lange, bis sie sich in seinem Speichel aufgelöst hatte. Was immer er nun sagen würde, würde sich in verführerische Stimmen verwandeln, Stimmen, die über die Nase in die Seele dringen und jedem sagen würden, was er hören wollte.

»Frau, deine Kinder werden gesund, wenn du nicht mehr auf den Zauberer hörst.«

»Mann, dein Mais wird gedeihen, wenn du vergisst, dass du ein Krieger warst.«

»Kreatur, du wirst überleben, wenn du dem Herrn huldigst.«

Unzählige Stimmen pustete Drimus gen Osten.

Der Magier wusste nur zu gut, dass auf diesen Hängen unsägliches Leid herrschte und sein Unkraut auf fruchtbaren Boden fallen würde.

Wieder einmal genügten die Menschen und ihre Kriege nicht.

Drimus' Stimmen würden ihre Arbeit langsam verrichten, aber der Doktrinator freute sich, als wäre es schon morgen so weit.

Sie waren Magier und Zauberer, die sich im Krieg gegenüberstanden. Und doch hielt die Zeit eine überraschende Wendung für sie bereit.

Die Stämme des Ostens

Die Husihuilke, die in den östlichen Tälern des Maduinasgebirges lebten, waren von jeher verfeindet mit den Stämmen der Westseite, deren Dörfer sich zwischen den Bergen und dem Lalafke erstreckten. Der Krieg gegen Misaianes hatte sie geeint, und auch danach hatte der Waffenstillstand noch eine Weile gehalten. Doch irgendwann waren die Gefühle wieder wirrer geworden. Misaianes und die Gefahr aus den Alten Ländern schienen fern, die Grenzen der Jagdgründe gaben täglich Anlass zum Streit.

Als jedoch der Ewige Hass wieder anschwoll und seinen Schatten bis in die Grenzländer warf, strömten die Krieger des Ostens herbei, um an der Seite ihrer Nachbarn zu kämpfen. So hatte es der Rat bestimmt, so bestimmte es auch ihr Blut.

Die Dörfer des Ostens litten stärker an den Übeln, die Misaianes schickte, Übel, die sich in den letzten Tagen noch verschlimmert hatten.

Die Krankheit der roten Flecken war heftiger aufgeflammt denn je. Kein Dorf, das nicht betroffen war. Wer noch nicht krank war, suchte seinen ganzen Körper nach ersten Anzeichen ab. Zum Leidwesen aller hatte es lange nicht mehr geregnet. Die Menschen husteten Staub und sahen ohnmächtig zu, wie ihre Ernte verkam.

In jenen Tagen zog der Passhüter unermüdlich von Dorf zu Dorf und versuchte die Schmerzen der Leidenden zu lindern. Tag und Nacht bemühte er sich, aber seine Künste zeigten nicht die Wirkung von einst, die alle erwarteten. Der Hüter verwandte seine ganze Kraft auf die Heilung und konnte doch oft nichts weiter tun, als nach getaner Anstrengung die Toten zu besingen.

Jeden Morgen schlug er auf seiner Trommel um Hilfe. Machtlos war er gegen das Dunkel, das sie erdrückte.

In jenen Tagen, kurz bevor die Krieger aufgebrochen waren, um das Maduinasgebirge auf dem Trommelpass und dem Vergessenen Pass zu überqueren, begannen die Menschen des Ostens Fragen zu stellen, immer wieder die gleichen Fragen.

»Lieber Hüter, warum herrscht hier mehr Leid als in den Dörfern des Westens?«

»Lieber Hüter, sag uns, was vor sich geht. Kümmern sich die Zauberer um die auf der anderen Seite mehr?«

Was der Passhüter antwortete, war nicht leicht zu verstehen für die Menschen, die mit ansehen mussten, wie sich ihre Kinder im geheimnisvollen Land des Fiebers verirrten.

»Die Übel wuchern. Wo das Land nicht bestellt wird, macht sich Unkraut breit und verdirbt die guten Früchte. Wir Zauberer lieben und hüten euch beide gleich. Vielleicht sind die von drüben besser behütet, weil sie ihre eigene Seele bestellen.«

Die Predigt des Passhüters verärgerte viele. Ihr Leben war Staub, Hunger und Juckreiz, und dann kam da so ein Zauberer daher und sagte ihnen, dass sie sich selbst nicht gut bestellten. Wütendes Murmeln schwoll an unter den Menschen. Manche sagten ja, andere nein.

»Meine Kinder sterben, und die Zauberer sagen, ich soll meine Seele bestellen. Ich verstehe sie nicht mehr!«

»Ich werde nicht auf einmal jenen misstrauen, die uns immer geliebt haben.«

»Ich bin von der Ostseite und wütend wegen all der Übel, die wir erleiden müssen. Selbst der Regen bleibt drüben!«

»Ich bin genauso wütend wie du, aber ich bin ein Husihuilke. Und deswegen werde ich gegen Misaianes kämpfen.«

Der Passhüter hatte eine schwierige Schlacht zu schlagen. Als es so weit war, dass die jungen Männer ihre kranken oder hungrigen Frauen zurücklassen mussten, um in den Krieg zu ziehen, wuchs die Verwirrung noch. Zum ersten Mal zweifelten einige, wo ihr Platz in diesem Krieg war.

Der Wind kam den Hang hinunter und hatte mehr dabei als Dürre und Staub. Da waren sie nun, die Stimmen, die das bereits begonnene Werk weiterführten, später und immer.

Trommelpass

Das Heer der Fruchtbaren Länder rückte mit zwei Divisionen vor. Die Seelen derer, die es begleitete, Seelen aller Kreaturen der Fruchtbaren Länder, berichteten später, die ersten Tage des Marschs seien einfach gewesen. Und wie alle Wahrheiten, die die Seelen mit der Gelassenheit erzählen, die ihnen die Ewigkeit verleiht, wurde dieser Marsch zur Legende.

»Wir haben gesehen, dass die ersten Tage des Marschs einfach waren. Wir haben sagen hören, dass es ein Leichtes sein würde, die geplante Strategie umzusetzen. Wie haben erfahren, dass ihnen wenig Zeit blieb, um die Sideresier anzugreifen, die ihr Lager in der Oase aufgeschlagen hatten. Wir träumten wie sie, dass es ihnen gelingen könnte, diesen natürlichen Hafen einzunehmen und den Schiffen des Misaianes vorzugaukeln, es wären die Ihren, die da am Strand die Standarten schwenkten.«

Der Wald der Grenzländer versorgte sie mit Früchten, Wild und frischem Wasser. Einige Männer sangen alte Kriegslieder.

Im Glauben, dass es ein kurzer Halt sein würde, richtete das Heer ein provisorisches Lager ein. Späher brachen nach Osten auf, um den Tross zu suchen und mit guten Nachrichten wiederzukehren. Aber die Tage vergingen, und von den Husihuilke des Ostens keine Spur.

»Wie viele Sonnen werden sie brauchen?«, fragte Thungür. Das Ausbleiben des Trosses machte ihn wütend, denn dadurch kamen sie nicht so schnell voran wie geplant.

»Ich weiß es nicht. Eigentlich müssten sie längst hier sein.« Auch Minche war verwirrt, was er Thungür aber niemals eingestehen würde.

Die beiden Anführer redeten nur das Nötigste miteinander.

Der herzliche Umgang, den sie in den ersten Tagen gepflegt hatten, schwand dahin. Mehrmals schon waren sie wegen Nichtigkeiten aneinandergeraten, hatten aber immer wieder Eintracht herstellen können. Thungür hatte hingenommen, dass die letzte Entscheidung bei Minche lag. So hatte es der Rat der Husihuilke bestimmt, und Thungür würde niemals ungehorsam sein. Minche hingegen erwähnte dieses Thema nie. Wenn es so weit war, würde er ein einziges Mal darauf hinweisen und mit deutlicher Stimme sprechen.

Vier Tage des Wartens. Noch war es ein weiter Weg bis zum Nebligen, an dessen Ufer sie sich mit der zweiten Kolonne aus dem Osten vereinigen wollten. Danach würden sie weiter zum Sumpfigen marschieren und seinem Lauf bis zum äußersten Rand der Grenzländer folgen. Erst dann würden sie in die Wüste vordringen, um zu der Oase zu gelangen, in der sich die Sideresier zusammengerottet hatten. Die Zeit wurde knapp. Was würde geschehen, wenn die Stämme des Ostens nicht rechtzeitig eintrafen? Was sollten sie tun, wenn die Flotte des Misaianes die Küste des Lalafke vor ihnen erreichte? Die beiden Anführer stellten sich die gleichen Fragen und wussten schon im Vorhinein, dass sie sich nicht würden einigen können.

Am nächsten Morgen verkündeten die Wachen, die das Lager auf der Ostseite beschützten, dass die Kolonne im Anmarsch sei. Da ihr Gesicht alles andere als Freude ausdrückte, fragte Minche, was vor sich gehe. Drei Männer waren es, und keiner von ihnen wollte antworten.

»Was ist los?«

»Es sind nur sehr wenige«, sagte einer.

»Erkläre es uns genauer.«

Die Schilderung der Wache bereitete sie bei weitem nicht auf das vor, was sie bald schon mit eigenen Augen sahen. Wesentlich weniger Krieger als erwartet stießen zu ihnen, und ihr Zustand war noch erbärmlicher als ihre Zahl. Sie waren geschwächt an Körper und Geist.

Befragt nach den Gründen für ihr Elend und ihre Traurigkeit, erzählten sie von dem Leid, das ihre Dörfer heimgesucht hatte. Die Menschen zweifelten an der Liebe der Zauberer, und die Antworten des Passhüters hatten so viele erzürnt, dass ihre Finger nicht ausreichten, um sie zu zählen. Sie sagten es so, als sprächen sie nur von den anderen, aber es war offensichtlich, dass auch sie selbst an der Liebe der Erdzauberer zweifelten.

Auch bei dem zweiten Tross, der sich am Vergessenen Pass mit ihnen vereinigen wollte, müssten sie sich auf Ähnliches gefasst machen, sagten sie.

»Die Menschen sind krank und düster. Wenn die Frau weint und die Kinder sterben, verwirrt sich manchen Männern der Geist so sehr, dass sie wie Fremde reden, wie Feinde. Sie sagen dann, dass in der Luft, die unsere Seite atmet, etwas gärt.

Keiner der beiden Anführer wusste, wie er diese letzte Bemerkung verstehen sollte.

Cucub dachte sich eine Geschichte aus, um den Nebel zu zerreißen, und wollte sie erzählen. In Ungewissheit versunken, erteilte Minche ihm das Wort.

»Augenscheinlich ist es dieser Drimus aus den Alten Ländern, der Verderben über die Dörfer des Ostens bringt. Und nicht nur die Dörfer verdirbt er, er verdirbt auch das Wesen der Menschen. Der Zauberer mit dem Buckel führt seinen Krieg dort, wo nicht Krieger gefragt sind, sondern Künstler mit ruhiger Hand; wo nicht der siegt, der seinen Angriff am entschlossensten führt, sondern der, der mit größerer Meisterschaft bunte Linien zieht. Ich schildere einen Ort, den ich noch nie gesehen habe, und doch bin ich mir sicher, dass sich dort die drei Zeiten vereinen und die Formen ins Unermessliche wachsen. Ohne diesen Ort je gesehen zu haben, kann ich beschwören, dass sich dort riesige Vögel tummeln und die Erinnerungen schreien; dass dort der Mensch nichts vermag und die Angst das Sagen hat. Deshalb hat der Magier ihn ausgewählt, um seine Schlacht zu schlagen. Allem Anschein nach gelingt es ihm auch. Da ich schon einmal die Erlaubnis unserer Führer habe, möchte ich noch zwei Dinge sagen. Das eine ist: Wir dürfen nicht hinein in dieses Gebiet, denn es ist nicht gemacht für berittene Krieger. Das andere ist: Wir müssen uns auf ein Übel einstellen, das wir uns bisher nicht einmal haben vorstellen können. Viele Männer werden wir vielleicht für immer verlieren, wenn sie sich in den Tiefen ihres Geistes vergraben. Und da ihr zu meinem Erstaunen nicht von mir fordert, dass ich endlich den Mund halte, sage ich es noch einmal: Glänzend treibt der Magier sein Spiel. Er meißelt den Namen seines Herrn in die Seele der Husihuilke. Auch ich bin Künstler, und daher kann ich es deutlich sehen.«

»Ich werde dir nicht den Mund verbieten«, sagte Minche. »Vielmehr wirst du den Zauberern und den Dorfältesten von diesem neuen Unheil erzählen und dann wiederkehren. Niemand redet besser als du. Beeil dich, dann wirst du uns bis zum Nebligen wieder einholen. Bring uns das Wort der Weisheit!«

Der Krieg war ein Webstuhl

Es ging von Mund zu Mund, dass Cucub wieder da war. Ohne größere Rast hatte der Zitzahay die Strecke nach Rebhuhndorf zurückgelegt, wo er Kupuka antreffen wollte. Doch als er dort ankam, hatte Kupuka sich schon wieder auf den Weg gemacht. »Unser Zauberer wollte zu den Höhlen am Fuß der Maduinasberge«, sagte man ihm. Also ritt er dorthin, nur um festzustellen, dass Kupuka schon wieder aufgebrochen war, diesmal nach Korallendorf.

Der Zitzahay blieb Kupuka auf den Fersen, trug allen Kreaturen, die ihm über den Weg liefen, auf, dem Zauberer auszurichten, er solle anhalten, denn er habe eine wichtige Botschaft des Heeres für ihn.

Cucub war wie ein Flüstern in menschlicher Gestalt. Eine unermüdliche Stimme, die kam und ging. Er machte halt, sagte, was er zu sagen hatte, und zog weiter. Wann immer Cucub Zuhörer fand, streute er seine Botschaft unter die Leute.

Es genügte, dass jemand fragte: »Was gibt es Neues?«, und schon wurde das Flüstern gegenwärtig. Und da alle fragten: »Was gibt es Neues?, »Was sollen wir tun?«, kam Cucub aus dem Flüstern gar nicht mehr heraus.

Als Kupuka erfuhr, dass Cucub ihn suchte, bat er darum, dass alle sich im Tal der Vorfahren versammeln sollten. »Der Zauberer und alle anderen erwarten dich im Tal«, sagte man Cucub, der eilig aufbrach, um sie nicht warten zu lassen.

Als der Erdzauberer im Tal eintraf, lag es noch verlassen da. Er setzte sich vor einen Stein, der aus dem Boden ragte. Dort saß er noch, als er hörte, wie die ersten Kreaturen ankamen, die nicht versuchten, ihn in seinem Schweigen zu stören. Nach und nach trafen immer mehr Kreaturen ein. Ohne sich umzudrehen und nachzusehen, wusste der Zauberer, dass nun alle im Tal versammelt waren. Er wusste auch, dass Cucub unter ihnen war. Niemand, auch der Zitzahay nicht, hatte sich ihm genähert. Niemand hatte versucht, ihm ins Gesicht zu sehen. Zum Zeichen, dass die Versammlung beginnen sollte, schüttelte Kupuka seine erdige Mähne. Die Staubwolke senkte sich auf Hunderte von stillen Kreaturen.

»Cucub, der die Stimme der Heeresführer bringt, wird nun zu euch sprechen«, sagte der Zauberer.

Während Cucub sagte, was er zu sagen hatte, saß der Erdzauberer immer noch mit dem Rücken zur Versammlung. Er tat es, weil seine Miene viele in Angst und Schrecken versetzt hätte, selbst jene, mit denen er sein Brot geteilt hatte.

Cucub berichtete in allen Einzelheiten von den Geschehnissen.

Er erzählte von der guten Laune, die in den ersten Tagen geherrscht hatte, verschwieg nicht die Streitigkeiten zwischen den Anführern. Er sang das Kriegslied, das auf dem größten Teil des Vormarschs erklungen war. Selbst einen morgendlichen Regenguss schilderte er ausführlich. Danach trat Stille ein, weil Cucub verstummte, bevor er das Unvorstellbare erzählte: dass nur eine geringe Zahl von Kriegern am Trommelpass zu ihnen gestoßen sei und dass sie an Körper und Geist in einer schlimmen Verfassung gewesen seien.

Cucub ließ seine Zuhörer wissen, dass die Bewohner der östlichen Dörfer wesentlich größere Übel zu erleiden hätten als sie. Dann hielt er wieder inne, bevor er das Traurigste erzählte.

»Unsere Brüder aus den Dörfern des Ostens sind mehr als krank. Verwirrt und zornig sind sie. Sie glauben, dass unsere Dörfer von den Zauberern bevorzugt werden und dass deswegen die Übel bei ihnen schlimmer wüten. Nicht einmal die Antwort des Hüters hat sie besänftigen können, ganz im Gegenteil.

Wenn wir den Brüdern, die über den Trommelpass gekommen sind, glauben dürfen, dann müssen wir bei der Kolonne, die am Nebligen zu uns stoßen soll, mit dem Schlimmsten rechnen. Sie wird bei weitem nicht die Zahl aufweisen, die wir erhofft haben. Und die Krieger werden in einem Zustand sein, der an Kämpfen kaum denken lässt. Die Anführer beginnen sich zu fragen, ob sie es noch bis zur Oase schaffen werden, bevor die Schiffe des Misaianes landen. Und die Anführer streiten sich immer heftiger.«

An dieser Stelle musste er sein Flüstern wiederholen. Und dann noch einmal und noch einmal, denn niemand wollte ihm glauben.

»Ihr müsst wissen, dass alles, was geschieht, Frucht einer glänzenden List ist. Drimus arbeitet mit Mitteln, die nicht fassbar sind. Unter allen seinen Werken ist dieses ein Wunder an Raffinesse. Der Doktrinator, zweifacher Magier der Alten Länder, Falte des Misaianes, hat einen Wind gepustet, der einer Brise gleicht und doch einen Wald niederreißen kann.«

Cucub hatte Befehl, die Neuigkeit mitzuteilen und dann sofort zurückzureiten. Daher fuhr er ohne Rücksichtnahme fort.

»All das bedeutet, dass der Plan, den unser Heer ausführen wollte, um den Sieg davonzutragen, in ernster Gefahr ist. Die Anführer haben weder die Zeit noch die Streitkräfte, um ihre Strategie umzusetzen. Dies soll ich euch sagen.« Und aus eigenem Antrieb fügte Cucub hinzu: »Ihr dürft eure Arme aber nicht sinken lassen!«

Niemand hatte auch nur im Entferntesten daran gedacht. Selbst die Ginsterbüsche der Waldränder hatten in diesem Krieg ihren Platz.

Als Cucub zu Ende gesprochen hatte, ergriff Kupuka das Wort. Der Zauberer saß weiterhin mit dem Rücken zu ihnen.

»Ich rede nun zum letzten Mal für lange, lange Zeit. Ich werde alles sagen, was ich zu sagen habe. Dann werde ich aufbrechen, und auch ihr werdet aufbrechen, um eure Aufgaben zu erfüllen. Die Sideresier sind nicht mehr weit. Die Gnadenlosen haben Fuß gefasst auf unserem Kontinent. Sie drohen loszumarschieren und jeden Winkel zu besetzen. Vergesst nie, dass sie den Auftrag haben, uns alle zu vernichten! Wenn sie die Grenzländer erobern, werden sie unsere Felder mit ihrem Urin beschmutzen, wird die Sonne das Ziel ihrer Angriffe sein. Die Körbe, in denen unsere Frauen die Kichererbsen aufbewahren, werden sie mit unseren abgeschnitten Zungen füllen. Amseln werden sie mit der bloßen Hand zerquetschen. Dann wird es vorbei sein mit der Freiheit, singend umherzugehen, mit nacktem Körper. Aneinanderketten werden sie uns. Wer überlebt, wird seinen toten Bruder mit sich schleppen müssen. Die Sideresier werden über unsere Zeremoniengesänge lachen, werden ausziehen, um unsere Farbe zu jagen. Ich spüre euren Schmerz, als würdet ihr Steine auf mich werfen, um mich zum Schweigen zu bringen, aber ich muss es euch sagen: Sie sind gekommen, um uns zu vernichten.«

Behände fuhr Kupuka herum und bot ihnen sein Gesicht. Der Zauberer sah, dass die Mütter ihre Kinder fester in die Arme nahmen, dass die alten Frauen sich zum Zeichen des Schmerzes an den Zöpfen zogen. Er holte so viel Luft, wie er benötigte, und fuhr fort.

»Vielleicht schaffen sie es auch nicht.«

Die Kreaturen verstanden nicht.

»Vielleicht schaffen sie es auch nicht. Jenseits und fernab vom Leben jedes Einzelnen können wir uns schützen, indem wir die Brüderlichkeit der Schöpfung schützen. Der Kampf unserer Krieger, deren Tapferkeit groß ist, genügt nicht, um sie aufzuhalten. Dieser Krieg ist der Krieg aller. Das haben wir schon immer gewusst, seit jener Versammlung in der Randmark. Im brüderlichen Schulter-an-Schulter liegt unsere Hoffnung.«

Einige neigten den Kopf zum Meer und forderte so den Redner auf, deutlicher zu werden.

»Nur zwei auf unserem Kontinent verstehen wirklich, wovon ihr Herr träumt. Sie sind der lange Arm des Misaianes. Der eine ist Drimus, genannt der Doktrinator. Die andere ist seine Mutter, genannt die Schattenfrau. Beide kennen den Traum des Misaianes: eine Ordnung zu errichten, in der sich alles gleicht, wie im Dunkel derer, die im Sterben liegen. Vertraut darauf, dass jemand sich Drimus entgegenstemmen wird. Vertraut darauf, dass jemand anderer der Schattenfrau nah ist und sie an ihre eigentliche Bestimmung in der Welt erinnern wird. Bleibt aber trotz allen Vertrauens Husihuilke. Bald schon werden die Zauberer kommen und euch unzählige Aufgaben übertragen. Eine davon wage ich bereits zu nennen: Ihr werdet in Liebe unseren Brüdern der Ostseite zu Hilfe eilen.«

Kupuka sah, dass sein Volk gealtert war.

»Ich weiß nicht, wen von euch ich wiedersehen werde.« Der Erdzauberer machte eine Pause. »Lebt wohl, ihr mehr denn je geliebten Brüder.«

Nachdem Kupuka mit Cucub allein gesprochen hatte, zog er ohne einen weiteren Abschiedsgruß los. Auch Cucub brach auf, nachdem er Kuy-Kuyen angewiesen hatte, mit den Kindern zurück nach Hause zu gehen. Er selbst habe noch einen Besuch abzustatten.

Cucub ging in den Wald und verirrte sich auf seinen verschlungenen Wegen. Als er fast schon aufgeben wollte, fand er endlich den Pfad, der zum Eulentor führte. Dort saß der Falkenzauberer mit überschlagenen Beinen. Neben ihm lehnte an einem der Bäume, die dem Tor den Umriss des Eulengesichts verliehen, die Fremde, von der Cucub gehört hatte, und summte vor sich hin. Nanahuatli verstummte, als sie ihn kommen sah. Der Falke hatte ihn bereits gewittert.

»Das ist ein Freund«, sagte er, um sie zu beruhigen. »Oder mehr als ein Freund. Das ist der Mann der Schwester des Mannes, den du liebst.«

Als die junge Frau das hörte, musterte sie Cucub eingehend.

»Willkommen, Mann der Schwester dessen, den ich liebe«, sagte Nanahuatli, als er ihn Hörweite war.

»Gesundheit, Fremde mit dem Namen …«

»Nanahuatli.«

»Nanahuatli, Frau, die den Bruder meiner Frau liebt.«

Dann wandte sich Cucub dem Falkenzauberer zu, der keinen Laut von sich gegeben und reglos in seinem Nest verharrt hatte. Cucub wusste, dass zum Weinen keine Zeit war. Er setzte sich vor ihn in die Hocke und wollte ihn begrüßen, als hätte er ihn erst gestern gesehen.

»Lass mich dich umarmen, Piuk…«

Cucub stockte und wich dem Blick aus. Natürlich wollte der Vogel seinen alten Namen nicht mehr hören.

»Lass mich dich begrüßen, Falkenzauberer«, sagte Cucub. Der Vogel zog seine Krallen ein.

»Ich bin wegen dieser Frau hier«, sagte Cucub und zeigte auf Nanahuatli. »Kein Dorf weit und breit, in dem nicht getuschelt wird, dass ihre Liebe zu Thungür sie aus dem fernen Land der Sonnenherren zu uns geführt hat. Diese Reise ist für niemanden leicht, für einen kampferprobten Mann nicht, und noch viel weniger für eine zarte Frau, die zu allem Übel ihre Feinde zum Führer hatte. Ich habe mit Kuy-Kuyen gesprochen. Da Nanahuatli die Liebe ihres Bruders ist, soll sie auch bei uns wohnen.«

Während Cucub sprach, nickte der Falke, und Nanahuatli schüttelte den Kopf.

»Ich werde beim Falken bleiben.«

Der Zauberer hielt mitten im Nicken inne, Cucub sah sie verblüfft an. Nanahuatli begriff, dass sie sich ungebührlich betragen hatte, und schlug einen weicheren Ton an.

»Ich danke euch für euer Angebot«, sagte Nanahuatli. »Ich danke euch wirklich sehr, aber ich möchte gern beim Falken bleiben. Durch seine Augen sehe ich Thungür, weiß ich, wo er ist und was geschieht. Also werde ich hier auf ihn warten.«

»Es tut mir leid, aber ich muss dir sagen, dass Thungür lange fortbleiben wird«, antwortete Cucub.

»Das wissen wir«, sagte der Falke.

»Thungür führt seine Männer zum Nebligen«, fuhr Cucub fort. »Auch ich werde morgen dorthin aufbrechen. Wir werden die Sideresier in der Oase angreifen, in der sie sich versteckt halten, um auf ihre Schiffe zu warten. Die Zeit wird knapp! Wie du siehst, Frau, steht Thungür nicht der Sinn nach Liebe.«

Nanahuatli sah so traurig aus, dass Cucub auf seine Zunge böse wurde.

»Dass er dich liebt, das wissen alle Fruchtbaren Länder. Wenn es nicht gar der Himmel weiß! Aber du musst verstehen, dass wir in Zeiten des Krieges leben. Und außerdem«, fuhr Cucub fort, der das entscheidende Argument gefunden zu haben glaubte, »weiß Thungür gar nicht, dass du hier bist. Bestimmt vermutet er dich in deinem Land, das, wenn ich mich recht erinnere, nördlich der Grenzhügel liegt.«

»Das hast du ganz richtig gesagt.« Nanahuatli schlug sich mit den Fäusten auf die Schenkel. »Thungür weiß nicht, dass ich hier bin. Und alles nur, weil dieser starrköpfige Falke sich weigert, das zu tun, was wir vereinbart haben.«

Cucub war verwirrt. Wovon sprach diese Frau?

Wütend kam der Falke im Jagdflug angeschossen.

»Halt den Mund, du freches Ding!«

»Was ich sage, stimmt. Du bist derjenige, der Lügen krächzt.«

»Halt den Mund, Frau, die nichts versteht.«

»Natürlich verstehe ich!«, schrie Nanahuatli. »Ich verstehe, dass Thungür längst wüsste, wo er mich finden kann, wenn du und der andere, der du bist, euch an die Vereinbarung gehalten hättet.«

»Das werden wir auch, aber im richtigen Moment und nicht, wenn du danach schreist. Das ist nicht dein Palast, sondern meiner. Hier bist du nicht die verwöhnte Schwester des Fürsten.

Hier bist du eine einfache Frau, die ich nicht länger ertragen will.«

Je wütender der Falke wurde, desto unverständlicher wurde sein Krächzen.

Cucub sah sich inmitten eines Streits, zu dem er nichts beitragen konnte, weil er nicht verstand, um was es ging. Deswegen und nicht aus Mitgefühl versuchte er zu schlichten.

»Wenn einer von euch dreien die Güte hätte, mir zu erklären, was los ist, dann könnte ich etwas dazu sagen. Ich stehe im Ruf, Harmonie wiederherstellen zu können.«

Nanahuatli schwieg.

»Du hast angefangen, also bring es auch zu Ende«, sagte der Falkenzauberer. Er war kaum zu verstehen, weil er ein kleines Reptil im Schnabel hatte.

Nanahuatli dachte, dass der Zauberer in diesem Punkt recht hatte. Also beschwichtigte sie ihren Zorn und wandte sich an Cucub.

»Wie heißt du?«

»Er heißt Cucub«, antwortete der Falke.

Der Zitzahay konnte nicht glauben, dass diese beiden ihm nicht das Wort gewährten. Aber er fand sich damit ab, erst einmal so lange zuzuhören, bis er etwas verstand.

»Hör zu, Cucub«, sagte Nanahuatli. »Vor einigen Tagen hat sich der Falkenzauberer bereit erklärt, Thungür ein Zeichen zu bringen, dass ich in der Nähe bin.«

»In der Nähe?« Die Gelegenheit zu sprechen kam früher, als Cucub erwartet hatte. »Ich würde nicht sagen, dass das Eulentor und der Neblige nah beieinander liegen. Ich würde vieles sagen, aber das nun gerade nicht.«

»Ich habe in der Nähe gesagt, Bruder Cucub. Und ich sage es noch einmal: in der Nähe. Thungür glaubt nämlich, dass ich immer noch im Jungfrauentempel gefangen bin, und wenn man es so betrachtet, bin ich fast neben ihm.«

Nanahuatli führte sich auf wie eine verwöhnte Palastdame, daran hatte auch der anstrengende Marsch durch den ganzen Kontinent nichts geändert. Cucub zuckte mit den Schultern.

»Sprich weiter.«

»Damit Thungür weiß, dass ich hier in den Grenzländern bin, wollten wir ihm ein Stück von diesem Zopf zukommen lassen, der, wie du siehst, kürzer ist als der andere.« Zum Beweis hielt Nanahuatli ihr Haar nach vorn. »Er wird sofort erkennen, was es ist. Und wenn dieses Stück Zopf am Fuß des Paten festgebunden ist, wird Thungür wissen, wen er fragen muss, wo ich bin. Aber die beiden wollen plötzlich nicht mehr! Sie warten … und warten … Frag du sie, worauf sie warten.«

»Worauf wartet ihr?«, fragte Cucub, der tatsächlich neugierig war.

»Auf den richtigen Augenblick.«

»Ich denke wirklich nicht daran, mich den Launen einer Frau zu unterwerfen«, sagte Cucub. »Andererseits sind dem Heer des Hirsches eher ruhige Tage vergönnt. Wenn erst die Angriffe erfolgen, wird es noch schwieriger sein. Ich glaube, sie hat recht. Das sage ich, weil ich so denke, nicht, um sie zu verteidigen. Und noch weniger aus Mitleid mit ihr. Ich pflege mich nicht auf die Schwermut der Frauen einzulassen, denn ich habe nie verstanden, welche Wege ihre Seufzer nehmen.«

Cucub log schamlos. Der Pate mit seinem Geruch nach verschlungenem Reptil lachte mitten im Flug.

»Das ist meine Meinung«, fuhr der Zitzahay fort. »Wenn ihr mit dem Stück Zopf zu lange wartet, erreicht ihr nur, dass Thungür entzweigerissen wird. Und was wir am wenigsten gebrauchen können, ist ein Thungür in zwei Hälften.«

Nanahuatli nahm eine Handvoll Erde und warf sie dem Zauberer zum Zeichen des Triumphs ins Gesicht. Der Falke drehte seinen Kopf in die Richtung, aus der sie den Spott auf ihn geschleudert hatte. Da sah er ein Weibchen, das mitten in einem

Gewitter tanzte, das von Süden heraufzog. Er schnüffelte laut und krümmte seinen Rücken.

»Was machst du da?«, fragte Cucub.

»Er verliebt sich, und ich krümme mich.«

Cucub wollte es lieber nicht so genau wissen, zumal er nicht erwartete, dass der Falkenzauberer gewillt war, es ihm näher zu erläutern. Außerdem wusste er, dass der Streit um Nanahuatlis Haarsträhne kein Ende finden würde, solange er anwesend war. Außerdem gehörte er ganz Kuy-Kuyen und seinen Kindern, ihm blieb nur diese eine Nacht mit ihnen, und es wurde bereits dunkel.

Cucub versammelte seine Gründe zu einem kurzen Abschiedsgruß und brach eilig auf. Er ging den Weg zurück und versuchte alles, damit er kürzer erschien. Er pfiff ein Lied, aber es nützte nicht. Dann sagte er alle Namen, die er kannte, rückwärts. Rühgnut, sagte er, blieb stehen und lachte. Akupuk. Es war ganz einfach. Neyuk-Yuk war auch rückwärts wunderschön. Ewl…, Ewlapm. Als er es mit Shampalwe probierte, wurde ihm langweilig, und er dachte sich ein anderes Spiel aus. Er stellte sich vor, dass er den Weg entlangrollte, und im Nu war er da.

Schon kam sein Haus in Sicht. Kuy-Kuyen kochte vor der Tür. Der scharfe Geruch stieg ihm feucht in die Nase. Was kann ein Mann mehr erwarten als ein Zuhause im Wald und eine Kuy-Kuyen, die in einem Haseneintopf rührt, dachte er. So einfach wie ein Bissen Obst. Und trotzdem musste er sie am nächsten Tag verlassen.

Das Essen schmeckte gut. Alle bestätigten es, aber Kuy-Kuyen war nicht zufrieden.

»Schmeckt ein bisschen traurig«, gab Shampalwe zu.

»Das liegt bestimmt an den Tränen, die in den Topf gefallen sind«, sagte Wilkilen. Beide lachten über Kuy-Kuyen, die sich schämte.

Später, als die Kinder schliefen, führte Cucub Kuy-Kuyen zum Nussbaum.

»Wie viele Kinder haben wir, Frau?«

»Fünf. Und Wilkilen.«

»Wie viele Söhne?«

»Vier.«

»Hat einer von ihnen das Talent zum Künstler?«

»Ich denke schon. Sie sind dir ähnlich.«

»Das ist gut.« Cucub dachte nach. »Es reicht nicht, nur Krieger zu haben. Wir werden auch ein Heer von Musikern brauchen.«

Die ganze Nacht wanderte der Mond am Himmel und warf sein Licht auf Kuy-Kuyens Tunika. Als es Zeit wurde, dem Morgen zu weichen, weckte der weiße Mond der Grenzländer den Mann, der lächelnd schlief.

»Cucub, wach auf. Und weck auch deine Frau. Kupuka ist im Anmarsch, um dich abzuholen.«

»Kuy-Kuyen, wach auf. Gleich kommt Kupuka, um mich abzuholen.«

Der Erdzauberer glänzte blass im letzten Licht der Nacht. Die Mähne war zerteilt in steife Strähnen, die Knochen traten unter der Trockenheit der Haut hervor. Er war so müde, dass er die Augen zu öffnen vergaß.

Während Kupuka und Cucub den Husihuilkegruß austauschten, zog sich Kuy-Kuyen an und rannte, das Haar bindend, zum Haus. Sie wollte die Kinder holen, damit sie sich von ihrem Vater verabschieden konnten. Kurz darauf kehrte sie mit ihnen wieder. Jedes Kind hielt einen Teil des Vorrats in der Hand, den sie am Vortag vorbereitet hatte.

Doch etwas stimmte nicht. Kuy-Kuyen ging mit leeren Händen voraus und sagte etwas vor sich hin.

»Sie ist weg!«, sagte sie. »Sie ist weg!«

»Vom wem sprichst du?«, fragte Cucub.

»Von Wilkilen. Sie ist weg. Sie lag nicht in ihrem Bett und war auch sonst nirgends.«

Kuy-Kuyen hatte Angst.

»Sie macht oft verrückte Sachen. Immer schon. Aber so etwas …«

»Bestimmt ist sie im Wald. Ich werde sie suchen gehen«, sagte Cucub.

»Du wirst dahin gehen, wo du hingehen musst, nirgends sonst«, sagte der Zauberer. Er schien nicht zu verstehen, was gerade passierte.

»Ich glaube, du verstehst nicht …«, sagte Cucub.

»Falsch, Cucub. Ganz falsch!«

Plötzlich war Kupuka wütend. Er ging hin und her, schlug mit der flachen Hand auf seinen Beutel. Seine Stimme entfernte sich weiter als seine Beine. Sie kehrte aber auch früher zurück und war ohrenbetäubend.

»Ich verstehe längst, was da passiert, Bruder! Und nun zu dir, Frau.« Der Zauberer sah Kuy-Kuyen direkt ins Gesicht. »Was meinst du mit verrückten Sachen? Wenn du für albern hältst, wie Wilkilen die Welt zeichnet, dann musst du alles albern nennen, was in einem Baustamm lebt und stirbt. Dann musst du die Flügel derer albern nennen, die nicht fliegen, und auch die Freudentränen, die jemand weint.«

Der Zorn des Zauberers erschreckte alle. Die Kinder klammerten sich an die Beine ihrer Mutter, die Mutter an die Hände ihres Mannes, der Mann sich an die eigene Seele.

»Sie hat etwas zu tun.« So schnell die Wut aufgebraust war, so schnell war sie auch wieder abgeflaut. »Vertraut dem alten Zauberer. Wilkilen ist fort, weil der Krieg es so verlangt. Aus dem gleichen Grund werden auch wir fortgehen. Und Kuy-Kuyen wird hier bleiben, um das Leben, das wächst, zu hüten. Es sind Liebesdienste, die uns heute trennen. Und diese Liebesdienste werden uns eines Tages wieder vereinen.«

Kuy-Kuyen und Cucub begriffen, dass der Erdzauberer ganz genau wusste, wo Wilkilen war, und dass er sie nicht herbeiholen würde, sosehr sie ihn darum anflehen würden. Noch jemand, der fortgegangen war. Zum Abschied hob die ganze Familie die Hände.

Leb wohl, Cucub, der du furchtlos in den Krieg ziehst. Leb wohl, Kupuka. Leb wohl, Wilkilen. Achte darauf, wo du hintrittst. Und pass auf deine kleine Seele auf.

Die Liebesdienste

»Thungür!«

Bei einer Rast auf dem Weg zum Nebligen hörte Thungür klar und deutlich die Stimme Piukemans seinen Namen rufen. Der Ruf kam aus dem Wipfel eines abseits stehenden Baums, und außer ihm schien niemand ihn zu hören. Die Stimme, die ihn rief, war die des kleinen Piukeman von damals, als sie beide auf den Nussbaum kletterten und die Welt feste Umrisse hatte.

»Thungür, wenn du in mein Vogelgesicht siehst, wirst du mich erkennen. Ein Bruder, den du liebtest und der dich liebte.«

Der Husihuilke prüfte einen Ast des Baums auf seine Festigkeit, packte ihn, spannte seine Arme und zog sich kraftvoll nach oben. Dann blieb er reglos darauf sitzen, bis der Ruf erneut erklang.

»Schau dich ruhig um, Thungür. Aber dann klettere weiter, denn ich werde nicht mehr lang auf dich warten. Die Weibchen beginnen mit ihrem Tanz.«

Thungür nahm einen Schluck Wasser aus dem Beutel, den er am Gürtel trug. Das Wasser reinigte ihm die Augen. Knapp über ihm erkannte er den Patenfalken, der mitten im Laub auf einem Ast saß. Der Husihuilke kletterte weiter, um ihm ins Gesicht zu sehen, denn er wusste, wer dahinter war.

»Hier bin ich, ehemaliger Bruder«, sagte Thungür.

»Ich sehe ihn«, sagte der Zauberer im Eulentor.

Nanahuatli kniete sich neben ihn, sah aber nur den Pfad, der sich ins Halbdunkel der Pflanzen wand.

»Du hast mich gerufen. Dafür gibt es sicher einen guten Grund.« Thungür stieg noch etwas höher. »Seit du mit Kupuka aufgebrochen bist, haben wir nichts mehr von dir gehört. Kuy-

Kuyen erzählt den Kindern oft von dir. Seither rufen sie jedem Falken, der vorüberfliegt, Grüße zu. Soweit ich weiß, bist du aber nicht wieder am Himmel über dem Garten geflogen.«

Der Pate hob den Kopf, so dass Thungür aus dem Blickfeld geriet.

»Was machst du da?«, rief der Falkenzauberer aus der Ferne.

»Was macht er? Sag mir, was er macht«, drängelte Nanahuatli.

»Warte, Frau, und sei still.«

Der Falkenzauberer konnte den Vogel nicht dazu bewegen, den Blick wieder auf Thungür zu richten, denn am Himmel tanzte die Liebe. So erzählten es auch die fahrenden Sänger und ihre Rohrflöten.

Wenn die Liebe tanzt,
verschwindet das Drumherum.
O ja, sie verschwindet,
die Welt drumherum.

»Schau wieder diesem Mann in die Augen, Pate«, drängte der Falkenzauberer. »Lass deine Weibchen eine Weile für sich allein tanzen.«

Der Blick des Vogels konnte sich lange Zeit nicht von den Liebesversprechen lösen. Schließlich aber senkte er sich und richtete sich auf das Gesicht des Husihuilke.

Der Pate entfaltete seine Flügel. Der andere, der er war, streckte im Eulentor die Arme von Baum zu Baum. Thungür kniete auf einem Ast knapp unterhalb der Stelle, wo der Vogel seine Größe ausbreitete. Nanahuatli begann inständig zu bitten, Thungür möge verstehen. Da sprach der Zauberer, und der Vogel krächzte. Thungür und Nanahuatli hörten, obschon viele Sonnen voneinander entfernt, das Gleiche.

»Ich bringe dir etwas, das dir gehört.«

Erst da entdeckte Thungür den an den Fuß gebundenen Zopf. Der Husihuilke musste noch ein Stück nach oben klettern, um ihn loszubinden. Aber er freute sich nicht.

»Erkennt er mich?«, fragte Nanahuatli den Falkenzauberer.

»Noch nicht.«

Die kleine Nanahuatli flehte noch inständiger. »Er soll erkennen, er soll verstehen, er soll sich erinnern.«

Umgeben von kaltem Laub, sah Thungür nur irgendeinen Zopf. Das Glitzern der Sonne auf den Blättern war dem Denken nicht förderlich. Der Husihuilke zeichnete nicht den Weg vom zeremoniellen Feuer im Jungfrauentempel bis zu diesem Tag, diesem Ast im Wipfel eines Baums nach.

»Thungür, ich habe diesen Weg mit dem Blut meiner Sohlen benetzt«, sagte Nanahuatli. »Brüderchen Falke, erzähl ihm, wie es war!«

Furcht beschlich den Falkenzauberer. Durch die Augen des Paten sah er Thungürs ausdrucksloses Gesicht. Er sah seine Absicht, den Zopf zurückzugeben, dessen Bedeutung er nicht verstand. Ihn zu vergessen und zum Krieg zurückzukehren. Nanahuatli sagte der Falkenzauberer nichts davon.

»Warte, Nanahuatli. Manchmal ist die Zeit dazu da …«

Der Pate, der die Liebe sehr wohl zu erkennen wusste, verlor das Interesse an dem Mann, der den Zopf betrachtete. Er plusterte die Federbrust auf, hob den Kopf und schrie dem drängendsten Weibchen zu. Im Eulentor verspürte der Zauberer das Gleiche. Da er aber einmal Mensch gewesen war, verstand er es auch.

»Das ist es, mein ehemaliger Bruder«, murmelte er. »Was der Pate und ich machen, musst auch du tun. Such nicht mit dem Verstand, sondern mit den Sinnen.«

Durch viele Sonnen voneinander getrennt, hörten Thungür und Nanahuatli die gleichen Worte. Sie streckte die Hände aus, um die Entfernung zwischen ihrem Duft und ihrem Geliebten zu verringern. Thungür hielt den Zopf an die Nase und schnüffelte kurzatmig an ihm wie ein Tier, das einer Fährte folgt.

»So ist es richtig«, sagte er Falkenzauberer. »So wird es gehen.«

Der Husihuilke steckte sich den Zopf in den Mund und biss zu, bis der Zopf ihn bei seinem Namen rief.

»Thungür!«, rief Nanahuatli.

Thungür kehrte in seinen Erinnerungen zu dem Ried zurück, in dem er auf sie gewartet hatte. Dann war er im Regen auf dem Rückweg. Als Thungür endlich verstand, sprach er den geliebten Namen aus.

»Nanahuatli«, sagte er, und nicht einmal die Luft sah, wie der Laut entschlüpfte, sich auf den Weg machte und am Eulentor ankam.

Nanahuatli lächelte. Und sie war schön mit ihren feuchten Zähnen, die sich ohne Vorbehalt anboten.

»Es ist geschehen«, murmelte der Falkenzauberer müde vom Fühlen.

Auf den Ästen eines mächtigen Baums füllten sich der Pate und der Mensch mit Wind. Der eine setzte zum Flug an, der andere blieb, einen lebendigen Zopf zwischen den Fingern, reglos sitzen. Weit von dort entfernt netzte Nanahuatli ihren Mund mit süßem, dunkelviolettem Saft.

Der Falkenzauberer begriff, dass er die Frau, die so lange nach seiner Gesellschaft verlangt hatte, nun für eine Weile allein lassen musste. Daher flog er in den Wald hinein, wich jedem Baum, jedem Busch aus, als könnte er sie sehen, als wäre er nicht inmitten des Himmels und in einen Tanz vertieft.

Zwischen Thungür und Nanahuatli lag ein viele Sonnen langer Weg auf einem Tierrücken. Trotzdem war Nanahuatli nun bei ihm, saß hoch oben auf demselben Ast. Trotzdem lachte Thungür und trank dunkelvioletten Saft.

Ein Künstler mitten im Krieg

Nachdem Cucub und Kupuka sich von Kuy-Kuyen und den Kindern verabschiedet hatten, ritten sie ein Stück gemeinsam. Den Zitzahay schien zu stören, dass er dem langsamen Paar folgen musste, das der Erdzauberer und sein friedfertiges Tier mit Mähne bildeten.

»Meine Eile ist nicht deine Eile«, sagte Kupuka. »Du und ich reiten verschiedenen Kriegen entgegen. Reite du schon mal los, Cucub! Soll Schwarzes Feuer ruhig viel Weg schlucken. Mein Tier und ich folgen unserem eigenen Schritt.«

Cucub ließ es sich nicht zweimal sagen. Er musste so schnell wie möglich zu dem Heer aufschließen. Wahrscheinlich waren sie immer noch am Nebligen und warteten auf die Kolonne des Ostens. Besser wäre es natürlich, wenn sie bereits zum Sumpfigen aufgebrochen wären, dem letzten feuchten Hort, bevor es in die feindliche Wüste ging.

Zum Abschied fasste der kleine Zitzahay Kupuka an den Arm. Dann gab er dem Tier die Fersen und war bald außer Sichtweite.

Cucub suchte den kürzesten Weg durch den Wald der Grenzländer. Er war nicht mehr der ängstliche Mann, der sich an Dulkancellin geklammert hatte, als ein Gewitter aufgezogen war. Cucub kannte den Wald nun ebenso gut wie jeder Husihuilke. Angetrieben von dem Wunsch, bald anzukommen, huschte er durchs Laub wie der, der er wirklich war: ein Flüstern, das auf einem der besten Tiere mit Mähne ritt.

Trotzdem musste er, als er am Ufer des Nebligen ankam, feststellen, dass das Heer bereits weitergezogen war. Die Spuren deuteten darauf hin, dass sie einen Vorsprung von drei oder vier Sonnen hatten. Dann hole ich sie auf jeden Fall noch vor dem Sumpfigen ein, dachte Cucub. Er freute sich, weil es nur bedeuten konnte, dass die Kolonne des Ostens ohne größere Verspätung eingetroffen war. Mit wie vielen Kriegern und in welchem Zustand konnte er nicht wissen, aber wenigstens waren sie angekommen. Und nun marschierte das ganze Heer auf die Oase zu.

Cucub nahm ein Bad im Fluss. Er gönnte sich die Zeit, um einen Fisch zu fangen und zu braten. Dann spießte er ihn auf einen Stock und aß ihn im Reiten. Wie er es vorhergesehen hatte, stieß er auf halber Strecke zum Sumpfigen auf das Heer.

Weder Thungür noch Minche waren erstaunt, dass Cucub von zwei Wachen herbeigeführt wurde, und noch weniger, dass er sich strampelnd wehrte und schrie, man solle ihn behandeln, wie es sich für einen Künstler und Krieger gehöre. Die Männer, die Cucub in der Umgebung des Lagers ergriffen und vor die Anführer geschleppt hatten, waren Soldaten der Kolonne aus dem Osten.

»Er ist ein Bruder«, sagte Thungür. »Lasst ihn los, damit er sich zu uns setzen und ausruhen kann. Und bringt seinem Tier Wasser und Fressen. Die beiden sehen ja völlig erschöpft aus.«

»Das sind wir tatsächlich«, bestätigte Cucub. Befreit von den Wachen, setzte er sich zum Bruder seiner Frau auf den Boden.

Um ein Lagerfeuer saßen Krieger im Kreis und reichten eine Schale mit starkem Maiswasser von einem zum anderen.

Offensichtlich hatte Cucubs Auftauchen ein reges Gespräch unterbrochen, und nun brannte der Zitzahay darauf, dass sie es wiederaufnahmen.

»Und¿«, fragte er. »Welche Neuigkeiten sollte dieser Krieger erfahren¿«

Der Kreis lächelte. Minche deutete mit ausgestrecktem Arm auf einen Stapel von Waffen, die Feuer schleudern konnten.

»Das ist das gute Ergebnis von etwas Schlimmen«, sagte Thungür.

»Könnt ihr mir das genauer erläutern?«, bat Cucub.

»Die Sideresier wissen, dass wir auf sie zumarschieren, und schicken kleine Trupps, die uns angreifen.« Thungür reichte das Gefäß weiter, ohne daraus zu trinken. »Sie scheuen den offenen Kampf und wollen uns stattdessen aufreiben und den Angriff auf die Oase hinauszögern.«

»Das ist vermutlich das Schlimme«, sagte Cucub. »Und wie entstand daraus ein gutes Ergebnis?«

»Wir ritten voraus …«

»Warst du der Anführer?«, unterbrach ihn Cucub, der eine Geschichte ohne Einzelheiten nicht ertrug.

»So ist es«, antwortete der Bruder seiner Frau. »Ich ritt an der Spitze eines Erkundungstrupps. Plötzlich stießen wir auf eine Gruppe von Feinden, die ungeschützt in der Nähe des Sumpfigen kampierten. Wir griffen sie an und siegten. Auch wir verloren Krieger, ja, aber sie flüchteten und ließen die Waffen zurück, die du dort siehst, und auch ein Fass mit grauem Pulver. Begreifst du, was das bedeutet?«

Wie Dulkancellin schien ihm auch Thungür nicht zuzutrauen, dass er die einfachsten Dinge verstand.

»Lass mich nachdenken«, spottete der Zitzahay. »Ist es sehr abwegig zu vermuten, dass wir versuchen werden, sie gegen sie zu verwenden?«

»Überhaupt nicht«, antwortete Thungür, der wie sein Vater den Spott nicht bemerkte. »Wir machen es wie mit den Tieren mit Mähne. Wir werden die Feuerwaffen kennenlernen und zähmen, bis sie unseren Händen gehorchen.«

»Dann bin ich wohl mitten in eine Feier hineingeplatzt«, sagte Cucub.

»Nein«, erwiderte Thungür. »Diesmal haben wir Glück gehabt. Aber die Sideresier werden uns weiterhin auflauern. Sie werden uns den Weg abschneiden, so dass es schwierig wird, die Oase einzunehmen, bevor die Flotte ankommt. Und wenn es uns nicht gelingt, den Hafen rechtzeitig zu erobern, besteht keine Hoffnung mehr für uns. Wenn sie erst einmal an Land gegangen sind und ihre Waffen abgeladen haben, werden wir sie nicht mehr aufhalten können.«

Wie immer überlegte Cucub, was er Angenehmes sagen könnte:

»Soweit ich sehe«, sagte er schließlich und ließ seinen Blick über das Lager schweifen, »sind wir viel mehr als an dem Tag, als ich aufgebrochen bin.«

»Mehr als an dem Tag, als du aufgebrochen bist, aber viel weniger, als wir erwartet haben«, antwortete Thungür.

»Ich war bei dieser Schlacht nicht dabei«, mischte sich Minche ein, in dessen Stimme ein Misston lag. »Ich hätte für mein Leben gern gekämpft, das kannst du mir glauben.«

Der Zitzahay änderte den Takt, um die Welt in Erstaunen zu versetzen.

»Ich werde dir alles erzählen, Bruder und Anführer Minche. Es dämmerte«, begann Cucub. »Ein Nieselregen, der aus ungewöhnlich dunklen und tiefen Wolken fiel, durchnässte nach und nach unsere reglos verharrenden Körper.«

Die Männer, die an dem Scharmützel teilgenommen hatten, sahen einander verblüfft an. Wie konnte er das wissen, wo er gar nicht dort gewesen war? Trotzdem sagte er die Wahrheit: Es hatte gedämmert, und es hatte genieselt. Cucub stand auf. Er schritt den Kreis ab, sah jedem Einzelnen ins Gesicht und schilderte die Schlacht viel besser, als sie selbst es vermocht hätten.

»Es wurde schnell dunkel.« Endlich schlug Cucub wieder den Ton des Künstlers an, den er so lange vernachlässigt hatte. »Am Tag zuvor hatten Thungür und Minche heftig gestritten, weil sie sich nicht hatten einigen können, in welche Richtung sie weitermarschieren sollten.«

Die beiden Männer erschraken. Nur sie beide wussten von

diesem Streit. Steckte womöglich Kupuka im Körper von Cucub? Wieso konnte er so viel erraten?

»Die Männer der nicht allzu großen Streitmacht, die Thungür befehligte, sahen Rauch aufsteigen. Als sie an der Stelle ankamen, stießen sie auf einen Trupp von Feinden, die in einer dunklen Mulde kampierten. Ein Teil der Unseren schlich sich auf die Anhöhen, die das Lager der Sideresier im Norden begrenzten. Der Rest riegelte den Süden ab. Die Sideresier waren umzingelt. Nicht ahnend, dass sie ihn Gefahr waren, brieten sie die Tiere, die sie gerade gejagt hatten.«

Alle, die bei dem Angriff dabei gewesen waren, erinnerten sich an den Geruch, den der Wind ihnen an jenem Tag in die Nase geweht hatte. Wo hatte sich dieser kleine Mann versteckt und diesen Geruch gerochen? Einer der Krieger, vielleicht, weil er ein Zitzahay war, stellte Cucub mit einer Frage, die er unmöglich beantworten konnte, auf die Probe:

»Was habe ich in diesem Moment gedacht?«

Cucub sah ihn fest an.

»Dass du gern ein großes Stück von dem Fleisch gekaut hättest, das die Sideresier brieten.«

Der Listige fühlte sich entblößt und zu Erklärungen genötigt.

»Es roch nicht schlecht. Außerdem hatte ich an dem Tag so viel zu erledigen, dass ich nicht zum Essen gekommen bin.« Das Gelächter der Männer ließ ihn verstummen.

»Erinnert euch mit mir, wie lange wir reglos verharrten und zusahen, wie die Sideresier mit Fleisch und Trank gesättigt umkippten.« Cucub war sich sicher, dass von nun an keiner mehr wagen würde, ihn zu unterbrechen. »Es ist bekannt, dass die Sideresier die Formen nicht erkennen können, die sich in unserer Landschaft verbergen, und dass sie außer ihrer eigenen Kleidung nichts riechen. Wir warteten still das Ende des Gelages ab. Es nieselte nur leicht, aber doch so stark, dass die Sideresier sich unter einen Unterstand drängten, wo die Reste des Feuers brannten. Erinnert euch mit mir, dass ein Sideresier nach dem anderen in diesen dümmlichen Schlaf fiel, einen Schlaf, der sie abstumpft und ihrem Geist nicht eine Ritze lässt, um zu erspähen, was um sie herum geschieht. Da sahen wir, die wir wachten, was sie ihn Wahrheit waren: keine Krieger, nur ein Haufen schlafender Betrunkener, die sich sicher waren, dass unser Kontinent ihr Fest war.

Als der Hirsch aus dem dünnen Gestrüpp hervorbrach, das sein Bestes gegeben hatte, um sie zu verbergen, und die Anhöhen hinunterpreschte, erklangen Warnschreie, setzte der Schrecken derer ein, die schliefen, als wären sie unbesiegbar. Die Anführer der Sideresier versuchten, mit gellendem Geschrei Ordnung in das Chaos zu bringen. Doch die einen schrien hierhin, die anderen dorthin. Ihre Männer schwenkten die Waffen und stiegen auf ihre Tiere, um sich zu verteidigen. Als wir über sie herfielen, hatten viele von ihnen sich wieder gesammelt. Das kostete uns die Krieger, die heute nicht mehr unter uns sind. Dennoch war die Schlacht bereits entschieden. Da sie überrascht waren und keinen Grund zu kämpfen hatten, der größer war als sie selbst, verließen die Larven des Misaianes die Wunde auf allen möglichen Wegen.«

Die Krieger der Grenzländer lächelten. Dieser Zitzahay hatte merkwürdige Gaben. Es war schwierig, ihn nicht zu mögen.

»So trugen wir unseren Sieg davon«, sagte der Künstler. Und er verbeugte sich.

Drimus wandte sein zitterndes Gesicht ab.

»Sag das noch einmal.«

»Wir wurden besiegt.«

Der Überbringer der schlechten Nachricht gehörte dem Oberkommando des sideresischen Heers an. Er hatte Drimus am Meeresufer angetroffen, unter einem notdürftig gespannten

Zeltdach. Der Bucklige verbrachte dort den größten Teil des Tages, um auf die Ankunft der Schiffe zu warten, die seinen Berechnungen nach bald kommen mussten.

»Sag das noch einmal«, forderte Drimus, der sein Gesicht mehr denn je dem Horizont zugewandt hatte.

»Sie haben eine Vorhut von uns entdeckt und sie angegriffen.«

»Wenn du sie sagst, meinst du dann das ganze Heer oder einen Trupp wie unseren?«

»Ich spreche vom ganzen Heer, Doktrinator. Unsere Vorhut musste es mit einem ganzen Heer aufnehmen.«

»Wo war das?«

»Kurz hinterm Wüstenrand. Ich würde sagen … fünf Tage vom Sumpfigen entfernt. Wo der Wald der Grenzländer noch nicht so dicht ist.«

»Das Heer des Hirsches hat einen unserer Stoßtrupps in einer Gegend der Grenzländer vernichtet, wo der Wald noch nicht so dicht ist.« Drimus fiel das Sprechen schwer, als wären die Worte Spitzkletten, die sich ihm an Kehle und Gaumen hefteten. »Erzählt mir alles ganz genau.«

»Nachdem wir tagelang im Laufschritt marschiert waren, mussten wir ein Lager errichten. Wir bewachten es mit äußerster Sorgfalt. Am Morgen der Schlacht regnete es in Sturzbächen, so dass wir das Lager nicht halten konnten. Wind und Wasser drohten es niederzureißen. Die Zeltdächer lösten sich aus ihren Verankerungen, die Vorräte wurden nass. Wir mussten die Waffen in Sicherheit bringen und verhindern, dass die Tiere auseinanderstoben. Durchnässt kämpften wir uns gegen den Wind vorwärts und versuchten, größere Verluste zu vermeiden. Nicht einmal unsere eigenen Stimmen hörten wir, Doktrinator, nicht einmal unsere Hände sahen wir. Mitten im diesem Tohuwabohu tauchten sie auf. Keiner sah sie kommen, nicht aus dem Norden und auch nicht aus dem Süden. Es geschah ganz plötzlich. Wie der Regen stürzten sie sich auf uns. Es sind diese Zauberer, die ihnen helfen, Doktrinator. Bestimmt hat die Magie den Wolkenbruch herbeigerufen, denn anders hätten sie die Schlacht nicht für sich entscheiden können. Trotzdem konnten wir ihren Plan vereiteln. Wir haben schnell nachgedacht und Entscheidungen getroffen, die einem einzigen Kopf zu entspringen schienen. Wir mussten verhindern, dass ihnen unsere Waffen in die Hände fielen, denn hinter ihnen waren sie her, Doktrinator. Es ist unserem raschen Handeln zu verdanken, dass ihre Beute gering ausfiel. Beritten und zu Fuß gingen wir in die Schlacht. Trotz ihres überraschenden Angriffs und unserer zahlenmäßigen Unterlegenheit zahlten wir ihnen ihre Dreistigkeit heim. Viele Tote, Doktrinator, viele Tote waren der Preis für ihre Dreistigkeit. In der Zwischenzeit lud ein Teil von uns so viele Waffen und so viel Munition wie möglich auf. Erst dann gaben wir Befehl zum Rückzug. Nicht einmal verfolgt haben sie uns, Doktrinator. Offenbar haben sie sich mit dem wenigen begnügt, das sie auf dem Schlachtfeld aufgelesen haben.«

Während der Sideresierführer seinen Bericht abgab, hatte der Doktrinator ihn nicht ein Mal angesehen. Hätte der Unglückliche ihn besser gekannt, hätte er gewusst, dass dies das schlechteste aller Zeichen war. Mit einem Fingerschnalzen rief Drimus die Wachen herbei. Immer wenn er ans Meer ging, folgte ihm in gewisser Entfernung ein Trupp von Männern, die nun herbeieilten, um seine Wünsche zu erfüllen.

»Schafft ihn weg! Sobald ihr im Lager seid, fahrt ihr ihm mit Brennesseln über den Mund. Danach fesselt ihr ihn an den Eingang meines Zeltes. Dass er mir ja langsam stirbt, denn dann schlafe ich besser.«

Der Sideresierführer flehte ihn an. Er ließ sich fallen, damit er schwerer wurde und sie ihn nicht so leicht wegschleppen konnten. Er stemmte seine Füße in den Boden, um den Weg unendlich zu machen. Von fern fragte er, warum.

Der vor seinem Zelt mit dem Tode ringende Sideresierführer verhalf Drimus doch nicht zu gutem Schlaf. Lange bevor er starb, hatte der Doktrinator ihn bereits vergessen. Andere Dinge gingen ihm durch den Kopf. Die Krieger des Hirsches rückten näher, und von den Schiffen keine Spur. Natürlich würde es noch eine Weile dauern, bis die Feinde hier sein würden. Wenn sie den Sumpfigen überquert hatten, würde die Wüste ihren Vormarsch aufhalten. Sollten sie aber vor der Flotte eintreffen, konnte alles scheitern. Nicht dass ihm der Tod der Sideresier etwas bedeutete. Auch sein eigenes Leben war ihm gleichgültig, denn er konnte sich leicht durch eine Spalte der Magie davonschleichen. Wichtig war ihm nur der Herr. Der Doktrinator konnte den Gedanken nicht ertragen, dass der Herr noch einmal von diesem Kontinent beleidigt wurde. Undenkbar, dass noch einmal ein Husihuilke, der fast noch ein Kind war, Feuer im Arsenal des Misaianes legte, dass ein alter Mann mit einer Herde von Schweinen und Wespen sie in die Flucht schlug, dass ein Heer der Stöcke ein Heer des Feuers besiegte.

Nach dem Überfall auf die Sideresier beschloss das Heer des Hirsches, die nähere Umgebung zu durchkämmen. Die Stelle, an der Cucub sie eingeholt hatte, war gut zu verteidigen. Sie würden nicht eher weiterziehen, bis sie sichergestellt hatten, dass nicht noch weitere feindliche Trupps in der Nähe waren.

Es erging Befehl, sorgfältig den Teil des Waldes zu erkunden, durch den sie ihren Weg fortzusetzen gedachten.

Noch am selben Tag schwärmten die Späher in verschiedene Richtungen aus und suchten nach Anzeichen der Sideresier. Einer nach dem anderen kehrte zurück mit der Botschaft, dass sie nicht in Sicht waren. Natürlich hätte das Heer der Fruchtbaren Länder den verstreuten Spuren folgen können, die die Sideresier auf ihrer Flucht hinterlassen hatten, aber das hätte ihren Stolz beleidigt.

Das Ziel ihres Vormarschs waren nicht diese Sideresier, die

ihnen entwischt waren. Sie hatten einen Plan zu erfüllen, der bei günstigem Ausgang dem Hirsch einen unschätzbaren Zeitvorteil verschaffen würde. Wichtig war, dass sie vor den Schiffen an der Stelle waren, die Drimus bewachte, in der Nähe des natürlichen Hafens, in den die Flotte einlaufen würde; dass sie dort Position bezogen, um die Flotte des Misaianes zu täuschen und in dem Glauben zu wiegen, es wären die eigenen Leute, die von der Küste grüßten; dass die Sideresier selbst ihre Boote herabließen, damit sie an Bord gelangen konnten.

Das Entern würde blutig verlaufen, aber es war die einzige Chance, die Sideresier aufzuhalten. Nur so würden sie die großen Waffen und Vorräte an grauem Pulver für den in die Enge getriebenen Kontinent erbeuten können. Und Zeit gewinnen, dem Misaianes entrissene Zeit. Damit all dies eintrat, mussten sie unbedingt rechtzeitig in der Oase ankommen, in der Drimus herrschte.

Als sie das Gebiet sorgfältig durchkämmt hatten und endlich aufbrechen konnten, setzte ein wolkenbruchartiger Regen ein, der ein Vorwärtskommen unmöglich machte und sie zwei Tage aufhielt.

Undenkbar, bei so viel Wasser und so viel Schlamm voranzukommen.

»Die ersten Güsse«, sagten die Husihuilke, »Vorboten einer neuen Regenzeit.«

Die Zitzahay fragten, was dies zu bedeuten hatte. Die Husihuilke antworteten ihnen mit großartigen Erzählungen über die vielen Monate, in denen sich der Himmel über den Grenzländern auflöste, und über die Kreaturen, die sich in keinem Moment dagegen auflehnten, sondern sich dem Regen anpassten. Die Regenzeit war ein Teil des Lebens, ein guter Teil, denn ohne ihn würde es den Wald, den sie so liebten, nicht geben.

Zwei Tage Dauerregen. Erst am dritten Tag riss der Himmel wieder auf. Am folgenden Morgen setzten sie ihren Weg fort.

Der Marsch zum Sumpfigen verlief friedlich. Die Sideresier griffen nicht wieder an. Und die Husihuilke des Ostens fanden den Mut wieder, der nötig war, um gegen das Feuer des Feindes vorzurücken.

Als sie den Sumpfigen überquert hatten, verschlimmerte sich ihre Situation wieder.

Je weiter sie in die Wüste eindrangen, desto langsamer kamen sie voran. Die Zeit und sie erschöpften sich gemeinsam.

Im Land ohne Schatten tauchten die Sideresier wieder auf. Sie kamen des Nachts in kleinen Trupps, schleuderten Feuer und zogen sich sofort wieder zurück. Die Sideresier wussten nur zu gut, dass die Krieger des Hirsches ihnen nicht nachsetzen würden, weil sie sich nicht mit blutigen Verfolgungen aufhalten durften; dass für sie nur eines zählte: rechtzeitig anzukommen.

Der Hirsch verfügte über weniger Krieger als erhofft. Männer und Tiere verschlissen sich auf dem Marsch, der immer wieder von blutigen Scharmützeln unterbrochen wurde. Die Linie der Wasserstellen, der sie folgen mussten, zog den Weg in die Länge. Aber das Heer des Hirsches war fest entschlossen, sich in die Schlacht gegen die zu werfen, die gekommen waren, um ihnen die Seele zu rauben. Sie mussten rechtzeitig dort sein, und sei es mit dem letzten Atemzug.

»Werden wir jemals wieder über unsere einfachen Anliegen plaudern können?«, lautete das Stoßgebet, das mitten in der Nacht zu hören war.

Der oberste Anführer

Das Trommeln des Passhüters fand prompt eine Antwort. Drei Gesichter, der Kauer und der Falke brachen zu den Dörfern des Ostens auf. Welenkin hingegen hatte Aufgaben am Lalafke zu erledigen.

Begleitet wurden die drei Zauberer von Männern und Frauen, die den schlimmer geschundenen Brüdern zu Hilfe eilen wollten, denen, die früher Gegner und nun Nachbarn waren. Vor allem aber waren sie Husihuilke.

Der Tross hatte Arzneien, Nahrungsmittel und Decken dabei. Um den Bewohnern der Lalafkeküste, die das Maduinasgebirge noch nie überquert hatten, den schweren Weg zu erleichtern, erzählten die Zauberer Geschichten, die stets willkommen waren.

»Weiß jemand von euch, wie unser lieber Drei Gesichter geboren wurde?«, fragte der Kauer.

Keiner wusste es. Vielleicht hatte der eine oder andere Gerüchte gehört. Vielleicht wollten es alle nur noch einmal hören.

»Dann will ich es euch erzählen«, sagte der Kauer, der ungewöhnlich friedfertig war.

Stille trat ein, eine Stille, um Versen zu lauschen. Oder Warnungen. Oder guten Lügen.

»Es waren einmal ein junger Flussfischer und eine Fischefrau, die für ihre Schönheit gerühmt wurde.« Der Kauer zog sich ein Blattgerippe aus den Zähnen. »Sie lernten sich am Ufer des Nebligen kennen, an das er zum Fischen ging und sie, um zu verzücken. Denn so sind sie, die Fischefrauen: Sie reizen gern das Blut der Männer und bringen sie zum Weinen. Bei jenem Fischer jedoch konnte sich die Fischefrau noch sosehr bemühen, er vergoss keine Träne. Der Mann starrte stur auf den Grund des Flusses und warf von Zeit zu Zeit, ob eine Beute zu sehen war oder nicht, seine Harpune. Nach vielen, vielen Tagen sagte die Fischefrau: ›Du hast noch nicht geweint.‹ Und der Mann antwortete: ›Das werde ich auch nie.‹ Die Fischefrau fuhr mit ihrem feuchten Murmeln fort. Der Fischer wandte sich wieder dem Fischen zu. Einige Tage später sagte die Fischefrau wieder etwas. Sie fragte: ›Wo beginnt die Trauer der Männer?‹ ›Die Trauer der Männer beginnt in deiner Taille‹, antwortete der Fischer.«

Wenige Dinge auf dieser Welt entzürnten den Kauer mehr als die Ausdrücke zärtlicher Liebe, die den menschlichen Kreaturen so sehr gefielen. Um sie nicht ertragen zu müssen, beschloss er, seine Geschichte abzukürzen.

»Es kam, wie es kommen musste. Die beiden, von denen ich erzähle, wollten das Unmögliche. Es geschah dort, wo der Neblige zu einem Wirbel wird. Dort umschlangen sie sich und lösten das Verhängnis aus. In einem Ei, in dem ein Fisch hätte ausgebrütet werden sollen, wurde Drei Gesichter ausgebrütet. Es heißt, er habe seine Mienen von der Mutter geerbt, denn der Körper der Fischefrau war für immer glücklich, während ihr Herz in Trauer verfiel. Und ihr Verstand rieb sich zwischen beiden auf und verlor alle Gewissheiten. Unser Bruder ist also eine Mischung aus Mensch und Wasser.«

Die Nachrichten des Krieges gelangten schnell in die Grenzländer, und sie waren nicht gut. Sie nutzten die Richtungen des Windes, den Weg der Kojoten, die Wanderungen der Samen und was sonst noch dazu diente, um Gerüchte zu verbreiten. Um das Heer versammelten sich viele Seelen, hörten und sahen, was sie später erzählen würden.

Die Seelen sahen, wie Minche mitten in der Nacht aufstand. Um diese Uhrzeit war die Wüste kalt, daher hüllte sich der Anführer in einen Umhang. Minche sagte zu den Wachen, dass er in der Nähe bleiben werde.

»Minche«, antwortete einer der Krieger, die die Nacht bewachten. »Es ist nicht gut, dass du allein gehst. Denk daran, dass die Wachen erst gestern Sideresier gesichtet haben.«

»Ich habe doch gesagt, dass ich in der Nähe bleiben werde«, antwortete der Anführer. »Je weniger Aufhebens ihr darum macht, desto besser.«

Die riesige, in seinen Umhang gehüllte Gestalt Minches verschwand hinter einer Sanddüne. Ihm folgten die Seelen.

Die Wüste war ein Ort, in dem es pfiff, zischelte, krächzte und scharrte. Aber die Geräusche, die ein Mensch machte, waren unverkennbar für den, der zu hören wusste.

Minche hörte den Pfiff im selben Augenblick wie die Seelen. Der Anführer blieb stehen, sie ebenso. Zwei dunkle Umrisse traten plötzlich hinter einem Busch hervor. Die Seelen erschraken, Minche nicht. Offenbar hatte er die beiden erwartet. Blass wie der Mond drängten sich die Seelen an einer dunklen Stelle des Himmels zusammen.

Minche ging auf die Fremden zu. Dann setzten sich die drei in die Hocke und bedeckten sich mit dem Umhang, den Minche mitgebracht hatte. Die Farbe des Umhangs, die Falten und die reglos verharrenden Körper verliehen der Gruppe das Aussehen eines Felsens.

Sosehr waren sie Fels, dass kein Murmeln nach draußen drang. Kurz vor der Dämmerung warf die Gruppe den Umhang ab. Da sahen die Seelen, dass sie sich kühl verabschiedeten. Die beiden Fremden gingen auf die Dünen zu, während Minche ins Lager zurückkehrte.

Kaum war er angekommen, teilten ihm die Wachen mit, dass Thungür ihn schon seit dem frühen Morgen suchte.

»Du hast mich gesucht, Thungür?«, fragte Minche.

»Ja. Ich hatte Angst um dich.«

»Ich bin in der Wüste spazieren gegangen«, sagte der oberste Anführer. »Ich brauchte die Stille und das Alleinsein, um nachdenken und richtig entscheiden zu können.«

»Wir dürfen die Entscheidung nicht länger hinauszögern«, sagte Thungür.

»Daran brauchst du mich nicht zu erinnern.«

Die Lage hatte sich geändert, ihre bisherige Strategie ließ sich nun nicht mehr weiterverfolgen.

Am Vortag hatten die Anführer die Nachricht erhalten, dass wenige Stunden von der Küste entfernt mindestens vier Schiffe des Misaianes gesichtet worden waren. Die Anführer mussten schnell entscheiden, wie es weitergehen sollte.

»Vier Schiffe werden bereits angelandet sein, wenn wir dort ankommen«, sagte Minche.

»Oder mehr«, sagte Thungür. »Noch haben wir einen Tagesmarsch vor uns. Außerdem kann es sein, dass uns ein weiterer Angriff der Sideresier aufhält.«

»Das bezweifle ich«, sagte Minche. »Dafür sind wir schon zu nah. Bestimmt haben sie sich verschanzt und warten auf die Schlacht.«

»Es werden viele sein, alle satt und ausgeruht«, fügte Thungür hinzu. »Und sie werden wieder ihre riesigen Waffen auf uns richten, die die Luft entzünden und unzählige Krieger in den Tod reißen.«

»Hast du Angst?«, fragte Minche.

Thungür spürte eine alte Wut.

»Siehst du diesen Zitzahay? Ich kenne ihn, ich habe gesehen, wie er sich vom Bauer zum Krieger gewandelt hat. Und ich weiß, dass ihm vielleicht schon morgen Arme und Kopf abgerissen werden. Nennst du das Angst? Dann habe ich Angst.«

Der Bruch zwischen Minche und Thungür war nicht mehr zu kitten. Es ging längst nicht mehr um die Aufstellung der Bogenschützen oder einen Zwist zwischen Husihuilke und Zitzahay. Beide waren entschlossen, den Krieg nach ihren Vorstellungen zu führen. Und keiner war bereit nachzugeben.

Die Seelen zitterten ob der Wut, mit der die beiden Führer

ihre unvereinbaren Strategien verteidigten. Sie spürten, dass jeden Moment der eine oder der andere Worte aussprechen konnte, nach denen es kein Zurück mehr gab. Thungür und Minche stimmten nicht einmal in der Beurteilung der Kämpfe überein, die sie auf dem Weg durch die Wüste mit den Sideresiern geführt hatten.

»Wir haben sie besiegt«, sagte Minche. »Wir haben sie bei jedem Aufeinandertreffen geschlagen …«

»Sag, Minche«, fuhr Thungür ihm ins Wort, »warum bist du dir so sicher, dass wir gesiegt haben?«

Minche sah nach, ob hinter Thungür ein Kind versteckt war.

»Es liegt doch auf der Hand. Aber wenn dir jemand erklären muss, was du mit eigenen Augen gesehen hast, will ich es gern tun. In jeder Schlacht haben wir viele Soldaten des Misaianes getötet. Und noch mehr haben sich zurückgezogen, hast du das vergessen? Es waren immer sie, die sich zurückgezogen haben.«

Thungür, der ständig hin und her gegangen war, setzte sich nun vor Minche auf den Boden. In dessen Strenge erkannte er seinen Vater wieder. Mehr als er selbst war Minche der Nachfolger Dulkancellins. Er hatte dieselbe Art zu kämpfen, mit dem Blut nach außen. Dieselbe unverrückbare Vorstellung, dass Krieg bedeutete, so weit vorzurücken, wie der Tod es erlaubte. Thungür hingegen hatte jahrelang unter den Zitzahay gelebt, einem Volk, das nicht so kriegerisch, dafür aber äußerst klug war. Dort hatte er Dinge gelernt, die sein Vater nicht verstanden hätte. Und Minche auch nicht.

»Du denkst nicht mehr wie ein Husihuilke«, sagte der oberste Anführer.

Das Urteil fiel, als Thungür mitten in diesen Gedanken war, sonst wäre er wütend geworden.

Die Seelen verstanden, dass Thungür andere Ideen durch den Kopf gingen.

»Mein Geist hat etwas vom Volk der Zitzahay, das ich in mir trage. Meinst du das? Er hat auch etwas vom Volk der Sonnenherren und vom Geschlecht der Borier. Aber sprich mir nie wieder meine Herkunft ab, Bruder Minche. Nie wieder, sonst musst du mich töten.«

Im Stillen gestand sich Minche ein, dass seine Zunge zu weit gegangen war. Thungür wollte seine Verwirrung nutzen, um sich verständlich zu machen.

»Bruder Minche, du sprichst von Sieg. Ich frage dich, ob du wirklich glaubst, dass diese wenigen Toten zählen angesichts der Stärke, die Misaianes' Heer nun hat. Du hast gesehen, dass sie sich zurückgezogen haben. Ich habe gesehen, dass wir nicht genügend Kraft hatten, sie zu verfolgen. Wir konnten erleichtert aufatmen, mehr nicht.«

Minche schwieg. Warum erzählte Minche nicht, dass er in der vergangenen Nacht ein Fels gewesen war, der etwas im Schilde führte?, fragten die Seelen einander.

Es schien der richtige Moment zu sein, um Minche seine Strategie zu erklären, und Thungür wollte ihn nutzen.

»Gewonnen hat nicht, wer die meisten Toten zählt; verloren hat nicht, wer sich zuerst zurückzieht.«

Thungür konnte Minche nicht überzeugen.

»Und Durst hat nicht, wer einen trockenen Mund und Lust zu trinken hat, wirst du mir gleich sagen. Bruder Thungür, es ist mir gleichgültig, wer dich mit dieser merkwürdigen Art des Denkens angesteckt hat, ob die Zitzahay oder die Sonnenherren. Ich weiß nur eines: Wer Tote zählt und länger als der Gegner auf dem Schlachtfeld bleibt, hat gesiegt. So haben wir seit jeher den Ausgang einer Schlacht bemessen.«

»Ja, aber es waren immer Schlachten unserer Stämme um Gebiete und um Ehre. Diesmal ist es anders.«

»Warum?« Minche erhob die Stimme, um sich selbst zu glauben. »Sprechen wir nicht von einem Krieg?«

»Wir sprechen von einem Krieg, der in nichts den Schlachten zwischen Husihuilkestämmen gleicht«, antwortete Thungür. »Wir müssen es mit einem Heer aufnehmen, das in endlosen Wellen über uns hereinbrechen wird, das Waffen hat, die unserem Mut überlegen sind. Dieses Heer gehorcht einem Herrn, der nicht mit gespanntem Bogen die eigenen Reihen anführt, wie du es tun würdest. Deshalb fordere ich den Rückzug. Für uns ist es ein Leichtes, den Tod zu wählen. Du wirst im Kampf sterben und mit unversehrter Ehre abtreten. Ich und alle Krieger werden das Gleiche tun. Glück für uns, Minche! Aber was wird aus den Fruchtbaren Ländern? Was aus ihren Kreaturen? Du magst dich mit deiner Ehre begnügen. Ich nicht.«

»Du verlangst von mir, dass wir in den Bergen untertauchen und wie Gespenster wieder auftauchen, um unsere Feinde anzugreifen, wenn sie es am wenigsten erwarten. Aber das gibt ihnen nur die Zeit, unseren Kontinent zu verwüsten. Wenn wir das tun, überlassen wir die Kreaturen ihrem Unglück.«

»Das stimmt«, gestand Thungür ein. »Aber hör mir zu … Wenn wir sie mit geschwächten Kräften angreifen, wenn wir dorthin gehen, wo sie sich verschanzt haben, wenn wir mit spärlichen Vorräten an schwarzem Pulver in die Schlacht ziehen, wenn wir bis auf den letzten Mann sterben: Erst dann geben wir ihnen wirklich Zeit, erst dann überlassen wir tatsächlich alle ihrem Unglück.«

Die Nacht war zurückgekommen, um zu lauschen; die Sterne und die Seelen drängten sich zusammen. ›Minche verschweigt etwas‹, ›Minche erlaubt seinem Mund nicht, die ganze Wahrheit zu sagen‹, flüsterten sie einander zu. Seelen und Sterne zitterten, trübten sich ein und erstrahlten wieder, als ob sie flackerten.

»Wer als Husihuilke geboren wurde, für den gibt es nur einen Weg.« Aus einem dunklen Grund hielt Minche an seinem Starrsinn fest.

»Kämpfen«, unterbrach ihn Thungür. »Kämpfen bis zum Tod. Stimmt, Minche. Und das werden wir auch tun, sobald der Tod mehr ist als das Brot unseres Stolzes.«

»Dann erkläre es mir, denn so wie ich es verstanden habe, willst du, dass wir flüchten wie ängstliche Weiber und in den Maduinasbergen Schutz suchen.«

»Das habe ich weder gesagt noch gedacht«, sagte Thungür, der noch einmal erläutern wollte, was er bereits verstanden glaubte. »Auch wenn es uns das Blut säuert, müssen wir uns eingestehen, dass wir verloren haben. Unseren Plan können wir nicht mehr durchführen, wir sind zu spät gekommen. Die Sideresier haben ihre Stellung an der Küste gehalten. Soweit wir wissen, werden schon bald vier Schiffe anlegen. Wir wollten rechtzeitig dort sein, um ihnen die Stellung streitig zu machen, wir wollten uns mit ihrer Kleidung tarnen und ihre Flotte mit ihren eigenen Standarten grüßen, wir wollten auf ihre Schiffe klettern. Es hätte uns einen großen Vorteil verschafft. Wir hätten Zeit und Waffen gewonnen. Doch es ist nicht mehr möglich. Die Flotte der Sideresier ist bereits hier, und unsere Männer haben noch kaum ihren Atem beruhigen können.«

Die Kreaturen der Inseln hatten sie gewarnt: Vier Schiffe des Misaianes steuerten den Hafen an, wahrscheinlich waren sie schon da und luden gerade ihre Machtwerkzeuge ab. Es war zu spät.

»Du willst mir weismachen, dass in die Schlacht gehen gleich in den Tod gehen ist.« Minche sah Thungür nicht in die Augen. »Aber du wirst mich nicht dazu bringen, dass ich einer Flucht zustimme. Ich werde Befehl geben, bis in den Tod zu kämpfen.«

Die Seelen erblassten. Warum verbarg der Anführerbruder Minche seinen Blick?

»Viel Feuer. Viele große Feuer, die viele von uns in den Sand strecken werden«, sagte Thungür. »Die Schäfer, die die Sideresier als Schilde missbrauchen, und unsere Krieger. Alle Toten werden aus den Fruchtbaren Ländern stammen. Wie nennst du das?«

»Wie nennst du das, was du von uns verlangst?«

»Den einzig möglichen Krieg.«

»Uns in die Berge zu flüchten?« In Minches Stimme schwang Scham mit.

»Ja«, antwortete Thungür bitter. »Uns in die Berge zu flüchten … Dort können wir lernen, wie man das schwarze Pulver herstellt, das diese Waffen brauchen, um mit dem Töten fortzufahren. Diese Waffen und alle, die wir noch erbeuten werden. Die Sideresier werden wissen, dass wir in der Nähe sind, und sie werden Angst haben. Wir werden ihnen keine Ruhe lassen. Wir werden sein wie Wilkilens Mücken.«

Minche hätte fast gelächelt. Alle redeten von Wilkilen wie von einem Kind, aber er hatte sie heimlich beobachtet.

»Du meinst, wir sollen die Sümpfe nachts verlassen?«

»Dann hast du sie ihr Lieblingslied singen hören!«

Alle sahen in ihr das Kind, das niemals erwachsen werden und einen Mann finden würde. Minche hingegen beobachtete sie häufig aus der Ferne.

»Wenn wir nachts angreifen«, sagte Minche, »werden die Sideresier sich morgens am Fleisch unserer Kinder rächen.«

»Wir müssen darauf vertrauen, dass die Zauberer den Krieg woanders führen, dass sie die Kreaturen nie im Stich lassen werden. Es ist schlimm, Bruder Minche. Es ist so schlimm, wie morgens aufzuwachen und der Hände beraubt zu sein, wie Luft zu atmen, die sandig geworden ist. Uns ist noch nie etwas so Schlimmes widerfahren, und doch müssen wir es erdulden. Wir können uns und alle unsere Männer opfern, und doch wird es den Schmerz, der kommen wird, nicht aufhalten.«

»Die Sideresier werden unsere Häuser in Besitz nehmen.«

»Ja, das werden sie.«

»Sie werden ihren Schmutz in unsere Dörfer schleppen, sie werden Feuer an unsere Geschichten legen, sie werden unsere Maisfelder zertrampeln.«

»Ja, das werden sie.« Thungür ging auf den Bruder zu, der sagte, was auch Dulkancellin gesagt hätte. »Mehr kann ich nicht sagen, Anführer Minche. Du hast das letzte Wort.«

Der Tag brach an in den Fruchtbaren Ländern. Die Zeit war gekommen, da Minche den Kriegern seinen Befehl erteilen musste: auf die Küste zuzumarschieren oder sich in die Berge zurückzuziehen.

Aber Minche hatte seine Entscheidung längst getroffen, es gab kein Zurück mehr, denn außen war Minche nicht der Gleiche wie innen. Er hatte sich auf einen Pakt eingelassen.

In den Maduinasbergen zog der Tross aus Zauberern, Männern und Frauen weiter zu den Dörfern des Ostens. Sobald sie den Pass überquert hatten, würden sie in alle Richtungen ausschwärmen, um überall Erleichterung zu bringen. Die schlechten Nachrichten vom Krieg lasteten schwer auf ihren Schultern, ebenso die Verwirrung. Was hatte es zu bedeuten, was einige Kreaturen sagten? Was meinten sie damit, wenn sie sagten, der Anführer Minche sei innen nicht der Gleiche wie außen? Wahrscheinlich wussten sie es selber nicht. Vielleicht verstanden es die Zauberer, aber sie schwiegen. Und um ihr Schweigen zu überspielen, erzählten sie eine weitere Geschichte.

»Ich werde euch jetzt meine eigene Geschichte erzählen«, sagte der Kauer. Zweifellos lösten ihm die Kräuter, die er im Mund trug, die Zunge.

»Man hat mir erzählt, ich sei als Menschenjunge geboren worden. Angeblich unterschied ich mich in nichts von ihnen. Allerdings lehnte ich von Anfang an die Nahrung der Frau ab, wenn stimmt, was im Gedächtnis geblieben ist. Die Frau versuchte es mit allen Mitteln, sie sang und sie flehte. Aber sie konnte tun, was sie wollte, ich spuckte die Nahrung, die sie mir einflößen wollte, immer wieder aus. Dann versuchte sie es mit Ziegenmilch, aber die wollte ich auch nicht. Ich wurde immer dünner, und meine Lebenskraft versiegte, bis mich die erwähnte Frau zu einem Erdzauberer brachte. Manche behaupten, dass es Kupuka war. Andere halten das für unmöglich, weil Kupuka damals noch nicht die Maduinasberge durchstreifte. Welcher Zauberer es auch war, er sah mir zwei Tage beim Sterben zu, ohne einzugreifen. Bei ihm war die Frau und weinte. Es heißt, der Zauberer sei plötzlich in lautes Gelächter ausgebrochen. Diese Gabe kommt mir schon bekannter vor. Er rupfte einfach irgendein Kraut aus und steckte es mir in den Mund. Sofort begann ich zu kauen. Ich kaute und kaute und kaue heute immer noch. Das Menschenweib begriff, dass ich nicht ihr Sohn war, und übergab mich der Obhut des Erdzauberers. Diese Patenschaft kann nicht lang gedauert haben, denn ich erinnere mich an nichts mehr. Seit ich denken kann, habe ich im Schutz des Gestrüpps gelebt. Alle habe ich sie gekaut, allen bin ich Dank schuldig. Keine Wurzel, kein Stengel, kein Blütenblatt und kein Samen, der mich nicht geformt hätte. Wahrscheinlich sagen viele oder alle, dass sie mich nicht lieben, jedenfalls nicht so wie Kupuka oder Drei Gesichter.« Der Kauer spuckte hoch über die Maduinasberge. »Aber niemand würde bestreiten, dass ich blindlings auf das richtige Kraut zeigen kann, um ein Leiden zu heilen. Vieles habe ich dadurch gelernt, dass ich mich dem Schlaf und Fieber von Büschen ausgesetzt habe, die ihr nicht mal ansehen könntet, ohne blass zu werden.«

Die Zeit drängte, die Sonne ging auf. Minche konnte sein Wort nicht mehr hinauszögern.

Die Krieger des Hirsches standen bereit, um Minches Befehlen zu gehorchen. Zwischen den Anführern war alles gesagt. Beide befahlen den Ihren, sich zum Abmarsch aufzustellen.

Die Seelen waren immer noch da und warteten, was geschehen würde. Die Sterne hatten sich in die Alten Länder aufgemacht, um Misaianes auszuspähen.

Die Männer hatten getrennte Formationen gebildet. Thungür saß auf Sinkende-Nacht vor seinen Männern. Stumm und gefasst wartete er darauf, dass Minche seine Entscheidung verkündete.

Thungürs Gewissheit schwand. Vielleicht war es nicht so, wie er es gesagt hatte. Was geschah, überstieg alles Maß, war größer als sein Verstand. Vielleicht hatte Minche recht. Da es für die Fruchtbaren Länder um Leben und Tod ging, war die Wahrheit nicht teilbar. Die Stimmen, die ihm gerade noch seine Argumente eingegeben hatten, redeten jetzt durcheinander, waren nicht mehr deutlich zu verstehen. Da er es nicht verstand, klammerte er sich an das Einzige, was er mit Gewissheit spürte. »Ich bin ein Husihuilke. Minche wird zum Wohl aller entscheiden. Der Verstand ist nicht teilbar.«

Auch Minche hatte sich vor seine Männer gesetzt. Auch er verharrte reglos, schweigend. Die Spannung unter den Kriegern wuchs. Nur Cucubs Augen wanderten zwischen den Anführern hin und her.

Schlagartig begriff Minche, was von seinen Worten abhing. Schweiß rann ihm die Furchen entlang, die die gestählten Muskeln seines Körpers trennten. Das Haar hatte er zum Kampf zusammengebunden, der Geist war für den Tod bereit.

»Krieger der Fruchtbaren Länder.« Minches Stimme verriet kein Zaudern. »An die, die mich mit ihrer Treue ehren, an euch, die ihr mir fraglos folgt. Ich, der vom ehrwürdigen Rat gewählte Anführer unserer Stämme, erteile euch den letzten Befehl.«

Drei Gesichter und der Kauer führten den Marsch über die Maduinasberge an. Drei Gesichter packte seinen Bruder am Arm, wie er es sonst bei Kupuka tat.

»Ich gehe lieber allein«, erboste sich der Kauer. »Ich will nicht behandelt werden wir ein Tattergreis.«

Drei Gesichter setzte seine größte Freudenmiene auf.

»Du selbst hast angedeutet, dass Kupuka sich in deinen ersten Tagen um dich gekümmert hat. Was würdest du sagen, wenn ich die Antwort auf diesen Zweifel kenne?«

»Ich würde dich bitten, mir die Wahrheit zu sagen. War es tatsächlich Kupuka?«

Drei Gesichter freute sich diebisch über den Zorn seines Bruders.

»Sag ich dir nicht. Dafür darfst du mich so oft beleidigen, wie du willst. Es ist gut, dass manches bleibt, wie es ist.«

Im Laufe des Marsches war die Zahl der Kreaturen, die ihnen folgten, immer größer geworden.

Einige hatten sich angeschlossen, weil ihnen die Nähe der Zauberer die Angst linderte. Die meisten aber wollten den Liebesdienst erfüllen, den Kupuka von ihnen erbeten hatte.

»Was wir drüben wohl vorfinden werden?«, fragte der Kauer Drei Gesichter.

»Viele gute Menschen werden in den Schmerzen gefangen sein, die Drimus ihnen geschickt hat. Der Magier hat eine Krankheit in Umlauf gebracht, die noch viel schrecklicher ist als die der roten Flecken. Unzählige Brüder des Ostens leiden darunter, dass sie sich nicht mehr wiedererkennen, dass sie denen misstrauen, die sie lieben. Sie haben kein Fieber und auch keinen Ausschlag. Und doch werden sie immer trübseliger, verlieren die Erinnerung daran, was es bedeutet, frei zu sein. Wo auch immer die Kranken sind, müssen auch wir sein, um in ihnen den Wunsch zu stärken, Husihuilke zu bleiben.«

Drei Gesichter verlangsamte seine Schritte. »Welch große Aufgabe, Kauer! Und unser Kupuka so alt. Und der Krieg, den wir uns ausgedacht haben, in Trümmern. Die Kreaturen erschüttert. Die Lulus für immer verloren. Kauer, gib mir ein Stück Maisbrot!«

Unter denen, die nach Osten zogen, waren auch der Falkenzauberer und Nanahuatli. Seit sie sich zum ersten Mal begegnet waren, in der Wüste und im Eulentor zugleich, waren sie unzertrennlich.

Der Zauberer lernte, wie man ging und gleichzeitig in der Ferne flog. Obwohl er manchmal gegen den Wald stieß oder auf einem Abhang stürzte, duldete er keine Hilfe. Nanahuatli behandelte ihn wie einen Bruder. Sie rüttelte ihn, stellte ihm unaufhörlich Fragen, tat alles Mögliche, um ihm zu helfen, ohne dass er es merkte. Der Falke wiederum hatte Geduld mit der verliebten Frau.

»Siehst du ihn?«

»Ja.«

»Und?«

»Und was?«

»Kann er dich sehen?«

»Nein.«

»Erzähl mir von seinem Gesicht!«

»Es ähnelt einem Bruder, den er einst hatte. Nur dass er stärker ist. Und trauriger.«

»Was macht er gerade?«

»Er sitzt auf einem Tier mit Mähne. Hinter ihm stehen Krieger und warten.«

»Und du?«

»Ich?«

»Wo bist du?«

»Mitten unter den Seelen, die lauschen.«

»Lauschst du auch?«

»Ja.«

»Was wird gesprochen?«

»Nichts. Alle sind still. Nur Cucubs Augen wandern von einem Anführer zum anderen und geben Geräusche von sich.«

Der Falkenzauberer und Nanahuatli hielten sich etwas abseits der anderen. Plötzlich blieb der Zauberer stehen. Der Pate, der mitten unter den Seelen war, sträubte das Gefieder und breitete die Flügel aus.

»Minche wird gleich sprechen«, krächzte der Zauberer.

»Ich verstehe dich kaum«, beklagte sich Nanahuatli.

»Er sagt, dass er den letzten Befehl erteilen wird.«

»Ich verstehe nicht.«

»Ich sage, was Minche sagt. Aber ich kann dir nicht sagen, was Minche verschweigt.«

»Wo ist Thungür?«, flüsterte Nanahuatli verzweifelt.

»Thungür sagt nichts. Minche spricht.«

»Ach, Falke! Ich verstehe dich einfach nicht.«

»Sein letzter Befehl: Krieger der Fruchtbaren Länder! Wir werden zur Oase marschieren und gegen Misaianes kämpfen!«

Der Krieg

Vier Schiffe liefen in den natürlichen Hafen ein, den die Wüstenküste ihnen bot.

Der Doktrinator hielt es nicht mehr aus, bestieg ein Boot und ruderte die kurze Strecke zum Mutterschiff. Der Bucklige erklomm die Strickleiter, und als er an Deck war, atmete er tief die Luft der Alten Länder ein. Dann berührte er die Riemen, die Ledersäcke, die großen Waffen, und jedes Mal verspürte er ein Glückgefühl, nicht nur weil alles aus den Alten Ländern stammte, nach ihnen roch, sondern auch weil er sich auf die Schlacht freute, die näher rückte.

Als die Kommandeure ihn fragten, ob das Heer des Hirsches trotz der im Hafen liegenden Schiffe angreifen würde, antwortete er, ohne zu zögern.

»Sie werden kommen, da könnt ihr sicher sein. Sie werden kommen.«

Obwohl die Kommandeure den Grund für seine Gewissheit nicht kannten, lächelten sie, weil sie wussten, dass es so sein würde.

Noch am selben Tag, während sie die großen Waffen ausrichteten und sich auf einen leichten Krieg einstellten, verkündete Drimus, dass er aufbrechen werde.

»Ich gehe mit meinen Kleinen weg, aber nicht sehr weit. Ich werde mir den Sieg von woanders ansehen. Das hier ist nicht mein Platz.« Wie üblich sprach der Doktrinator nicht für die, die vor ihm standen. »Außerdem rückt mein eigener Krieg näher, da muss ich mich vorbereiten. Wenn alles vorbei ist, werden wir das, was von diesem Kontinent noch bleibt, dem Erdboden gleichmachen und ihn dem Herrn opfern. Wir werden den letzten Knochen aus seinem Rückgrat brechen, ihr hier und ich an meinem Platz!«

Die Schiffe, die aus den Alten Ländern gekommen waren, hatten verschiedene Ziele angesteuert. Ein Teil der Flotte war den üblichen Routen des Yentru gefolgt, segelte zum Land der Sonnenherren und in die Randmark, wo die Herrschaft des Misaianes versorgt und gestärkt werden musste. Der Rest der Flotte war in die entgegengesetzte Richtung gefahren, um die Fruchtbaren Länder über den Lalafke zu erreichen.

Elf mit Waffen und Soldaten beladene Schiffe nahmen Kurs auf den Westen des Kontinents, der sich nicht ergeben wollte. Einige Schiffe jedoch hatte die Flotte verloren. Zwei waren gesunken, und drei waren so schwer beschädigt worden, dass sie irgendeine Küste hatten anlaufen müssen, und seither waren sie verschollen. Vier waren angekommen, und zwei hatten einen Tag Verspätung.

»Du hast einiges angerichtet, Lalafke«, gab Drimus zu. »Aber wie du siehst, konntest du uns nicht aufhalten. Bald wirst auch du ein Diener des Misaianes sein. Wir werden deinen Namen ändern, deine Farbe, und wir werden dir diese Husihuilkemanier austreiben, deine Wellen zu türmen.«

Wahrscheinlich würde der Krieg im nächsten Morgengrauen losbrechen. Der Bucklige packte einige Sachen zusammen und ging mit seiner Meute zu den Sandhügeln, von denen aus er die Schlacht betrachten wollte. In dieser Nacht schlief er arglos inmitten seiner Hunde.

Die Fruchtbaren Länder, jener Kontinent, der so schlicht war, dass er in der Seele jeder Kreatur Platz fand, lag die ganze Nacht wach. Bei Tagesanbruch würde die Niederlage ihren Lauf nehmen. Die Krieger bereiteten sich auf das Sterben vor. Sie wussten, dass sie vor allem die Erinnerungen an diejenigen tilgen mussten, die sie zurückließen. Es war nicht mehr wichtig, dass viele wie Thungür dachten, es war nicht mehr wichtig, dass Thungür wie Thungür dachte. Der vom Rat gewählte Anführer hatte den Befehl zum Krieg erteilt. Damit war alles gesagt, ab jetzt zählte nur ein Gedanke: etwas mitzunehmen im Tausch für ihr Leben, dem Misaianes einen Fetzen zu entreißen, bevor sie für immer fortgingen.

Es war eine dieser klaren Nächte, in denen alles dunkel erscheint: die Bäume, die Berge, die Silhouette des Zauberers. So klar war die Nacht, dass sich der Himmel, als die Dämmerung einsetzte, verdunkelte.

Um die Stunde, in der die Sonne aufgehen sollte – es heißt, die Sonne habe es nicht sehen wollen –, warteten die Krieger der Fruchtbaren Länder auf einem Hügel.

Der Doktrinator war nicht der Einzige, der den Krieg betrachten würde. Hinter einem ufernahen Felsen drängten sich einige Wüstenfrauen und sahen schweigend zu. Die Sideresier ließen sie gewähren. Sollten sie den Triumph ruhig sehen und begreifen, wer ihre neuen Herren und Männer waren, wenn ihre Gatten und Söhne ihr Leben gelassen hatten. Dann würden diese ausgehungerten Frauen einzig und allein dazu dasein, ihnen stets zu folgen und zu dienen.

Die Heere waren in Sichtweite. Die Krieger der Fruchtbaren Länder rückten langsam vor. Die Sideresier sahen es und lachten vor Schreck. Ihre Anführer hatten ihnen wieder und wieder gesagt, dass sie den Krieg leicht gewinnen würden, dass ihre Waffen denen des dunkelhäutigen Heers weit überlegen seien. Doch sahen die, die der sichere Tod erwartete, schön und gelassen aus. Und die, die siegen würden, pinkelten sich auf die Stiefel.

Das Heer des Hirsches hatte sich in drei berittenen Formationen aufgestellt. Die Formation in der Mitte trug die Feuerwaffen, die an den Seiten Lanzen und Pfeile. Das spärliche Arsenal der Feuerwaffen war den erfahrenen Männern anvertraut, die seit dem vorigen Krieg den Umgang damit gelernt hatten. In Beleram hatten sie unter Anleitung von Thungür das Zielen geübt. Sie konnten nun das Feuer genau dorthin schleudern, wo das Leben war. Diese Gruppe, die meisten von ihnen Zitzahay, unterstand dem Befehl Thungürs.

Die Sideresier wussten, dass der einzige Vorteil des Hirsches die Zahl seiner Krieger war, dass dieser Vorteil aber nichtig war angesichts der Schlagkraft ihrer Waffen.

Und dann waren da noch die Schäfer. Die sideresischen Heerführer hatten ihnen einen doppelten Zweck zugedacht. Zum einen sollten sie als lebende Schilde dienen, zum anderen die vorrückenden Feinde dezimieren. Auf diese Weise würden sie selbst kaum Mann gegen Mann kämpfen müssen, denn der Hirsch und die Schäfer hatten noch eine blutige Rechnung des Verrats offen.

Die Sideresier hatten gehört, dass diese Krieger das Blut ihrer eigenen Wunden tranken, um weiterkämpfen zu können. Sie hatten gehört, dass man sie zweimal töten musste. Und sie wussten, dass keiner von ihnen sich ergeben würde, dass sie so lange weitertöten würden, bis der Tod sie niederstreckte.

Der Schauplatz der Schlacht war ein Strand, ein Teil des Heers hatte sich auf den Schiffen verschanzt. Von dort waren einige der großen Waffen auf das Ufer ausgerichtet. Andere standen im Sand.

Die Formation der Sideresier hatte eine feste Ordnung. Die ersten Reihen bildeten als Fußvolk die Schäfer. Ihre Aufgabe war es, den Kriegern der Fruchtbaren Länder die ersten Verluste beizubringen, und vor allem, die erste Entladung des Feuers auf sich zu ziehen, die bestimmt nicht lange anhalten würde. Wenn die Krieger des Hirsches die Barriere der Schäfer durchbrachen, würden sie sich bereits aufgerieben und ihr Feuer verpulvert haben. Den Rest würden die großen Waffen erledigen.

Hinter den Schäfern standen die Sideresier in einem Halbkreis, der von dem äußeren Schiff auf der einen Seite bis zu dem auf der anderen reichte, pressten die Hände auf ihre Waffen und warteten versteckt hinter dem fremden Tod.

»Schaut es euch an!«, sagte Drimus zu seinen Hunden. »Die Husihuilke sollten uns dankbar sein. Wir liefern ihnen diejenigen aus, die sie am schlimmsten verraten haben. Uns haben sie die Freude zu verdanken, sie töten zu dürfen, bevor sie selber sterben.«

Aber Drimus irrte sich. Obwohl er ein Magier war, begriff er nicht, wie dieser Kontinent dachte und fühlte.

Dem Heer der Fruchtbaren Länder tat es im Herzen weh, dass es sich seinen Weg durch eine Unzahl lebender Köder bahnen musste, die ihnen Drimus vorgeworfen hatte. Denn die Köder waren einst Nachbarn gewesen, und sie zu töten hieß, irgendwo im Inneren zu sterben. Die Schäfer, die vor ihnen standen, schützten die Sideresier mit ihrem Leben. Die Schäfer, die einst Brüder gewesen waren, schützten diejenigen, die immer Feinde sein würden. Trotzdem wussten sie, dass sie sie erst töten mussten, bevor sie eine Lanze in einen Soldaten des Misaianes rammen konnten. Der Doktrinator begriff nicht, dass sich die Husihuilke nicht darüber freuten, wenn sie statt Sideresier tötend Schäfer tötend sterben mussten.

Es war, als würden sie ihre eigenen Maisfelder in Brand stecken. Es war, als würden sie ihre eigenen Gesichter verwunden. Ihre Herzen pochten nicht aus Angst. Aus Schmerz pochten sie.

Das Heer des Hirsches rückte weiter vor. Auf einen Befehl hin stoppte es.

Minche war kein Mann großer Worte. Lange hielt er seinen rechten Arm angehoben, nie war eine Stille größer. Als der oberste Anführer seinen Arm senkte, schwoll ein Geschrei an, das den Sideresiern das Blut lähmte.

Die mittlere Formation griff zuerst an. Mit dem größten Kriegsgeheul, das der Himmel je gehört hatte, eilten Tiere und Reiter dem Tod entgegen.

In sicherer Entfernung vom Schauplatz der Schlacht richtete sich Drimus zwischen seinen Hunden auf.

»Es geht los! Es geht los!« Drimus schlug seine trockenen Hände gegeneinander. »Husihuilke gegen Schäfer! Meine kleinen Lieblinge, schaut euch das Blutbad dieses dunklen Elends an. Und du, geliebter Misaianes, erwache auf deinem Berg. Sieh dir das Vergnügen an, das ich dir zu Ehren bereiten werde.«

Mit den Waffen im Anschlag ritten die Krieger der Fruchtbaren Länder vorwärts. Die geordneten Schlachtreihen dienten lediglich dazu, bis zum Ende wie ein Heer aufzutreten. Denn wie immer sie auch angriffen, der Tod war ihnen gewiss. Und diesem Los stürmten sie nun entgegen.

»Sieh her, Misaianes! Wach auf und sieh her, geliebter Herr. Dieses Blut wird für dich spritzen. Wach auf und stärke dich, Herr der Welt!«

Plötzlich verstummte Drimus. Etwas auf dem Schlachtfeld machte ihm die Zunge pelzig.

Der gleiche Schrei, mit dem die Krieger der Fruchtbaren Länder anstürmten, erschallte nun auch in den Reihen der Schäfer. Schließlich hatten die einen wie die anderen von klein auf die gleiche Sprache gelernt. Die einen hatten sie verloren und fanden sie nun wieder.

Die Wüstenschäfer hoben alle gleichzeitig ihre Waffen, drehten sich mit Kriegsgeheul um und richteten sie auf die Sideresier, die hinter ihnen standen. Erst schoss die eine Reihe der Schäfer, dann die andere, so dass dazwischen gerade genug Zeit zum Nachladen blieb. Sie schossen mit einer Genauigkeit, die nur von der lange geschluckten Galle herrühren konnte. Lieber wollten die Wüstenmänner ein lebender Schild zum Schutz des Hirsches sein. Es heißt, dass viele, als sie sich umdrehten, die Namen ihrer schlafenden Kinder sagten.

»Einige, die den Rücken zeigen sollten, werden die Brust bieten. Die Waffen werden sich wenden und dem Krieg eine andere Richtung geben!« Der Kauer hatte es vorhergesagt.

Die Überraschung der Sideresier verschaffte den Schäfern die

Oberhand. Die Überraschung des Hirsches verdoppelte seine Kraft. Vielleicht war ihr Los an diesem Morgen doch ein anderes. Entsetzen und Verwirrung machte sich breit unter den Soldaten des Misaianes, die das Heer der Fruchtbaren Länder nicht vergeudete.

Thungürs Formation marschierte Feuer schleudernd und Feuer empfangend vorwärts. Minche stellte sich so schnell darauf ein, gab so eindeutige Befehle, als hätte er gewusst, was geschehen würde. Sie konnten nicht alle vier Schiffe gleichzeitig angreifen. Der oberste Anführer deutete auf die zwei, die seine Krieger zuerst entern sollten. Die beiden anderen würde ihr Schicksal später ereilen. Minche wusste es und lächelte schon von weitem, als die Felsen am Strand sich in Gestalt von Frauen erhoben.

Kaum hatten die Schäfer ihre Waffen gewendet, waren auch die Wüstenfrauen aus ihrem Versteck hervorgetreten. Sie kamen nicht mit leeren Händen. An einem Lagerfeuer, das sie heimlich unterhalten hatten, hatten sie Pfeile, Lanzen und Fackeln entzündet. Die Felsen, hinter denen sie sich versteckt gehalten hatten, waren so nah an den Schiffen, dass die Frauen nicht weit gehen mussten, um das Feuer zu werfen. Einige schossen brennende Pfeile und Lanzen ab. Andere besannen sich auf das Lasso, mit denen die Schäfer seit jeher ihre Llamellos fingen, und warfen in dieser Manier die Fackeln. Die Frauen stießen kein Kriegsgeheul aus. Sie waren Mütter, die das Andenken an ihre vergifteten Kinder für die Ewigkeit bewahren wollten.

Eine flammende Rache ging auf zwei der Schiffe nieder. Die anderen beiden, die auf der gegenüberliegenden Flanke feststeckten, wurden geentert. Das Holz, die Fässer mit grauem Pulver, die Standarten des Misaianes: Alles fachte das Feuer an.

Danach lagen alle Frauen am Strand. Mit dem Feuer, das sie geschleudert hatten, war ihre Ehre gewahrt worden. Und durch das Feuer, das sie getroffen hatte, schliefen sie nun bei ihren Kindern.

Im Nu loderten zwei der Schiffe und explodierten.

Viele Krieger des Hirsches kämpften Seite an Seite mit den Schäfern, die überlebt hatten, um den Enternden Deckung zu geben. Die Kriegsschiffe schossen aus den großen Waffen, die jetzt nur noch dazu dienten, das Entern zu verhindern, und streckten dadurch wahllos Männer beider Heere nieder. Mit Lanzen, mit Pfeilen, mit Feuer … Das Blutbad war entsetzlich.

Schon hatten die ersten Krieger der Fruchtbaren Länder die Reling der beiden Schiffe erreicht, auf die Minche gedeutet hatte. Viele fanden bei dem Versuch, an Bord zu klettern, den Tod. Einige schafften es aber, andere folgten. Danach zählte nur der Mut.

Der Krieg tobte nun auf den Schiffen und am Strand. Thungür und einige Zitzahay betraten das Deck zuerst. Der Sohn Dulkancellins stand seinem Vater an Tapferkeit in nichts nach. Allein wie er seinen Oberkörper aufbäumte und die Axt hob, als wäre sie eine Verlängerung seines Denkens, versetzte die Feinde in Angst und Schrecken. Thungür kämpfte, wie er noch nie in seinem Leben gekämpft hatte. Das Deck wurde immer glitschiger. Die Klinge seiner Waffe fuhr herab, wieder und wieder. Unbesiegbar und verschmiert von aller Blut, senste er die Sideresier nieder. Neben ihm lachte ein Künstler. »Wie Dulkancellin«, schrie er. »In seinem Körper steckt Dulkancellin.« Cucub lachte vor Freude, dass er noch lebte, um den Besten von allen beschützen zu können.

Einige Krieger durchbrachen die letzte Reihe, die noch Widerstand leistete, gelangten zu den Sideresiern, die die großen Waffen abfeuerten, und durchbohrten sie nach kurzem Kampf mit ihren Lanzen.

So geschah es, dass das erste Schiff, der Traum, der sie geleitet hatte, in die Gewalt der Fruchtbaren Länder geriet. Die Sideresier, die noch am Leben waren, versuchten in die Boote zu gelangen, die an den Seiten vertäut waren, oder gleich über Bord zu springen. Doch keiner von ihnen kam mit dem Leben davon, um später zu berichten, ob wahr war, dass für die Krieger der Fruchtbaren Länder ein Tod nicht genügte.

Beim Entern des anderen Schiffes führte Minche das Kommando. Dutzende Krieger fielen zurück ins Meer, weil die Sideresier sich geschickter verteidigten. Trotzdem folgten die Krieger dem Beispiel ihres Anführers und kämpften unerbittlich weiter.

Von der Spitze des größeren Masts kam das Feuer, das für Minche bestimmt war: ein Loch in seinem Rücken, das ihn zwingen würde, ohne Blut weiterzukämpfen. Minche hob den Kopf, fand den, der ihn getötet hatte, und schoss einen Pfeil ab. Der Sideresier stürzte aus den Höhen der Takelage herab, dumpf prallte sein Körper aufs Deck.

Minche und seine Krieger kämpften an Bord des Schiffes, das schwer zu erobern war. Von den Kriegern, die am Strand mit den Sideresiern rangen, ohne dass sich ein Sieger abzeichnete, war keine Hilfe zu erwarten.

Thungür begriff, dass sie unbedingt auch das andere Schiff entern mussten. Nur wenige Boote waren übrig. Sie banden sie rasch los und warfen sie ins Meer. Er sprang in eines hinein und befahl einigen seiner Männer, es ihm nachzutun.

Soweit Thungür überblicken konnte, blieb ihnen nur wenig Zeit, die Niederlage abzuwenden. Plötzlich sah er, dass neben ihm Cucub kauerte, wie nur Cucub kauern konnte. Zum ersten Mal seit Beginn des Kriegs nahm er vom Mann seiner Schwester Notiz. Ohne dass jemand es ihm sagen musste, begriff er, dass dieser kleine Mann ihm den Rücken freigehalten hatte.

Krieg an Deck und Krieg am Strand. Das Ufer übersät mit Frauenleichen. Rümpfe schleppten sich durchs Massaker, um ans Wasser zu gelangen. Geronnenes Blut tauchte ein im Sand und wieder auf wie Krebse.

Die Boote, die auf das zweite Schiff zuhielten, wurden von Deck aus angegriffen. Einige füllten sich mit Toten, andere ruderten weiter.

»Wir werden es schaffen, Cucub«, sagte Thungür. Er bekam keine Antwort. In böser Vorahnung drehte er sich um. Cucubs Kopf war zur Seite gekippt, ein Stück der Brust war zerfetzt. Der Husihuilke wollte sich hinüberbeugen zu dem kleinen Zitzahay, der vor Schmerzen stöhnte. Aber da waren sie schon bei dem Schiff, das ihnen verlorenzugehen drohte. Obwohl Thungür sich an Kuy-Kuyens Augen erinnerte, befahl er, Cucub zuzudecken, damit er unbemerkt blieb, und das feindliche Schiff zu entern.

An Deck kämpfte Minche immer noch. Erneut wählten die Männer der Fruchtbaren Länder den Tod, um den Mutigsten zu verteidigen. Damals wie heute fielen andere, damit Dulkancellin weiter reiten, damit Minche weiter seine Axt schwingen, damit Thungür an Deck klettern konnte.

Die beiden Anführer kämpften nun Seite an Seite. Die Ankunft Thungürs und seiner Männer hatte die Schlacht ausgeglichen. Noch aber mussten sie lange weiterkämpfen, bis die Sideresier sich schließlich um die großen Waffen, die sinnlos aufs Meer gerichtet waren, zu einer Formation schlossen.

Nun blieb ihnen nichts mehr, als das Leben zu opfern. Nun stand die letzte Schlacht bevor, die der Himmel entscheiden würde. Doch welcher Himmel? Den Kriegern war es gleichgültig: Sie warfen sich ihrem Schicksal entgegen und entdeckten, dass es ihr eigener Himmel war, der gute Himmel der Fruchtbaren Länder. Als die Sideresier das Ende kommen sahen, stürzten sie sich ins Wasser. Diesmal hatte keiner genügend Kraft, um auf sie zu schießen. Vielleicht übernahm es der Lalafke, denn der Lalafke war wie der Himmel, der sie beschützte.

Das zweite Schiff war erobert, aber noch war der Krieg nicht zu Ende. Nachdem die Schiffe in ihrer Hand waren, eilten die Krieger der Fruchtbaren Länder ihren Brüdern zu Hilfe, die am Strand kämpften.

Die Sideresier konnten nirgendwohin fliehen. Es gab keine Schiffe mehr, es gab auch kein Fort. Und das Heer der Fruchtbaren Länder duldete keine Kapitulation, denn es waren nur Soldaten, die sich ergaben, nicht Misaianes. Weitere Krieger würden kommen, würden die Hand nach der Schönheit Belerams ausstrecken. Für die Sideresier gab es keine Kapitulation, keine Flucht, denn für die Fruchtbaren Länder gab es sie auch nicht.

Als nach einem Tag des Kampfes der Abend hereinbrach, war der Strand mit Toten übersät.

Die Krieger irrten am Meeresufer oder an Deck der Schiffe umher, die ihnen unverständlich und fremd waren. Manche ließen sich am Saum des Wassers fallen, damit das Salz des Lalafke ihnen die Wunden säuberte und das Blut weicher machte, das am ganzen Körper zu verkrusten begann. Andere sanken niedergestreckt von Übelkeit erregendem Schmerz und vor Erschöpfung zu Boden.

Die Sideresier lagen bis auf den letzten Mann tot im Sand. Die Abenddämmerung brachte Stille. Wieder war die Welt zweigeteilt, diesmal in ein Oben und ein Unten. Oben ein Himmel, den ein durchscheinender Mond rötlich färbte. Unten ein Feld voller Toter und Nachtwandler. Die Nachtwandler mussten die Verwundeten pflegen, die Verwundeten mussten die Toten begraben.

Einer der Männer hatte genügend Kraft gesammelt, um ein Lied anzustimmen, als ein anderer verkündete, dass zwei Schiffe in Sicht waren.

Auf seinem Sandhügel weinte Drimus Blut aus Nase und Augen. Noch hatte er seine Verzweiflung nicht geordnet, als auch er die beiden verspäteten Schiffe sichtete, die er bereits vergessen hatte. Der Doktrinator wusste nur allzu gut, was das zu bedeuten hatte, und fiel inmitten seiner Hunde auf die Knie, um an den Herrn, der auf seinem Berg lauschte, ein Stoßgebet zu richten.

Thungür sah die Schiffe. Minche, der neben ihm an Deck lag, merkte, dass etwas vor sich ging, und fragte mit den Augen.

»Zwei Schiffe des Misaianes nähern sich«, sagte Thungür.

Nie wäre es dem Husihuilke eingefallen, seinen obersten Anführer durch Barmherzigkeit zu erniedrigen. Minche musste wissen, wie es stand, auch wenn er im Sterben lag.

»Wie lange …¿«

Thungür begriff, dass Minche fragte, wann sie ankommen würden.

»Es wird bereits Nacht sein, wenn sie in Reichweite kommen«, antwortete er.

»Dann werde ich nicht mehr hier sein«, sagte Minche. »Du darfst nicht zulassen, dass sie uns diesen Sieg noch entreißen.«

Der oberste Anführer bedeutete Thungür, sich herunterzubeugen. Er wollte ihm etwas sagen, aber die Stimme brach ihm bereits.

»Ich habe es gewusst …« Minche stammelte, was er nicht mit in den Tod nehmen wollte. »Ich wusste, dass die Schäfer … Vor einigen Tagen waren wir ein Fels, der den Angriff ersonnen hat.«

Thungür hatte verstanden, aber Minche war der Anführer und hatte ein Recht darauf, sein schwerstes Vergehen laut zu bekennen.

»Ich wollte es dir nicht sagen«, fuhr Minche fort. »Ich wollte es nicht … damit der Ruhm dieser Schlacht mir zufiel und deine Besonnenheit wie Feigheit erschien.«

Erst dann wollte Minche sterben.

Thungür schloss seinem Bruder die Augen und stand auf.

»Unser oberster Anführer ist gerade gestorben!«, rief er in die Stille des Strands. »Minche ist tot!«

Minches Leiche wurde zum Strand gebracht. Boote waren einem Husihuilke fremd, im Leben wie im Tod. Die Krieger versammelten sich, und Thungür sprach:

»Wir haben keine Zeit, um Minche zu ehren, wie sein Mut es verdient. Minche nicht und auch nicht die vielen Brüder, die hier liegen. Ihr seht, was auch ich sehe: Zwei Schiffe kommen näher. Wir sind erschöpft. Den ganzen Tag haben wir die Axt geschwungen, seit Stunden töten wir und versuchen, dem Tod zu entgehen. Aber wir müssen weiterkämpfen. Wenn einer von euch müde ist, soll er zu dem Felsen gehen. Dort liegen die Frauen, schwach wie Halme, die mit uns den Krieg gewonnen haben. Seht euch ihre abgezehrten Arme an, und wenn ihr dann immer noch müde seid, spuckt euch auf die Füße.«

Die Krieger blickten zu der Stelle, die Thungür genannt hatte. Die Frauen sahen aus wie Algen, wie Algenfasern, die von der nächtlichen Flut weggeschwemmt wurden.

»Ich war anderer Meinung als der oberste Anführer«, fuhr Thungür fort. »Jetzt hat sich gezeigt, dass Minche die richtige Entscheidung getroffen hat. Wir mussten hierherkommen. Minche hatte verstanden, dass keine Kreatur alles wissen kann. Und wer nicht alles wissen kann, muss den Weg weitergehen, den ihm sein Wesen weist: Der Krieger muss Krieg führen. Alles andere wird von der Erde und den Himmeln gewoben. Die Schiffe werden im Laufe der Nacht ankommen. Wir können sie nicht täuschen, denn sie haben die Feuer der Schlacht gesehen. Uns bleibt diese Nacht, um den Widerstand zu organisieren.«

Kein Borier war unter ihnen, der lächelte, keiner, der das Meer als Schauplatz des Kampfes verstand. Den Wald ja, den Urwald, die Berge. Nicht aber das Meer. Die Krieger betrachteten die Schiffe, die sie so mühsam erobert hatten, und wussten nicht, wie sie mit ihnen reden sollten. Sie verstanden sie nicht, und noch weniger liebten sie sie.

Wäre ein Borier unter ihnen gewesen, hätte er ihnen erklärt, dass alle Vorteile auf ihrer Seite waren. Die Schiffe des Misaianes mussten an einer Stelle landen, die besetzt und verteidigt war, ohne dass sie die Überlegenheit des Feuers besaßen. Ein Borier hätte ihnen gesagt, dass die Sideresier sehr wahrscheinlich umkehren würden.

Drimus hingegen wusste es. Die Schiffe würden noch etwas näher kommen, um sich ein genaueres Bild von dem zu verschaffen, was geschehen war, und dann die Flucht ergreifen. Etwas Besserer konnten sie im Augenblick nicht tun. Andernfalls hätte Misaianes noch zwei weitere Schiffe verloren.

Der Bucklige erhob sein Stoßgebet nicht wegen der verlorenen Schiffe oder der toten Sideresier. Drimus schluchzte, damit der Herr ihn weiterhin streichelte wie er seine Hunde.

Misaianes, Herr.
Erobert haben wir für dich
die Hälfte dieses Kontinents.
Das Land der Sonne ist dein,
und dein ist auch die Randmark.
Dein die Erde bis zu den Salpeterfeldern der Wüste.
Streichle uns, Herr, dann können wir fortfahren.
Lass uns durch deinen Mund streifen,
damit dein Speichel uns erlöse.
Niedriger als Schlangen und Würmer sind wir,
doch streichle uns, gib uns deinen Speichel.
Wir sind gestolpert, sind dein Stolperstein,
aber sieh, was dir gehört.
Da ist das Land der Sonne,
da ist die Grenzmark.
Da ist deine Mutter, unsere Schattenfrau,
da sind meine bohrenden Stimmen.
Erlege uns Buße auf! Füge uns Schmerz zu, so viel du willst!
Doch streichle uns mit deinem Speichel.

Nacht und Wind werden dein sein.
Sieh, was wir erreicht haben, und streichle uns.
Wir werden es dir vergelten
mit zwei Monden für deine Herrschaft.
Dass dein Speichel uns nie fehle,
dass dein Atem sich nicht an unserem störe.
Biete uns Schutz unter deinen Fingernägeln.
Bald schon werden wir wiedererobern,
was uns heute verwehrt wurde,
damit dein Reich über diese Welt komme.

Drimus beendete sein Stoßgebet. Und die Krieger sahen, wie die Schiffe ihren Kurs änderten.

»Sie kehren um«, sagte Thungür.

»Sie segeln weg«, sagten viele.

Als Männer der Erde verstanden sie nicht, was vor sich ging. Erleichtert atmeten Hunderte auf und schenkten der Nacht ein weißes Lächeln.

Es stank. Trotzdem schlossen alle die Augen. Wo sie gerade lagen, ob auf ihren Waffen oder ihren Wunden, schliefen sie ein.

Die Seelen, die tief in der Nacht den Strand durchstreiften, konnten nicht erkennen, wer von ihnen schlief und wer von ihnen starb.

Am nächsten Morgen wachte Thungür auf, weil ihn eine erstickte Stimme rief. Der Husihuilke erhob sich und sah sich um. Fast alle Männer schliefen noch. Viele stöhnten vor Schmerz oder Erschöpfung, aber die Stimme gehörte keinem von ihnen. Thungür ging auf dem Deck des Schiffs umher, auf dem er die Nacht verbracht hatte, und versuchte herauszufinden, woher der Ruf kam. Die Stimme war nicht auf dem Schiff. Thungür trat an die Reling und sah aufs Meer. Auf einem vergessenen Boot regte sich ein blutiges Bündel.

Es war Cucub, den Thungür vollkommen vergessen hatte. Erst hatte ihn die Schlacht gefangen genommen, dann eine Müdigkeit, die jedes Menschenmaß überstiegen und alle Gedanken geraubt hatte. Das Herz brach ihm fast vor Scham. Er sprang ins Meer, schwamm zu dem Boot und riss die Plane weg. An Cucubs Augen las er ab, dass ihm verziehen war, dass der Künstler noch eine Weile singend auf der Erde bleiben würde.

Thungür umarmte den kleinen Mann. Alles, was bis jetzt geschehen war, vom Tag, an dem ihm die Stirnvogelfeder in die Hand gefallen war, bis zu diesem nebligen Morgen, wurde ihm gegenwärtig. Cucub schrie, als hätte er unerträgliche Schmerzen, damit niemand den Anführer weinen hörte.

Ein Meer kann in wenigen Tagen den Krieg der Menschen wegspülen. Der Lalafke tauschte den Sand aus, nahm die Überreste und den Todesgestank mit. Als die Vogelschwärme wiederkehrten, war es wieder die prächtige Wüste, die weiß ins Meer stieg.

Unterdessen erholte sich das Heer in der Oase. Nur wenige Schäfer hatten überlebt, von ihren Frauen nur jene, die sich nicht an dem Angriff beteiligt hatten.

Einige Sonnen darauf hatten sie sich auf die nächsten Schritte geeinigt. Der Großteil des Heers sollte da bleiben. Die eroberte Stellung musste unbedingt gehalten werden. Später mussten sie nach Norden marschieren, um die Grenzmark zurückzuerobern. Wann und wie sie sich dieser Herausforderung würden stellen können, wussten sie nicht. Vorerst reichte ihre Kraft nur aus, um die Grenze zu bewachen, die sie von Misaianes trennte. Die Verwundeten und ein Hilfstrupp würden in den Süden zurückkehren.

Cucub trug um seinen Arm und einen großen Teil seines Oberkörpers einen Verband. Trotzdem würde er auf Schwarzes Feuer zu seiner Frau reiten:

»Wie du siehst, trennen sich unsere Wege schon wieder«, sagte er.

»So hat es uns das Schicksal in all diesen Sonnenjahren bestimmt«, antwortete Thungür.

»Was soll ich Nanahuatli sagen?«, fragte Cucub.

Der Husihuilke dachte nach, als empfände er diese Frage abwegig oder respektlos. Cucub wollte schon Lebewohl sagen.

»Sag ihr, dass ich sie mit mir nehme.«

»Ist das alles, Husihuilke?«

»Das ist alles, Zitzahay.«

Der Kopf des Zauberers verwandelte sich in eine Sonnenblume

Kupuka ritt dem entscheidenden Kampf entgegen. Vierstimmig flehte er um die Gunst der Erde. Der Zauberer atmete tief ein und aus, mit offenem Mund, damit die Welt in ihn strömte und ihm beistand. Trotzdem sah er aus wie ein knochiger, buckliger Greis, der einer Niederlage entgegenging. Nur seine Augen machten Angst. Wenn er in der Abenddämmerung Beschwörungsformeln aufsagte, umgaben ihn die Glühwürmchen. Wenn er sich von den Eingeweiden eines Pumabruders ernährte, dann weil es sein musste.

Kupuka würde mit Drimus kämpfen, und einer von ihnen würde sterben. Auf einem Tier, das genauso erschöpft war wie er selbst, würde es der Zottelige mit dem Magier der Alten Länder aufnehmen. Wer Zauberer und Tier hätte vorbeikommen sehen, hätte Tränen geweint.

Der ziegenähnlichste Zauberer der südlichen Welt zog seinem Kampf entgegen. Er war müde, aber er musste weiter, immer weiter, denn er wusste, dass der Ausgang dieses Kampfes alle betraf. Der Hirsch streckte sich nach den letzten sauberen Lüften.

Kupuka suchte den Einzigen, der den Plan verstand. Drimus, der Bucklige, sehnte sich danach, sich an Misaianes zu kauern und ihn flüstern zu hören: »Es soll nicht Tag werden.« Er brannte darauf, es mit eigener Zunge zu wiederholen: »Es soll nicht Tag werden.« Er wollte zu den Fingernägeln seines Herrn hinaufkriechen, um selber Herr einer ewigen Nacht und all ihrer Blinden zu werden. An diese Nacht dachte Kupuka, als er die Seele der Eule zu sich rief. Danach hielt er an, um zum letzten Mal zu schlafen.

Der Doktrinator erwartete ihn am Ufer einer armseligen Wüstenlagune. Nach der militärischen Niederlage war es unabdingbar, dass er sich die Magie der Fruchtbaren Länder Untertan machte.

Drimus sah sich unentwegt um. Erst als es dämmerte, beruhigte er sich. Und mit ihm die Meute. Die Zeit eines Eichhörnchens verging. Danach kniete sich der Doktrinator nieder, als wollte er sich verstecken. Er rief seine Kleinen herbei und bat sie sanft, sich um ihn zu scharen. Sie drängten sich zu einem dunklen Haufen zusammen, der in vielen Augenpaaren geöffnet war. Ein Haufen, der gleichzeitig atmete.

Aber Kupuka wusste es auch. Er wusste, was ihn erwartete, dass diesmal Verschleierungen und Verkleidungen nichts nützen würden. Daher tat er nichts, um beim Näherkommen das Traben zu dämpfen. Erst als das Tier, auf dem er ritt, bockte und nicht mehr weiterwollte, hielt er an.

Langsam stieg der Erdzauberer ab, klopfte dem Tier mit Mähne auf die Flanken und gab ihm zu verstehen, dass es vor dem Entsetzen, das sich ankündigte, flüchten durfte. Das Tier zögerte, doch schließlich gewann die Angst die Oberhand, und es galoppierte davon. Kupuka blieb leer zurück, wie von allen verlassen. Sogar die Seele der Eule war auf den Baum zurückgekehrt.

Viele versuchten später, diesen ruhigen, stillen Kampf zu schildern, aber keiner vermochte es. Selbst die begabtesten Zungen erzählten solchen Unsinn wie, dass Kupukas Kopf sich in eine Sonnenblume verwandelt habe, wo sie doch hätten sagen müssen, dass sich ihm die Haare gesträubt hatten.

»Der Kopf des Zauberers verwandelte sich in eine Sonnenblume …«

Kupukas Haare sträubten sich. Drimus' Fingernägel spalteten

sich zu Splittern. Beide riefen alles an, was ihnen beistehen konnte. Der Doktrinator richtete sich inmitten seiner Hunde auf, überragte sie jedoch kaum. Kupuka tat vier Schritte auf der Erde und einen weiteren durch das Feuer, das sich zwischen den Widersachern wie ein Weg entzündet hatte. Der Zeitpunkt war gekommen, sich an Weisheit und Kraft zu messen.

Der Magier der Alten Länder schneuzte zwei Fliegenschwärme aus, die sich wütend auf Kupuka stürzten. Brummend und flügelschlagend hafteten sie sich mit ihren Verderben bringenden Füßen an den Erdzauberer. Einen Moment lang war der alte Mann verloren. Dann begriff er, dass es nur eine Möglichkeit gab, sich aus der Belagerung zu befreien. Er sperrte weit den Mund auf und atmete einen Schrei ein, der die Mücken ansog und sie die Kehle hinunter bis in den Magen verteilte. Seine Verwirrung legte sich, aber nun hatte Kupuka all diesen Schmutz in seinem Körper. Schweiß brach ihm aus, die dünnen Beine begannen zu zittern. Er sah, dass die Sonne untergegangen war, und fühlte sich noch einsamer. Die Nacht, das wusste er, begünstigte Drimus. Aber der Zauberer war gekommen, um zu sterben und nicht, um sich töten zu lassen.

Kupuka sammelte Kraft und spuckte Reißzähne aus. Hunderte von tödlichen Reißzähnen, die er in seinem Inneren aufbewahrt hatte, flogen auf Drimus' Herz zu. Der Doktrinator verharrte reglos. Als sie in Reichweite seines Atems waren, pustete er so fürchterlich, dass die Reißzähne ihren Flug änderten. Sie entzogen sich dem Blick, als wären sie an einen fernen Ort entschwunden, und kehrten mit Trophäen wieder. Hunderte von Vögeln, die Kupuka beim Namen kannte, fielen ihm, von Eckzähnen durchbohrt, vor die Füße. Der Zauberer hatte kaum Zeit, sie um Verzeihung zu bitten, als er sah, dass der Himmel zu nah war. Drimus' Lachen war das einzige Geräusch der Welt.

Kupuka betrachtete seine schwieligen Hände und fand darin

die Tage, als alle um die Haufen frisch geernteter Maiskolben getanzt hatten. Er ballte die Fäuste, um nicht das Gedächtnis zu verlieren. Dann spürte er, wie das Gewicht des Himmels auf seine Schultern fiel. Der Zauberer hielt stand, bis ihm Blut, Schleim und Tränen übers Gesicht strömten. Dann, langsam und wider seine Seele, begann er sich zu krümmen. Es ist unser Himmel, dachte Kupuka, der gute Himmel, unter dem wir so viele Jahrhunderte ruhig gelebt haben. Doch kein Gedanke genügte, um die schwindende Kraft wiederzuerlangen oder gar das Mitleid der schwarzen Masse zu erregen, die ihn niederzwang.

Kupuka ging in die Knie. Drimus jaulte beglückt auf und rieb sich mit seinen kleinen Händen überall. Fast besiegt, den blutenden Mund in die Erde gepresst, hob der Zauberer die Augen, um das Ende zu sehen. Der einzige Stern in dieser Nacht, der sein Gewicht nicht auf des Zauberers Rücken gelegt hatte, erleuchtete sein Denken.

Zumindest erklärten es so diejenigen, die später die Geschichte erzählten. Kupuka verdankte einem Stern, dass er den Weg sah.

Der Erdzauberer begriff, dass er Drimus niemals schlagen konnte. Ihm wurde klar, dass er allein nicht genügte, um ihn zu vernichten. Er nicht und auch sonst kein Wesen mit Seele. Niemand, der einmal Brot gebrochen hatte, konnte den Abgesandten des Misaianes bezwingen. Nur jemand seines eigenen Schlages konnte es. Nur jemand, der zu der Legion der Unerschaffenen gehörte, vermochte es.

Als Kupuka dies begriffen hatte, wusste er den richtigen Zauberspruch zu wählen.

Der Zauberer rief sich all die Gerüche, die er liebte, ins Gedächtnis. Als sich die Gerüche gegenwärtig machten, schleuderte er sie auf den Feind. Kupuka tauchte Drimus in die Gerüche der Fruchtbaren Länder: Geruch nach dunkler Frau, nach in

Asche gebackenem Brot, nach geknetetem Ton; Geruch nach Dulkancellin, Geruch nach dem Ruf der Trommeln.

Die Hunde des Doktrinators hatten gelernt, dass all dies ihr Fressen war.

Der Magier der Alten Länder brauchte einen Moment, bis er begriff. Mit ihren gelben, zusammengekniffenen Augen sahen seine Tiere ihn an. Es waren seine Kleinen, die da den Buckel spannten und mit den Zähnen fletschten. Sie knurrten, als hätten sie die Beute vor sich, nach der sie am meisten gierten.

»Lasst euch nicht täuschen, meine Kleinen«, brachte Drimus hervor, während er zurückwich. »Ich bin nicht dieser Geruch. Ich bin der, der mit euch tollt.«

Aber die Hunde rochen etwas anderes. Vor ihrem Schlund hatten sie all das, was zu zerfleischen man sie gelehrt hatte.

»Meine Kleinen! Hört meine Stimme …«

Nie hatten Drimus' Hunde gehört, immer hatten sie gewittert. Geboren und aufgezogen zu einem einzigen Zweck: einen Kontinent zu durchkämmen und zu verschlingen. Nun, da er in Reichweite ihres Schlundes lag, zählte keine Stimme, zählte kein Antlitz.

Drimus wusste, dass er flüchten musste, aber er konnte nicht gehen wie ein Mensch, dafür waren seine Beine zu schwach, dafür zwang ihn sein Buckel zu sehr nach vorn. Langsam wich er zurück, um so viel Abstand wie möglich zwischen sich und die Hunde zu legen. Dann drehte er sich um, warf sich auf die Knie und rannte wie seine Hunde auf Händen und Füßen davon.

Unter dem Wüstenmond beobachtete Kupuka die Verfolgung.

Drimus rannte voraus. Mit seinen Füßen stieß er sich ab und gewann mit den Händen an Boden. Obwohl er schnell war, verkürzten die Hunde die Distanz zwischen sich und der Beute. Die Meute bellte wütend, der Bucklige wimmerte. Von weitem jedoch sahen beide gleich aus. Am Horizont holten sie ihn schließlich ein, so dass Kupuka nur ein Schattengewirr ausmachte. Kurz darauf war kein Laut mehr zu hören. Der Erdzauberer sah noch, wie die Meute sich einen neuen Weg durch dic Wüste suchte.

Kupuka bat die Mutter Erde, Drimus' Knochen in die tiefste Tiefe zu ziehen, dorthin, wo es nicht einmal Würmer gab, um sie wieder nach oben zu wühlen.

Dann pfiff er sein Tier mit Mähne herbei. Langsam stieg er auf und trat den Rückweg gen Süden an.

Die Dunkelheit blieb bei der Meute. Wenngleich diejenigen, die von diesem Duell erzählten, etwas anderes sagten.

»Und die Dunkelheit blieb bei etwas«, sagten sie.

Die Unschuldige und die Schattenfrau

In jenen Zeiten wurde eine Insel kleiner, wenn niemand sie bewohnte. Und wenn jemand sie betrat, wurde sie groß. Lewan war verlassen, seit die Lulus ins Meer gegangen waren. Nur Welenkin stattete ihr von Zeit zu Zeit einen Besuch ab. Vor lauter Stille lehnte sich Lewan an ihre großen Statuen und schlief. Doch war und blieb sie eine Insel, und schon das Glucksen eines Floßes genügte, um sie aufzuwecken und sie wachsam werden zu lassen. Zwei Frauen näherten sich, die eine blutjung, die andere steinalt. Was sie wohl suchten? Was wollten sie hier, wo doch der ganze Kontinent umzingelt war? Was hatten diese hilflosen Geschöpfe im Sinn, wo ihnen doch der Krieg auf den Fersen war? Als sich die alte Frau auf dem Floß erhob, um den Ort, auf den sie zuhielten, in Augenschein zu nehmen, änderte die Insel ihre Farbe und Erscheinung.

Kaum waren sie nahe genug, sprang Wilkilen unerschrocken ins Wasser. Sie zog das marode Floß in den Sand und ergriff die Hände der alten Frau, um ihr beim Aussteigen zu helfen. Freudig stellte sie fest, dass deren Innenseiten immer noch blau bemalt waren.

»Vorsicht! Du schaust nie, wo du hintrittst.«

Wilkilen hatte jemanden gefunden, den sie führen konnte. Jemanden, der noch unvorsichtiger durch die Welt ging als sie selbst. Deswegen hatte sie ihre Familie verlassen, ohne um Erlaubnis zu bitten.

»Sonst würdest du allein und ohne Obhut gehen müssen.«

Wegen einer alten Frau, die ihr nie ihren Namen gesagt hatte, ließ Wilkilen Pass der Wirbelwinde immer weiter hinter sich.

»Sobald ich eine Zuflucht für uns gefunden habe, erklärst du mir, warum du unbedingt hierherkommen wolltest. Und was du hier suchst.«

»Eine Antwort«, sagte die alte Frau.

»Was für eine Antwort?«

»Eine Antwort, die ich nicht richtig hören konnte.«

Wilkilen fragte nicht weiter, weil sie ihre Aufmerksamkeit den großen Steinen zugewandt hatte, die sie von dort, wo sie stand, sehen konnte. Schon war sie dabei, sich Namen für sie auszudenken, nach Wegen zu suchen, um sich mit ihnen anzufreunden.

»Der da drüben, der ganz nah scheint, soll Brunnen heißen, weil er wie ein umgestülpter Brunnen aussieht. Dort werden wir die erste Nacht verbringen. Weißt du was?«

»Was?«, fragte die alte Frau.

»Mir gefällt diese Insel. Ich weiß immer noch nicht, warum du unbedingt herkommen wolltest, aber ich habe den Appetit, den ich nur habe, wenn ich fröhlich bin.«

Wilkilen lud das wenige, was sie bei sich hatten, auf die Schultern und ging los.

»Mach jetzt nicht schlapp wie eine alte Frau. Wir haben heute Abend noch viel zu tun. Jetzt gehen wir erst mal zu dem Brunnen. Dort essen wir und richten uns ein Bett aus frischem Stroh.«

Als es auf der Insel, auf der einst Lulus wohnten, endgültig dunkel geworden war, saßen Wilkilen und die alte Schattenfrau an einem Lagerfeuer und ruhten sich aus.

»Hast du Kummer?«, fragte Wilkilen.

»Wie ist Kummer?«

»Hast du das vergessen?«

»Ich habe es nie gewusst.«

Wilkilen fasste sich mit beiden Händen an die Stirn und schüttelte den Kopf, als könnte sie solchen Unsinn nicht ertragen.

»Wieso denkst du dir so etwas aus?« Wilkilen schien wütend. »Es gibt auf dieser Welt keine Kreatur, die nicht weiß, was Kummer ist. Erst der Kummer, hat Oma Kush immer gesagt, macht aus Menschen Menschen und aus Aprikosen Aprikosen.«

»Dann habe ich wohl vergessen, wie er sich anfühlt«, sagte die Schattenfrau.

»Und jetzt soll ich dir wohl eine Geschichte erzählen«, sagte Wilkilen lachend. Sie machte einen Purzelbaum im Sand, ohne darauf zu achten, dass ihre nackten Beine zu sehen waren. Dann kroch sie ganz langsam auf die alte Frau zu und ließ sich urplötzlich auf ihren Schoß fallen. Sie umarmte sie und küsste sie mehrmals auf die Wangen.

Wilkilen konnte nicht wissen, dass in ihrem Nacken die Augen der alten Frau zu Löchern wurden und sich ihr Gesicht zu einer unbegreiflichen Miene verzerrte.

»Also gut«, sagte die Unschuldige. »Dann will ich dich mal daran erinnern, wie sich Kummer anfühlt. Dafür musst du aber deinen Kopf auf meine Knie legen. Und mir versprechen, dass du einschläfst und etwas Schönes träumst.«

Die alte Frau tat, was Wilkilen von ihr verlangte. Sie streckte sich auf dem Boden aus und legte ihren Kopf auf Wilkilens Beine. Ihre Augen aber schloss sie nicht. Sie schaute zu dem fernen Berg, auf dem sie einen Sohn aus ihrem Speichel geboren hatte. Ihren Sohn Misaianes, der größer geworden war als sie selbst. Um ihn anzubeten, hatte sie auf Amt und Ehre verzichtet.

»Der Kummer kann an vielen Stellen anfangen«, erklärte Wilkilen. »Bei vielen fängt er in der Brust an, als ein Stachel. Bei anderen fängt er im Magen an, als ein Mangel an Appetit. Bei mir fängt er in den Ohren an, denn der Kummer kommt immer dann zu mir, wenn Kuy-Kuyen mich ausschimpft.«

Während die Unschuldige erzählte, dachte die Schattenfrau daran, was früher gewesen war.

Bevor ihr Sohn geboren worden war, hatten die Kreaturen der Welt sie geachtet. Es war so, wie die alte Kush es ihrer Enkelin gesagt hatte. Alle wussten, dass ihre Arbeit schmerzlich, aber notwendig war. Ein bisschen wie der Winter. Seit aber Misaianes den Krieg begonnen hatte, hatte ihre Aufgabe Würde, Gerechtigkeit und Maß eingebüßt. Es ist kein Tod mehr, sagten die Kreaturen, es ist eine Auslöschung. Und die glich nicht mehr dem Winter.

»Wenn du genau hinsiehst«, fuhr Wilkilen fort, »ist der Kummer wie der Winter. Eines Tages geht er wieder, und du bemerkst, dass er zu etwas nütze war.«

Ich hatte einen Sinn, dachte die Schattenfrau.

Während Wilkilen vom Kummer erzählte, schlief sie ein. Ihr Gesicht schmiegte sich an die alte Frau, die auf ihrer Haut das Blinzeln der Wimpern spürte.

Dieses Mädchen träumt zu viel, dachte sie.

Vorsichtiger, als es ihr lieb war, löste sich die Schattenfrau von Wilkilen und brach auf, um die Insel zu erkunden.

Bei Tagesanbruch wachte Wilkilen zitternd auf. Sie sah sich um und konnte ihre liebe Alte nicht entdecken. Viermal rief sie nach ihr und erhielt keine Antwort. Plötzlich kam ihr etwas in den Sinn, das ihr Sorgen machte.

»Sie ist weg, wer weiß, wo sie jetzt schon wieder hingegangen ist.« Wilkilen sprach laut und machte ein Gesicht wie ihre größere Schwester. Sie spielte.

Schnurstracks sprang sie auf und rannte zum Strand, zu der Stelle, wo sie am Vortag das Floß vertäut hatte. Sehr zu ihrer Beruhigung lag es immer noch da. Trotzdem spielte sie weiterhin die Mutter.

»Also gut! Wenn sie verschwinden will, soll sie doch. Sie wird schon zurückkommen, wenn ihr Bauch nach Fisch verlangt.«

Damit ließ sie es gut sein und machte sich daran, die Muscheln zu sammeln, die die großzügige Flut des Lalafke zurückgelassen hatte.

Weil jemand sie vom Meer her grüßte, hob sie den Kopf. Wilkilen erkannte den, der da kam, und zog sich instinktiv das Kleid glatt, richtete sich das Haar.

Schöner als gestern, dachte sie.

So wenig die Schönheit auch galt in diesen Tagen, Welenkin zog sie an. Durchnässt kam der Erdzauberer zu ihr.

»Ich kann Feuer machen«, bot Wilkilen an.

»Ist nicht nötig, die Sonne geht gleich auf.« Welenkin sah Wilkilen in die Augen. »Was machst du hier?«

»Ich sammle Muscheln.«

»Richtig«, sagte Welenkin und deutete auf die, die die Unschuldige in ihrem Eifer, sich schön zu machen, hatte fallen lassen. »Und du bist hergekommen, nur um Muscheln zu sammeln, obwohl wir doch vom Krieg umzingelt sind?«

Wilkilen senkte den Blick und stellte einen Fuß auf den anderen.

»Nicht nur, um Muscheln zu sammeln«, stammelte sie. »Ich kümmere mich um jemanden.«

Welenkin hatte die Bestätigung für das, was er vermutet hatte.

Jemand, der sie besser bewältigt als irgendwer sonst, weil er nicht weiß, dass er es tut, hatte Kupuka gesagt.

Wilkilen wusste nicht, warum der Erdzauber sie mit solch sanften Augen ansah. Und noch weniger, warum er sie an seinen kalten Körper drückte und lange in seinen Armen hielt.

Sie verstand es nicht, aber wurde von Liebe erfüllt. Bevor Welenkin sich von ihr löste, küsste er sie wie zuvor einmal.

»Pass auf dich auf!«, sagte er mit seinen Lippen auf Wilkilens Stirn.

»Mach dir um mich keine Sorgen.« Wilkilen glitt aus den Armen, in denen sie am liebsten für immer verweilt hätte. »Sie ist ein bisschen verrückt, aber gut ...«

»Sie«, sagte der Zauberer.

»Ja, sie.«

»Und was will sie auf dieser Insel?«, fragte Welenkin.

»Wenn ich sie frage, sagt sie merkwürdiges Zeug.«

»Zum Beispiel?«

Umringt von den Augen des Waldes, begann Wilkilen atemlos zu erzählen.

»Es ist ihre Pflicht, bis ganz nach Süden zu gehen, um zu sehen, ob alles so geschieht, wie ein Sohn von ihr es befohlen hat, sagt sie. Die arme Frau redet immer von ihrem Sohn. Manchmal scheint sie ihn liebzuhaben und manchmal … Aber sie ist verrückt, da dürfen wir ihre Worte nicht so ernst nehmen. Oft fragt sie sich laut selbst, wer von ihnen mächtiger ist, sie oder dieser Sohn von ihr. Und dann redet sie immer von seinem Schicksal und seiner Ehre. So wie Frauen eben schwatzen, wenn sie alt sind. Aber starrköpfig ist sie, starrköpfiger als alle, die ich kenne! Sie bildet sich ein, dass sie hierherkommen musste, um eine Antwort zu finden. Also musste ich mit ihr gehen, um auf sie aufzupassen.«

»Und wie ist sie?«, fragte Welenkin.

»Komm doch mit, dann stelle ich sie dir vor. Sie ist bestimmt schon zurück von ihrem Spaziergang. Wir leben da drüben in dem Felsen, den wir Brunnen nennen.«

Welenkin war versucht, die Mutter des Misaianes von Angesicht zu Angesicht zu sehen. Die Unschuldige streckte ihm die Hand entgegen, aber er zögerte, weil er sich an Kupukas donnernde Stimme erinnerte.

»Hör gut zu, Wilkilen. Du musst mir versprechen, der alten Frau nicht zu sagen, dass du mich gesehen hast. Denn wenn du es ihr sagst, wirst du großen Schaden anrichten.«

»Ich verspreche es«, sagte die Unschuldige, die nie Unnötiges fragte.

Welenkin fasste sie an den Schultern.

»Sie ist verrückt. Du aber nicht. Und ich auch nicht. Wir befinden uns mitten in einem Krieg. Es ist derselbe Krieg, der uns Dulkancellin und Kume genommen hat. Derselbe Krieg, der uns die großen Kürbisse genommen hat, die noch bei uns wuchsen, als du klein warst. Erinnerst du dich?«

Wilkilen erinnerte sich.

»Dann sag ihr nicht, dass ich auf der Insel bin. Wenn du nicht redest und die anderen Kreaturen das Ihre tun, wird etwas möglich.«

»Wird möglich, dass Dulkancellin und Kume und die großen Kürbisse zurückkehren.«

Welenkin lächelte.

Dieses Mädchen träumt zu viel, dachte er.

Wilkilen wollte nicht, dass ihr Liebster fortging.

»Wir könnten zusammen Muscheln sammeln«, spann sie vor sich hin.

»Nein. Sie kann jederzeit wiederkommen, und du weißt ja, dass sie mich nicht sehen darf.«

Welenkin ging los, weg von dem Unterschlupf, den Wilkilen ihm gezeigt hatte. Das Mädchen bemerkte es und wollte es nicht zulassen.

»Welenkin!«, rief sie und öffnete schwarz die Augen und weiß den Mund, damit er sah, wie hübsch sie geboren war.

Der Erdzauberer drehte sich um und sah ein Mädchen, das ihm mit sandigen Händen zum Abschied winkte.

Wilkilen konnte nicht wissen, dass der Zauberer noch Zeit brauchte, um sich zu verlieben; dass er sich erst dann verlieben würde, wenn eine gierige und wirre Frau ohne Namen und Dorf nachts in den Grenzländern erschien und morgens wieder verschwand.

Welenkin lächelte und kehrte ihr den Rücken zu. Trotzdem brach er auf mit dem Gefühl, dass etwas noch unerledigt war. Als hätte er zurückgehen müssen, um Wilkilens Haar zu entflechten.

Welenkin war zur Insel zurückgekehrt, um nach einem Versteck für den Weißen Stein zu suchen. Der Krieg wurde immer schlimmer, er konnte den Stein nicht länger bei sich tragen. Er musste einen Ort finden, wo er über Jahrhunderte sicher war. Einen Ort gegen den Aufruhr der Erdbewegungen, das Getöse der Heere und die Ewigkeit der Ameisen. Dort würde er die einzige Erinnerung daran aufbewahren, dass die Lulus einst auf dieser Welt waren: einen Weißen Stein, der schwarz geworden war.

Während Welenkin nach diesem Versteck suchte, kehrte Wilkilen zum Brunnen zurück. Die alte Frau wartete schon auf sie.

»Ich wusste, dass dich der Hunger zurückbringen würde.«

Die Schattenfrau antwortete nicht.

»Wo hattest du dich versteckt? Ich habe dich viermal gerufen, in alle vier Richtungen, aber keine Antwort erhalten. Dann bin ich zum Strand gelaufen, um zu sehen, ob unser Floß noch da war. Da wusste ich, dass du nicht fort warst. Dann habe ich Muscheln gesammelt, bis …« Wilkilen begriff, dass Verschweigen allein nicht mehr genügte, dass sie von nun an lügen musste. »Bis ich mich an deinen Magen erinnert habe. Lass uns etwas zu essen suchen!«

»Warum hast du dein Haar gelöst?«, fragte die Schattenfrau.

»Damit ich genauso ungekämmt aussehe wie du und deine Tochter sein könnte«, sagte Wilkilen und ging zu ihr, um ihr zu verzeihen.

Widerstandslos ließ sich die Schattenfrau umarmen und legte der Unschuldigen eine steife Hand auf den Kopf.

»Du bist heute Morgen gewachsen«, sagte sie.

Kurz darauf waren die Unschuldige und die Schattenfrau am Ufer und ernteten kleine Tierchen aus dem Sand, um ihren Hunger zu stillen. Die Schattenfrau stellte sich ans Wasser, die Unschuldige neben sie.

»Meine Kleine, wer ist in deinen Augen größer: der Tod oder der Hass?«

Die Unschuldige dachte darüber nach, ob dies die Antwort war, nach der die alte Frau so sehr suchte.

»Ich finde, es ist so… Jede Kreatur verliert irgendwann die Lust, Flüsse zu überqueren, und bittet dann um Ruhe. Aber ich kenne keine Kreatur, die ihre Lust zu lieben verliert und um Hass bittet. Außerdem wandert der Tod von einem Leben zum anderen, und der Hass wandert nicht. Deshalb sage ich, dass der Tod größer ist, weil alle, die wandern, pfeifen können. Und außerdem …«

»Halt den Mund!« Die Schattenfrau sagte es so herrisch, dass Wilkilens Augen vor Tränen überquollen.

Dann tauchte sie ihre Hände ins Meer und rieb sie erbarmungslos, um sich die blauen Linien abzuwaschen, die Wilkilen ihr gemalt hatte.

»Sie gefallen dir nicht mehr«, sagte die Unschuldige mit erstickter Stimme.

Die Schattenfrau antwortete nicht und wischte sich die Hände weiterhin mit Sand und Wasser ab. Als sie fertig war, trocknete sie sie an ihrem Umhang. Dann hielt sie sich die Innenflächen vor die Augen. Wilkilen ging zu ihr, um zu sehen, was geschehen war. Die Hände der Schattenfrau waren sauber, bis auf eine Linie, bei der nicht einmal die Ränder verschwommen waren. Blau und vollkommen, mit einer Biegung in der linken Hand, war sie immer noch da. Wilkilen klatschte in die Hände, denn so schnell vergaß sie ihren Kummer.

»Gute Nachrichten! Oma Kush hat immer gesagt, dass das die beste Linie ist.«

»Halt den Mund«, flehte die Schattenfrau sanft.

Heimkünfte

Als die Husihuilke, die aus der Wüste zurückkehrten, die Grenzländer erreichten, hatten die Regen schon eingesetzt. Der Winter war wieder da, die Zeit, in der die Wasser die Erde reinigten und den Wald vermehrten.

In jenem Jahr war beim Abschiedsfest der Sonne traurige Musik erklungen, hatten nur wenige Husihuilke es besucht. Auch das gegenseitige Tauschen, das vor jeder Regenzeit im Tal der Vorfahren abgehalten wurde, war spärlich ausgefallen, da jeder nur das Nötigste für sich selbst besessen hatte. Die Husihuilke wussten, dass ihnen eine lange, leidvolle Zeit bevorstand. In den Dörfern der Westseite fehlten viele Bewohner. Es fehlten die Krieger, die noch in der Wüste waren, und die Krieger, die nie heimkehren würden. Es fehlten die vielen Husihuilke, die mit den Zauberern auf die Ostseite gezogen waren und dort noch lange bleiben würden.

»Unsere Kinder werden schnell groß werden müssen«, sagten die Alten. »Und wir dürfen nicht zu früh gehen, wenn noch jemand da sein soll, um Lärm zu machen.«

Als die jungen Männer heimkamen, war die Freude in den Grenzländern groß, auch wenn viele von ihnen verwundet waren.

Im Gegensatz zur Welt schien es in Cucubs Haus an nichts zu mangeln. Kuy-Kuyen hatte neue Betten gebaut und Decken gewebt. Außerdem hatte sie das Dach mit Holzteer versiegelt, bevor die Regen einsetzten. Kuy-Kuyen bestellte den Garten und buk Brot, während das sechste Kind in ihrem Bauch wuchs. Dank ihrer Emsigkeit war das Haus von Kush immer noch ein guter Ort, um Maisbrot zu essen und im Feuer brennende Minze zu riechen. Da konnte es draußen regnen, was der Himmel hergab, da konnten die Blitze und Donner erschrecken, wenn ihnen danach war.

In einem neuen Bett, das in Kushs ehemaligem Zimmer stand, erholte sich Nanahuatli.

Die junge Frau war gerade in einem Dorf der Ostseite gewesen, als sie von dem Falkenzauberer erfahren hatte, dass Thungür in der Wüste bleiben würde. Thungür war nun der Anführer des Heeres und konnte nicht in die Grenzländer zurückkehren. Da wurde Nanahuatli krank vor Traurigkeit, aß und trank nicht mehr. Nach wenigen Tagen war sie so schwach, dass alle um ihr Leben fürchteten.

»Nur Kuy-Kuyen kann sie jetzt trösten.«

»Bringt sie in das Haus, in dem Thungür gelebt hat. Dort wird sie Ruhe finden.«

Es war das erste Mal seit ihrer Ankunft, dass Nanahuatli sich von dem Falkenzauberer trennte. Sie nahm es klaglos hin, denn sie war in einer Ferne verloren, in der nur Thungür sprach. Auf dem Rücken eines Tieres kehrte Nanahuatli nach Pass der Wirbelwinde zurück.

Tatsächlich trat ein, was die guten Leute vorhergesagt hatten. In dem warmen Heim ihrer Schwester Kuy-Kuyen, umsorgt und umringt von Kindern, erholte sich Nanahuatli.

»Der älteste Sohn hat die gleichen Augen wie Thungür«, war der erste Satz, den sie von sich gab. Dann trank sie eine Schale Ziegenmilch und aß Maisbrot.

Als Cucub heimkehrte, konnte sie sich schon wieder in ihrem Bett aufrichten und den Kindern Geschichten über ihr fernes Sonnenland und den Fürsten Hoh-Quiu erzählen.

»Offenbar muss ich nur mal kurz weg sein, und schon nimmt jemand meinen Platz als Geschichtenerzähler ein.«

Nanahuatli streckte dem Heimkehrer ihre dünnen Ärmchen entgegen. Sie wollte, dass er ihr von Thungür erzählte.

»Bruder Cucub, sag mir, welche Nachricht er mir schickt«, sagte sie.

»Zweifellos weißt du nicht, in welche Not du mich damit

bringst.« Cucub setzte zu einem seiner Auftritte an. »Mein Gedächtnis ist ein Wunder, heißt es, und es stimmt. Trotzdem war nicht einmal mein Gedächtnis in der Lage, all die vielen Worte zu behalten, die dem Herzen dieses verliebten Mannes entströmten.«

»Erzähl!«, flehte Nanahuatli.

»Aber es war doch endlos!«, antwortete Cucub. »Nun gut, ich bin also zu ihm gegangen und habe ihn gefragt, welche Botschaft ich dir von ihm überbringen soll. Natürlich dachte ich, dass er mir nur wenige Worte auftragen würde, einige Dutzend vielleicht. Aber da lag der Künstler falsch! Thungür kam ins Reden und wollte nicht mehr aufhören: deine Augen und die Sterne, dein Mund und die Brombeeren, deine Zöpfe und die Nacht. Und bla, bla, bla …«

»Bitte erinnere dich«, sagte Nanahuatli, »nur ein Beispiel.«

»Du meinst, ich soll es dir Wort für Wort wiedergeben?«

»Ja.«

»Lass mich nachdenken! Jetzt hab ich's! An eines erinnere ich mich genau, vielleicht, weil es das Letzte war, was er gesagt hat.«

»Sag es mir.« Nanahuatlis Augen leuchteten.

»Er hat Folgendes gesagt.« Cucub veränderte seine Stimme. »Sag ihr, dass ich sie mit mir nehme.«

Kuy-Kuyen, die hinter Cucub saß, hörte lächelnd zu. Sie wusste nur zu gut, dass ihr Mann log. Sie kannte ihn so gut wie ihren Bruder.

»Gehen wir, Cucub«, sagte sie. »Ich glaube, Nanahuatli braucht jetzt Ruhe.«

Aber Kuy-Kuyen nahm ihrem Mann nicht die Last des Lügens, sie raubte ihm die Lust, sich schöne Dinge auszudenken.

Während die Grenzländer im Regen wieder auflebten, ging im restlichen Kontinent einiges vor sich.

Drimus, der Doktrinator, war mit seiner Meute spurlos verschwunden. Unter den Streitkräften des Misainanes wurde viel darüber gemunkelt, was mit ihm geschehen war. Einige sagten, er sei nach wie vor in der Wüste und widme sich seinen geheimnisvollen Aufgaben. Andere sagten, er habe die Form des Windes angenommen und sei zu seinem Herrn geweht. Vieles wurde gesagt. Aber alle verschwiegen die Erleichterung darüber, vom Buckligen befreit zu sein. Obwohl die Sideresier abgestumpfte Menschen waren, merkten sie, dass zwischen ihnen und ihm eine unüberwindbare Kluft lag. Drimus war an einem Ort der Grausamkeit, den sie sich nicht einmal vorstellen konnten. Drimus teilte mit Misaianes den höchsten Rang der Gnadenlosigkeit.

Trotzdem musste dem Herrn dringend Bericht erstattet werden. Dringend bedeutete über den Yentru hinweg, also Sonnen, viele Sonnen. Währenddessen befahlen die Kommandeure den Rückzug und ordneten an, dass die Randmark und das Land der Sonnenherren gehalten werden mussten.

Die Salpeterfelder der Wüste bildeten die Grenze zwischen den Sideresiern und dem Hirsch.

Die Regenzeit neigte sich dem Ende zu. Cucubs Familie versammelte sich, um einer Geschichte aus der Erinnerungsschatulle zu lauschen.

Nanahuatli konnte wieder aufstehen und lernte von Wilkilen, wie man Husihuilkedecken webte.

Die Unschuldige war eines Tages triefend vor Nässe zurückgekehrt, daher hatte auch niemand bemerkt, dass sie geweint hatte.

»Sie ist verschwunden«, sagte sie. »Ich bin aufgewacht, und sie war nicht mehr da. Ich habe sie auf der ganzen Insel gesucht und nirgends gefunden.«

Kuy-Kuyen küsste sie auf den Kopf und hüllte sie in eine am Feuer gewärmte Decke.

»Die alte Frau hat nicht einmal Spuren auf dem Sand hinterlassen. Wahrscheinlich ist sie mit ihrem Sohn fortgegangen. Ich weiß allerdings nicht wie, denn das Floß lag immer noch am Ufer. Nur deswegen konnte ich überhaupt heimkommen.«

Alle wussten, dass Wilkilen diese Meerenge im Sturm niemals hätte überqueren können, hätten nicht Wesen größer als der Sturm sie beschützt. Aber alle wussten auch, dass sie nicht fragen durften, was auf der Insel geschehen war.

Wilkilen stellte sich sehr wohl Fragen. Die Unschuldige wandte sich an Kupuka, kaum war der Zauberer bei ihnen eingetroffen.

»Kupuka, glaubst du, dass ich sie wiedersehen werde?«

»Wenig auf dieser Welt ist gewiss«, antwortete der Zauberer. »Aber ich kann dir versichern, dass du sie eines Tages wiedersehen wirst.«

Zwei Hälften eines gebratenen und mit Honig gesüßten Kürbisses warteten in der Mitte des ausgebreiteten Leders. Die ganze Familie hatte sich darum versammelt. Holzlöffel fuhren in das süße Fruchtfleisch und kamen vollbeladen wieder heraus. Als nur noch die Schalen übrig waren, sagte Cucub, dass es nun an der Zeit sei, die Geschichte aus der Schatulle zu erzählen. Kuy-Kuyen holte sie herbei und übergab sie ihm. Cucub hielt sich streng an das Ritual und drehte sie, weil das Schicksal ihnen nur so seine Absicht vor Augen führte.

Cucub war der Älteste des Hauses, so dass es ihm zufiel, die Geschichte zu erzählen. Er steckte die Hand in die Schatulle und holte den erstbesten Gegenstand heraus, der ihm zwischen die Finger kam. An den Augen des Zitzahay war abzulesen, dass er ihn erkannte, obwohl er zum Schutz der Hände noch in Leder eingewickelt war: Es war das Messer, das ihm Molitzmos am Tag seiner Hochzeit mit Kuy-Kuyen geschenkt hatte.

»Dass mir ja keiner die Weisheit des Schicksals in Abrede stellt!«, sagte Cucub. »Ich glaube nicht, dass die Schatulle noch eine Geschichte enthält, die ich so gut zu erzählen wüsste wie diese.«

Er wickelte das Messer aus und zeigte es allen.

»Es geschah vor vielen Sonnenjahren in der Randmark, am Tag, an dem Kuy-Kuyen und ich Hochzeit hielten.«

Alle machten es sich bequem, um der Geschichte zu lauschen.

»Seinerzeit räucherte ich gerade meine Kleidung mit Kräutern und sang vor mich hin – diese Frau zu heiraten war ein guter Grund, um zu singen! –, als ich in meinem Rücken eine Stimme hörte. Es war die Stimme von Molitzmos, dem großen Verräter.«

Draußen unter dem Nussbaum, der auf halbem Weg wuchs, hörten sich eine Ziege und eine alte Frau die Geschichte an. Wenig nur konnte der Nussbaum tun, um sie vor dem Regen zu schützen. Doch schien es den beiden kaum etwas auszumachen, dass sie vor Wasser trieften.

Das Tier und die alte Frau glichen sich, beider Haar war lang, weiß und zerzaust.

Die alte Frau und die Ziege kannten sich gut und fürchteten einander nicht. Beide hörten sich still Cucubs Geschichte an, ohne dass die Familie ihre Anwesenheit bemerkte.

Nach einer guten Weile neigte sich die Geschichte des Hochzeitmessers dem Ende zu. Die alte Frau und die Ziege betrachteten einander, bis ein neuer Tag anbrach. Gut möglich, dass sie sich unverständliches, widersinniges Zeug erzählten. Plötzlich richtete sich die alte Frau auf, als wäre sie verletzt.

»Vara, Aro«, sagte sie laut.

Diesmal wusste die Ziege nicht, was die alte Frau meinte. Da sagte sie die Wörter noch einmal.

»Vara, Aro.«

Und fügte hinzu:

»Es wird Zeit, dass ich heimkehre.«

Vara und Aro

Im Reich des Misaianes durften die Vasallen keinen Namen tragen und lebten je nach Aufgabe in einem Flecken. In regelmäßigem Abstand suchte ein Trupp von Wächtern des Gebietes einen bestimmten Flecken auf und läutete Glocken, um die Bewohner aufzuwecken. Dann führte er die Männer im Dunkeln an einen Ort, wo unbekannte Frauen sie erwarteten.

Die Vasallen sollten sich fortpflanzen, nicht lieben. Sie sollten heranwachsen und ihre Aufgabe erfüllen, ohne zu verstehen, wer sie waren.

Der Marsch im Morgengrauen zu den Arbeitsstätten und der Marsch in der Abenddämmerung zu den Steinhäusern, in denen sie mit anderen lebten, die genauso hießen wie sie, war das Einzige, was die Vasallen des Misaianes Tag für Tag erwartete.

Eine Jäterin beugte sich über ihre Kinder. Es waren zwei, ein Junge und ein Mädchen, die bei derselben Niederkunft geboren worden waren. Die Frauen, die mit ihr zusammenwohnten, schliefen auf verstreuten Strohsäcken. Die meisten stöhnten im Schlaf. Die Frau sah, dass eine von ihnen sich unterhalb des Nackens heftig kratzte. Sie ging zu ihr und hob an einer Strähne die ganze Mähne hoch. Darunter kam am Nackenansatz die Knötchen zum Vorschein. Jäterin mit Krätze, dachte die Jäterin.

Sie wusste, dass es bald vorbei sein würde mit dem Stillen des Jungen und des Mädchens, die noch keinen Namen trugen, weil sie noch keine Aufgabe hatten. Vielleicht sah sie ihnen deshalb beim Schlafen zu, ging dann und wann zu ihnen und schnupperte an ihnen. Etwas in ihr tat weh, aber sie wusste nicht, ob dieser Schmerz einen Namen hatte. Sie wusste auch nicht, ob die anderen Frauen ähnlich empfunden hatten, denn sie hatte mit ihnen nie über die Zeit des Stillens der Kinder geredet, die ihnen ihr gewachsen waren, dort, wo sie jetzt diesen stechenden Schmerz spürte. Sie beugte sich wieder über die Kinder, um an ihnen zu schnuppern. Dann setzte sie sich neben sie. Sie hatte schon lang nicht mehr daran gedacht, daher waren die Bilder anfangs verschwommen. Schließlich machte ihr Gedächtnis halt in der Nacht, in der die Kinder gezeugt wurden. Die Glöckchen der Wächter hatten sie in einem Zimmer geweckt, das von Glut erhellt wurde. Sie wusste sofort, dass Männer kommen würden, und wartete darauf, dass einer sie, wie schon so oft geschehen, aufsuchte. Aber der Mann, der an ihren Strohsack trat, strich ihr Haar beiseite, um ihr ins Gesicht zu sehen. Seine Hände waren nicht so rau wie die der vorigen Männer. Und auch nicht so brutal und gierig. Der Mann hatte blaue, leuchtende Augen, die die Jäterin nie vergessen hatte. Ebenso wenig wie die Worte, die er ihr sagte, bevor er für immer verschwand.

»Sie werden für den Widerstand geboren. Taufe sie, Jäterin!«

Es wurde bereits Tag, als die Frau begriff, dass sie sich beeilen musste.

Im Reich des Misaianes hatten die Frauen der Vasallenkaste nur wenig Zeit, um ihre Kinder großzuziehen. Früh brachten die Wächter sie an einen unbekannten Ort. Bekannt war nur, dass die Kinder an einen anderen Flecken geschafft wurden, um sie von denen zu trennen, die sie gezeugt hatten. Dort vermischten sie sich im Laufe der Tage und Jahre mit allen anderen, die wie sie hießen.

Die Frau riss zwei Streifen aus ihrem Rock und knebelte die Kinder. Dann schlich sie vorsichtig zwischen den schlafenden Jäterinnen hindurch. Wenn eine sie sah, würde sie sie im Tausch für eine elende Belohnung an die Wächter verraten. Als sie an der Feuerstelle ankam, bückte sie sich und steckte den Schürhaken in die brennenden Kohlen. Der Tag, der am Horizont heraufdämmerte, ähnelte dem glühenden Schüreisen. So dachte die Frau und lächelte, ohne zu ahnen, dass sie geboren wurde.

Mit dem glühenden Eisen ging sie auf die Kinder zu, deren Weinen durch den Knebel erstickt wurde. Zuerst nahm sie das Mädchen. Sie wickelte es aus dem Lappen und presste das Eisen auf den rechten Oberschenkel. Dann wandte sie sich dem Jungen zu und drückte ihm das runde Ende des Schüreisens auf den linken Oberschenkel.

Die Markierung im Fleisch der Tochter war eine tiefe gerade Linie.

»Vara, die Rute«, sagte die Frau.

Auf dem Bein des Sohnes hingegen war der Abdruck des runden Schüreisens eingebrannt.

»Aro, der Ring«, sagte die Frau.

Still weinend wanden sich die Kinder. Die Frau leckte ihnen die Brandwunden und verband sie dann mit neuen Stoffetzen, die sie aus ihrem Rock gerissen hatte. Jetzt konnte sie nur noch hoffen, dass die Wunden verheilten, bis die Wächter mit ihren Schreibtafeln aus weichem Holz kamen, in die sie ritzen würden: zwei Jäterinnenkinder abgeholt.

Im Reich des Misaianes hatten zwei Taufen stattgefunden, die ersten, seit der Sohn der Todbringenden den Thron bestiegen hatte.

Es wird Zeit, dass ich heimkehre, sagte die alte Frau. Die arme Frau redet immer von ihrem Sohn, sagte Wilkilen. Wilkilen ist fort, weil der Krieg es so verlangt, sagte Kupuka. Hilf mir, Bruder Kupuka, ich bin hier gefangen! sagte Zabralkan. Flieg, Taube, und kehr mit mehr Licht zurück, denn alles, was Zabralkan mir sagt, stürzt mich in tiefste Dunkelheit, sagte Thungür. Thungür, ich habe diesen Weg mit dem Blut meiner Sohlen benetzt, sagte Nanahuatli. Morgen werde ich den Befehl erteilen, Nanahuatli aus dem Jungfrauentempel zu befreien, sagte Hoh-Quiu. Hoh-Quiu, der besiegte Fürst, ist ein Schädel, in dem Krähen nisten, sagte Drimus. Drimus blieb unter seinen Hunden, sagte Misaianes.

Dem Berg verborgen, wurden in den Alten Länder zwei Kinder getauft.

»Vara, die Rute, Aro, der Ring«, sagte eine Mutter.

Die Anregungen, die mir Antonio Santa Ana, Sandra Antoniazzi und Fernando Cittadini bei der Entstehung dieses Buchs gegeben haben, haben viel zum Endergebnis beigetragen. Ihre Ideen haben sich als äußerst wertvoll erwiesen. Ohne sie wäre dieser Roman nicht möglich gewesen.
Danke.

Inhalt

ERSTER TEIL

Kushs letzte Geschichte *11*
Zauberer mit Zaubertrommel *22*
Der Herr auf seinem Berg *31*
Die Schattenmutter *33*
Die Schattengalionsfigur *39*
Die Jagdbeute *43*
Die Verschwörung *51*
Erwachen im Sternenlicht *58*
Es ist kein Lebewohl *66*
Zweimal die Pfeife des Verrats *76*
Das Ried *81*
Doppelter Verrat *84*
Die Traurigen *87*
Nacht im Tempel der Geweihten *90*
Die Schattenfrau, die Späherin *101*
Der Hochmut eines Fürsten *105*
Die Schändung *112*
Die Würde eines Hauses *115*
Der heilige Durst *120*
Schritte in der geteilten Stadt *130*
Eine braune Taube soll uns verbinden *132*
Die Schiffe für die Wiederkehr *135*
Die Schattenherrin *136*
Wieder freie Luft *141*
Schritte von Norden *147*
Die drei Wege *149*

ZWEITER TEIL

Schritte in der verlassenen Stadt *163*
Das Brot des Südens *175*
Was vom Himmel aus erzählt wurde *180*
Der Rat der Husihuilke *185*
Die alte Schattenfrau *189*
Sechs von der Erde *197*
Die Hände der Schattenfrau *207*
Abenddämmerung auf den Inseln *217*
Die Belohnung *229*
Nanahuatli *235*
Fischsuppe *243*

DRITTER TEIL

Zaubererspräche *251*
Der Aufbruch *258*
Es war einmal eine Fürstin *262*
Drimus' Stimmen *266*
Die Stämme des Ostens *272*
Trommelpass *275*
Der Krieg war ein Webstuhl *279*
Die Liebesdienste *292*
Ein Künstler mitten im Krieg *296*
Der oberste Anführer *307*
Der Krieg *322*
Der Kopf des Zauberers verwandelte sich in eine Sonnenblume *339*
Die Unschuldige und die Schattenfrau *345*
Heimkünfte *354*
Vara und Aro *360*

Liliana Bodoc

Die Tage des Hirsches

Die Grenzländersaga. Band 1
Aus dem Spanischen von Matthias Strobel
st 3979. 315 Seiten

Dunkle Schiffe sind in See gestochen und werden bald die Fruchtbaren Länder erreichen. Dort herrscht Unruhe: Weder die Astronomen im Sternenhaus noch die Erdzauberer vermögen vorherzusagen, in welcher Absicht die Fremden kommen. Steht ein freudiges Wiedersehen mit den Ahnen bevor oder eine große Schlacht? In ihrer mitreißenden Saga schafft Liliana Bodoc ein phantastisches Universum, in dem zwei Weltanschauungen aufeinanderprallen.

»Ein Kosmos zum Eintauchen.« *Neue Zürcher Zeitung*

»Sagenhaft, originell, voller Magie und Mythen.« *Fantasyguide.de*

»Wer *Harry Potter* liebt und den *Herrn der Ringe* verschlungen hat, wird sich mit der Grenzländersaga in der überreichen Welt der südamerikanischen Legenden und Mythen verlieren.« *La Nación*

NF 900/1/10.08